O Poder do Súcubo

RICHELLE MEAD

O PODER DO SÚCUBO

Tradução
Martha Argel

Planeta

Edição publicada de acordo com Kensington Publishing Corp. NY, NY EUA
Título original: *Succubus on top*

Revisão: Mariana Simões
Capa: adaptada do projeto gráfico original de Kristine Mills-Noble
Ilustração de capa: © Chad Michael Ward

Dados Internacionais de Catalogação na Publicação (CIP)
(Câmara Brasileira do Livro, SP, Brasil)

Mead, Richelle
O poder do súcubo / Richelle Mead ; tradução
Martha Argel. – São Paulo : Editora Planeta do
Brasil, 2011.

Título original: Succubus on top.
ISBN 978-85-7665-447-6

1. Ficção norte-americana I. Título.

10-13913 CDD-813

Índices para catálogo sistemático:
1. Ficção : Literatura norte-americana 813

2011

Editora Planeta do Brasil Ltda.
Avenida Francisco Matarazzo, 1500 – 3º andar – conj. 32B
Edifício New York
05001-100 – São Paulo-SP
www.essencialivros.com.br
www.editoraplaneta.com.br
vendas@editoraplaneta.com.br

Para Heidi e John, por sua amizade,
generosidade e acesso à internet.
Vocês devem ser as melhores
pessoas que conheço.

Capítulo 1

Demônios são assustadores.

Não importa a religião ou classe social, isso é algo bem constante. Ah, claro, eles têm seus momentos absurdos, sobretudo nos círculos que frequento, mas, de modo geral, as pessoas têm bons motivos para temer e evitar os diabólicos servos do inferno. Eles são cruéis e implacáveis, adoram a dor e o sofrimento e torturam almas nas horas vagas. Eles mentem. Roubam. Trapaceiam nos impostos.

Ainda assim, eu não conseguia evitar a impressão de que estava a ponto de testemunhar o mais terrível de todos os atos demoníacos.

Uma cerimônia de premiação. Para mim.

Horácio, vice-demônio de tal divisão de Assuntos Internos, postava-se na minha frente, tentando conferir ao momento um ar de solenidade e falhando de forma risível. Eu desconfiava que boa parte da culpa era do terno de poliéster azul-calcinha combinando com a gravata-borboleta estampada. As costeletas também não ajudavam. Ele provavelmente não saía dos círculos internos do inferno fazia uns seis séculos, desde a última vez que o poliéster azul-calcinha esteve na moda.

Limpando a garganta com um pigarro longo demais, ele olhou ao redor, para todos ali reunidos, checando se estávamos prestando atenção. Meu supervisor, Jerome, estava parado ao lado dele, com um ar totalmente entediado, consultando o tempo todo o relógio de pulso. Ao lado dele, Kasper, o duende assistente de Horácio, sorria de orelha a orelha. Uma pasta de documentos jazia no chão a seus pés, e ele segurava documentos diversos. A expressão ávida de puxa-saco e baba-ovo em seu rosto indicava um desejo ardente de promoção.

Quanto a mim... bom, eu também travava uma batalha árdua para parecer empolgada... mas não estava me saindo bem. Coisa que era, claro, inaceitável. Sou um súcubo. Toda a minha existência está baseada em fazer com que as pessoas – em particular os homens – creiam e vejam em mim o que quiserem. Posso passar de uma virgem de sorriso tímido para uma *dominatrix* ardente num piscar de olhos. Tudo que é necessário é um pouco de mudança de forma e uma pitada de atuação teatral. Ganhei a primeira dessas habilidades numa barganha na qual abri mão da minha alma; a segunda, adquiri ao longo do tempo. Afinal de contas, você não atravessa os séculos dizendo a cada sujeito "Puxa, cara, você foi o melhor que eu já tive" sem aprender algo sobre conversa mole. Os mitos nos apresentam como criaturas de prazer, etéreas e demoníacas, mas, falando sério, ser um súcubo não exige nada mais que uma cara de pôquer convincente e uma boa lábia de vendedor.

De forma que, na boa, este lance de premiação não devia ser um problema para mim. Mas com Horácio não era nada fácil manter uma cara séria.

– Verdadeiramente, é uma grande honra estar aqui hoje – entoou ele, numa voz de barítono anasalada.

Verdadeiramente?

– O trabalho duro é o que nos engrandece, e estamos aqui reunidos hoje para dar o devido reconhecimento a alguém que demonstrou dedicação e entregou-se por inteiro ao Mal Maior. São indivíduos assim que nos tornam fortes, que vão nos permitir vencer esta imensa batalha quando chegarmos ao último placar no fim dos tempos. Esses indivíduos são merecedores de nossa estima, e nós nos esforçamos para recompensá-los por seu empenho, fazendo com que todos saibam o quanto é importante enfrentar com tenacidade as adversidades e lutar por nossos objetivos nestes tempos difíceis.

Em seguida acrescentou:

– Enquanto aqueles que não trabalham com afinco são lançados nos abrasadores abismos do desespero para queimarem por toda a eternidade e serem despedaçados pelos cães do inferno.

Abri a boca, a ponto de perguntar como é que aquilo podia ter uma relação custo-benefício melhor do que uma indenização por demissão, mas Jerome me olhou e fez que não com a cabeça.

Enquanto isso, Horácio cutucou Kasper e o duende entregou-lhe, pressuroso, um certificado ornado de ouro.

– É, portanto, com grande prazer que confiro-lhe este Prêmio de Desempenho por Exceder e Sobrepujar com Excelência as Cotas de Súcubo Estabelecidas para o Último Trimestre. Parabéns.

Horácio apertou minha mão e entregou-me o certificado, que tinha sido assinado por mais ou menos cinquenta pessoas.

Fica aqui certificado que:

LETHA (aliás, Georgina Kincaid), súcubo da Arquidiocese de Seattle, Washington, Estados Unidos da América, América do Norte, Terra, Excedeu e Sobrepujou com Excelência as Cotas de Súcubo Estabelecidas para o Último Trimestre, demonstrando um desempenho excepcional na sedução, danação e corrupção de almas humanas.

Todos me olharam quando terminei de ler, e fiquei achando que estavam esperando um discurso ou algo assim. Minha maior preocupação era se eu ia ter problemas por resumir a coisa de um jeito bem enxuto.

– Hã, obrigada. Isso é... legal.

Horácio pareceu satisfeito. Ele assentiu com ar de entendido, e então lançou um olhar a Jerome.

– Você deve estar muito orgulhoso.

– Demais – murmurou o arquidemônio, contendo um bocejo.

Horácio virou-se para mim.

– Continue fazendo um bom trabalho. De repente você pode entrar na fila de promoção para um cargo de chefia.

Como se desistir de minha alma já não tivesse sido ruim o suficiente. Forcei um sorriso.

– Bom, ainda tem muito para ser feito por aqui.

– Excelente atitude. Realmente excelente. Você fez um bom trabalho com ela – Horácio deu um tapinha amigável nas costas de Jerome, e meu chefe não pareceu nada feliz com isso. Ele de fato não gostava de tapinhas amigáveis. Ou de ser tocado, ponto. – Bom, se não há mais nada, acho que devo... ah, quase ia esquecendo.

Horácio voltou-se para Kasper. O duende entregou alguma outra coisa a seu mestre.

– Isto aqui é para você. Como prova de nossa estima.

Ele me deu um *gift card* para a rede de restaurantes Applebee's, e mais alguns cupons para locação gratuita na Blockbuster. Jerome e eu ficamos sem reação por uns instantes, pasmos.

– Uau – eu disse, finalmente. O segundo colocado para esse prêmio deve ter recebido um *gift card* para o Sizzler. Nunca duvide que o segundo lugar é, na verdade, o primeiro perdedor.

Horácio e Kasper desapareceram. Jerome e eu ficamos em silêncio por uns segundos.

– Você gosta de Baby Back Ribs, Jerome?

– Engraçadinha, muito engraçadinha, Georgie – ele percorreu minha sala, fingindo examinar os livros e quadros. – Bom trabalho com o lance da cota. Claro, é fácil excedê-la quando você está partindo do zero, não?

Dei de ombros e joguei o certificado em cima da bancada da cozinha.

– Isso tem mesmo importância? Você ainda ganha os louros. Achei que ia gostar.

– É claro que gosto. Na verdade, para mim foi uma surpresa agradável a forma como você manteve sua promessa.

– Eu sempre mantenho minhas promessas.

– Não *todas* as suas promessas.

Meu silêncio o fez sorrir.

– E agora? – perguntou. – Vai sair para comemorar?

– Você sabe o que vou fazer. Estou indo para a casa de Peter. Você não vem?

Ele evitou minha pergunta; demônios são bons nisso.

– Pensei que talvez tivessem aparecido novos planos. Planos com um certo mortal. Parece que ultimamente você faz bastante isso.

– O que eu faço não é problema seu.

– Tudo o que você faz é problema meu.

De novo não respondi. O demônio chegou mais perto, seus olhos escuros penetrando fundo em mim. Por razões inexplicáveis, ele escolhera parecer-se com John Cusack enquanto circulava pelo mundo humano. Pode dar a impressão de que isso reduziria seu poder de intimidação, mas juro que só piorava a coisa.

– Por quanto tempo você vai manter essa farsa, Georgie? – suas palavras eram um desafio, tentando me provocar. – Você não pode acreditar de verdade que existe algum futuro para vocês dois. Ou que vão conseguir ficar castos para sempre. Por Deus, mesmo que você possa se controlar, nenhum ser humano macho permanece celibatário por muito tempo. Sobretudo se tiver um fã-clube enorme.

– Você não entendeu a parte em que eu disse que isso é problema meu?

O calor subiu ao meu rosto. Apesar dos pesares, recentemente eu havia me envolvido com um humano. Nem tinha certeza de como havia acontecido, uma vez que sempre fiz de tudo para evitar esse tipo de coisa. Acho que dá para dizer que ele meio que me pegou traiçoeiramente. Num instante era só uma presença cálida e reconfortante ao meu lado; no momento seguinte, percebi a intensidade com que ele me amava. Esse amor me cegou. Fui incapaz de resistir e decidi ver aonde iria me levar.

Como resultado, Jerome jamais deixava de me lembrar que neste romance eu flertava todos os dias com um desastre em potencial. A opinião dele não era totalmente infundada. Uma pequena parte disso decorria de eu não ter uma boa ficha corrida quanto a relacionamentos sérios. A maior parte devia-se ao fato de que qualquer coisa que eu fizesse com um humano que fosse além de ficar de mãos dadas me levaria inevitavelmente a sugar um pouco de sua vida. Mas, caramba, todo casal tem seus obstáculos, certo?

O demônio alisou o paletó de seu terno preto de caimento perfeito.

– É só um aviso amigo. Não faz diferença. Não ligo se você continua brincando de casinha com ele... Negando-lhe um futuro, uma família, uma vida sexual saudável. Tanto faz. Desde que você continue com o bom trabalho, para mim dá no mesmo.

– Já terminou a sessão de aconselhamento? Estou atrasada.

– Mais uma coisa. Achei que você gostaria de saber que acabo de acertar os detalhes de algo que vai ser uma surpresa agradável. Você vai gostar.

– Que tipo de surpresa? – Jerome não costumava fazer surpresas. Pelo menos não surpresas boas.

– Não seria uma surpresa se eu lhe contasse, não é?

Típico. Fiz uma careta e lhe dei as costas.

– Não tenho tempo para seus joguinhos. Ou você diz o que está rolando ou vai embora.

– Acho que vou embora. Mas, antes disso, lembre-se apenas de uma coisa – ele colocou a mão em meu ombro e me virou para olhá-lo de frente outra vez. Estremeci com seu toque e sua proximidade. O demônio e eu já não éramos tão amiguinhos como no passado. – Só existe um homem que é uma constante na sua vida, um único homem a quem você sempre obedecerá. Daqui a cem anos, *ele* será pó na terra, e será para *mim* que você sempre voltará.

Isso podia dar uma impressão romântica ou sexual, mas não era. Absolutamente. Minha ligação com Jerome era muito mais profunda. Um vínculo e uma lealdade que, literalmente, iam direto até a minha alma. Uma conexão que me prendia a ele pela eternidade, ao menos que as forças do inferno decidissem designar-me para algum outro arquidemônio.

– Essa sua pose de cafetão já está ficando meio gasta.

Ele deu um passo para trás, sem se perturbar com meu rancor. Seus olhos brilhavam.

– Se sou um cafetão, Georgina, então você é o quê?

Fez-se uma súbita e ostentosa nuvem de fumaça, e Jerome desapareceu antes que eu pudesse responder.

Malditos demônios.

Fiquei sozinha em meu apartamento, revirando as palavras dele na mente. Por fim, lembrando-me da hora, fui para o meu quarto trocar de roupa. Ao fazer isso, passei pelo certificado de Horácio. Seu selo dourado piscou para mim. Virei-o para baixo, sentindo uma súbita náusea. Eu podia ser boa no que fazia, mas isso não queria dizer que me orgulhasse de minha atuação.

No fim, atrasei-me só quinze minutos para a festinha do meu amigo Peter. Ele atendeu à porta antes mesmo que eu batesse. Examinei seu chapéu branco esvoaçante e o avental BEIJE O COZINHEIRO, e disse:

– Desculpa. Ninguém me disse que *Iron Chef* ia ser gravado aqui esta noite.

– Está atrasada – reclamou ele, sacudindo uma colher de madeira. – Quer dizer que você ganha um prêmio e aí perde toda a educação?

Ignorei sua desaprovação e entrei. É tudo que se pode fazer com um vampiro obsessivo-compulsivo.

Na sala, dei de cara com nossos amigos Cody e Hugh organizando grandes somas de dinheiro.

– Vocês assaltaram um banco?

– Não – respondeu Hugh. – Já que esta noite Peter está tentando nos servir uma refeição civilizada, decidimos que seria necessário um passatempo civilizado.

– Lavagem de dinheiro?

– Pôquer.

Ouvi Peter, na cozinha, resmungando consigo mesmo algo sobre um suflê. Isso meio que prejudicava a imagem que eu tinha de um bando de sujeitos de aparência suspeita, amontoados ao redor de uma mesa de jogo num quartinho de fundos.

– Acho que *bridge* seria mais adequado – comentei.

Hugh pareceu em dúvida.

– Mas é um jogo para gente velha, querida.

Com essa, tive de sorrir. "Velho" era um termo meio relativo quando a maioria de nós contava a idade em séculos. Fazia tempo que eu suspeitava que, no meu círculo de imortais inferiores – aqueles que não eram nem anjos nem demônios verdadeiros –, eu era a que tinha mais idade, a despeito da afirmação otimista de minha carteira de motorista de que eu tinha vinte e oito anos.

– E desde quando nós jogamos alguma coisa? – perguntei-me em voz alta. Nossa última tentativa tinha envolvido uma partida de Banco Imobiliário com Jerome. Competir com um demônio numa disputa por posses e controle total é meio inútil.

– Desde quando nós *não* jogamos? Jogos de vida, jogos de morte. Jogos de amor, de esperança, de acasos, de desespero e uma série de prodígios variados.

Revirei os olhos para o recém-chegado.

– Olá, Carter – eu havia sentido a presença do anjo na cozinha, da mesma forma que Peter pressentira minha chegada pelo corredor. – Onde está sua cara-metade esta noite? Eu estava com ele agora há pouco. Pensei que ele também viesse.

Carter entrou na sala, me deu um de seus sorrisos debochados e lançou um olhar com aqueles olhos cinzentos brilhantes de segredos e jovialidade. Ele usava seus trajes habituais, *jeans* rasgados e uma camiseta desbotada. Em termos de idade, o resto de nós não podia sequer se comparar a ele. Todos havíamos sido mortais no passado; medíamos nossas vidas por séculos ou milênios. Anjos e demônios... bom, eles mediam suas vidas pela eternidade.

– Sou por acaso o guardião do meu irmão?

Clássica resposta de Carter. Olhei para Hugh, que era, por assim dizer, o guardião de nosso chefe. Ou pelo menos uma espécie de assistente administrativo.

– Ele precisou viajar para uma reunião – disse o duende, empilhando notas de vinte. – Tipo uma dinâmica de grupo, em Los Angeles.

Tentei imaginar Jerome participando de um percurso de arborismo.

– Que tipo de dinâmica de grupo fazem os demônios, exatamente?

Ninguém tinha resposta. Talvez fosse melhor assim.

Enquanto continuava a separar o dinheiro, Peter preparou-me um *gimlet* de vodca. Examinei a garrafa de Absolut em sua bancada.

– Que diabos é isso?

– A Grey Goose acabou. Mas as duas são quase a mesma coisa.

– Juro, se você já não fosse uma abominação perante Deus, eu o acusaria de heresia.

Quando todo o dinheiro estava organizado, inclusive minha contribuição, sentamo-nos em volta da mesa da cozinha do vampiro. Como todos hoje em dia, começamos jogando Texas Hold'em. Eu era boa jogadora, mas me saía muito melhor com mortais do que com imortais. Meu carisma e meu *glamour* tinham efeito limitado sobre este grupo, o que significava que eu tinha que pensar mais em probabilidades e estratégias.

Peter ficou de um lado para outro durante a partida, tentando jogar e olhar a comida ao mesmo tempo. Não era fácil, já que ele insistiu em jogar de óculos escuros, que precisava tirar ao checar a refeição. Quando comentei que este seria meu segundo jantar fino em duas noites, ele quase teve um ataque.

– Diga o que quiser. Nada que você tenha pedido na noite passada vai chegar aos pés deste pato que eu fiz. *Nada.*

– Não sei. Fui ao Metropolitan Grill.

Hugh deu um assobio.

– Uau. Eu estava imaginando onde você tinha conseguido esse seu brilho. Quando um cara te leva ao Met, você não tem escolha a não ser dar umazinha, hein?

– O brilho vem de outro cara – eu disse, incomodada, não querendo de fato relembrar o encontro que tivera naquela manhã, mesmo tendo sido bem excitante. – Fui ao Met com Seth – a lembrança do jantar da noite passada trouxe um sorriso ao meu rosto, e de repente me vi falando sem parar. – Vocês deviam ter visto. Pela primeira vez ele não usou camiseta, se bem que acho que não fez nenhuma diferença. A camisa estava toda amarrotada e ele não conseguiu fazer o nó da gravata. Além do mais, quando cheguei lá, estava com o *laptop* em cima da mesa. Tinha empurrado tudo para o lado, guardanapos, taças de vinho... Uma bagunça. Os garçons estavam horrorizados.

Quatro pares de olhos fixaram-se em mim.

– Que foi? – perguntei. – Qual o problema?

– Você – disse Hugh. – Você procura sarna para se coçar.

Cody sorriu.

– Sem mencionar que está completamente apaixonada. Olha só o que está dizendo.

– Ela não está apaixonada por ele – disse Peter. – Está apaixonada pelos livros dele.

– Não, eu não... – as palavras morreram em meus lábios, sobretudo porque eu não tinha certeza de querer argumentar. Não queria que pensassem que eu amava só os livros, mas ainda não estava cem por cento certa de amar Seth. Nosso relacionamento havia evoluído com notável rapidez, mas às vezes preocupava-me imaginar que eu, na verdade, amava a ideia de que ele me amava.

– Não acredito que vocês ainda estão nessa de encontros sem sexo – prosseguiu Hugh.

Perdi a paciência. Já tinha ouvido isso de Jerome; não precisava aguentar aqui também.

– Olhem, não quero falar nisso se vocês vão só encher meu saco, tá legal? Estou cansada de ouvir todo mundo me dizendo que é maluquice.

Peter deu de ombros.

– Não sei. Não é tão maluco assim. A gente sempre ouve falar desses casais que não fazem mais sexo. Eles sobrevivem. Seria quase o mesmo.

– Não com a nossa garota – Hugh sacudiu a cabeça. – Olhem para ela. Quem não ia gostar de fazer sexo com ela?

Todos me olharam de novo, fazendo-me sentir desconfortável.

– Ei, não é essa a questão – protestei, achando que precisava esclarecer aquele ponto. – Ele *quer*, tá legal? Ele só não vai fazer. Há uma diferença.

– Desculpa, mas não vou engolir essa – disse Hugh. – Com essas roupas que você usa, ele não vai conseguir ficar do seu lado sem perder o controle. Mesmo que conseguisse, nenhum cara ia aguentar ver sua mulher provocar do jeito que você provoca.

Isso era algo em que eu pensava muito, o mesmo ponto que Jerome tinha levantado, e que me preocupava mais que nossa força de vontade para não pular um em cima do outro. Um de meus piores pesadelos incluía uma conversa mais ou menos assim: *Desculpa, Seth. Não posso sair esta noite. Tenho que trabalhar um cara casado que conheci por aí, e fazê-lo dormir comigo, para poder levá-lo mais e mais longe no caminho da perdição, enquanto sugo parte de sua vida. Quem sabe depois você e eu conseguimos pegar a última sessão em algum cinema.*

– Não quero falar sobre isso – repeti. – Estamos numa boa. Fim de papo.

Fez-se silêncio, exceto pelo som das cartas e do dinheiro sendo posto sobre a mesa. Olhei ao meu redor e vi Carter observando-me, sem expressão. Ele tinha sido o único a ficar de fora da malhação de Seth. Não era nenhuma surpresa. Em geral, o anjo ficava só ouvindo, e de repente soltava alguma tirada sarcástica ou esotérica. Antes, isso costumava me enfurecer, mas acontecimentos recentes tinham mudado minha atitude em relação a ele. Ainda não o entendia muito bem, nem sabia se podia confiar nele, mas aprendera a respeitá-lo.

Perturbada por seu julgamento, baixei os olhos outra vez e descobri que finalmente tinha uma boa mão, depois de várias rodadas péssimas. Uma trinca. Não era o máximo, mas era aceitável. Aumentei bastante a aposta, querendo que os outros saíssem antes que mais cartas entrassem no jogo e tornassem minha mão menos passável.

Minha estratégia funcionou com os vampiros. A próxima carta foi baixada. Sete de espadas. Hugh franziu o cenho e abandonou o jogo quando aumentei a aposta de novo. Esperei que Carter saísse também, mas em vez disso ele aumentou ainda mais a aposta.

Hesitei só um instante antes de cobri-la. Quando a última carta ia ser jogada, fiquei pensando o que o anjo podia ter, e se eu poderia vencê-lo. Um par? Dois pares? Ah. A última carta foi dada. Espadas de novo. Agora havia uma grande possibilidade de ele ter um *flush*. Com isso, ganharia de mim. Ainda torcendo para forçá-lo a sair com um blefe, aumentei ainda mais a aposta. Ele aumentou de novo, mais do que dobrando minha aposta inicial.

Era um monte de dinheiro a mais, sobretudo considerando o que eu já tinha apostado. Séculos de investimentos mantinham bem confortável minha situação financeira, mas não era por isso que eu ia bancar a idiota. Qual era a mão dele? Ele tinha que ter um *flush*. Rejeitei e desisti.

Com um sorriso de satisfação, ele recolheu o respeitável monte de dinheiro. Ao jogar suas cartas na pilha de descartes, a borda delas ficou presa e elas viraram. Dois de ouros. Oito de paus.

– Você... você blefou! – exclamei. – Você não tinha nada!

Sem dizer uma palavra, Carter acendeu um cigarro.

Olhei os outros, em busca de confirmação.

– Ele não pode fazer isso – protestei.

– Diabos, passei metade do jogo fazendo isso – disse Hugh, pegando emprestado o isqueiro de Carter. – Não que tenha valido a pena.

– Sim... mas... ele é, bom, você sabe. Um anjo. Eles não podem mentir.

– Ele não mentiu. Ele blefou.

– Sim, mas, ainda assim, blefar é desonesto – ponderou Cody, enrolando uma mecha de seu cabelo loiro ao redor de um dedo.

– É uma mentira implícita – disse Peter.

– Mentira implícita? – Hugh o encarou. – Que porcaria isso quer dizer?

Olhei Carter empilhando seu dinheiro e fiz uma careta para ele. Seria de se esperar que um anjo que anda na companhia de servos do mal fosse uma boa influência, mas em algumas horas ele parecia pior que nós.

– Divirta-se com suas trinta peças de prata, Judas.

Ele fingiu tirar o chapéu numa saudação, enquanto os outros continuavam discutindo.

De repente, como uma fileira de pedras de dominó que caem, eles foram se calando. Carter sentiu primeiro, claro, mas apenas arqueou uma sobrancelha, indiferente como sempre. Então foram os vampiros, com seus reflexos e sensibilidade aguçados. Eles trocaram olhares e fitaram a porta. Por fim, segundos depois, Hugh e eu também sentimos.

– O que é isso? – Cody franziu o cenho, olhando através do aposento. – É como Georgina, mas não é igual.

Hugh acompanhou o olhar do vampiro jovem, com alguma curiosidade estampada na face.

– Íncubo – disse.

Eu já percebera, claro. As assinaturas que todos carregamos variam de criatura para criatura. Os vampiros dão uma impressão diferente dos duendes, que diferem dos súcubos. Alguém que conheça muito bem um imortal pode captar as características únicas de cada indivíduo. Eu era o único súcubo que transmitia uma sensação de seda e perfume de angélica. Num aposento cheio de vampiros, eu conseguiria determinar num instante se Cody ou Peter estavam presentes.

Da mesma forma, imediatamente eu soube que um íncubo se aproximava da porta de Peter, e sabia exatamente qual era. Eu reconheceria sua assinatura em qualquer lugar, mesmo depois de tanto tempo. A sensação fugaz de veludo na pele. Um rumor perfumado de rum, amêndoas e canela.

Sem nem perceber que me levantara, escancarei a porta, fitando deliciada as mesmas feições de raposa e olhos maliciosos que vira pela última vez fazia mais de um século.

– Olá, *ma fleur* – disse ele.

Capítulo 2

– Bastien – sussurrei, ainda sem acreditar. – Bastien!

Atirei-me nos braços dele, e ele me ergueu como se eu não pesasse nada, rodopiando-me no ar. Depois de me pôr de volta no chão com cuidado, ele voltou para mim seu olhar afetuoso, o belo rosto abrindo-se num sorriso.

Foi só ao vê-lo sorrir que percebi o quanto sentira sua falta.

– Você não mudou nada – comentei, olhando os cabelos pretos encaracolados que chegavam aos ombros, os olhos de um marrom tão escuro que pareciam quase negros. Ao contrário de mim, ele gostava de usar o corpo com o qual tinha nascido, o mesmo de seus dias de mortal. A pele tinha a cor suave e adorável dos *mochas* que eu consumia com regularidade. Seu nariz havia sido quebrado quando ele era humano, mas ele nunca se incomodou em eliminar as evidências por meio da mudança de forma. Aquilo não destoava de sua aparência, de jeito nenhum; na verdade, dava-lhe uma certa personalidade rebelde e ousada.

– E você, como sempre, parece totalmente diferente. Como se chama hoje em dia? – a voz dele tinha um suave sotaque britânico, remanescente dos anos que passara em Londres depois de deixar as fazendas de escravos no Haiti. Ele mantinha o sotaque e as expressões em francês, aprendidas quando criança, só para causar efeito; quando queria, falava um inglês americano tão impecável quanto o meu.

– Georgina.

– Georgina? Não é Josephine, nem Hiroko?

– Georgina – reiterei.

– Muito bem, então, *Georgina*. Deixe-me vê-la. Dê uma volta.

Rodei como uma modelo, deixando-o apreciar todo o efeito do meu corpo. Quando fiquei de frente para ele de novo, ele balançou a cabeça, aprovando.

– Deliciosa. Não que eu esperasse menos de você. Baixinha, como nas outras vezes, mas as curvas estão todas no lugar certo, e as cores são muito bonitas – ele me olhou mais de perto, estudando meu rosto com olhar profissional. – É dos olhos que gosto mais. Parecem de gato. Faz quanto tempo que está usando esse corpo?

– Quinze anos.

– Quase zero-quilômetro.

– Bom, isso meio que depende da sua definição de "zero-quilômetro" – observou Hugh, seco.

Bastien e eu nos voltamos para eles, lembrando que tínhamos uma plateia. Os outros imortais assistiam, divertindo-se; o jogo de pôquer esquecido por ora. Bastien acendeu um sorriso luminoso e cruzou a sala com alguns passos rápidos.

– Bastien Moreau – ele estendeu a mão para Hugh, e cada milímetro seu era pura educação e deferência. Afinal de contas, os íncubos têm uma noção de atendimento ao cliente e de relações públicas tão boa quanto os súcubos. – É um prazer conhecê-lo.

Ele cumprimentou com igual polidez o restante do grupo, detendo-se um instante ao se aproximar de Carter. Um breve lampejo de surpresa nos olhos escuros de Bastien foi a única indicação de que achava estranho um anjo em nosso meio. Fora isso, a aparência charmosa manteve-se perfeita enquanto ele sorria e apertava a mão de Carter.

Embora claramente surpreso com a presença de Bastien, Peter ergueu-se, solícito.

– Por favor, sente-se. Quer uma bebida?

– Obrigado. Muita gentileza sua. Um uísque com gelo, por favor. E obrigado por me permitir aparecer aqui de modo tão inesperado. Sua casa é espetacular.

O vampiro assentiu com a cabeça, mais tranquilo por finalmente alguém dar valor a sua hospitalidade.

Eu, porém, tinha outras preocupações, e fiquei imaginando o que teria levado o íncubo a "aparecer de modo tão inesperado". De repente lembrei-me da intrigante surpresa que Jerome mencionara.

– Jerome sabe que você está aqui, não é?

– Claro. Foi tudo combinado – criaturas como nós não podem entrar no território alheio sem negociar isso com o supervisor local. Para um grupo que, teoricamente, teria se rebelado contra o sistema, possuíamos uma quantidade assombrosa de normas, regulamentações e documentos. Faríamos a Receita Federal parecer amadora. – Ele me disse onde encontrar você esta noite.

– E você está aqui porque...?

Ele me envolveu com um braço, brincalhão.

– Você está sendo rude. Nenhum "Oi, como você está"? Não posso apenas aparecer para ver uma velha amiga?

– Não na nossa linha de trabalho.

– Há quanto tempo você conhece Georgina? – perguntou Hugh, acomodando o corpo de compleição robusta e sentando-se numa posição mais confortável.

Bastien ficou pensativo.

– Não sei. Quanto tempo faz? Séculos?

– Seja um pouco mais preciso – observei-lhe, minha mente deslizando de volta para uma Londres de muito tempo atrás, recordando ruas irregulares, emanando o cheiro de cavalos e de humanos que não tomavam banho. – Começo do século dezessete? – ele assentiu com a cabeça, e deixei meu tom de voz tornar-se provocante. – O que mais me lembro é como você ainda era inexperiente.

– Não faço ideia do que você está dizendo.

– Como queira. Eu lhe ensinei tudo que você sabe.

– Ah, mulheres mais velhas – Bastien olhou os outros a seu redor, encolhendo os ombros numa impotência fingida. – Sempre tão seguras de si.

– Mas então, explique como é a coisa – pediu Cody, curioso, os olhos jovens fixos em Bastien. – Você é o equivalente masculino de Georgina, né? Você muda de forma e tudo mais? – Cody era imortal fazia menos de dez anos, e estava sempre aprendendo algo novo sobre nós. Percebi que ele talvez nunca tivesse visto um íncubo antes.

– Bom, na verdade não existe bem um equivalente para Fleur, mas sim, é algo do gênero – acho que ele preferia me chamar de Fleur por ser mais fácil que lembrar os nomes que eu ia adotando ao longo dos anos.

– Então você seduz mulheres? – prosseguiu Cody.

– Exato.

– Uau. Isso sim é que deve ser difícil.

– Não é tão... ei, espere aí – eu disse. – O que você está insinuando? Que lance é esse de "isso sim"?

– Bom, ele tem razão – insistiu Peter, passando a bebida para Bastien. – É que seu trabalho não é lá tão difícil, Georgina. Por comparação, quero dizer.

– Meu trabalho é muito difícil!

– O quê, fazer com que homens façam sexo com uma bela mulher? – Hugh sacudiu a cabeça. – Isso não é difícil. Nem um pouco difícil.

Olhei-os, incrédula.

– Eu não posso simplesmente pular na cama com qualquer um. Tenho que conseguir caras de qualidade.

– Tá, isso desde o mês passado.

Bastien lançou-me um olhar penetrante ao ouvir isso, mas eu estava aborrecida demais para me incomodar.

– Ei, acabei de ganhar um prêmio, sabia? Recebi até um certificado. E, de qualquer modo, ao contrário das suas deprimentes vidas sentimentais, nem todos os caras vão logo topando transar. Isso tem que ser trabalhado.

– Tipo, com chifres e um chicote? – sugeriu Peter com malícia, referindo-se a um incidente particularmente embaraçoso em meu passado.

– Aquilo foi diferente. Era o que ele queria.

– Todos eles querem. Essa é a questão – Hugh virou-se para Bastien cheio de reverência. – Como você faz? Tem alguma dica para dar?

– Tem muita coisa que faz diferença – sorriu Bastien, ainda me olhando. – Mas talvez sejam segredos profissionais. Se bem que, na verdade, para fazer justiça a Fleur, as técnicas são as mesmas para nós dois. Vocês deviam prestar mais atenção nela.

– Decotes profundos não são exatamente um segredo profissional.

– A coisa vai muito além disso, meu amigo. Em especial com Georgina. Ela é uma das melhores.

Hugh e os vampiros me olharam como se nunca tivessem reparado em mim antes, como se tentassem descobrir se Bastien falava a verdade.

– Não precisa levar por esse lado – apressei-me em dizer.

– Qual é, você não estava se gabando de ter me ensinado tudo que eu sei? A gente tinha uma vida social bem agitada naquela época.

– Que tipo de vida social? – perguntou Peter.

Não respondi, e Bastien apenas deu de ombros.

– Ah, bem, o tipo que exige um parceiro.

– Como... sexo grupal? – Cody arregalou os olhos.

– Não! – protestei, incapaz de continuar calada diante disso. Não que aquilo não estivesse em meu currículo. – Parcerias para atrair pessoas. Fazer papel de marido e mulher. Ou de irmão e irmã. Ou... ou... o que precisasse para atingir o alvo.

Bastien concordou com a cabeça.

– Os homens têm um tesão e tanto em conquistar a mulher novinha e bonita de outro cara. As mulheres também, aliás. Tudo que é proibido causa um certo fascínio.

– Uau – Cody e os outros ficaram analisando esta nova informação e tentaram extrair de nós mais detalhes.

Bastien, sentindo minha relutância em revelar detalhes do passado, deu respostas vagas, e a conversa logo se encaminhou para outros assuntos, e também para o fantástico jantar de Peter. Não era tão bom quanto o Met, mas talvez eu tivesse sido influenciada pela companhia.

– Vai contar o que está rolando? – murmurei para o íncubo mais tarde, quando todo mundo finalmente saiu da mesa e começou a dar sinais de que iria embora. Eu estava doida para saber o motivo de ele ter vindo, e com a aprovação de Jerome. Os habitantes do inferno podiam tirar férias, mas isto cheirava a trabalho.

Bastien acariciou minhas costas, dando-me o sorriso que era sua marca registrada.

– No momento certo, minha bela. Tem algum lugar onde possamos conversar?

– Claro. Vamos para o meu apartamento. Você vai conhecer a minha gata.

Quando Bastien se afastou de novo para agradecer a Peter pelo jantar, Carter se aproximou de mim.

– Vai encontrar Seth em breve?

– Hoje, mais tarde – vendo sua cara de quem achava graça, fiz uma careta. – Então, termina logo, está bem?

– Terminar logo o quê?

– A parte em que você diz que é idiota tentar manter uma relação séria com um mortal.

O riso desapareceu de seu rosto.

– Não acho que seja idiota.

Eu o olhei, esperando alguma tirada espirituosa.

– Todo mundo acha.

– Seth acha? E você?

Afastei o olhar, pensando em Seth. Aquela expressão engraçada e distraída em seu rosto, quando a inspiração o tomava. A coleção boba de camisetas. A forma deliciosa como ele conseguia capturar o mundo no papel. O calor de sua mão segurando a minha. O modo como eu simplesmente não conseguia ficar longe dele, a despeito de ter um milhão de motivos para isso. De repente, presa nos olhos penetrantes de Carter, algo dentro de mim se abriu. Eu odiava como aquele anjo conseguia fazer isso comigo.

– Às vezes eu acho. De repente olho para ele... e lembro como foi quando o beijei e senti aquele amor. Fico querendo ter isso de volta, sentir aquilo de novo. Quero retribuir. Mas tem vezes... tem vezes que fico apavorada. Escuto esses caras falando... e Jerome... e as dúvidas ficam me atormentando. Elas não me saem da cabeça. A gente tem dormido junto, sabe? Até agora não teve problema, mas às vezes fico acordada, olhando para ele e pensando que isso não vai durar. O tempo vai passando e eu sinto como... como se estivesse me equilibrando numa corda bamba, com Seth numa ponta e eu na outra. Estamos tentando nos alcançar, mas um passo em falso, uma brisa, uma olhada para o lado, e eu vou despencar. E continuar caindo e caindo.

Inspirei, trêmula, ao terminar.

Carter inclinou-se para mim e afastou o cabelo que caía na lateral do meu rosto.

– Então, não olhe para baixo – ele sussurrou.

Bastien tinha voltado, e pegou o fim do meu monólogo.

– Quem é Seth? – quis saber mais tarde, já em meu apartamento.

– É uma longa história – ainda assim contei tudo.

Claro, contar a Bastien sobre Seth significava contar-lhe um monte de outras coisas. Como o recente confronto com o filho de Jerome, meio humano e meio anjo, um homem de beleza estonteante, com um senso distorcido de justiça social, empenhado numa missão quase psicótica de vingar-se dos outros imortais pelo tratamento horrível imposto a ele e à sua raça. Ser um bom dançarino e um amante fenomenal não bastava para compensar os assassinatos gratuitos de imortais inferiores e o atentado subsequente a Carter.

Isso, é claro, levou-me a explicar, em seguida, como Seth tinha testemunhado o embate inevitável e se ferido quando tive de beijá-lo para conseguir uma dose de energia de emergência. Jerome quis apagar da memória de Seth todo o episódio, bem como o amor que o escritor sentia por mim. Implorei ao demônio que não o fizesse, e por fim consegui convencê-lo, prometendo devotar todo o meu esforço à sedução e corrupção de homens decentes, como um súcubo obediente deveria fazer. A visita de Horácio tinha sido a prova definitiva do meu "novo e atualizado" eu.

Esparramado no sofá, Bastien escutou toda a história com atenção e franziu o cenho quando terminei.

– O que você quer dizer? Por que você já não pegava caras decentes antes?

– Estava cansada de fazer isso. Não queria mais prejudicá-los.

– E aí? Você só pegava os maus?

Assenti.

Ele sacudiu a cabeça, sabendo tão bem quanto eu que um mortal sem moral rendia pouquíssima energia, em comparação com um decente.

– Pobre Fleur. Que vida triste você deve ter tido.

Lancei-lhe um sorriso amargo e doce ao mesmo tempo.

– Acho que você é a primeira pessoa que fica com pena em vez de me olhar com ar incrédulo. A maioria acha que sou uma idiota.

– Sim, é difícil, e você precisa de doses mais frequentes, mas não acho que seja idiotice – concordou Bastien. – Acha que não tem dias em que sinto a mesma coisa? Quando só penso em desistir e deixar em paz as mulheres decentes?

– E por que não faz isso?

– Isso não é para a gente. Você e eu somos prostitutos nobres. Cortesãos, se quiser ser mais fina, mas é tudo a mesma coisa. Limitar-nos a pessoas desprezíveis não vai mudar nossos destinos. A longo prazo também não terá efeito nenhum, exceto aliviar um pouco nossos remorsos, e mesmo esse alívio não vai durar para sempre.

– Meu Deus, você não está me fazendo sentir nem um pouco melhor.

– Perdão.

– Não, não, tudo bem. Não importa. Quer dizer, é legal ter alguém com quem falar sobre isso. Os outros imortais não entendem direito.

Ele torceu o nariz.

– Claro que não entendem. Como poderiam? – meu silêncio mostrava que eu concordava, e Bastien me lançou um olhar carinhoso. – Não que seus amigos não sejam legais. Aqui na cidade não tem outros imortais com quem você possa se abrir? Algum súcubo ou íncubo?

– Há mais alguns vampiros e demônios inferiores, mas é só. Eles são menos sociáveis do que aqueles com quem eu ando. Tenho ainda alguns bons amigos mortais. Mesmo assim... não é a mesma coisa – dei um sorriso suave. – Eles não são você. Senti sua falta.

Bastien desarrumou meu cabelo, recebendo um olhar crítico da minha gata Aubrey.

– Também senti sua falta.

– Então, agora vai me contar o que está acontecendo?

Sua expressão séria tornou-se jovial.

– Não sei bem o que vai achar disso, depois de tudo que você me disse.

– Vamos lá, tente.

Escorregando do sofá, Bastien sentou-se ao meu lado, para podermos ficar frente a frente.

– Já ouviu falar de Dana Dailey?

– Eu vivo neste planeta, sabia? Ela é sempre minha primeira opção quando estou dirigindo e bate a vontade de ouvir algum papo bem comercial e conservador – não fiz força nenhuma para esconder o desdém. Além de promover valores familiares antiquados, a apresentadora Dana Dailey também gostava de abordar, em seu *talk show* no rádio, insinuações mal disfarçadas de cunho racista, homofóbico e até sexista. Eu não a suportava.

– Imagino que você faça isso com frequência. Sabia que ela mora em Seattle?

– Claro. É um milagre que ela não tenha derrubado o preço das propriedades por aqui.

– Engraçado você mencionar isso. Uma casa na vizinhança dela estava à venda faz pouco tempo.

– E daí?

– Daí que nossos patrões a compraram.

– O quê?

Sorrindo, ao saber que tinha me fisgado, Bastien inclinou-se para frente, entusiasmado.

– Preste atenção, Fleur, porque esta é a melhor parte. Ficamos sabendo de uns boatos sobre o ex-limpador de piscina da Sra. Dailey em San Diego. Ele afirma que teve um "envolvimento romântico" com ela.

Vasculhei o cérebro, lembrando ter visto um *outdoor* com uma foto de divulgação dela e do marido, um político.

– Você já viu o Sr. Dailey? Eu também escolheria o limpador de piscina. Que fim levaram os boatos?

– Ah, sabe como é. O mesmo que sempre acontece com boatos sem provas. Evaporaram, não deram em nada.

Esperei, cheia de curiosidade.

– Tá legal, e como a casa se encaixa nisso?

– Bom, como você disse, o marido dela não é nenhum galã. Claro, ela não vai se divorciar nem nada, afinal, isso poderia acabar com o futuro político dele e toda essa campanha moralista de valores familiares que ela faz no programa. Mas a tendência à safadeza sempre permanece. Se ela pulou a cerca uma vez, aposto como pode ser convencida a fazer isso de novo.

Dei um gemido quando as peças se encaixaram.

– Por exemplo, com um vizinho bonitão e refinado?

– Refinado? Realmente, você é muito gentil.

– E aí, o que vem depois?

– Então nós apenas deixamos as evidências aparecerem.

– Evidências?

– Bom, é. Não vamos fazer como o limpador de piscinas. Quando eu conseguir seduzir a ilustre Sra. Dailey para prazeres físicos que superam seus sonhos mais loucos, haverá uma câmera filmando. Vamos registrar tudo para a posteridade, e então ir atrás da imprensa. Exposição total, humilhação total. Fim da pregação pelo rádio para que as massas voltem a ter um comportamento puro e decente. Até a campanha política do marido dela será prejudicada, abrindo caminho para que algum oportunista liberal tome o lugar dele e ajude esta região a voltar ao caminho de corrupção que anseia tão desesperadamente.

– Caramba, parece tudo tão certinho.

Ele me olhou.

– Você está duvidando da genialidade do plano?

– Não sei. O plano é corajoso, mas acho meio esquisito, até mesmo para você. Não consigo imaginar Dana Dailey cedendo assim tão fácil.

– Deixe comigo essa parte de ceder.

– Seu ego está fora de controle.

Ele riu e me puxou para si. Era bom sentir seus braços em volta de mim. Era familiar. Reconfortante.

– Admita. É por isso que você me ama.

– É, você é como o irmão que eu nunca tive. Um irmão que não põe fogo no meu cabelo.

Os olhos dele faiscaram, maliciosos.

– E, mais uma vez, você apareceu na minha frente. Quero que me veja em ação, além, é claro, de me fazer companhia enquanto estou na cidade. Você tem que ir me visitar, como a irmã de Mitch.

– Quem?

Bastien de repente se pôs de pé e mudou de forma. As feições familiares se foram, sem deixar vestígios do íncubo libertino que eu conhecia. Com um metro e noventa e ombros largos, ele agora tinha cabelos loiro-escuros e olhos azuis da cor do céu, o rosto apenas começando a perder o aspecto de garoto bonito para dar lugar à promessa excitante de um homem experiente e confiante de trinta e poucos anos. Quando sorriu, seus dentes perfeitos brilharam.

Ele piscou para mim.

– Mitch Hunter – explicou ele, numa voz macia de ator de cinema. Sem sotaque.

– Você tem algum título igualmente brega para combinar? “Mitch Hunter, médico”, ou “Mitch Hunter, investigador particular”? Cairia bem.

– Nada disso. Sou consultor, claro. A ocupação burocrática favorita de todo mundo, genérica mas bem remunerada.

– Parece que você precisa de um taco de golfe numa mão e uma espátula de hambúrguer na outra.

– Pode zoar, mas Dana não vai conseguir resistir. Agora vamos ver o que você pode fazer – ele acenou para que eu me levantasse.

– Está brincando?

– Parece que estou brincando? Se vai me visitar, precisa ter um ar de moça de família.

Revirei os olhos e fiquei de pé. Após estudar as feições dele por um instante, transformei minha compleição miúda num corpo mais alto e atlético, com cabelo loiro comprido.

Ele me examinou e então sacudiu a cabeça.

– Bonita demais.

– O quê? Isto é perfeito.

– Esse corpo é irreal. Ninguém é assim tão bonita. Meu Deus, mulher, que bunda!

– Ah, qual é. Você acha que a irmã do agente especial Mitch Hunter não é do tipo que gasta duas horas por dia fazendo *step*?

– Nesse ponto você tem razão – Bastien grunhiu. – Pelo menos diminua um pouco o comprimento do cabelo. As mulheres que moram em condomínios no subúrbio preferem cortes sem graça e funcionais.

– É, mas eu não moro em condomínio. Sou sua irmã superantenada, estilosa...

Alguém bateu à porta. Ele me olhou com cara de interrogação.

– Ah! É Seth.

Voltei ao meu corpo normal, e Bastien fez o mesmo. Abri a porta.

Seth Mortensen, autor *best-seller* e tímido profissional, estava do lado de fora. Usando uma camiseta do Frogger e uma jaqueta de veludo, ele parecia ter se esquecido de novo de pentear o cabelo. Castanho com um leve reflexo acobreado, seu cabelo estava revolto, combinando com a perpétua barba por fazer.

Quando me viu, seus lábios curvaram-se para cima num sorriso, e só pude pensar em como pareciam macios e beijáveis.

– Oi – saudei.

– Oi.

A despeito da atração que ardia entre nós, sempre demorávamos um pouco para engatar a conversa. Convidei-o para entrar, e sua expressão vacilou um pouco quando viu Bastien.

– Oh. Olá.

– Olá – respondeu Bastien, estendendo a mão. – Bastien Moreau.

– Seth Mortensen.

– É um prazer. Já ouvi falar muito de você. Seus livros são fabulosos. Quer dizer, nunca li nenhum, pois não tenho tempo para isso, mas tenho certeza de que são magníficos.

– Hã, obrigado.

– Bastien é um velho amigo – expliquei. – Ele vai ficar na cidade por algum tempo a... trabalho.

Seth acenou com a cabeça, e o silêncio se colocou entre nós como uma quarta presença. Por fim, Bastien limpou a garganta. Eu podia ver em seu rosto que já estava perdendo o interesse, descartando Seth como quieto demais e nada emocionante. O íncubo queria ação.

– Bom, vou andando. Não quero interromper os planos de vocês.

– O que você vai fazer? – perguntei. – Ainda não deve ter muito o que fazer por aqui.

– Vou improvisar – ele piscou um olho para mim.

Lancei-lhe um olhar de quem sabia das coisas.

Bagunçando meu cabelo de novo, ele me abraçou e beijou minhas duas bochechas.

– Vou manter contato, Fleur. Acompanhe os noticiários.

– Não vou sair da frente da tevê.

Bastien acenou amigavelmente com a cabeça para Seth.

– Prazer em conhecê-lo.

Depois que o íncubo se foi, Seth perguntou:

– Quando você diz "velho amigo", isso quer dizer, tipo... desde a Era do Gelo?

– Não, claro que não.

– Ah.

– Faz só uns quatrocentos anos.

– Ah, sim. Só uns quatrocentos anos – em seu rosto surgiu uma expressão irônica. – Então, o que ele é? Lobisomem? Semideus?

– Nada tão excitante. Ele é um íncubo. Você já deve ter ouvido falar.

– Claro – Seth fez que sim, franzindo o cenho. – Como um súcubo, só que... ele tem que ir atrás de mulheres para sobreviver?

Fiz que sim.

– Uau. Por toda a eternidade. *Uau* – suas sobrancelhas se ergueram, enquanto um fascínio genuíno surgia em seu rosto. – Deve ser... uau. Deve ser mesmo difícil.

– Nem comece a ir por aí – meus olhos se estreitaram.

Bastien dissera que não queria interromper nossos planos, mas na verdade não tínhamos planejado nada além de passar a noite juntos. Acho que a maioria dos casais, quando acabam as opções, pode recorrer ao sexo ou pelo menos a uns amassos, mas a natureza da nossa relação exigia todo um planejamento. Discutimos algumas ideias.

– Quer alugar um filme? – ofereci. – Tenho alguns cupons.

Terminamos alugando *Gladiador*, e foi então que descobri que os cupons de locação gratuita de Horácio estavam vencidos fazia tempo.

– Aquele desgraçado!

– Quem? – perguntou Seth.

Mas é claro que eu não podia explicar. Malditos demônios.

Voltando para casa, Seth e eu nos aconchegamos no sofá enquanto víamos o filme, quentinhos e confortáveis, mas, ainda assim, a salvo do efeito pernicioso da minha condição de súcubo. Ele ouvia, divertido, enquanto eu apontava as incorreções históricas, a maioria delas referente ao fato de o Império Romano ter sido bem mais sujo e mal-cheiroso do que aparecia no filme.

Quando terminou, desligamos a tevê e ficamos sentados, juntos, no escuro. Seth me acariciava, passando os dedos entre meus cabelos e ocasionalmente acariciando meu rosto. Um pequeno gesto, mas, quando era tudo o que você podia fazer com a outra pessoa, ele se tornava espantosamente erótico.

Ergui os olhos para ele. Eu sabia o que via quando o olhava. Ele era tudo o que eu podia querer e tudo o que não podia ter. O companheiro amoroso e estável pelo qual eu ansiara todos esses anos. Perguntei-me o que ele via em mim. A expressão dele agora parecia afetuosa. Extasiada. E um pouco triste.

– *Mas teu eterno verão não se evanescerá*
Nem será perdida a beleza que possuis;
Tampouco poderá a Morte envolver-te em sombra,
Quando em versos imunes ao tempo estiveres traçada;
Enquanto a humanidade respirar e os olhos puderem ver,
*Este poema viverá e tu também viva estarás.**

* No original: *But thy eternal summer shall not fade/Nor lose possession of that fair ow'st;/Nor shall Death brag thou wand'rest in his shade,/When in eternal lines to time thou grow'st;/So long as men can breathe or eyes can see,/So long lives this, and this gives life to thee.* (N. T.)

– Soneto Dezoito – murmurei, pensando em como ele declamava bem. Droga, não era nem a habilidade para declamar. Quantos caras nesta era de mensagens instantâneas ainda conheciam Shakespeare? O meio-sorriso brincalhão iluminava seu rosto.

– Inteligente e bela. Como pode um homem contentar-se com uma mulher mortal?

– É fácil – retruquei. O receio dos meus amigos de repente ergueu-se ameaçador sobre mim. – Você poderia, sabe?

Ele piscou, e o olhar embevecido se esvaiu, dando lugar à exasperação.

– Ah, não. Não esta discussão de novo.

– Estou falando sério...

– Eu também. Não quero estar com mais ninguém neste momento. Já disse uma centena de vezes. Por que continuamos falando disso?

– Porque você sabe que não podemos...

– Nem vem. Ponha alguma fé na minha capacidade de me controlar. Além do mais, não estou com você por causa de sexo. Você sabe disso. Estou com você para estar com você.

– Mas como isso pode ser suficiente? – nunca tinha sido, para nenhum homem que conheci.

– Porque... porque... – ele ergueu meu queixo com a mão, a emoção em seus olhos fazia-me derreter por dentro. – Porque estar com você parece tão certo... como sempre deveria ter sido. Você me faz acreditar em uma força superior, ao menos uma vez na vida.

Fechei os olhos e pousei a cabeça no peito dele. Podia ouvir seu coração batendo. Ele me aconchegou contra o seu corpo, seu abraço era quente e firme, e senti que não conseguiria estar perto dele o bastante. Talvez eu devesse desistir da discussão naquele momento, mas ainda havia outra coisa em minha mente. Afinal de contas, eu tinha um certificado decorado com ouro em minha bancada.

– Mesmo que você possa se controlar... mesmo que consiga ficar sem sexo, você sabe que eu não ficarei.

As palavras doíam ao sair, mas o controle remoto da minha boca nem sempre funcionava direito. Além do mais, eu não queria meias-palavras entre nós.

– Eu não ligo – mas senti o modo como ele me segurava ficar um pouco mais rígido.

– Seth, você vai...

– Tétis, *eu não ligo*. Não importa. Nada importa exceto o que existe entre nós dois.

A ferocidade de sua voz, em contraste com sua placidez de sempre, encheu-me de prazer, mas não foi isso que me fez desistir da discussão. Foi a palavra "Tétis". Tétis. Tétis, a deusa que mudava de forma, que foi seduzida e conquistada por um mortal resoluto. Seth havia me atribuído esse nome quando descobriu que eu era um súcubo, e quando pela primeira vez deu a entender que meu *status* infernal não seria um obstáculo.

Puxei-o mais para perto. *Não olhe para baixo.*

Fomos para a cama logo depois, com Aubrey acomodando-se a nossos pés. Sentir o corpo de Seth enroscado ao meu sob as cobertas era um tormento, um indício cruel das restrições que nos cercavam.

Suspirei e tentei pensar em algo diferente de como o toque dele era bom, ou que delícia seria se ele deslizasse a mão dentro da minha camiseta. Dei um sorriso quando um pensamento bem assexuado me veio à mente.

– Quero panquecas.

– O quê? Agora?

– Não. Para o café da manhã.

– Ah – ele bocejou. – Então é melhor você acordar cedo.

– Eu? Não sou eu quem vai fazer.

– É? E quem vai fazer então? – em sua voz sonolenta havia uma piedade fingida.

– Você.

Estava claro, ao menos para Seth e para mim, que ele fazia as melhores panquecas do mundo. Elas saíam sempre perfeitas, leves e fofas. Por meio de alguma mágica culinária, ele conseguia até pôr carinhas sorridentes, quando as fazia para mim. Uma vez até colocou um G. Achei que fosse a inicial do meu nome, mas depois ele jurou que era de *goddess*, deusa em inglês.

– Eu? Você acha que vou fazer panquecas para você? Acha que vou mesmo? – os lábios dele tocaram o lóbulo da minha orelha; sua respiração estava quente sobre a minha pele.

– Você é tão bom nisso – choraminguei. – Além do mais, se você fizer, vou ficar sentada na bancada com um *robe* curtinho enquanto você cozinha.

Ops. Talvez as panquecas pudessem ter conotações sexuais, afinal de contas.

O riso suave transformou-se em outro bocejo.

– Está bem, então – ele beijou a minha orelha de novo. – Talvez eu faça mesmo.

Sua respiração ficou lenta e regular, e a tensão em seu corpo desapareceu. Ele dormia logo, sem qualquer preocupação ou tentação por eu estar em seus braços.

Suspirei de novo. Ele estava certo; de fato Seth tinha autocontrole. Se podia fazer isso, com certeza eu também conseguiria. Fechei os olhos e esperei que o cansaço me dominasse. Por sorte ele não se fez esperar; é o que acontece quando a gente fica acordada até muito tarde. Talvez esse fosse o verdadeiro truque para dormir de forma casta.

Acordei nos braços dele horas depois, ouvindo um barulho de música ruim dos anos setenta infiltrando-se suavemente pela parede. Um dos meus vizinhos tinha necessidade de fazer aeróbica ouvindo Bee Gees na hora do almoço. Insanidade comprovada.

Espere aí. Hora do almoço?

Sentei-me de repente, com o pânico lançando-me na consciência plena enquanto eu avaliava a situação. Minha cama. Seth esparramado ao meu lado. O ruído do trânsito à toda lá fora. A luz clara do sol de inverno entrando pela janela – muita luz do sol.

Temendo o pior, olhei para o relógio mais próximo. Eram 12:03.

Gemendo baixinho, tateei o chão em busca do meu celular, imaginando por que ninguém havia ligado me chamando para trabalhar. Olhando o visor, percebi que havia tirado o som durante o filme. *Sete novas mensagens de voz*, dizia o telefone. As panquecas já eram. Deixei o celular caído no chão de novo e olhei para Seth, tão fofo de camiseta e samba-canção de flanela, que por um instante aliviou minha frustração.

Eu o sacudi, desejando apenas poder me enfiar de novo sob as cobertas com ele.

– Acorde. Tenho que ir.

Ele piscou para mim, sonolento, aumentando ainda mais seu charme. Aubrey tinha um olhar parecido.

– Hã? Cedo demais.

– Não tão cedo. Estou atrasada para o trabalho.

Ele me olhou com uma expressão vazia por alguns segundos e então se sentou quase tão depressa quanto eu.

– Ah. Ah, caramba.

– Está tudo bem. Vamos indo.

Ele desapareceu no banheiro, e mudei minha aparência mais uma vez, transformando o pijama num suéter vermelho com saia preta, e meu cabelo solto tornou-se um coque bem-feito. Detestava fazer isso com tanta frequência, e preferia escolher as roupas no meu *closet*. A mudança de forma também gastava muito mais depressa minha energia acumulada, exigindo vítimas mais frequentes. Infelizmente, a premência do tempo exige certos sacrifícios.

Quando Seth voltou, examinou duas vezes minha aparência e sacudiu a cabeça.

– Ainda não consegui me acostumar com isso.

Achei que ele iria para casa dormir, mas me acompanhou à livraria. O café era seu lugar preferido para escrever. Quando chegamos à Emerald City Books & Café dei um suspiro aliviado ao ver que nem minha gerente Paige nem Warren, o proprietário da loja, pareciam estar por ali. Ainda assim, a loja já tinha sido aberta e estava funcionando sem a minha presença, e meus colegas madrugadores e tagarelas nos impediram de entrar despercebidos.

– Oi, Georgina! Oi, Seth!

– Georgina e Seth estão aqui!

– Bom dia, Georgina! Bom dia, Seth!

Seth me deixou e dirigiu-se para o andar de cima, onde gostava de escrever, e eu rumei para os fundos da loja. Estava tudo às escuras, o que me pareceu estranho. Nenhum dos gerentes estava lá. Alguém devia ter aberto a loja antes de mim. Acendi a luz na minha sala.

Estava tão concentrada tentando imaginar o que rolava, que o demônio me pegou totalmente de surpresa.

Com pele vermelha e vários chifres, ele saltou em minha direção, agitando os braços e emitindo grunhidos ininteligíveis. Soltei um gritinho e deixei caírem as coisas que trazia, retrocedendo.

Um instante depois recobrei-me, fui até ele e acertei-lhe a cabeça com toda a força que pude.

Capítulo 3

– Você é o maior babaca, Doug!

– Droga, isso doeu!

Doug Sato, o outro problemático assistente de gerência da loja e um dos mortais mais divertidos que eu conhecia, tirou a máscara de borracha que usava, revelando as belas feições herdadas de seus antepassados japoneses. Esfregou a testa enquanto me lançava um olhar ofendido. Observando com mais cuidado, vi que a máscara não era de demônio, mas de Darth Maul, de *A ameaça fantasma*. Eu devia ter notado. Nenhum demônio que se preze teria tantos chifres.

– O que você está fazendo? – abaixei-me para pegar minhas coisas espalhadas pelo chão. – O Halloween foi quase uma semana atrás.

– É, eu sei. Está tudo em liquidação. Comprei isso aqui por três dólares.

– E ainda pagou caro.

– Você nem devia estar reclamando, Srta. Apareço-Quando-Me-Dá-Na-Telha. Sorte sua que só eu estou aqui.

– Por que você está aqui?

Doug e eu ocupávamos o mesmo cargo. Nos dias em que nós dois estávamos lá, costumávamos trabalhar em turnos diferentes. Era melhor assim. Em geral distraíamos tanto um ao outro, que conseguíamos fazer só o trabalho de uma única pessoa. Às vezes menos.

Ele agarrou o encosto da cadeira de rodinhas e deixou-se cair sobre ela com tanta força que o impacto a fez rodar por metade da sala.

– Paige pediu-me para vir. Ela está doente.

Paige, nossa gerente, estava no sexto mês de gravidez.

– Como ela está?

– Não sei. Se melhorar, deve vir trabalhar mais tarde.

Ele rodopiou pela sala algumas vezes, então rodou até a mesa e batucou com as mãos sobre ela, num ritmo veloz. Imaginei que fosse de alguma música da banda dele.

– Nossa, você está com a corda toda hoje. Teve sorte na noite passada?

– Tenho sorte todas as noites, Kincaid.

– Tá legal. Daria para acreditar mais na máscara de demônio do que nisso.

– Tudo bem, talvez eu não tenha sorte *toda* noite agora, mas isso vai mudar. A banda está ficando sensacional.

– Sempre achei que vocês eram sensacionais – afirmei, lealmente.

Doug sacudiu a cabeça, com um brilho quase febril nos olhos escuros.

– Ah, não. Você não ia acreditar como está agora. Conseguimos um baterista novo, e de repente... é como se, sei lá... estamos fazendo coisas que nunca tínhamos feito antes.

– Por causa de um baterista? – franzi o cenho.

– Não, quero dizer, por causa de todos nós. Ele é só uma das coisas boas que aconteceram. É como... se tudo estivesse se encaixando no lugar certo. Você já teve dias assim, quando tudo é perfeito? Bom, faz semanas que tudo está assim para nós. As músicas. As apresentações. O estilo – seu entusiasmo era palpável, e me fez sorrir. – Vamos até tocar no Verona.

– Sério?

– É.

– É um lugar muito bacana. Quer dizer, não é o Tacoma Dome nem nada, mas você não conseguiria tocar lá se não incluísse um *monster truck* na apresentação.

Ele rodopiou a cadeira pela sala de novo.

– Você precisa ir lá me ver. Uma galera aqui da loja deve ir. Vai ser a noite mais sensacional da sua vida.

– Não sei, não. Já tive um monte de noites sensacionais.

– A segunda melhor, então. A não ser que esteja a fim de se juntar às minhas tietes. Eu deixaria você ser a líder, sabe? Você poderia sempre ficar com o primeiro pedaço.

Revirei os olhos, e então fiquei pensativa, quando os comentários sexuais me fizeram lembrar dos lances recentes com Seth.

– Ei, Doug, você acha que um homem e uma mulher podem namorar sem fazer sexo?

Ele tinha inclinado a cadeira bem para trás e voltou-a para frente de repente.

– Ah, meu Deus. Você *está* pensando em juntar-se às tietes.

– Estou falando sério. Duas pessoas namorando sem sexo. Fato ou fantasia?

– Tá legal, tá legal. Por quanto tempo? Uma semana?

– Não. Tipo meses.

– Eles são *amish*?

– Não.

– São horrorosos?

– Hã, não.

– Não.

– Não o quê?

– Não, eles não podem fazer isso. Não hoje em dia. Por que você quer saber?

– Por nada.

Ele me lançou um olhar perspicaz.

– Claro, por nada – ele não sabia sobre minha relação com Seth, mas me conhecia.

O telefone interno tocou, pedindo reforços nos caixas.

– Pedra, papel e tesoura? – perguntou Doug, girando a cadeira de novo.

– Não, eu vou. Tenho que compensar o atraso. Além do mais, acho que você precisa melhorar desse seu barato de cafeína. Ou de megalomania. Sei lá qual deles.

Ele me deu um sorriso e voltou para o jogo de Tetris que estava em pausa no computador que dividíamos.

Falando sério, não me importava em ir. Eu trabalhava porque curtia, não pelo dinheiro. A imortalidade era longa, e a profissão e o trabalho cotidiano regulavam a existência humana, mesmo que tecnicamente eu não fosse mais humana. Parecia-me certo trabalhar em algo, e, ao contrário de muitas outras almas infelizes neste mundo, na verdade eu gostava do que fazia.

Ao longo do dia, fui ver Seth diversas vezes, tomei muitos *mochas* de chocolate branco e me vi às voltas com o que se tornava um fluxo pesado de vendas, à medida que as férias se aproximavam. Chegou um ponto em que tive de chamar Doug para me ajudar. Encontrei-o em nossa sala, ainda jogando Tetris.

Estava abrindo a boca para dizer alguma gracinha sobre a ética no trabalho quando vi a tela do computador. Ele jogava Tetris com frequência, de modo que eu estava familiarizada com o jogo e com as proezas dele, mas o que vi agora era de enlouquecer. Sua pontuação era a mais alta que eu já tinha visto, e ele estava agora num nível tão avançado que as peças desciam velozes pela tela. Eu não conseguia acompanhá-las. Ele, porém, era capaz de pegar e encaixar todas, sem errar nenhuma.

– Meu Deus – murmurei. Não era possível que suas mãos e reflexos pudessem responder daquele jeito. O computador era capaz de implodir a qualquer momento. – Acho que nos últimos tempos as coisas estão se encaixando de verdade para você.

Ele riu, não sei se do meu trocadilho ou do meu espanto.

– Precisa de mim na loja?

– Sim... Se bem que isso agora parece um desperdício, comparado com essa maestria. É como interromper Michelangelo.

Doug encolheu os ombros, obediente, fechou o jogo e me seguiu para fora da sala. Imaginei o alívio do computador. Trabalhamos juntos, bem satisfeitos, pelo resto do meu turno. O bom humor dele pelo sucesso da banda manteve-o alegre e animado, fazendo o tempo voar. Quando deu minha hora, ofereci-me para fechar a loja no lugar dele, já que ele tinha vindo mais cedo que o esperado. Ele recusou a oferta.

– Esquece. Vá fazer alguma coisa divertida hoje à noite.

Quando eu estava saindo da loja, passei por uma estante de revistas e vi um exemplar do último número de *American Mystery*. Com letras grandes, uma das manchetes dizia: *Cady e O'Neill retornam! Seth Mortensen nos traz um conto exclusivo.*

Caramba! Que péssima namorada eu era. Seth me falara sobre a publicação iminente dessa história, e eu tinha esquecido completamente. Ela havia saído no dia anterior. Pelo visto, ficar com ele o tempo todo me fazia esquecer de sua produção artística. Antes da publicação do último romance dele, eu havia literalmente contado os dias no meu calendário até o lançamento. Fiquei morrendo de vontade, mas sabia que não ia poder ler a história naquela noite. Bastien havia me deixado um recado no celular dizendo que ia passar na minha casa mais tarde, e eu tinha a sensação de que ele iria me entreter durante boa parte da noite.

Amanhã, eu me prometi. Eu leria a história amanhã.

Eu mal havia chegado em casa quando Bastien apareceu trazendo comida tailandesa.

– Como estava hoje o mundo literário? – ele perguntou enquanto fazíamos um piquenique no chão da sala. Aubrey olhava-nos desconfiada, de uma distância discreta, os olhos gulosos fixos em um recipiente com *curry* verde. Ela nem ligou para o *pad thai*.

– Esquisito – refleti, lembrando a forma como havia dormido demais, o comportamento de Doug, o ritmo frenético das compras de início de férias. – E o seu dia?

Desde o momento em que cruzara minha porta, eu via em seu rosto que ele estava doido para me contar.

– Fantástico. Eu me mudei para a casa hoje. Você devia ver o bairro. É o sonho americano e muito mais. Eletrodomésticos enormes. Gramados impecáveis. Garagens para três carros.

– Três carros? E você tem um pelo menos?

– Claro que tenho. Carro da empresa.

– Humpf. Ninguém nunca me deu um carro da empresa.

– Isso porque você não está a um passo da Sedução do Século. Eu já até a conheci.

– Dana?

– É o primeiro dia, e ela veio até mim! Dá para acreditar? Parece que não tenho que fazer nada. A operação vai acontecendo por conta própria. Sou só um instrumento. Um brinquedinho, ou melhor, o brinquedinho de Dana.

– Não sei, não – notei, com frieza. – A menos que você continue e diga que ela também pulou sobre você e arrancou suas roupas.

– Bom, não. Na verdade, ela só apareceu para me dar boas-vindas ao bairro. Mas também me convidou para a festa que está organizando. "Um Churrasco em Novembro". Encantador, né?

– Adorável. Não havia nada que eu curtisse mais do que comer cachorro--quente no frio.

– É o tema da festa, Fleur – ele me cutucou com o cotovelo. – É divertido. E vai ser tudo dentro de casa. Sabe, você está virando uma cínica de carteirinha.

– Cínica, não. É que ainda estou bastante cética quanto a tudo isso. Parece elaborado demais para o que é. Trabalho demais para um pouco de sexo.

– Sexo? – ele estalou a língua e sacudiu a cabeça. – Cadê seu *laptop*?

Fui buscá-lo no quarto e ao voltar encontrei Aubrey lambendo as bordas do meu prato. Espantei-a e entreguei o computador a Bastien. Alguns cliques e logo ele estava no *site* do Comitê para a Preservação dos Valores da Família. A organização de Dana. A maioria dos programas de rádio dela estava arquivada e disponível para baixar. Ele escolheu um, e terminamos a refeição ao som de sua voz forte e melódica.

A primeira transmissão era sobre o homossexualismo. O CPVF mantinha uma aparência de doce bondade, um desejo de ajudar as pessoas e melhorar a vida americana. Assim, e uma vez que ser declaradamente racista ou sexista já não melhorava a imagem de ninguém, a organização adotava apenas posições com uma inclinação sutil nessa direção. A condenação aberta ao homossexualismo, porém, ainda não era um tabu total – infelizmente – e o grosso do programa envolvia o blá-blá-blá de Dana sobre a importância de "ajudar" essas pessoas a entender como o amor realmente devia ser, de acordo com a natureza e com Deus. A tolerância a esses estilos de vida equivocados, afirmava ela, levaria ao colapso de nossas famílias. As crianças. Pelo amor de Deus, pensem nas crianças.

O programa seguinte desprezava o abominável estado das roupas de hoje. Uniformes escolares e censura da moda eram os únicos caminhos a seguir. Como podemos esperar que as mocinhas cresçam com algum autorrespeito quando andam por aí vestidas como vagabundas? Isso levava a atos sexuais para os quais ainda não estavam preparadas, sem mencionar que dava a sensação de que seu valor vinha da aparência, não do caráter.

Pensei na calcinha rendada roxa que usava sob o *jeans* naquele momento. Que mal havia em conciliar caráter e *sex appeal*?

O terceiro programa que ouvimos abordava a inutilidade de ensinar aos adolescentes sobre sexo seguro e contracepção. O treinamento para a abstinência era a solução. Vamos mantê-los na ignorância completa. Ponto final.

– Chega – disse eu àquela altura. Os valores rasos e preconceituosos, disfarçados de amor e bondade, estavam prejudicando a minha digestão.

– Ainda acha que é só uma transa? – Bastien sorriu.

Estiquei-me, deitada de costas sobre o carpete, e pousei os pés em seu colo. Ele os massageou para mim.

– Odeio hipócritas, do bem ou do mal. Não importa o que eles proclamem.

– Você devia ouvir um pouco da história dela, alguns dos temas que ela e o grupo defenderam. Muita coisa bacana. Andei pesquisando o dia todo. Posso lhe mostrar.

Ergui a mão.

– Não, por favor. Acredito em você. Essa vaca precisa cair do cavalo, ok? Se eu tivesse uma espada, iria colocá-la nos seus ombros, e enviá-lo com minhas bênçãos.

Ele se deitou ao meu lado.

– Bom, então por que não se senta na primeira fila? Venha à festa comigo. Tenho certeza de que ninguém vai se importar se Mitch levar a irmã.

– Uma festa no Eastside? Minhas bênçãos não chegam tão longe.

– Ah, qual é? Você alimenta um desejo perverso de conhecê-la pessoalmente. Além do mais, já faz um tempo que não me vê em ação. Pode aprender umas coisinhas, pegar umas dicas.

Rindo, rolei e me deitei de lado, para observá-lo melhor.

– Como se eu precisasse de dicas suas.

Ele também se deitou de lado e deu um sorriso presunçoso.

– Ah, é? Então me prove. Vamos sair esta noite. Vamos caçar.

Meu sorriso murchou.

– O quê?

– Como nos velhos tempos. Vamos para uma boate, agitamos um pouco e então escolhemos nossas doses da noite.

Lembranças doces e amargas invadiram meu cérebro, rememorando os cabarés franceses do século dezenove. Bastien e eu saíamos em nossa melhor forma, então nos separávamos e voltávamos a nos encontrar pela manhã para rir e nos vangloriar de nossas conquistas. Esse jogo já não me atraía.

– Eu não faço mais isso. Já disse a você.

– É, mas você tem que sobreviver de algum modo.

– Estou sobrevivendo. Consegui uma dose uns dias atrás. Por enquanto estou bem.

– Uns dias atrás? – Bastien franziu o cenho. – Bah. Esse sujeito escritor está deixando você um saco.

– Ei, isso não tem nada a ver com ele. É uma escolha minha.

– Claro.

– Por que esse tom?

– Não sei. Quer dizer, no começo achei engraçado esse lance de namorar um escritor, embora o cara me pareça meio chato e talvez no final só faça você sofrer. Mas agora estou começando a pensar que pode ser sintoma de algum problema maior. Quer dizer, primeiro tem esse seu bloqueio com sujeitos decentes. Depois, o que você faz, mesmo? Assistente de gerência numa livraria? Isso sem falar que você tem um gato.

Aubrey o encarou, e eu fiz o mesmo.

– Não há nada errado em ter um gato. E Seth não é chato.

– Você é que sabe. Ele só não me parece grande coisa, é isso. Se está a fim de ficar obcecada por um mortal, posso lhe arranjar alguém melhor.

– Não quero alguém melhor. Isto é, não há ninguém melhor. Eu quero ele.

– Como quiser. Você está ficando comum, só isso. E costumava ser extraordinária.

– Ui. Tudo isso porque não quero sair com você esta noite?

Bastien deu de ombros.

– Tá legal, então. Vamos. Mas sem vítimas para mim.

– É justo.

Fomos para uma boate na Pioneer Square, ambos exibindo a beleza e a sensualidade perfeitas que só um íncubo e um súcubo podem alcançar. Eu havia prendido meu cabelo para cima num penteado révolto, maravilhosamente *sexy*, e usava um *top* azul-bebê, com um decote em V que descia quase até o umbigo. A abertura estava coberta por uma renda finíssima, que tornava inútil usar sutiã, que, claro, eu não usei.

A tensão entre nós evaporou assim que pisamos na pista de dança. O ritmo pulsava através de mim, e o movimento e o suor me embriagavam. Bastien e eu dançamos juntos por um instante, ambos cientes dos admiradores que atraíamos, mesmo num lugar tão lotado como aquele. A atração física envolvia muito mais do que a simples aparência. Ela incluía o olho no olho, a extroversão, e também o movimento. Íncubos e súcubos aprendem isso muito cedo, e os melhores movem-se com um charme que poucos humanos podem alcançar. Eu, que dançava bem antes de me tornar um súcubo, sabia estar entre os melhores no que dizia respeito à linguagem corporal. Observar-nos era irresistível. Era excitante por si só.

Depois de um tempo, separamo-nos. Os resultados dos jogos de súcubo às vezes me angustiam, mas a brincadeira em si é divertida. Muito divertida. Fui de parceiro em parceiro, deliciando-me com o efeito que criava, com o desejo que via acumular-se naqueles corpos com os quais eu brincava. Por isso é que, apesar de minhas reclamações frequentes, eu abrira mão da minha alma mortal em favor desta vocação.

Confesso que o pensamento tentador de voltar para casa acompanhada foi tomando forma, meu corpo aquecendo-se com a ideia das mãos de alguém sobre mim, mas então pensei em Seth e seu apego decidido ao compromisso que havíamos assumido. Não. Nada de vítimas supérfluas para mim esta noite. Eu podia ser boazinha. Eu queria ser. Esperaria até que precisasse de fato recarregar.

No outro lado da pista, Bastien cumprimentou-me com a cabeça ao deixar a boate, o braço ao redor de uma loirinha deslumbrada. Quando ele se virou, notei uma morena do outro lado.

Exagerado.

Eram duas da manhã quando finalmente voltei para casa. No dia seguinte acordei dolorida e cansada, e o tempo lá fora me fez sentir ainda pior. A chuva formava uma cortina cinzenta constante enquanto eu andava até a livraria. Tudo parecia mais frio. Fui criada no clima mediterrâneo; nunca consegui aceitar essas baixas temperaturas.

Ao chegar à loja, vi que, de novo, ela tinha sido aberta sem mim. Por mais estranho que fosse, porém, embora exatamente o mesmo pessoal estivesse dando expediente, não fui recebida com o estardalhaço do dia anterior.

Casey e Janice, nos caixas, interromperam o trabalho para me ver entrar, com expressões enigmáticas. Janice se inclinou para frente, murmurando algo no ouvido da outra garota. Ao perceberem meu olhar curioso, ambas deram um sorriso forçado.

– Oi, Georgina.

– Oi – respondi, intrigada e um pouco desconfortável.

Ao passar pelo balcão de informações, momentos depois, vi Beth me olhando também com ar estranho.

– Como estão as coisas? – perguntei, ao ver que ela não dizia nada.

– Ótimas – voltou-se depressa para a tela do computador diante dela.

Bom, em outras ocasiões eu já tinha recebido um bom número de olhares estranhos ao vir trabalhar, mas isso agora era esquisito até para mim.

Às vezes, depois de ter estado com um amante, a energia que eu absorvia dava-me um *glamour* que atraía os mortais de forma inconsciente. Era o mesmo brilho sobre o qual Hugh brincara durante o jogo de pôquer. Mas não era o caso agora. Minha última dose, como dissera a Bastien, havia sido uns dias antes. O brilho já devia estar atenuado a essa altura. Além disso, sei reconhecer olhares embevecidos quando os vejo. Mas agora não era isso. Eram olhares curiosos, de o-que-ela-está-fazendo, o tipo de olhar que você recebe quando tem comida no rosto ou um botão faltando. A probabilidade de ser um dos dois parecia pequena, mas enfiei-me no banheiro, só para checar.

Nada. Impecável. Uma saia longa de brim e um suéter azul-marinho que deixava um ombro à mostra. Ambos no lugar e perfeitos. Maquiagem em ordem. Cabelo solto, caindo até a altura das costas. Minha aparência típica. Nada que merecesse tanta atenção.

Supondo que estava vendo coisas demais, segui em frente até o café, recebendo um aceno cordial de Seth enquanto ele trabalhava em seu canto. Pelo menos ele agia normalmente.

Uma nova barista estava atarefada no balcão de café *espresso*, e ao me ver quase deixou cair os copos que carregava.

– O-oi – ela gaguejou, de olhos arregalados, olhando-me da cabeça aos pés.

– Oi – devolvi. Esta mulher sequer me conhecia. Por que também estava agindo de forma estranha? – Um *mocha* de chocolate branco, médio.

Ela levou um momento para entrar em ação, anotando meu pedido em um copo.

– Você é Georgina, certo? – ela me perguntou, curiosa, ao digitar o pedido no caixa.

– Hã, sim. Por quê?

– Nada, só ouvi falar de você – então baixou os olhos de novo.

Ela não falou mais nada depois disso, apenas fez o *mocha* e me entregou. Peguei-o, fui até Seth e me sentei diante dele. A barista continuou nos observando com interesse, mas virou de costas na hora quando nossos olhares se encontraram.

– Oi – cumprimentou-me Seth, olhos e mãos ocupadas.

– Oi – respondi. – Todo mundo está bem esquisito hoje.

Ele ergueu os olhos.

– Estão? – imediatamente reconheci o transe em que ele entrava quando mergulhava na escrita. Nessas condições, ficava ainda mais distraído e disperso que o normal. Um súcubo seria muito sortudo se conseguisse um efeito assim sobre um homem.

– É. Você notou alguma coisa? Sinto como se as pessoas estivessem me encarando.

Ele sacudiu a cabeça, reprimindo um bocejo antes de voltar a digitar.

– As coisas me parecem iguais. Gosto do seu suéter. Talvez seja isso.

– Talvez – concordei, um tanto reconfortada pelo elogio, mesmo que não acreditasse naquela hipótese. Não querendo distraí-lo ainda mais, levantei-me e me espreguicei. – Preciso voltar ao trabalho – passando os olhos pelo balcão de *espresso*, vi Andy, um dos caixas, pedindo um café. – Ali, viu aquilo? – sussurei para Seth.

– Vi o quê?

– Andy acabou de dar uma risadinha.

– Não, não deu.

– Deu, *sim*. Juro.

Enquanto descia de volta para a parte principal da loja, cruzei com Warren. Cinquenta e poucos anos, beleza atraente e moral questionável, o dono da loja tinha sido, no passado, meu amante habitual, antes que eu prometesse a Jerome que voltaria a seduzir homens bons. Warren e eu não transávamos já fazia um tempo. Considerando minha dieta atual de almas decentes, eu meio que sentia falta de uma ou outra que não me pesasse na consciência.

– Olá, Georgina – fiquei aliviada ao notar que pelo menos ele não me deu nenhum daqueles olhares espantados. – Suponho que estava lá em cima falando com Mortensen.

– Sim – concordei, imaginando se seria repreendida por não ter ido direto ao trabalho.

– Que pena que teve de usar as escadas. Temos um elevador, você sabe.

Eu o olhei de boca aberta. Claro que tínhamos um elevador. Era usado por clientes com problemas de locomoção e para o transporte de mercadoria, quase nunca com outras finalidades.

– Sim, sei disso.

– Só queria ter certeza – Warren piscou para mim e continuou subindo as escadas.

Sacudindo a cabeça, voltei para a parte principal da loja e assumi o lugar em um dos caixas, para que Andy fosse almoçar.

Janice e Casey ficaram pouco à vontade comigo no começo, mas com o tempo acabaram relaxando. O resto do pessoal, indo e vindo ao meu redor, continuava a me olhar com estranheza, cochichando com frequência, quando achavam que eu não estava vendo.

Num dado momento, quando Seth veio me dizer que precisava sair para fazer umas coisas mas que me veria mais tarde, Beth derrubou um livro e achei que ia desmaiar.

– Tá legal – exclamei, assim que Seth se foi. – O que está rolando?

Casey, Beth e Janice ficaram encabulados.

– Nada, Georgina, sério – Beth me deu o que era para ser um sorriso encantador. Os outros ficaram mudos, com os rostos perfeitamente inocentes, quase angelicais.

Não acreditei em nada daquilo, claro. Algo estranho estava acontecendo. Mais estranho que o normal. Eu queria respostas, e na loja só havia uma pessoa inocente o bastante para fornecê-las. Fechando o caixa, voltei para minha sala, onde Doug estava entretido no computador.

Entrando de repente, abri a boca, pronta para armar um barraco. Ele deu um pulo de quase um metro com a minha chegada, com os reflexos agindo numa velocidade assombrosa para não derrubar café do copo que ele acabava de levar aos lábios. Havia uma expressão engraçada em seu rosto, quase de culpa. Sem dúvida, outro jogo de Tetris estava em andamento.

Mas não foi isso que deteve a bronca. Uma sensação estranha percorreu minha pele, algo que tocava meus sentidos imortais, não os cinco que acompanhavam o corpo humano. Era esquisito, quase desconfortável. Como unhas arranhando um quadro-negro. Nada que eu pudesse identificar ou que já tivesse sentido antes. Olhei a sala ao meu redor, meio que esperando encontrar outro imortal escondido, mesmo que a sensação estranha não me tocasse, como a assinatura que em geral emanava de cada indivíduo.

Doug tomou todo o copo e então o pousou na mesa, observando-me com uma tranquilidade meio divertida.

– Posso ajudá-la em algo, Kincaid?

Piscando, corri os olhos pela sala mais uma vez, e então sacudi a cabeça. A sensação havia desaparecido. Que diabos? Eu podia culpar a imaginação estimulada pelo estresse, mas, depois de viver um milênio como súcubo, eu duvidava que meus sentidos imortais estivessem agora sendo atingidos por alucinações. Mas, ainda assim, a única coisa ali que poderia ser considerada sobrenatural ou divina era a maestria de Doug com o Tetris. Aquilo, pensei com mau humor, tinha mais a ver com horas e horas esquivando-se ao trabalho do que com qualquer tipo de mágica.

Recordando minha fúria indignada, coloquei de lado aquela esquisitice momentânea e voltei a ira de novo para a *outra* esquisitice na minha vida.

– Que porcaria é essa que está rolando? – exclamei, batendo a porta.

– Minha habilidade fantástica no Tetris?

– Não! Com todo mundo! Por que todos estão me tratando desse jeito bizarro hoje? Ficam me olhando como se eu fosse uma aberração ou algo assim.

A expressão de Doug ficou intrigada, e então vi a compreensão inundar seu rosto.

– Ah. Isso. Você não sabe mesmo?

Eu podia tê-lo agarrado pelo pescoço e sacudido.

– Claro que não sei! O que está acontecendo?

Com naturalidade, ele remexeu nos papéis sobre a mesa e pegou um exemplar de *American Mystery*. – Você ainda não leu o conto de Seth?

– Não tive tempo.

– Faça isso – ele jogou a revista para mim. – Tire seu horário do jantar em algum lugar que não seja aqui e leia. Não vou embora até você voltar.

Olhando a hora, percebi que o turno dele estava quase terminando.

– Mas o que isso tem a ver com...

Ele ergueu a mão para eu me calar.

– Só leia. Agora.

Fechando a cara, peguei a revista e saí da loja, acomodando-me em um dos meus cafés favoritos, na mesma rua. Pedida a sopa de mariscos, abri a primeira página, imaginando o que Doug esperava que eu encontrasse ali.

Como Seth havia explicado umas semanas antes, aquela era uma história fechada, um conto de mistério que não entrava muito na psicologia e no desenvolvimento geral dos personagens. Cady e O'Neill trabalhavam para uma instituição fictícia sediada fora de Washington, D.C., que investigava e resgatava relíquias arqueológicas e artísticas. Assim, ambos, com frequência, recuperavam obras de arte roubadas por ladrões internacionais ou decifravam códigos misteriosos em alguma peça de cerâmica. Ao estilo tradicional do gênero, Bryant O'Neill trabalhava como uma espécie de agente de campo, fazendo a maior parte do trabalho físico, metendo-se em muitas brigas e coisas assim. A tímida Nina Cady concentrava-se na pesquisa, muitas vezes varando a noite para desvendar alguma pista em textos antigos.

Esta história em particular continha diversos desses elementos, mas, como sempre, a escrita elegante de Seth e seus diálogos rápidos e espirituosos tornavam a leitura cativante. Numa outra vertente, coerente com o comportamento dos personagens, O'Neill quase sempre se envolvia com alguma bela mulher, embora o último livro de Seth tivesse subvertido o padrão, deixando, finalmente, que Cady se divertisse um pouco. A história que eu lia agora caía no esquema tradicional, e O'Neill, com seu jeito sempre afável e charmoso, dava em cima da deslumbrante curadora de um museu:

> Genevieve flanava pelas salas de exposição, uma rainha entre os súditos, examinando pessoas e vitrines de forma calculada e cheia de autoridade. Com aqueles olhos castanhos salpicados de verde, fazia-o pensar em um gato avaliando a próxima refeição. Ele se sentiu como uma presa perfeita quando a mulher parou na sua frente, presenteando-o com um olhar lânguido que escorreu pelo corpo dele, enquanto, com a língua, ela umedecia de leve seus lábios carnudos.
>
> *Ah, Deus, que eu seja um camundongo*, pensou ele.
>
> – Sr. O'Neill – ela ronronou, afastando do rosto uma mecha de cabelo brilhante. Suaves reflexos cor de mel adornavam as ondas castanho-claras, como veios de ouro na rocha. Ele desejou enterrar sua face naqueles cabelos. Desejou prová-los. – Está atrasado.
>
> A despeito da diferença de altura de mais de um palmo, ele sentiu-se como o subordinado ali, como se devesse redimir-se pelo atraso e ajoelhar-se diante dela. Não que ele se importasse em fazê-lo, decidiu, tentando não cravar os olhos no tecido fino do vestido que moldava-se aos quadris e aos seios fartos. Aqueles seios, ele pensou, eram perfeitos. Decididamente impressionantes pelo tamanho, mas não fora de controle. E o formato... ah, nem um mestre escultor jamais conseguiria reproduzir aquelas curvas deliciosas!
>
> Percebendo que ela aguardava uma resposta, ele arquivou seus pensamentos no D, de *Depois*, e deu-lhe um sorriso imperturbável.
>
> – Mil perdões – aquele talvez não fosse o momento de mencionar o ataque sofrido pouco antes, no hotel. – Mas costumo jamais ter pressa. Ao menos quando há uma mulher envolvida.

Sendo este apenas o mais suave dos diálogos insinuantes, não me surpreendeu quando as coisas esquentaram entre eles, perto do desfecho da história. Afinal, pensei, não seria um verdadeiro episódio de Cady e O'Neill se ninguém marcasse um gol. E, caramba, que gol ele fez. As comparações felinas eram bem acertadas, porque Genevieve era uma gata no cio. Ela terminou amarrando O'Neill em um elevador, submetendo-o a uma série de atos pervertidos que fizeram com que até eu erguesse uma sobrancelha. Fiquei espantada por não terem sido cortados pela *American Mystery*, mas estaria mentindo se dissesse que não era um pouco excitante saber que tanta sordidez havia saído da mente do tranquilo e gentil...

Elevador.

Temos um elevador, você sabe, tinha-me dito Warren.

Cabelo castanho-claro. Olhos castanho-esverdeados. Miúda. Belos seios.

– Ahh! – gritei, soltando a revista como se ela pudesse me morder. Ela caiu dentro do meu prato agora vazio, e uma garçonete que passava me olhou assustada. Apressada, deixei algum dinheiro em cima da mesa, peguei o casaco e a bolsa e corri de volta para a livraria. Doug ainda jogava Tetris em nossa sala, mas eu estava transtornada demais para ficar admirando mais uma performance espantosa.

Todos aqueles olhares. Os sussurros e as risadinhas. Tudo fazia sentido agora.

– Eles acham que sou eu! – eu disse a ele, fazendo-o pular pela segunda vez naquele dia. – Genevieve. Todos eles pensam que sou alguma *dominatrix* faminta, que usa cordas e tem fetiche por elevadores!

Doug ergueu uma sobrancelha.

– Quer dizer que não é?

Capítulo 4

– Doug!

– Grande coisa – ele deu de ombros. – Quer dizer, é bem *sexy*, na verdade.

– Mas eu não fiz essas coisas. Não sou eu, sério.

– Ela fala como você. O nome dela também começa com G.

– Mas não sou... – engoli em seco, também reconhecendo as semelhanças.

Doug me observava, avaliando-me.

– Você não pode culpar o pessoal, na verdade. A descrição de vocês duas combina, e todo mundo sabe que você e Mortensen são amigos... isso sem falar que você é uma grande fã, e coisa e tal. Depois de lerem a história, Casey até observou, de forma brilhante, que vocês dois chegaram juntos ontem. Você devia ver a fofoca que isso deu.

– Mas... isso não foi nada – ninguém ali na loja sabia que Seth e eu estávamos namorando. Eu não queria que fosse de domínio público. – Nós não fizemos nada.

– Que pena – Doug deu de ombros de novo, erguendo-se da frente do computador. – Você não cairia no meu conceito se tivesse feito, sabe? É problema seu, de qualquer forma.

– Não quando está impresso para todo mundo ver – gemi.

– Eu achei que era tudo ficção – ele me lembrou com um sorriso malandro, vestindo o casaco.

– E é! Doug, o que eu vou fazer?

– Não sei, Kincaid. Tenho certeza de que vai pensar em algo. Quem sabe começar perguntando a Mortensen por que ele está colocando as fantasias dele para todos verem – ele apertou minha bochecha e esquivei-me para longe do seu alcance. – Quanto a mim, tenho um ensaio. Grande noite amanhã. Até mais.

Meu turno prosseguiu de forma deprimente depois disso. Agora que eu sabia o porquê dos olhares, o episódio transformava-se em uma situação inteiramente nova de humilhação. Eu odiava especulações vazias, odiava que as pessoas pensassem coisas horríveis de mim. Quer dizer, não que eu *nunca* tivesse amarrado alguém antes ou tivesse feito sexo em um elevador, mas puxa vida. Não era o tipo de coisa que eu quisesse que as pessoas discutissem publicamente. Eu gostava de manter a discrição nos meus casos amorosos.

Assim, tentei ficar na sala o máximo possível, saindo apenas quando minha ajuda era absolutamente necessária, e para verificar se Seth já voltara. Por fim, poucas horas antes de fechar, vi que tinha retornado a sua mesa. Sentei-me diante dele, enfurecida, sem sequer me importar com o que os outros pensariam ao nos ver juntos.

– Por que você fez aquilo? Por que escreveu sobre mim daquele jeito?

Seth ergueu os olhos do *laptop*, sua expressão mostrando claramente que sua atenção estava muito mais naquilo que escrevia do que em mim. Até onde eu sabia, a essa altura eu podia muito bem estar no meio de uma orgia, em algum romance por aí.

– O quê?

– O conto! – joguei a *American Mystery* na mesa, com violência. – Você me colocou nele. Sou Genevieve.

Ele piscou.

– Não, não é.

– Ah, não? Então por que os dois nomes começam com G? Por que somos parecidas?

– Você não se parece nada com ela – ele rebateu.

– Não é o que metade da loja acha. Eles acreditam que sou eu! Eles pensam que você descreveu algo que fizemos em um elevador.

A compreensão se espalhou por seu rosto, e para meu horror ele abriu um sorriso.

– Sério? Que engraçado.

– Engraçado? Isso é terrível. Todos eles acham que sou tarada por *bondage*.

– Tétis – ele começou, suave, ainda com aquela calma irritante. – Eu...

– Não tente me acalmar. Não vai funcionar.

– Escrevi essa história uns seis meses atrás. Muito antes de conhecer você. O mundo editorial não anda tão depressa assim.

– Bom, os outros não sabem disso – eu estava à beira das lágrimas.

– Eu nunca usaria alguém de forma tão declarada.

– É? Bom, eles também não sabem disso – disse eu, desabando contra o encosto da cadeira, infeliz, de braços cruzados.

Seth suspirou, com os olhos castanho-âmbar cheios de compaixão enquanto me olhava.

– Olha, você quer que eu fale alguma coisa? Diga a eles que não é você?

– Deus, isso só iria convencê-los ainda mais de que sou eu. Além do mais, o que você faria? Convocaria uma coletiva de imprensa para limpar meu nome?

– Sinto muito – ele me disse, muito sério. – Nunca pensei que algo parecido aconteceria – e hesitou. – Você... você ainda quer sair amanhã de noite? Quer dizer... se você não quiser...

A boa e velha timidez, tão adorável, recaiu sobre ele, e não pude continuar brava.

– Não – respondi. – Ainda quero ir, mas... Acho que a gente devia, bom, chegar separado no *show*. A maior parte do pessoal vai estar lá, sabe?

Ele abriu a boca para falar, mas reconsiderou. Desconfiei de que estivera a ponto de me acusar de exagerada, mas talvez a fúria que eu demonstrava o tenha feito pensar melhor. Seth não era bem do tipo que gostava de confrontos. Ou, considerando o humor em que eu me encontrava, talvez não fosse do tipo idiota.

– Tudo bem – disse ele por fim. – Vamos nos encontrar lá.

– Georgina?

Levantando o olhar, vi Paige parada ao nosso lado, com cara de total desaprovação. Eu não tinha sequer notado sua aproximação. Ela usava outro dos seus lindos terninhos de mulher poderosa, desta vez de um violeta chamativo que ficava deslumbrante contra sua pele escura.

– Posso conversar com você por alguns minutos? – perguntou, num tom sombrio. – Em particular?

Eu a segui até a sala dela, deixando que fechasse a porta atrás de nós. Não foi surpresa alguma ver um exemplar de *American Mystery* sobre sua mesa.

– Então – começou ela, seca. – Tenho ouvido alguns boatos...

– Droga. Não sou eu.

Em seguida, relatei-lhe minhas próprias descobertas recentes, ressaltando a observação de Seth sobre o tempo que um texto leva para ser publicado. Ao terminar, acho que a convenci da minha inocência, embora todo aquele boato sórdido que corria pela livraria obviamente ainda a perturbasse.

Olhando para o vazio, Paige tamborilou suas unhas vermelhas na mesa, enquanto pensava o que fazer.

– Isso será esclarecido em seu devido tempo com o pessoal. Ou então eles apenas vão perder o interesse. Não gosto é da ideia de gente de fora tirando conclusões. Você *parece* com o personagem, e qualquer um que leia a história pode cometer o mesmo erro. Não quero que corram por aí boatos de que uma das razões de Seth escrever aqui é que ele recebe favores sexuais como bônus, cortesia de nossos funcionários.

– Ah, meu Deus – cobri o rosto com as mãos, imaginando como as celebridades lidavam com escândalos realmente grandes. Este, apesar de pequeno, já era péssimo. Eu queria sumir. Ele manchava a beleza daquilo que Seth e eu tentávamos construir.

– Acho que a melhor forma de lidar com isso é...

Suas palavras morreram quando uma expressão de dor apareceu em seu rosto e uma das mãos segurou sua barriga.

– Você está bem? – fiz menção de ir na direção dela.

Ela assentiu com a cabeça, forçando um sorriso tenso.

– Não... não é nada.

– O caramba que não é. Você tem que ligar para o médico... ou pelo menos ir para casa.

– Não, vai passar. Além do mais, tenho muita coisa para fazer. Preciso montar o novo cronograma e checar os números do inventário.

– Bobagem. Eu posso fazer isso.

Ela fez que não com a cabeça, insistiu de novo e eu insisti de volta. No fim, Paige cedeu, o que apenas confirmava que algo estava muito errado. Quem entrava num confronto direto com ela raramente ganhava.

Assim, terminei meu turno fazendo o trabalho extra que seria dela, e servindo como reforço. Era cansativo, mas fiquei satisfeita em fazer isso, ainda preocupada com ela e o bebê. Quando fechamos, fui direto para o condomínio no subúrbio, seguindo as indicações que Bastien me dera.

Quando estacionei diante da casa, fiquei uns minutos dentro do carro, só olhando.

Bom, eu tinha algumas ideias bem consolidadas sobre o Sonho Americano. Afinal, eu vivera a época em que o termo foi inventado. Eu o vi nascer, vi a mitologia que o cercou, vi as cercas brancas de madeira, e os bairros bonitinhos e bem arrumados. Eu tinha até assistido à série de tevê *Leave it to Beaver*. O irmão de Seth, por exemplo, vivia ao norte da cidade e tinha conseguido uma boa grana.

Mas isto agora? Este era o Sonho Molhado Americano.

A casa de Bastien não terminava nunca, estendendo-se, ostensiva, para além de sua fachada de mármore. Mesmo se tivesse mulher e filhos, eu duvidava que conseguisse enchê-la, e, de qualquer forma, o tipo de pessoa que vivia nesses lugares não tinha famílias grandes. Afinal, esta era a geração que tinha quantos, 1,75 filhos?

A garagem possuía três portões, conforme anunciado, e arbustos e árvores ornamentais decoravam o gramado com muito bom gosto. Como já estava escuro, não consegui ver em detalhes o resto da vizinhança, mas imaginei que encontraria mais do mesmo. A casa ao lado estava toda iluminada e cheia de gente. Era ainda maior que a de Bastien, e devia ser o local da festa.

– Você está tentando compensar algo? – perguntei quando o íncubo abriu a porta.

Mitch Hunter me presenteou com um sorriso de um milhão de dólares.

– Minha doce irmã, nós dois sabemos que não é verdade. Adorei seu corte de cabelo.

Eu viera como Tabitha Hunter, esguia e loira, mas tinha feito uma concessão às críticas dele e deixado o cabelo na altura dos ombros. Ele me deu um beijo no rosto e fez com que eu entrasse, para um *tour* rápido.

Depois de passarmos por alguns aposentos, tudo começou a ficar igual. Pisos de madeira de lei. Paredes muito bem pintadas. Eletrodomésticos pretos e elegantes. Revestimento de madeira. Uma banheira de água quente ao ar livre. Quartos de hóspedes suficientes para receber uma tropa de escoteiras. E enfeites bonitinhos e bem localizados por toda parte.

– Isso não está indo um pouco longe demais? – perguntei, apontando para uma cópia emoldurada do Pai Nosso no *hall* de entrada.

– Tabitha, meu amor, o homem não pode sobreviver só de pão. Nós podemos, porém, sobreviver com deliciosos aperitivos e hambúrgueres, então vamos lá.

Chegamos muito depois do começo da reunião, uma vez que eu estivera trabalhando, e a festa estava a todo vapor. Talvez eu não devesse ter sido tão rápida em menosprezar aquele pessoal, afinal de contas.

– Mitch! – chamou uma voz forte enquanto abríamos caminho por entre a multidão. A maioria das pessoas vestia-se de acordo com o tema de churrasco, com *shorts*, camisetas e estampas havaianas.

– Olá, Bill – respondeu Bastien, estendendo a mão para um homem sem charme mas bem arrumado, de cabelo preto com mechas prateadas. Eu o reconheci das fotos. Era o marido de Dana. – Esta é minha irmã, Tabitha. Espero que não se importe por tê-la trazido.

– Não, não! Para mim, quanto mais gente, melhor – ele se permitiu uma risadinha falsa e sorriu para mim, formando rugas no canto dos olhos. – Sobretudo se forem tão bonitas. Me faz querer ser mais jovem – brincou ele, com uma piscadinha.

Incapaz de resistir, ergui o olhar para ele, por entre os cílios, e disse, timidamente:

– Sempre achei a idade algo meio irrelevante, Bill – apertei a mão que ele me oferecia. – Mas sempre gosto de aprender com quem tem mais... experiência.

Os olhos dele se arregalaram de leve, ao mesmo tempo intrigados e alarmados.

– Bem – disse ele, depois de um instante desconfortável. – Acho que preciso circular por aí – ele se lembrou de soltar minha mão. – Fiquem à vontade para comer alguma coisa, e não se esqueçam de experimentar a piscina.

Ele passou os olhos por mim e pelo meu sorriso sedutor, parecendo avaliar-me, hesitou e então partiu, relutante.

– Nunca mais faça isso – sussurou Bastien, levando-me pelo braço na direção da cozinha.

– Fazer o quê?

– Dar mole para este pessoal! Você deve reforçar minha imagem de integridade, não provocar o marido do meu alvo.

– Eu não estava provocando ele. Além do mais, e daí? Vamos provocar um escândalo com os dois.

– Não. Só Dana. O *show* é meu.

Olhei-o atravessado, mas não disse nada. Ele me queria como observadora, mas não como participante. Fazia sentido. Toda a glória para ele, e os elogios vindos de cima. Ele sempre tivera essa necessidade competitiva de exibir seu brilho. Era uma das coisas que eu gostava nele, o desejo ardente de demonstrar ser o melhor. Acho que no passado também tive essa vontade, mas não possuía mais. Por mim, ele que recebesse toda a fama e fortuna por este trabalho.

– Apenas seja minha irmã, doce e angelical – ele continuou num sussurro. – Se possível, minha irmã doce, angelical e *frígida*.

Andando pela casa, tive oportunidade de observar melhor o tema da festa. Palmeiras falsas. Sóis decorativos reluzentes por toda parte. Mesinhas com aperitivos dispostas aqui e ali, repletas de ovos recheados, salsichas de coquetel e cubinhos de queijo. Era meio bobo, mas estava claro que alguém tinha dado bastante atenção aos detalhes. Gostei disso. Todos os outros convidados se pareciam com Bill... e com Bastien e comigo, percebi. Boa aparência, cada fio de cabelo no lugar. Roupas de boa qualidade, conservadoras (de um modo tropical). Classe alta. Brancos.

Eles me assustavam.

A cozinha revelou-se o verdadeiro centro da comida, e decidi apenas empanturrar-me em vez de arriscar mais conversas que pudessem perturbar

Bastien. Abasteci um prato de papel com um hambúrguer, salada de batata e uma sobremesa bizarra de gelatina-fruta-chantili.

Meus esforços no sentido de apenas comer sem ser notada mostraram-se vãos, e logo me vi cercada por um grupo de mulheres. Não soube de onde elas saíram. Num minuto eu estava comendo, no minuto seguinte seis rostos perfeitos sorriam para mim. Eram como uma matilha de cães selvagens, latindo sem parar, acuando a presa solitária. Elas conseguiram até me separar de Bastien, para me estraçalharem melhor. O íncubo agora estava do outro lado da sala, com um grupo igualmente esfomeado de homens, sem dúvida discutindo sobre charutos e cortadores de grama. Lancei-lhe um olhar de pânico, mas ele apenas encolheu os ombros.

– A irmã de Mitch – piou uma das mulheres. – Eu devia ter notado! Vocês são exatamente iguais.

– Bom, não *exatamente* – disse outra, com uma risadinha boba. Ela usava um colete de lã bordado. Credo.

– Estávamos falando sobre carimbos. Você usa carimbos, Tabitha?

– Hã, carimbos? – perguntei, com uma ruga na testa. – Bom, no correio eles carimbam minhas cartas...

As Esposas de Stepford* deram risadinhas.

– Ah, que engraçado.

– São carimbos de artesanato. Para decoração – explicou uma delas. Ela se apresentou como Jody, o único nome de que pude me lembrar no grupo. Talvez porque ela parecesse ter um QI ligeiramente mais alto que o resto. E era a única de nós que não era loira. – Servem para estampar coisas.

Ela vasculhou sua bolsa e tirou de lá um pequeno convite num bonito cartão cor de marfim. Trepadeiras enoveladas e flores decoravam a frente dele.

– Este é o convite que Dana fez para esta festa.

Arregalei os olhos.

– Sério?

Eu tinha imaginado aquele tipo de carimbo que as crianças usam nos trabalhos escolares. Mas o convite estava muito bem estampado, com várias cores. Parecia profissional, como algum produto da Hallmark.

– Mitzi vai dar uma festa de estampagem com carimbos na semana que vem – exclamou outra das mulheres. – Poderíamos ensinar a você como se faz.

– Aah... seria tão divertido!

---

* Referência ao livro *The Stepford Wives*, de Ira Levin.

– Sim! Vamos fazer isso!

– Nossa, parece que é uma coisa que toma muito tempo – eu disse a elas, desejando desesperadamente estar em qualquer outro lugar. Eu tinha certeza de que conseguiria me sair muito melhor falando sobre charutos e cortadores de grama do que sobre carimbos. – Não sei se eu teria tempo.

– Ah, mas vale tanto a pena – uma delas garantiu, com muita seriedade. Ela usava brincos com letras penduradas que soletravam *ALOHA*. – Betsey e eu fizemos convites para o chá de panela da irmã dela o dia todo ontem, e o tempo voou.

– Vocês usaram aqueles carimbos lindos de pombo? – arrulhou outra, ela mesma não muito diferente de um pombo. – Passei a terça-feira toda procurando por eles no *shopping*.

– Vocês não trabalham? – perguntei, intrigada com o uso frequente de "o dia todo". Um século atrás, não teria me espantado. Mas estamos na era da assim chamada mulher moderna. Já não se esperava que passássemos o tempo em salas de estar, ou que desmaiássemos por usar espartilhos.

Elas se viraram para mim, de boca aberta.

– Bom, tem tanto trabalho para fazer em casa – disse Jody, finalmente. – A maioria de nós está ocupada demais com essas coisas.

Com carimbos?

– Além do mais, a gente nem precisa – riu Bitsy, ou Muffin, ou qualquer que fosse a droga do nome dela. – Você trabalha?

– Bom, sim...

– O que o seu marido faz?

– Ah, eu não sou casada.

Com isso recebi mais olhares espantados, e de repente elas irromperam com ideias e sugestões de "solteiros perfeitos" que trabalhavam com seus maridos.

Eu *tinha* que sair dali. Ou então pegar o porco de ferro fundido vestido de avental que estava na mesa da cozinha e bater em mim mesma até ficar inconsciente.

Virei-me ansiosa para Jody.

– Ouvi dizer que tem uma piscina, é verdade?

– Claro que sim – animou-se ela. – Vou lhe mostrar.

Nós nos afastamos das outras, e ela me levou para os fundos da casa.

– Perdão se elas são intensas demais – ela se desculpou. – Eu meio que me sinto responsável pelo frenesi dos carimbos.

O fato de usar a palavra "frenesi" me fez rir.

– Como assim?

– Fui eu que dei a ideia – seus olhos escuros brilhavam. – Mas nunca pensei que a coisa chegaria tão longe. Eu era professora de artes no ensino fundamental, e às vezes elas me lembram as crianças. Mas são todas boas almas.

– Por que não dá mais aulas? – fazer desenhos com crianças me parecia um trabalho bem legal. Pelo menos, dar notas devia ser fácil.

– Bom, Jack gosta que eu fique em casa, e desse jeito posso dar vazão às minhas tendências artísticas no meu próprio lar... e ensinar as vizinhas. Cada vez que me interesso por um projeto novo, nossa casa é a mais afetada: cerâmica, bijuterias, aquarela...

– E carimbos?

– E carimbos – ela riu.

– Você não poderia, sei lá, dar aulas em meio período e ainda conseguir manter a casa?

– Talvez. Mas também tenho minhas tarefas no CPVF, de modo que minha agenda é bem apertada.

CPVF? Droga. Por um minuto, Jody me parecera uma pessoa bem bacana.

– Você é membro do comitê?

A expressão dela demonstrou alguma surpresa.

– Sim, é claro. Todas nós somos. Você devia vir a um encontro um dia desses. Sei que Dana gostaria muito de ter você.

– Onde está Dana? – eu sequer tinha visto nossa atração principal da noite. – Quer dizer, sou superfã dela. Quando Mitch me disse que viríamos aqui, nem pude acreditar.

Apertando os lábios, ela olhou ao redor com o cenho franzido.

– Na verdade não tenho certeza de onde ela está. Deve estar rodando por aí. Todos querem falar com ela. Mas não se preocupe, você vai vê-la antes de ir embora.

– Seria fantástico!

Ela sorriu e apertou de leve a minha mão.

– Espero que você venha mais vezes. Ah, aqui está.

Chegamos a um grande solário, todo de vidro, que circundava uma piscina muito azul. Parecia adorável e convidativa. Quando Jody perguntou se eu tinha trazido maiô, garanti a ela que usava um por baixo da roupa, e agradeci por me ajudar. Ela voltou à festa e eu procurei um banheiro, de onde saí com um biquíni turquesa, depois de uma transformação.

Algumas pessoas me olharam com curiosidade, talvez tentando imaginar quem eu era, mas me deixaram em paz quando entrei na piscina. Mergulhei, e comecei a nadar, percorrendo a piscina de uma ponta a outra, desfrutando da solidão que a água oferecia. Havia muito tempo que eu não fazia isso. Sabia que Seth nadava numa academia local; ele dizia que isso às vezes ajudava a clarear as ideias. Nós devíamos ir juntos um dia desses. Ou, melhor ainda, ir a algum lugar onde pudéssemos nadar no mar. Sim, isso seria uma boa. Praias iluminadas pela luz do luar e clima tropical, longe desta chuva miserável. Maui. Cancún. Droga, por que teríamos de ficar limitados à América do Norte? Podíamos ir à Riviera francesa, às ilhas gregas...

Eu estava tão entretida com minhas fantasias, que, ao sair da piscina, não notei a mulher à minha frente. Desviei, sempre ágil com os pés, conseguindo por pouco evitar a colisão.

– Perdão – disse. – Eu não vi...

Fiquei paralisada. Era Dana.

Ela era exatamente igual às fotos de divulgação. Esguia, altura mediana, cabelo preto na altura do ombro e olhos azuis penetrantes. Sua biografia atribuía-lhe quarenta e tantos, mas ela parecia bem mais jovem. Resultado de uma vida sadia, imaginei. Ela usava um *short* cáqui e uma camiseta verde, recatadamente coberta por uma camisa amarrada em um nó sobre seu estômago.

Um sorriso suave e frio brotou em seu rosto, e os olhos me fizeram pensar em um falcão em busca da presa.

– Não foi nada – disse ela, na mesma voz hipnótica do rádio. – Acho que não nos conhecemos. Sou Dana – ela estendeu a mão e eu a apertei.

– Sim, é claro que é. Quer dizer, eu sei quem você é. Já vi suas fotos. Hã, quer dizer, sou superfã sua...

– E você é...?

– Ah, desculpe. Sou Tabitha Hunter. A irmã de Mitch. Mas você talvez já tivesse percebido. Todos dizem que somos muito parecidos. Acho que é verdade. Nunca pensei muito sobre isso...

Puxa vida, porque eu estava balbuciando desse jeito? Eu havia manipulado duques e bispos dez vezes mais assustadores que ela. Nunca me transformaram em uma idiota balbuciante. O que podia haver de tão perturbador em uma pregadora fanática do rádio?

Os olhos, decidi. Eles não refletiam calor algum. Eram astutos. Calculistas. Olhos que advertiam que ela não havia chegado aonde chegou sem estar atenta o tempo todo. Olhos que tinham seus próprios planos.

– É um prazer conhecê-la – ela disse, mantendo seu sorriso perfeito demais. – Eu não sabia que Mitch tinha uma irmã. Você parece estar... desfrutando da piscina.

Os olhos dela desceram pelo meu corpo e voltaram a subir, fazendo-me sentir subitamente envergonhada. A água escorria de mim de um modo nada charmoso, e imaginei, desconfortável, se este biquíni não mostrava pele demais. Ao menos não era branco. Os alertas de Bastien quanto a sua imagem de integridade vieram-me à mente com tudo, e então entendi sua preocupação.

Parecer uma vadia podia ser ruim para a imagem dele. Se ele fosse alvo de fofocas e de desdém, poderia ser recusado pelo grupo e perder o acesso a Dana. De repente, a frieza dela já não parecia tão estranha. Era desaprovação. Ela havia, afinal, feito todo um sermão contra o estado abominável da moda hoje em dia. Aqui estava eu, corporificando-a.

– É muito bonita – disse eu. – Uma das, hã, melhores piscinas em que já nadei.

Parei antes que pudesse dizer algo ainda mais imbecil, e o silêncio se instalou. Parecia que ela estava esperando que eu continuasse, e que aguardaria a noite toda, até que eu o fizesse. Infelizmente, eu não tinha ideia do que dizer a essa mulher estranha. Meu pretenso ódio por homossexuais? Perguntar se ela tinha alguma sugestão para um maiô mais recatado?

– Então, é... – comecei. – O tema do churrasco... é realmente, hã...

Bem naquele instante fui mais ou menos salva por Bastien. Ele veio até nós, parecendo muito empolgado por encontrar Dana. Seu olhar cortante dizia que estava muito menos feliz por me ver, especialmente neste estado, mas ele o disfarçou diante da mulher, mostrando-se, em vez disso, caloroso e adorável como sempre.

– Ah, Tabitha, vejo que já conheceu nossa anfitriã.

– Sim – concordou Dana. – Estávamos tendo uma conversa bastante estimulante. Sua irmã é uma verdadeira artífice da palavra.

Fiquei vermelha. Cadela. Em meu território, eu levaria a melhor numa conversa quando quisesse.

– Que bom saber disso. Minha Tabby Cat é realmente muito estimulante.

Sem se abalar com meu horror por aquele novo apelido, Bastien conduziu-a para uma conversa agradável sobre a criatividade da festa e a beleza da casa. O comportamento dela foi só um pouquinho mais cordial do que comigo. Ela ainda estava distante e desconfiada. Talvez fosse sempre fria com as pessoas, não apenas comigo. Na verdade, pensei, muito otimista, o interesse um pouco maior por Bastien podia indicar que ela pudesse estar a fim de algo mais.

Eles conversaram um pouco sobre algo em que perdi o interesse, e tentei passar despercebida, embora estivesse claro que não saí nem um momento do radar de Dana. Ela estava me estudando, tentando me interpretar.

Por fim, Bastien se despediu, e começamos nossa retirada rumo à porta de entrada – claro, depois que coloquei de volta as roupas decentes. Nossa saída foi mais difícil do que o esperado, pois, pelo visto, era costume dizer até logo para cada pessoa com quem cruzávamos, e ficar retido a cada conversa mole sem sentido.

– Meu Deus – exclamei, quando estávamos a salvo, de volta à casa dele. – Aquilo foi irritante.

Ele veio para cima de mim, a fúria faiscando nos olhos azuis de estrela de cinema.

– Você está completamente louca?

– Tá legal, você tem razão. Já estive em situações mais irritantes. Lembra aquela festa do marquês, em Marselha?

– Aquela... aquela sua roupa! Quando vi vocês duas juntas, Dana parecia a ponto de explodir. Graças a Deus esse corpo é menos voluptuoso na parte de cima do que o outro. Isso a salvou de parecer uma *pinup* completa.

– Sinto muito – disse-lhe. – Eu só estava tentando escapar daquela horda de mulheres e fui para a piscina sem pensar. Tenho um biquíni como este em casa. Foi idiotice... mas não acho que eu tenha causado nenhum dano a longo prazo.

Pelo menos eu esperava que não.

A expressão dele ficou sombria, e ele se atirou em uma das poltronas finas da sala. Era revestida com veludo branco. Devia ficar imunda só de respirarem em cima dela.

– Não sei. Ela estava distante comigo. Você viu.

– Eu estava torcendo para que aquele sempre fosse o jeito dela. E ela foi um pouco mais receptiva com você do que comigo – informei, solícita.

– Não. Você devia ter visto quando ela falou comigo um pouco antes. Muito mais amigável. Ela, definitivamente, se fechou com você por perto.

– Sinto muito – disse-lhe de novo, sentindo-me idiota. – Acho que no fim das contas eu não devia ter sentado na primeira fileira. Estou atrapalhando você. E mais, estou destruindo sua imagem.

Sua expressão transtornada persistiu por uns segundos, e então desapareceu como nuvens levadas pelo vento. Este era o meu Bastien. Rápido na ira, rápido no amor.

– Não faz mal, Fleur. É preciso muito mais do que você para "destruir minha imagem" – ele deu um tapinha no colo e sorriu. – Venha aqui, irmãzinha, e vou lhe contar o resto do meu plano brilhante.

Revirei os olhos.

– Nós somos *desse* tipo de família?

O sorriso dele aumentou, e eu me sentei, incapaz de resistir àquele charme bobo. Ele me envolveu com o braço, de um modo familiar, e me recostei nele. Era bom sentir o toque e o conforto, romântico ou não, de outro ser vivo.

– Então seu plano maluco tem outra parte?

– Não outra parte, mas um plano totalmente diferente. Um plano B, se preferir.

– Ah, não. Lá vem.

– Naturalmente, eu prefiro desonrar Dana na horizontal, mas no caso muito improvável disso não funcionar, há um modo muito menos emocionante, mas ainda assim eficiente, de fazer isso. E você vai me ajudar.

– Como?

– Vamos invadir a casa dela.

Capítulo 5

Afastei depressa a cabeça do peito dele.

– O quê?

Bastien nem pestanejou, divertindo-se, claramente, com minha reação.

– Você me ouviu. Vamos invadir a casa dela. Ouvi por alto Bill dizer que toda a família vai estar fora daqui a duas noites.

– Faça o favor de explicar como vamos envolvê-la num escândalo invadindo sua residência. Provando ao mundo que seu sistema de segurança não é tão bom quanto ela imaginava?

– Não – ele riu. – Vasculhando os documentos dela e achando algum tipo de evidência incriminadora. Lavagem de dinheiro do CPVF. Métodos ilegais de atingir os objetivos do grupo. Talvez até cartas de amor do famigerado limpador de piscinas. Você sabe que alguma coisa deve haver.

– Bastien, isso é...

– Genial?

– Ridículo. Até para nós.

– De modo algum. Como eu disse, é um plano B. Provavelmente desnecessário, pois suspeito que neste momento ela deve estar no chuveiro pensando em mim e se masturbando.

– É, com certeza ela tinha toda a cara disso naquela hora – disse eu, desagradável. – É mais provável que esteja desinfetando a piscina depois que eu a contaminei. Bom, plano B ou não, você vai invadir a casa sozinho.

– Qual é! Vamos estar invisíveis. Nada a perder.

– Não é esse o ponto. O ponto é que não faço esse tipo de coisa.

– Somo agentes do mal. Levamos inocentes à tentação e sugamos deles sua vida. Por que uma invasão seria tão inaceitável?

Apertei os lábios e sacudi a cabeça.

– Achei que aqueles programas tinham deixado você furiosa. Não quer ver a queda de Dana?

– Não o suficiente, pelo visto.

Ele cravou em mim um olhar duro.

– Você sabia que a CPVF, recentemente, expulsou uma mulher do grupo por abandonar o marido? Ele a surrava o tempo todo. Mandou-a para o hospital duas vezes. Quando ela finalmente teve coragem de deixá-lo, Dana a condenou por violar a santidade do casamento. Disse que a mulher não havia tentado o suficiente fazer as coisas funcionarem.

– Não me conte essas coisas – repreendi.

– Então, está dentro ou fora?

– Você é teimoso, sabia?

Ele beijou meu rosto e me abraçou.

– Aprendi com a melhor.

Fui ao *show* de Doug na noite seguinte, aparecendo mais ou menos na metade da apresentação do grupo de abertura. Encontrei vários funcionários da livraria, mas ainda não havia sinal de Seth. Parte de mim lamentou o lance de chegarmos separados, mas então lembrei-me do trecho do conto de Seth em que Genevieve espancava O'Neill. De repente não me senti mais tão mal.

Enquanto esperava no bar pelo meu *gimlet* de vodca, um vulto familiar se instalou ao meu lado.

– Oi, oi, moça bonita.

Dei um sorriso para o baixista de Doug, Corey.

– E aí? Vocês estão prontos para tudo isso? A coisa está ficando boa de verdade.

Ele devolveu meu sorriso, com os olhos brilhando. Com aparência feroz e intimidante, ele se vestia de preto e tinha *piercings* por todo lado. Era também uma das pessoas mais legais que eu conhecia.

– Caramba, se estamos. A gente nasceu para esta noite. Esta é a noite que vai definir nossa existência! A noite que vai definir a existência de todo mundo neste lugar! – ele estendeu as mãos para cima e deu um uivo de alegria, emitindo algo entre o grito de Tarzan e o de um chefe apache de filme B. O brilho prateado dos *piercings* acentuava sua *persona* selvagem.

Ele estava tão exuberante quanto Doug dias antes. Talvez mais. Por mais que eu quisesse que a banda fizesse sucesso, não conseguia imaginar o que a verdadeira fama faria com eles. Eles ficariam quicando de uma parede a outra. Agitando as coisas.

Quando consegui o *gimlet*, Corey me puxou pelo braço.

– Vem. Vou te dar uma palhinha dos bastidores. Você pode dar um oi ao Doug.

Dei uma olhada em direção ao canto, não vi sinal de Seth e fui com ele.

No camarim, o resto da banda estava num humor semelhante. Todos me conheciam e comemoraram minha chegada, erguendo seus copos num brinde trôpego. Doug vestia-se de uma forma espalhafatosa, com bermudas de ciclista pretas, uma camiseta dos Thundercats que daria inveja a Seth e uma longa capa aveludada vermelha. Seu cabelo preto que chegava à altura dos ombros estava preso num rabo de cavalo elegante. Ele me agarrou quando eu entrei, levantando-me tão alto que quase me sentei em seu ombro. Min, o saxofonista da banda, agitou o instrumento por cima da cabeça, como um bárbaro aprovando minha captura, enquanto Doug dava um urro de vitória.

– Aqui está ela! Kin-gata-caid! Pronta para arrebentar, *baby*?

– Estou pronta para derrubar esta bebida na sua cabeça. Me põe no chão.

Doug riu e me colocou no chão. Desequilibrei-me um pouco, mas não foi por estar de pé outra vez.

Ali estava ele de novo.

O formigamento esquisito que eu sentira com Doug em nossa sala. Só que agora estava mais forte. Muito mais forte. Ele pulsava à minha volta, quase fazendo com que eu me contorcesse. Olhei ao redor, meio sem reação, tentando descobrir de onde vinha, mas era impossível saber. A sensação estava por toda parte, uma vibração de calor que ressoava pelo ar e parecia afetar apenas a mim.

Wyatt, o guitarrista ruivo, sorriu para mim.

– Quanto você já andou bebendo? Está parecendo um pouco chapada.

– Parece mais é que ela está vendo estrelas – disse Doug, provocando. – Não é todo dia que uma garota pode estar com uma companhia tão *sexy*, hein?

– Não sei. Acho que ela é muito mais *sexy* que todos nós juntos – disse Wyatt. Ele se virou para mim com delicadeza. – Você já conhece Alec?

O novo baterista, com certeza. Ele deu um passo à frente e, diante de mim, fez um cumprimento pomposo, com a mesma euforia brincalhona que os demais. Ele era um pouco mais novo que os outros, meio magricela, e tinha reflexos azuis desbotados no cabelo loiro. Parecia só um pouco menos ligadão. Ainda sem a mínima ideia do que me fazia sentir tão estranha, tentei pôr aquilo de lado e dar a Alec um sorriso normal.

– Oi – eu disse a ele. – Tem certeza de que quer andar por aí com esse bando de desajustados?

– Já vi piores.

– Em um asilo?

Ele riu, e acenou com a cabeça para a minha bebida.

– O que está tomando?

– *Gimlet* de vodca.

– Boa escolha – comentou, com frieza, embora eu suspeitasse de que ele nunca tinha ouvido falar. Ele dava uma impressão de inexperiência total e desajeitada. – Peça a próxima por minha conta. Diga ao *barman* para marcar na minha comanda.

Lutei para manter uma expressão séria. Ele tentava usar frases de estrela de cinema, mas elas perdiam o efeito quando vinham de alguém que parecia mal ter idade para beber. Ele devia estar torcendo para que a avaliação inicial de Wyatt sobre eu estar bêbada estivesse certa.

– Ei – disse Doug, agarrando-me. – Pare de dar em cima da minha Rainha das Tietes. Só quando conseguir pegar uma mosca com palitinhos, Gafanhoto, você poderá acumular tietes. Por enquanto, o aluno deve deixar as tietes para o mestre.

Doug desfilou comigo pelo camarim, num tango fingido – muito mal fingido. Os trancos que ele me dava, combinados com aquele zumbido irritante no ar, me deixaram meio zonza.

– O resto da turma está por aí?

– Esperando com a respiração presa – assegurei. Virei a cabeça para olhá-lo. – Você não devia estar um pouco mais nervoso?

– Claro. Se houvesse algo para me deixar nervoso. E não há.

Fiquei tão atônita quanto na livraria. Doug tinha noção de seu próprio talento, mas eu já o vira antes de apresentações. Ele estava sempre brincando e de bom humor, mas demonstrava um certo nervosismo, uma espécie de concentração pessoal enquanto se preparava mentalmente para dar o melhor de si. Tudo bem que ele havia dito que a banda chegara a uma espécie de auge nos últimos tempos, mas a mudança era no mínimo estranha.

Depois de mais algumas gracinhas e insinuações sexuais, por fim os deixei. Sem mais nem menos, a sensação perturbadora desapareceu assim que saí pela porta. Foi como respirar ar puro após uma tempestade de areia. Olhando para trás, tentei achar alguma indicação do que acabava de acontecer. Não havia nada evidente. A banda já tinha me esquecido. Estavam rindo de alguma outra coisa, tomando cerveja ou refrigerante ou sei lá o quê, e provocando-se uns aos outros, no que devia ser algum comportamento masculino para aliviar a tensão. Intrigada, afastei-me.

Seth havia se reunido aos demais quando finalmente voltei. Senti meu sorriso se formando, apesar das preocupações. O cabelo dele estava despenteado como sempre, e ele usava uma camiseta dos Thundercats.

– Oi – eu lhe disse ao vê-lo, consciente de que todo mundo nos observava, talvez esperando que eu sacasse minhas algemas.

– Oi – devolveu ele, com as mãos nos bolsos e a postura relaxada e casual de sempre.

– Sabe, Doug está usando uma camiseta igualzinha a essa.

– Eu sei. Fui eu que emprestei para ele.

Todos rimos muito disso, e Beth se virou para mim.

– Você viu Doug? Ele está preparado para isto?

– A pergunta, na verdade, é: "o mundo está preparado para Doug?" – disse-lhe, franzindo um pouco o cenho.

Meia hora depois, eles entenderam o que eu quis dizer. A banda Admissão Noturna invadiu o palco, e de repente toda a energia e entusiasmo acumulados foram canalizados para a música. Como eu dissera a Doug, fazia tempo que eu era fã do grupo. O estilo deles combinava *rock* com um pouco de *ska*, e essa fusão sempre me atraía. Depois de séculos cheios de repetições, a inovação era uma dádiva. Em geral eles se apresentavam com elegância e paixão, e valia a pena tanto ouvi-los como vê-los. Minha afeição por Doug também ajudava.

Aquela noite foi inacreditável. Todas as músicas eram novas; eu nunca tinha ouvido nenhuma. E, meu Deus do céu, que músicas! Surpreendentes. Incríveis. Dez vezes melhores que as antigas, que até então eu achava difíceis de superar. Perguntei-me quando Doug tivera tempo para compor. Era ele quem escrevia a maior parte do material, e eu assistira a uma apresentação deles um mês e meio antes. Ele devia ter tido ajuda para escrever tudo aquilo em tão pouco tempo. Eu sabia que em geral ele demorava um pouco para compor uma música, aperfeiçoando a letra inúmeras vezes. Ele nunca encarava esse processo de forma leviana.

E a apresentação em si... Bom, Doug era sempre exuberante; era sua marca registrada. Nessa noite, juro, ele não parou de se mexer nem um instante. Energia pura em forma humana. Ele dançava, andava de um lado para o outro, fazia estrelas pelo palco. Seus monólogos entre as músicas eram hilários. Como vocalista, sua voz nunca estivera tão boa, forte e grave. Ela ressoava pelo meu corpo. A plateia queria mais e mais. Eles o amavam, e eu entendia o porquê. Ninguém, nem mesmo os funcionários da casa, conseguia tirar os olhos do palco.

Exceto uma pessoa.

Lá longe, no limite da multidão, um homem movia-se com naturalidade rumo à saída. Pela forma como andava, e pela aparente falta de interesse, ele não achava a Admissão Noturna tão fascinante como nós. Isso era estranho a ponto de desviar minha atenção do palco, mas o modo como ele se vestia me intrigou ainda mais.

Se a revista GQ tivesse sido publicada na época dos poetas vitorianos, ele teria sido modelo de capa. Usava calças pretas de corte perfeito, combinando com um casaco preto longo que quase chegava aos joelhos. Sob o casaco havia uma belíssima camisa branca esvoaçante que talvez fosse de seda. Qualquer que fosse o tecido, me dava vontade de tocá-lo e sentir sua maciez. Ao contrário de Horácio, cujos trajes demoníacos simplesmente estavam fora de moda, este cara pegava o passado e se apropriava dele. Criava sua própria alta costura histórica. Como aquela que o movimento "gótico" hoje em dia tanto sonhava conseguir. Ele tinha deixado os botões de cima abertos, para mostrar sua pele perfeita e bronzeada. Aquele tom de pele, com o cabelo preto brilhante que descia até o meio das costas, faziam-me pensar que ele tinha ascendência do Oriente Médio ou indiana.

Quando chegou à porta de saída, ele parou e se voltou para o palco, observando a banda por alguns instantes. Um sorrisinho de satisfação apareceu em seus lábios, e então ele se foi.

Esquisito, pensei. Fiquei imaginando quem ele seria. Talvez um olheiro caçando talentos? Ou quem sabe apenas não curtisse esse tipo de música. Afinal de contas, a aparência dele era a de alguém que tinha a obra completa de Chopin.

Fiquei pensando no homem por mais um momento, e então voltei a atenção para o palco. O grupo tinha dado uma pausa momentânea em seu novo repertório de preciosidades e tocava um *cover* de uma das minhas músicas favoritas do Nine Inch Nails. Nada como ouvir as letras de Trent Reznor acompanhadas de um saxofone.

– Não posso acreditar – disse a Seth mais tarde, quando me afastei para trás de nosso grupo para poder ficar ao lado dele. Nossos amigos estavam tão hipnotizados com a apresentação, que Seth e eu podíamos conversar sem chamar a atenção. – É inacreditável.

– É, sim – ele concordou. – Suponho que não seja sempre assim, então?

– Não. De jeito nenhum. Mas estou torcendo para que passe a ser. Nossa!

Ficamos em silêncio, olhos e ouvidos dominados pela banda. Enquanto assistíamos, porém, Seth pôs a mão nas minhas costas, um gesto cordial e inocente que imediatamente me fez perder o interesse na música. E isso dizia muito. A blusa que eu usava mal podia ser chamada de blusa. Era uma espécie de túnica cintilante, que cobria apenas a parte da frente do meu corpo e era amarrada só por trás do pescoço e depois pouco abaixo das espáduas, permitindo assim que os dedos dele acariciassem a pele nua e exposta.

Menos de uma semana antes, eu estivera em um quarto de hotel com um cara que massageou todo o meu corpo com óleo perfumado, e depois fez um sexo oral que me tirou o fôlego. E, ainda assim, juro que não me fez sentir nem de perto o que os dedos de Seth na minha pele me faziam sentir agora. O resto do meu corpo ganhou vida, numa fome súbita por muito mais. Quando ele deslizou a ponta dos dedos pela parte mais baixa das minhas costas, eu podia identificar com precisão cada ponto que ele tocara, como se os dedos tivessem marcado seu caminho a fogo na minha pele. Dedos mágicos. Dedos sedutores. Meus nervos pulsavam esfomeados, exigindo que eu tomasse uma atitude e lhes desse mais.

– Você pode ir mais para baixo se quiser – murmurei-lhe, quando sua mão finalmente se deteve, pouco acima do meu traseiro, bem no cós do *jeans*.

– Não – ele respondeu. A voz dele soava mais rouca que o normal, com uma intensidade pouco familiar. Mas tinha também o tempero da melancolia. – Na verdade não posso.

A multidão gritou e pediu bis quando o *show* terminou, e a banda aceitou com entusiasmo... várias vezes. Energia era o que não faltava.

Enquanto eu os via fechar a apresentação e cumprimentar o público, tive uma ideia súbita. Pedindo licença para ir ao banheiro, fui na direção dos camarins. Uma vez fora da vista de qualquer pessoa, fiquei invisível e esgueirei-me para dentro, ainda perplexa com aquela sensação arrepiante, aquela ardência.

Ela se fora. Tudo estava perfeitamente normal no ambiente. Casacos e capas de instrumentos permaneciam amontoados sem cerimônia pelo chão, e copos vazios de plástico vermelho competiam com cinzeiros transbordantes cobrindo as superfícies horizontais. Percorri a sala devagar, examinando os cantos, procurando algo, qualquer coisa que pudesse explicar o que eu havia sentido. E, de novo, não consegui achar nada. Tudo estava em paz. Não havia pessoa ou criatura alguma pronta para dar o bote, embora eu tivesse total certeza de que aquilo que eu havia sentido não vinha de nada que fosse vivo. Mas também não parecia nenhum talismã ou objeto encantado que eu conhecesse. Na verdade, aquele formigamento dava a impressão de um meio-termo: meio consciente, meio inconsciente. Mas isso não fazia sentido.

Voltando até meus amigos, vi que se preparavam para ir embora. Nenhum de nós conseguia parar de falar sobre a apresentação. Nós nos separamos e nos reencontramos na casa de Doug, na festa pós-*show* para a qual ele nos convidou. Eu já tinha ido a eventos parecidos, mas desta vez havia mais gente do que nunca. O lugar estava lotado. Álcool e baseados fluíam como leite e mel, mas parei depois de duas doses, pois tinha que abrir a livraria na manhã seguinte.

Através de uma névoa densa e deprimente, a banda interagia com a multidão como se a vida toda tivessem feito esse tipo de relações públicas. Falavam com todo mundo, carismáticos, receptivos, mas nunca arrogantes ou presunçosos.

O tempo todo, Seth e eu ficamos a uma distância respeitável um do outro, tentando manter a ilusão de que éramos só amigos. Eu ainda acreditava que era uma boa ideia, mas dava mais ou menos a sensação de esfregar sal em ferida aberta. Já era ruim não podermos nos tocar; agora não podíamos sequer conversar.

Num dado momento, Alec veio até mim, tentando retomar a conversa que fora interrompida quando Doug me levou. O baterista me entregou um copo de plástico.

– Tem um cara ali que sabe fazer *gimlet* de vodca – disse ele, animado.

Cheirei o copo. Parecia vodca pura. E com certeza barata.

– Obrigada – respondi, mantendo-o a uma distância segura.

Alec encostou-se em uma parede próxima, apoiando o ombro nela para delimitar o espaço à nossa volta.

– E aí, gostou do *show*?

– Sim. Foi perfeito. Vocês são fantásticos.

– Obrigado – o peito dele se estufou de orgulho. – A gente tem trabalhado pra caramba. Tem mais alguns *shows* maneiros vindo aí. Espero que você vá assistir a gente.

– Eu vou, se puder. Tenho trabalhado demais nos últimos tempos.

– Lá na livraria com o Doug? Não dá para imaginar. Vocês não fazem o tipo. Sobretudo você. Você parece que tem um lado bem louco, de alguém que gosta de cair na farra.

Mantive o sorriso e recuei um passo.

– Claro, mas não quando tenho que trabalhar no dia seguinte.

Ignorando o que me pareciam sinais óbvios de "afaste-se", ele deu um passo na minha direção com um sorriso que devia achar sedutor. Suas cantadas desajeitadas de repente pareceram menos engraçadinhas.

– Qual é? – ele riu. – Você pode dizer que está doente e não ir trabalhar amanhã. Conheço um lugar... Um lugar com diversão de verdade. Um clima mais intenso que aqui.

– Não. Não posso. Desculpe. Hã, obrigada pela bebida, mas tenho que ir falar com Doug sobre, hã, uma coisa de trabalho. Vejo você por aí.

A decepção diante da minha recusa ficou evidente no rosto de Alec, mas ele não insistiu e fiz uma rápida retirada em busca de Doug. Quando o encontrei, não falamos de trabalho, mas de um monte de outras coisas, e o papo ficou ainda mais divertido por ele estar cada vez mais bêbado, e por agora estar de fato rodeado por tietes. Parecia que dessa vez, finalmente, ele teria sorte. Se ainda estava com a mesma corda de antes, com certeza ia deixar várias delas bem felizes.

Por fim, cansada do agito, despedi-me dele e topei com Seth na outra ponta da sala. Não fiquei surpresa ao ver que estava sozinho e que não bebia. Ele tinha nascido sem o gene da conversa fiada, e eu sabia que interagir com os outros em festas deixava-o pouco à vontade. Eu já o provocara antes, dizendo que talvez tivesse uma surpresa agradável se ao menos tentasse conversar com outras pessoas. Mas ele não me deu ouvidos. Parecia divertir-se observando as pessoas, os olhos brilhando e os lábios formando um meio-sorriso, como se ele soubesse de alguma piada que o resto de nós não conhecia. Não me surpreenderia se ele estivesse arquivando tudo para futuros livros.

– Oi – disse, me aproximando.

Ele se animou ao me ver. Os olhos brilhantes assumiram um ar cordial, de familiaridade. Algo dentro de mim se aqueceu e se contraiu.

– Oi.

– Estou indo embora. Quer vir para minha casa? – ele merecia, depois do modo como eu o ignorara esta noite.

– Claro.

Estávamos decidindo quem ia sair primeiro quando olhei pela sala e vi Alec entregando uma bebida a Casey. Ela parecia já ter tomado mais do que o suficiente, e Alec estava executando a mesma manobra de aproximação que tentara comigo.

– Alguma coisa errada? – perguntou Seth, vendo-me franzir o cenho.

– Aquele baterista novo. Alec. Ele deu em cima de mim faz um tempo, e agora está atacando Casey. Parece ser um desses caras que acham que embebedar uma mulher é o único jeito de conseguir levá-la para cama.

– Espere aí. Eu achava que era o único que sabia desse segredo.

Eu o repreendi com um olhar frio antes de voltar a atenção para Alec e Casey.

– Não gosto disso. Não gosto que ele pense que pode fazer isso com as mulheres.

– Você nem sabe se ele está mesmo pensando isso. Além do mais, olhe ao redor. Todos os caras aqui estão atrás de sexo. O álcool faz parte. Casey tem idade suficiente para saber disso.

– Vou até lá.

Seth me lançou um olhar de advertência.

– Ela não vai agradecer a você por bancar a galinha choca.

– É melhor ela ficar brava comigo do que fazer alguma idiotice.

– Tétis, não...

Eu já havia me afastado dele, esgueirando-me entre as pessoas enquanto rumava para o meu alvo.

–... tem cara de quem gosta de cair na farra – Alec dizia quando me aproximei.

– Oi – eu disse, alto, enquanto meio que me enfiava entre eles.

Ambos me olharam surpresos.

– Oi, Georgina. Que foi?

– Estou indo para casa – avisei a ela. – Achei que talvez você quisesse uma carona.

Casey sorriu, relanceou os olhos para Alec e então de volta para mim. Com idade para ser universitária, Casey tinha sangue havaiano e filipino, com maças do rosto salientes e cabelo preto e liso. Bem bonita.

– Obrigada, mas vou ficar mais um pouco.

Alec parecia bem satisfeito consigo mesmo. Insisti com ela.

– Tudo bem, mas posso lhe pedir uma coisa, Case? É rapidinho – dei um sorriso doce para Alec. – É só um minuto.

Conduzi-a para longe, amparando-a quando ela se desequilibrou. Um exame mais atento revelou que havia consumido mais que álcool.

– Casey – disse-lhe, quando estávamos fora de alcance. – Acho que você não devia ficar com ele.

– Por que não? É um cara legal.

– Não sei. Ele tentou a mesma cantada comigo. Acho que só está tentando transar com você.

– Todos os caras aqui estão tentando. Conheço o jogo.

– Sim, mas...

– Veja – disse ela. – Acho bacana esse lance de irmã mais velha, mas não sou tonta. Posso lidar com isso – um olhar malicioso cruzou seu rosto. – Além do mais, nunca achei que *você* viria falar sobre tomar cuidado com sexo.

Como se eu não soubesse a quê ela se referia. Maldita libido de O'Neill. Fiz uma careta e tentei alguns argumentos mais lógicos. Ela rejeitou todos, a tolerância dando lugar à irritação. A essa altura, Alec não conseguiu mais se controlar. Veio até nós e passou um braço possessivo ao redor dela. Ela ergueu para ele olhos cheios de adoração, e eu soube reconhecer a causa perdida.

Seth e eu nos encontramos em minha casa, e ele me ouviu com admirável paciência enquanto eu praguejava contra homens que lidavam com as mulheres como se fossem predadores.

– Mas não é o que você faz? – estávamos sentados no chão de minha sala, preparando o tabuleiro para um jogo de palavras cruzadas.

– Eu... não. Não é a mesma coisa, de jeito nenhum.

– Como assim?

Ele sustentou meu olhar por um instante, e eu finalmente desviei os olhos.

– Não é e ponto. Quer começar?

Ele pôs o assunto de lado. Outra coisa boa em estar com um cara que evita confrontos.

Logo descobri que jogar palavras cruzadas com Seth era como jogar Banco Imobiliário com Jerome. Uma batalha perdida desde o começo. Tudo bem, meu conhecimento de mais de vinte idiomas me dava um vocabulário vasto, mas eu não trabalhava com as palavras e nem as manipulava com regularidade. Seth era um mestre. Ele podia estudar o tabuleiro, passar um minuto calculando e então jogar uma palavra não apenas valendo milhares de pontos mas também interessante. *Ázimo. Hexágono. Trunfo. Quedo.*

Esta última era cruel.

Enquanto isso, eu soletrava palavras como *eu, til, isso* e *até*. E quase nunca nas casas com pontuação alta.

– Espere aí – disse ele. – Isso aí não existe.

Baixei os olhos para o ponto onde, num momento de desespero, eu havia colocado *zexico,* ocupando uma casa que triplicava os pontos da palavra.

– Hum, tenho certeza de que existe.

– O que quer dizer?

– Bom, *zéxico* é tipo, quixotesco, só que com mais...

– Um monte de bobagens?

Ri alto.

– Com mais zelo. Daí o z.

– Tá. Use-a em uma frase.

– Hum... "Você é um escritor zéxico".

– Não acredito nisso.

– Que você é zéxico?

– Que você está tentando trapacear nas palavras cruzadas – ele se recostou em meu sofá, sacudindo a cabeça. – Quer dizer, eu estava pronto para aceitar todo esse lance demoníaco, mas aí já é demais.

– Ei, não se trata de trapaça. Só porque seu vocabulário limitado não inclui essa palavra não quer dizer que haja alguma coisa sinistra acontecendo.

– Você se importaria em provar com um dicionário?

– Ei – retruquei, arrogante. – Não gostei do seu tom zexista.

– Se você não fosse uma mulher tão zéxi, eu ficaria bravo.

– Seu zexicismo é irritante.

Esquecido o jogo, passamos os vinte minutos seguintes inventando o maior número possível de variações com *zex*. Interessante, ele parecia funcionar tão bem como sufixo quanto como prefixo. Imaginei que, se Bastien tivesse ouvido nossa conversa, ele me recriminaria de novo pela nerdice entediante.

Seth e eu finalmente fomos dormir, rindo quase histericamente, ambos ainda dando risadinhas quando já estávamos envoltos nas cobertas.

– Você tem um cheiro tão bom – eu disse a ele, meu rosto perto de seu pescoço. – Que perfume é esse?

– Não uso perfume – ele conteve um bocejo. – Forte demais.

– Mas deve estar usando – pressionei o rosto com mais força.

– Ei, cuidado. Você está me dando ideias engraçadas.

A pele e o suor dele tinham um cheiro único, dele e só dele, deliciosamente delirante. Mas junto com ele havia um suave aroma de algo mais. Quase como maçã, mas não feminino, como numa perfumaria. Era fugaz e adorável, mesclado com almíscar e camurça.

– Não, você deve estar usando alguma coisa. É o seu desodorante?

– Ah. Aposto como é o sabonete que Andrea e Terry me deram. Era parte de um *kit* – ele murmurou, bocejando de novo.

– Hummm. É perfeito – me fazia ter vontade de comer o pescoço dele... entre outras coisas. – Sabe, você ainda me deve aquelas panquecas. Acho que eu gostaria de... panquecas com maçã e canela, agora.

– Maçã e canela? Você é mesmo exigente.

– Não tem problema. Acho que você é homem suficiente para isso.

– Tétis, se eu acreditasse mesmo que você tem maçãs ou canela na sua cozinha, faria as panquecas para você neste momento.

Não respondi. Eu tinha certeza de que tinha alguns cereais matinais de maçã já fazendo aniversário na despensa, mas só isso.

Seth deu uma risada diante do meu silêncio, e então beijou minha têmpora.

– Não sei como alguém poderia achar que você é Genevieve. Eu não conseguiria inventar ninguém como você nem em mil anos.

Fiquei pensando nisso, sem muita certeza de que fosse um elogio.

– Como você cria seus personagens, então?

Ele riu de novo.

– Se eu conhecesse você... e tenho certeza de que conheço... eu diria que isso é suspeitosamente parecido com "De onde você tira suas ideias?"

Fiquei vermelha na escuridão. Na primeira vez em que nos vimos, eu tinha menosprezado essa pergunta, ridicularizando os fãs que sempre lhe perguntavam isso.

– Ei, é uma pergunta totalmente diferente.

Dava para perceber que ele estava achando graça enquanto pensava na resposta. Parte do motivo pelo qual ele às vezes se atrapalhava durante a conversa era que não gostava de falar sem pensar. Ele escolhia as palavras com cuidado.

– Elas vêm da minha cabeça, eu acho. As histórias também. Elas moram lá, e ficam lutando para sair. Se não as escrevesse, elas me devorariam. Eu ficaria ainda menos conectado ao mundo real do que já sou.

– Não que eu esteja reclamando... Mas se há tanta coisa aí dentro, por que você tem que dar qualquer atenção ao mundo real?

– Bom, esse é o paradoxo. As histórias nascem na minha cabeça, mas o meu *eu* interior é alimentado pelo exterior. Um tipo de relação simbiótica. As histórias não seriam criadas se eu não tivesse experiências nas quais me inspirar. Ciúmes. Amor. Desejo. Raiva. Coração partido. Coisas assim.

Algo se apertou dentro de mim.

– Seu coração foi partido muitas vezes?

Ele fez uma pausa.

– Claro. Acontece com todo mundo. É parte da vida.

– Me diz quem foi. Vou dar uma surra nela. Não quero que ninguém faça mal a você.

Ele recostou a cabeça no meu cabelo, o tom tranquilo e suave ao falar.

– Você é maravilhosa e poderosa, mas nem você pode me salvar da dor. Ninguém pode fazer isso pelos outros. Posso tornar as coisas perfeitas na ficção que elaboro, mas o mundo real não é tão bondoso. É como as coisas são. E, de qualquer modo, para cada coisa ruim na vida há outras boas para manter o equilíbrio.

– Como o quê?

– Como sobrinhas loirinhas. E os cheques de direitos autorais. E você.

Suspirei e relaxei junto a ele. Seth me abraçou de um jeito mais confortável e em poucos minutos adormeceu. Incrível.

Fiquei aconchegada com ele por um tempo, mas desta vez o sono demorou mais para chegar, enquanto eu remoía suas palavras. Pensei em alguém partindo o coração dele, e fiquei imaginando se eu seria a próxima culpada, propositalmente ou não.

Quando o sono veio, na mesma hora tive um sonho ardente, em que Seth e eu fazíamos um sexo alucinado e cheio de paixão. Ele tinha amarrado minhas mãos na cabeceira da cama e, claro, ele era enorme. A cada investida, a cabeceira chocava-se contra a parede, a ponto de meus vizinhos começarem a reclamar.

Despertei assustada, pensando, subitamente, que ficar tão enroscada nele não era uma ideia muito boa. Claro, parecia que só para mim isso era um problema. Seth continuava dormindo um sono tranquilo e pesado, como se eu nem estivesse aqui, sem dúvida tendo sonhos comportados e puros. Um modelo de virtude e determinação.

Fiquei observando-o por muito tempo, admirando a forma como a luz suave incidia sobre seu rosto. Os músculos bem trabalhados do seu peito. Cílios que eu gostaria de ter tido quando mortal. Mordendo o lábio, resisti ao impulso de estender a mão e tocá-lo. Além do desejo, havia ainda algo mais, algo que me fazia só querer ficar ali ao lado dele. Isso me assustava. Talvez ele não fosse o único que podia sair desta relação com o coração partido.

Afastei meu corpo passível de cair em tentação até a beira da cama, colocando entre nós o máximo de espaço possível. Enquanto eu estava lá, virada de costas para ele, Aubrey pulou em cima da cama e se deitou encostada na minha barriga. Acariciei sua cabeça branca manchada de preto e suspirei.

– Eles estavam errados, Aub – murmurei. – Existe pelo menos um cara neste mundo que não está só atrás de sexo.

Capítulo 6

Uma das vantagens de trabalhar em uma livraria é o acesso imediato à mídia impressa:

> A Admissão Noturna é um presente para os sentidos, uma dessas joias raras que emergem da escuridão sombria das pequenas casas noturnas e restaurantes. Mas, claro, depois da apresentação de ontem à noite no Verona, é improvável que o grupo volte a tocar em espeluncas. A Admissão Noturna está a caminho de se tornar um nome consagrado, não só na cidade, mas no cenário nacional.

Eu e o pessoal do primeiro turno batemos palmas e comemoramos a resenha do *show* que saiu no *Seattle Times*, todos amontoados ao redor do balcão de informações, lendo e relendo nossas frases favoritas. Depois de muitas linhas elogiando a voz e a presença de palco de Doug, o resenhista tinha incluído até algumas informações sobre sua biografia, acrescentando que ele trabalhava em uma "livraria local". A gente adorou isso; a referência genérica quase nos fez sentir celebridades também.

Deixei que eles se divertissem um pouco mais, desfrutando meu próprio orgulho e felicidade por Doug, antes de colocar um fim na festa.

– Tá legal, crianças. Detesto ter que usar meu chicote, mas tem clientes na porta.

Eles se dispersaram com relutância, mas vi Andy dar um sorrisinho torto quando achou que eu não o tinha visto sussurrar algo para Casey. A única palavra que entendi foi "chicote". Lindo. Eu esperaria que a reputação de *dominatrix* pelo menos me transformasse numa figura de mais autoridade, e não em motivo de piada.

E naquele dia eu era a única fonte de autoridade. Paige estava passando mal de novo, e extraoficialmente eu devia desempenhar as funções dela, além das minhas. Pelo menos o pessoal estava bem disposto, apesar da noitada, e isso facilitava as coisas.

Casey parecia não ter sido afetada pela noite anterior, e isso me pareceu notável. Talvez fosse a resistência da juventude. Depois de beber e fumar daquele jeito, tinha minhas dúvidas se eu estaria em tão boa forma como ela, e isso porque tenho a vantagem da recuperação e da cura sobrenaturais. Minhas desconfianças quanto a Alec talvez tivessem sido prematuras, decidi, considerando o bom humor que ela aparentava.

Estava sorrindo todas as vezes que a vi naquele dia, sempre com um comentário amável, tanto para os clientes quanto para os colegas. Quando parei para pegar algo em um caixa próximo, ouvi um cliente perguntar se por acaso ela saberia se o total dos livros dele ultrapassaria ou não vinte e cinco dólares. Ela examinou a pilha com ar profissional e deu a resposta em dez segundos.

– Com os impostos, US$26,57. Deixe este aqui e o valor será de US$22,88. É o mais perto que pode chegar sem estourar seu limite.

– Você fez as contas de cabeça? – perguntei-lhe mais tarde.

Surgiram covinhas em seu lindo rosto.

– Eu me formei em contabilidade.

– Sim, mas meu contador com certeza não calcula de cabeça meu imposto de renda.

– Claro que não. Mas isto aqui é fácil.

Doug entrou no serviço ao meio-dia, para alegria dos demais. Andando de modo quase petulante, ele não conseguia parar de tagarelar sobre a resenha, e ficava me perguntando se eu tinha lido isso e aquilo no artigo. Tive de assegurar-lhe, várias vezes, que eu tinha lido a matéria inteira.

Assim como Casey, ele agia como se não tivesse sido afetado pela festança da noite anterior. Trabalhava e ia de um lado para outro com uma energia que já estava se tornando sua marca registrada. Comparada com os dois, eu me sentia decididamente de mau-humor, para não dizer inadequada. Puxa. O que eram a imortalidade e a capacidade de mudar de forma, quando comparadas a cálculos sobre-humanos e performances deslumbrantes no palco?

Quando voltei do almoço, ele quase correu na minha direção.

– Kincaid, Kincaid, você tem que me ajudar.

– Que aconteceu?

Ele apontou para uma das registradoras. Alec estava apoiado nela, dando em cima de Casey. Ela sorriu e assentiu com a cabeça, entusiasmada com algo que ele disse.

– Alec veio me contar que conseguiu uma audição *importante* na *Blue Gallery*. Nós *temos* que ensaiar. *Já*.

– Minha nossa! Devagar com as ênfases.

– Kincaid, estou falando sério! Você tem que me cobrir. Ninguém vai saber que eu saí. O pessoal não liga, e Paige e Warren não estão aqui.

– De quanto tempo você precisa?

– O resto do dia.

– O resto do... isso quer dizer mais de doze horas para mim! Além do mais, eu não posso fechar a loja. Vou assistir a uma peça no centro – Seth conseguira em cima da hora ingressos para nós.

– Então... fique até o mais tarde que puder. Janice pode cuidar do fechamento.

Hesitei. Warren preferia que o gerente ou um dos assistentes de gerência fechasse, mas Doug tinha razão. Janice podia fazer isso.

– Kin-*caid* – ele implorou. – Por favor. Eu preciso. Você sabe disso.

Doug sempre fora charmoso e irresistível. Hoje, algo nele me atraía particularmente. Um mestre agindo sobre outro mestre, ao que parecia. Quando cedi às suas súplicas, ele me ergueu e me girou no ar, da forma mais imprópria. Dois minutos depois, ele e Alec se foram, e preparei-me para um longo dia.

Quando o dia estava prestes a terminar, eu tinha certeza de que a loja seria consumida pelas chamas na minha ausência. Consegui a muito custo sair de lá, fui de carro até o centro da cidade, estacionei e corri para dentro do teatro exatamente quando as luzes estavam sendo apagadas. Ofegante, acomodei-me na poltrona entre Seth e sua sobrinha de treze anos, Brandy. Do outro lado, o irmão e a cunhada de Seth acenaram para mim.

Brandy sorriu. Ela se mostrara tímida da primeira vez que nos vimos, mas agora parecia me considerar como a irmã mais velha que ela não tinha. Eu também a adorava. Se Seth e eu algum dia nos separássemos, eu não estava certa de poder suportar ficar longe da família dele.

– Achei que você não ia conseguir chegar – ela me disse, suas feições vagamente visíveis na iluminação tênue. No passado, as pessoas teriam dito que ela e a mãe tinham cabelo "cor de milho", mas ninguém mais usava essa expressão. Mesmo assim, ela sempre me pareceu apropriada quando eu via aquele tom dourado pálido.

– Só entrei atrasada de propósito – sussurrei-lhe de volta. – Lembre-se disso quando for mais velha. Isso mantém os homens em suspense. Quando começam a achar que sabem tudo, fica impossível viver com eles.

Brandy desmanchou-se em risos. Seth apenas sorriu, mas seus olhos irradiavam aprovação, enquanto ele me examinava. Eu usava uma roupa de seda cor de vinho, e havia penteado meu cabelo em um coque. Os olhos dele, eu descobrira havia tempo, podiam ser tão eloquentes e expressivos quanto sua pena. As mensagens que enviavam agora não me pareciam nada decentes para um local público. Ele colocou sua mão sobre a minha, de modo que ambas descansavam sobre a minha coxa, e, à medida que a noite transcorria, me peguei pensando mais sobre isso do que sobre a excelente peça.

Depois, eu e ele ficamos algum tempo no saguão do teatro, pondo o papo em dia. Terry e Andrea Mortensen eram ótimas pessoas, que sempre me trataram com verdadeira gentileza. Pelo que fiquei sabendo dos hábitos antissociais de Seth, creio que me consideravam como uma espécie de última esperança para ele. Brandy disse isso com todas as letras quando fomos ao banheiro juntas.

– Papai disse ao tio Seth para não estragar as coisas – ela me disse enquanto lavávamos as mãos. – Ele falou que, mesmo que tio Seth seja famoso, conseguir uma mulher como você é inacreditável.

Eu ri e alisei a frente da saia do vestido.

– Não sei. Acho que seu pai não dá crédito suficiente ao seu tio.

Brandy me lançou um olhar muito sábio, que faria jus a alguém muito mais velho.

– Tio Seth passou o último Dia dos Namorados em uma biblioteca.

Voltamos para o saguão e conversamos mais um pouco, antes que Terry declarasse que precisavam socorrer a babá que estava tomando conta das outras quatro filhas. Andrea tocou meu braço enquanto preparavam-se para ir embora.

– Você vem para a festa de aniversário de Seth, não vem?

Olhei para todos, surpresa.

– Quando é?

– No dia de Ação de Graças. De vez em quando cai na mesma data.

– Um bom truque para conseguir o peru *e* presentes – observou Terry. Ele era mais baixo e mais bem barbeado que Seth, mas, fora isso, era bem parecido com o irmão mais velho.

– Eu nem sabia que seu aniversário estava perto – lancei a Seth um olhar acusador.

– Eu esqueci – para qualquer um, isso provavelmente teria soado uma mentira, mas eu acreditava nele.

– Então você vai? – de novo, Andrea me deu a impressão de estar desesperada para estimular a vida amorosa de Seth.

Acho que eu teria conseguido negociar um cachê para aparecer lá.

– Com certeza.

Dessa vez, Seth e eu fomos para o apartamento dele. Mudei de forma, colocando meu pijama favorito – calças de flanela e regata – e me acomodei na cama junto com ele. A cama era maior que a minha e tinha um edredom de penas, além de um ursinho chamado Dâmocles, vestido com uma camiseta da Universidade de Chicago.

Ainda um pouco agitados, ficamos algum tempo conversando no escuro sobre a livraria Emerald City, e depois sobre livros em geral. Tínhamos em nosso repertório uma série de obras com as quais estávamos familiarizados, e ficamos mudando de autores e gêneros. Ambos admirávamos Toni Morrison e Tennessee Williams. Nenhum de nós conseguiu terminar *Anna Karenina*. Seth odiava Jane Austen, que eu adorava. Enquanto debatíamos, fiquei aliviada em recordar o quanto tínhamos em comum. O sexo não era a única coisa entre nós, mesmo sendo a única coisa que nos *separava*.

Num dado momento da discussão literária, comecei a cochilar. O longo dia me deixara exausta, e o sono parecia um luxo. Seth também parecia cansado. Nós nos aproximamos, deitados lado a lado, nossas pernas se encostando.

Pensamentos aleatórios sussurravam em minha cabeça enquanto a inconsciência se aproximava. Como estaria Aubrey. Se o bebê de Paige seria menino ou menina. Se Bastien estava mais perto de levar Dana para a cama. Como a banda de Doug havia ficado fantástica tão depressa.

Abri os olhos algumas horas mais tarde, sem saber o que tinha me acordado. Uma dessas coisas estranhas, invisíveis, que de repente arrancam a gente do sono, imaginei. A escuridão silenciosa envolvia-nos sem qualquer sinal da chegada da manhã. O luar suave infiltrava-se no quarto, lançando sombras curiosas em torno da escrivaninha e dos outros móveis. Ao contrário de onde eu morava, em Queen Anne, o tráfego lá fora cessava à noite, e eu ouvia apenas o som da respiração e dos aparelhos eletrônicos.

Então percebi que nossos corpos haviam se aproximado ainda mais que antes. Nossas pernas se entrelaçavam, os braços mantendo-nos bem juntos. O cheiro dele inundava meu nariz. Quando meus olhos se ajustaram, notei que os dele também estavam abertos. Poços intensos de escuridão. Ele me observava.

Ainda meio sonolenta, levei a mão até o pescoço dele, entrelaçando os dedos em seu cabelo, aproximando meu rosto do dele. Sua mão pousou na parte de baixo das minhas costas, no espaço entre a camiseta e a calça do pijama. Ele tocou a pele naquele ponto, como fizera durante o *show*, e sua mão deslizou para minha cintura, traçando a curva do meu quadril antes de descer para a coxa. Os dedos que dedilhavam o teclado do computador num ritmo tão constante tinham a delicadeza de uma pluma sobre minha pele.

Meus olhos estavam fixos nos dele enquanto nos tocávamos, e eu jurava que conseguia ouvir meu coração batendo. Então, a despeito de uma voz que gritava no fundo do meu cérebro entorpecido, encostei minha boca na dele e o beijei. Nossos lábios hesitaram a princípio, como se estivessem surpresos de terem chegado tão longe. Saboreamos um ao outro, devagar e com suavidade. A mão na parte de trás da minha coxa deslizou para cima, e a ideia de ter o tímido Seth Mortensen acariciando meu bumbum me eletrizou. Um gemido suave alojava-se na minha garganta, e, enquanto minha língua explorava por entre seus lábios, buscando mais, ele de repente me forçou a ficar de costas, com uma urgência que creio ter surpreendido a nós dois. Sua outra mão entrou por baixo da minha camiseta e envolveu um seio, e através do seu *short* pude perceber que não eram só as mãos e os lábios dele que queriam ir adiante.

Então senti algo diferente, muito, muito tênue. Um formigamento suave. Finíssimos tentáculos de prazer ardente que serpenteavam lentamente ao meu redor, envolvendo-me. Embriagante. Melhor do que qualquer substância que eu já tivesse provado.

Pura vida, pura energia.

Era delicioso e instigante, outra dimensão de prazer físico na qual eu estava a ponto de penetrar. E, sendo Seth, a coisa era ainda mais atraente. Sua essência única e exclusiva permeava tudo, e eu queria mergulhar naquilo, fechar os olhos e esquecer qualquer responsabilidade, enquanto deixava que todo aquele prazer me preenchesse.

Mas eu não podia. Minha determinação esvaía-se a cada segundo, é verdade, mas eu ainda conseguia me controlar.

Por pouco.

Interrompi com relutância o beijo, tentando reunir forças e afastar-me dele. Ao primeiro sinal de resistência, ele me soltou.

– Me... me desculpe – disse eu, sentando-me e escondendo o rosto com as mãos. Esfreguei os olhos como se acordasse de um sonho, o que de certa forma era verdade. – Não podemos. Já estava... acontecendo...

– Só de beijar.

Era uma afirmação, a voz dele soando rouca de desejo e sono... e arrependimento. Ele sabia melhor do que ninguém como um beijo cheio de paixão podia ser letal; eu quase o matara da última vez. Claro, aquela havia sido uma situação excepcional, e, em meu estado tão próximo da morte, suguei dele muito mais do que um beijo profundo normalmente sugaria.

– Só de beijar – repeti, sombria. Não era necessário o ato sexual para que uma pessoa se entregasse a outra. Não havia brechas neste jogo.

Um silêncio tenso nos envolveu, até que Seth também se sentou e afastou-se de mim.

– Sinto muito por isso. Não sei... tentei me controlar melhor. Mas acordei... e estava meio dormindo... e então... – havia dor e remorso verdadeiros em sua voz.

– Eu sei – sussurrei na escuridão. – Eu sei. E também sinto muito.

Mais silêncio.

– Imagino que devo ir dormir no sofá... – ele disse por fim.

Fechei os olhos, sentindo-me péssima, mas sabendo que ele tinha razão. Tínhamos brincado com fogo ao inventar essa bobagem de dormir juntos de forma pura. Era incrível que algo ruim não tivesse acontecido antes. Quanto mais me dava conta disso, mais eu percebia o tamanho do estrago que podia ter feito. Droga, quanto dano eu já havia causado roubando dele umas poucas gotas de vida? Uma semana? Alguns dias? Mesmo um minuto teria sido demais.

– Não, eu vou para o sofá. Estamos na sua casa – a amargura contra o mundo, não contra ele, escorria da minha voz.

– Tanto faz, mas deixe-me ao menos alguns vestígios de cavalheirismo.

Eu não disse mais nada, e ficamos mais uma vez num silêncio incômodo. Uma centena de perguntas pairavam no ar, mas nenhum de nós queria fazê-las. A culpa era dos dois. Quando uma situação emocional ficava desconfortável, eu tendia a fugir dela ou fingir que nada acontecia. Se por um lado Seth não iria exatamente fugir, por outro não daria início ao diálogo necessário para analisar o que tinha acontecido. Assim, continuamos lá sentados.

Por fim ele se levantou.

– Sinto muito. Me desculpe pelo que eu fiz.

Ele assumia a culpa, o que era típico dele, mas não era justo, sobretudo porque, tecnicamente, eu o tocara primeiro. Eu devia ter falado alguma coisa naquele momento, dizendo-lhe que não fora só culpa dele. Mas as palavras ficaram presas em minha boca, retidas por meus próprios sentimentos confusos. Depois de mais alguns instantes ele foi para a sala.

Deite-me com Dâmocles nos braços, mas dormi mal pelo resto da noite. Quando a manhã chegou, Seth finalmente fez minhas panquecas, mas tomamos o café da manhã de novo num silêncio pesado, rompido apenas por comentários banais e forçados. Fomos juntos para a livraria, mas nos separamos em seguida. Mal o vi no resto do dia.

Bastien tinha vindo à cidade naquela noite, por algum motivo, e foi me buscar mais tarde, levando-me até sua casa para a ridícula invasão da residência de Dana. Quando vi a energia pós-sexual emanando dele, entendi o que o havia trazido ao centro.

– Você não se cansa de transar todos os dias? – perguntei-lhe, desejando ter podido fazer sexo na noite anterior.

– Vou fazer de conta que você não me perguntou isso, Fleur – ele então continuou falando, descrevendo as diversas vezes em que vira Dana nos últimos dias, como estavam se dando bem e como seria só uma questão de tempo antes do inevitável.

Ao perceber que eu não lhe respondia, ele me olhou com o canto do olho.

– Está com algum problema? Você parece infeliz.

– Beijei Seth na noite passada – suspirei.

– E?

– E o quê?

– O que mais aconteceu?

– Bom, nada. Quer dizer, uma passada de mão aqui e ali, e mais nada.

– E...?

– E eu não devia ter feito aquilo.

Um olhar de pouco caso passou pelo seu rosto.

– Um beijo não é nada. Não é o mesmo que ter feito um boquete ou algo assim.

– Meu Deus do céu, como você é grosseiro!

– Não finja que feri sua delicada sensibilidade. E você sabe do que estou falando.

– Não importa, fui fraca. Com isso tirei energia dele.

– Fleur, eu te amo tanto quanto já consegui amar alguém, mas tudo isso é absurdo. Você não vai ficar satisfeita até transar com esse cara, então faça isso de uma vez. Toda essa aura de atração proibida vai acabar, e vocês vão poder tocar suas vidas.

– Tocar nossas vidas? O que quer dizer com isso? – perguntei, ácida.

– Quero dizer que metade do motivo pelo qual vocês estão tão apaixonados é que um não pode ter o outro. Não é amor, mas uma reação humana normal, um catalisador para a atração física – ele fez uma pausa e pensou um pouco. – Sua obsessão maníaca pelos livros dele também pode ser um fator.

– Não é verdade. Nada disso é verdade, de jeito nenhum. Bom, quer dizer, os livros seriam bons o suficiente para serem a base de uma nova religião, mas não é a mesma coisa. Não é por isso que eu...

Que eu o amo? Droga. Eu ainda não sabia se amava ou não. Sequer tinha certeza do que era amor, depois de todo esse tempo.

Bastien sacudiu a cabeça, sem acreditar em mim, mas sem querer discutir.

– Tudo bem. Continue com isso. Mas ainda acho que você deve transar com ele. Mesmo que isso não faça vocês perceberem que ficariam melhor longe um do outro, ao menos vai afastar essa fonte de tensão entre vocês dois, e talvez lhes permita tentar algum tipo de relação problemática normal.

Meus olhos se perderam na distância, desconsolados.

– Não posso. Nem uma noite. Isso tiraria anos da vida dele. Eu não poderia viver com isso.

– Bah. Só alguns poucos anos, no máximo. Qual o problema? Além do mais, os homens fazem coisas bem mais idiotas em troca de sexo... e com mulheres das quais eles nem gostam. Se ele realmente a ama, pode achar que é um negócio justo.

Estremeci. Eu não achava nem um pouco justo, mas ele estava certo quanto às coisas idiotas que os homens fazem por sexo. Eu já vira e iniciara muitos deles.

Por fim desistimos da discussão ao entrar no acesso à casa dele. O tempo corria, e precisávamos dar início à operação. Bastien vira Dana e Bill saírem de carro mais cedo, e o filho adolescente deles tinha ido para a casa de um amigo, na mesma rua. Mudando para ficarmos invisíveis a olhos mortais, Bastien e eu percorremos o quintal da casa dele e pulamos a cerca para o de Dana. Sentia-me como uma espiã num filme; quase desejei que pudéssemos rastejar sob *lasers* detectores de movimento.

– Eles têm um sistema de segurança – sussurrei para Bastien, observando-o arrombar a fechadura da porta de trás. Mais uma habilidade útil aprendida ao longo dos séculos – Ser invisível não vai enganá-lo.

– Sem problema. Fiz um reconhecimento enquanto estava invisível. Conheço o código.

De fato, assim que entramos na casa, ele digitou algo no aparelho, e a luz indicadora mudou de vermelha para verde.

Começamos pelo escritório de Dailey, que parecia o local mais óbvio para guardar documentos. Dana tinha um sentido de organização meticuloso, que me arrepiava, e tivemos que assegurar-nos de deixar tudo do jeito que encontramos.

Infelizmente, a maior parte da papelada era inútil. Memorandos. Relatórios de despesa eficientes... e honestos. Recibos. *Releases* para a imprensa. Ela também tinha um monte de fotos, que pelo menos eram mais divertidas de olhar que os documentos. A maioria delas era da família ou de eventos do CPVF. Jody estava em várias delas, e isso me entristeceu um pouco. Lembrei da vivacidade dela, e da sua paixão por arte. Por que uma pessoa com alguma inteligência iria querer se envolver em tudo isso?

– Eu não sabia que Jody atuava tanto nesse grupo – observei a Bastien. – Ela não era tão ruim assim. Dana corrompeu-a.

– Dana é uma mulher persuasiva. Ei, você sabia que o sobrenome de Jody é Daniels? E que o nome do marido dela é Jack?

Rimos muito disso, e prosseguimos com a busca, antes de finalmente deixar de lado o escritório. Então vasculhamos, com muito cuidado, todos os armários e gavetas que encontramos na parte social da casa.

Nada.

– Talvez existam painéis secretos atrás dos quadros – sugeriu Bastien.

– Ou talvez a história do limpador de piscina tenha sido uma fraude, Dana seja honesta em seus negócios, e não há nada de que possamos acusá-la senão do fato de ser uma vaca preconceituosa.

Ele revirou os olhos.

– Só resta um lugar – disse. – O verdadeiro santuário. O quarto.

Fiz uma careta. Entrar no quarto de alguém me arrepiava. Era a mais completa violação de privacidade. Mas Bastien foi em frente, ainda confiante de que esta busca inútil daria algum resultado.

Por sorte, o quarto tinha a aparência estéril e arrumada de um hotel, e não o ar sensual e cálido do espaço mais íntimo de uma pessoa. Tornava a busca mais fácil, como se invadíssemos uma sala vazia. Examinamos gavetas e guarda-roupas, e de novo não achamos quase nada.

– Eca! – gritei de repente, olhando uma gaveta aberta. Bastien correu para mim.

– O quê? Que foi?

Ergui o que devia ser a calçola mais recatada que eu já tinha visto. Parecia a calçola de uma bisavó. E ainda era branca. Ela bem que podia ter sido um pouco ousada e partir para as verdes, ou azuis, ou algo assim.

Bastien me deu uma cotovelada pela minha reação exagerada.

– Como você pode se surpreender depois de ouvir os sermões dela sobre roupas decentes?

– Decência é uma coisa, mas... Jesus, até onde vai essa cintura? Até o pescoço?

– Guarde-as de novo. Temos que...

Click.

Nós dois ouvimos. Lancei a Bastien um olhar de pânico e enfiei a calçola de volta na gaveta.

– Achei que você tinha dito...

– Eu sei, eu sei – o tom dele era sombrio.

Alguém acabava de entrar na casa.

Capítulo 7

Ficamos parados no quarto, paralisados, aterrorizados demais até para piscar. No térreo, a porta se fechou e ouvimos com clareza passos sobre o piso de madeira de lei. Um murmúrio chegou até nós, as palavras inaudíveis.

– Que vamos fazer? – sussurrei. Podíamos estar invisíveis, mas mesmo assim eu não estava a fim de me esgueirar pela casa com outros por perto. Também seria complicado sair sem sermos notados.

Bastien franziu o cenho, e parecia tentar distinguir as palavras ditas lá embaixo.

– São vozes masculinas. Não é Dana. Vamos lá.

Ele me pegou pelo braço e saímos com cautela para o corredor, onde podíamos ouvir com mais clareza.

– Tem certeza de que eles não vão voltar para casa? – perguntou uma voz nervosa.

– Tenho. Eles vão ficar fora até mais ou menos meia-noite.

– Legal.

Bastien sorriu para mim.

– Reese – ele murmurou.

Reese. O filho. O filho que devia estar na casa de um amigo, na mesma rua. Era melhor que Dana, mas ainda perturbador. Lancei um olhar de interrogação a Bastien. *O que ele está fazendo aqui?*, perguntei só com a boca, sem emitir nenhum som.

Bastien respondeu encolhendo os ombros e fez sinal para que eu o seguisse escada abaixo. Reese e o amigo faziam barulho suficiente para cobrir qualquer som que nosso movimento produzisse.

Eu ainda não tinha visto Reese, e estava curiosa. Eu esperaria um garoto todo arrumadinho, tipo coroinha de igreja, mas ele parecia perfeitamente comum, meio emburrado, que gostava de usar camisetas. Tinha os cabelos pretos e os olhos azuis de Dana, combinados com alguns traços mais infelizes de Bill. Seu amigo tinha cabelo comprido e usava um casaco surrado do exército, com *jeans*.

– Onde vamos ficar? – perguntou o amigo.

Reese olhou em volta.

– Lá fora. Senão eles vão sentir o cheiro mais tarde.

– Tá legal. Mas vamos enrolar aqui dentro.

Eles se acotovelaram ao redor da mesa da cozinha. Reese colocou sobre ela uma lata de papéis de seda e um saco plástico com maconha suficiente para deixar uma família de cinco pessoas chapada por uma semana.

O amigo enrolou com destreza um baseado enorme, e os dois o levaram para fora, saindo através da porta pela qual entráramos. Bastien e eu nos entreolhamos, mal conseguindo conter algumas risadas histéricas. Fomos até a sala ainda escura e ficamos à janela, observando os garotos lá fora. Eles tinham deixado apagadas todas as luzes externas, para não chamar a atenção da vizinhança. O baseado brilhava, um ponto de luz laranja movendo-se na escuridão enquanto passava de um para o outro.

– Ah, meu Deus – exclamei. – Isso aí vale a invasão.

A expressão de Bastien era pensativa.

– Talvez possamos usar isso contra ela.

– O quê? Qual é? – protestei. – Ele é só um garoto. Não precisa afundar junto com ela. Além do mais, se eu tivesse pais como os dele, também ia querer ficar chapada.

Bastien pareceu hesitar por um momento, mas acabou cedendo com um aceno de cabeça.

– Tá legal. Você está certa. Então, quer terminar o quarto e depois cair fora? Duvido que notem o que acontece ao redor deles.

Voltamos lá para cima, ainda na esperança de achar alguma foto ou bilhete incriminador. Mas nada.

Deixamos Reese e o amigo em paz, e usamos a porta da frente para ir embora. Já sãos e salvos, de volta à casa de Bastien, acomodamo-nos na sua sala imaculada, derrotados.

– Bom, foi tudo inútil – disse eu.

– Não totalmente – Bastien pôs a mão no bolso e me jogou o saco plástico de Reese.

Agarrei-o e me endireitei na cadeira.

– Meu Deus! Você passou a mão na erva do coitado do garoto?

– Ele não devia ter largado isso do jeito que largou.

Ergui o saco. Estava meio cheio.

– Existe um inferno especial para pessoas como você.

– É, eu tenho um apê lá. Além do mais, é para o bem dele. A maconha leva a drogas pesadas, sabe?

– Não acredito. Você não acha que eles vão dar pela falta do saco?

– Não. Quando voltarem, vão estar tão doidões que nem irão lembrar onde puseram. Vão passar os próximos dias acusando um ao outro de ter perdido a erva.

– Sei que já disse isso antes, mas você conseguiu descer mais baixo que nunca. Estou tão... tão chocada que nem sei o que fazer.

– Eu sei.

Uma hora mais tarde, estávamos ambos chapados, rindo sem parar, embora eu não soubesse bem do quê. Bastien me passou o baseado e dei uma tragada, suspirando feliz. Devolvi a ele.

– Não estou dizendo que Monique não era uma cachorra – ele explicava. – Mas você tem que admitir que ela sabia como fazer as coisas.

Recostei-me no sofá, e deixei minha cabeça virar para um lado e para o outro sobre as almofadas.

– É, mas... ela foi... desleixada. Tipo, sem nenhuma criatividade. Não é só o sexo que conta nessa área de atuação. O orgulho é importante... orgulho do trabalho que foi feito.

Ele tragou e me passou de volta o baseado.

– Ah, ela tinha orgulho do trabalho dela, pode crer. Cavalgava em mim como se eu fosse um cavalo – ele fez uma pausa e depois começou a rir. – Ela me deixava muito orgulhoso.

Afastei-me do encosto, endireitando-me.

– O quê, você dormiu com ela?

– Claro, por que não?

– Seu safado – cutuquei-o com o pé.

– Olha o roto falando do amarrotado.

– Esfarrapado. É esfarrapado. Use as metáforas certas.

– Não era uma metáfora. Era, hã... – o olhar dele se perdeu no espaço, fixo. – Uma dessas coisas que simbolizam a outra. Mas não é a mesma coisa. Só isso.

– Você quer dizer uma metáfora?

– Não! É tipo uma história... tipo... um provérbio! É isso.

– Tenho certeza de que não era um provérbio. Talvez fosse uma analogia.

– Não acho.

– Olha aqui, eu conheço essas coisas. Trabalho em uma... oh!

– Oh, o quê?

– Como vou voltar para casa?

– Você já está indo? Ou é só uma analogia?

– Ainda não estou indo... mas você me trouxe de carro... e não pode me levar de volta.

– Claro que posso. Estou bem.

– Nem vem, eu não fumei tanto assim.

Vasculhei minha bolsa, achei o celular e chamei o primeiro número. Ao meu lado, Bastien resmungava algo sobre analogias, enquanto olhava hipnotizado a fumaça que saía do baseado.

– Alô? – respondeu Seth. Não tínhamos conversado de verdade desde a nossa manhã desastrosa.

– Oi, sou eu.

– Oi.

– Então... eu, hã... preciso de um favor.

– O que é? – não respondi logo em seguida, e ele perguntou – Você ainda está aí? Está tudo bem?

– Sim – comecei a rir de forma incontrolável. – Eu estou *tão* bem.

– Hã, tudo bem. Do que você precisa?

Levei um instante para me lembrar.

– De uma carona.

– Uma carona?

– É. Uma carona. Preciso que você venha me pegar.

Bastien fez um gesto grosseiro quando eu disse "me pegar", e eu o chutei de novo. Dei o endereço a Seth, que estava bastante confuso, e então desliguei.

– Idiota! – gritei para Bastien, mesmo achando tudo aquilo tão engraçado quanto ele. Parti para cima dele. – O que você estava...

A campainha soou. Nossos olhos se arregalaram e ficamos paralisados, ainda agarrados, o pânico invadindo-nos como se fôssemos dois adolescentes pegos em flagrante.

– Droga – disse eu.

– Inferno. Esse escritor corre.

– Não é ele, seu trouxa. Não vá ver. Eles vão embora.

Ele se levantou com dificuldade.

– Não. Tenho que ir ver quem é... Quem sabe é Jack Daniels... um trago ia bem...

– Não faça isso – implorei, aterrorizada de repente, sem um motivo que pudesse identificar.

Ele ficou invisível e foi até a porta. Meio segundo depois voltou correndo.

– É Dana! Ela voltou mais cedo – nervoso, ele passou a mão sobre o cabelo loiro e bem cuidado de Mitch. – O que ela quer? Que está fazendo aqui?

– Talvez ela queira a maconha de Reese de volta.

– Esta é a minha chance! Ela está aqui sozinha. Ela me quer. Rápido – ele me pegou pelo braço, puxando-me para a escada. Dei um grito de surpresa. – Esconda-se. Jogue fora isso aí.

– Não vou jogar fora. Além do mais, acha que ela não vai notar que a casa toda está fedendo? Meu Deus, suas pupilas estão do tamanho das calçolas dela. Virtuosa ou não, ela não é tonta.

– Vá logo. Não desça.

Resmungando, subi a escada, enquanto Bastien ia para a porta. Ficando invisível, sentei de pernas cruzadas no alto da escada e continuei fumando. Ouvi-o recebendo Dana.

– Ora, olá – ele disse. – Perdão por fazê-la esperar... Eu estava... – ele fez uma pausa, sem saber o que dizer, e eu sacudi a cabeça. Relapso. Ele nunca teria ficado sem palavras se estivesse sóbrio, mas então teria notado de imediato a idiotice de tudo aquilo. – Eu estava, hã, ocupado. Lá em cima.

– Entendo – disse Dana. Seu tom estava de novo frio e formal. Decidi que Bastien tinha imaginado a ligação calorosa e cordial que dizia que eles tinham quando estavam a sós. – Bem, peço desculpas por incomodá-lo, mas, quando vim trazer os biscoitos mais cedo, acho que perdi um brinco.

Aprumei o corpo. Biscoitos? Ele não tinha mencionado isso. Talvez tivesse mesmo feito algum progresso. Biscoitos. Fiquei pensando que tipo de biscoitos ela teria trazido. Pasta de amendoim? Chocolate? Oh. Talvez até chocolate branco com macadâmia.

Ele e Dana começaram a procurar o brinco, sem sucesso. O tempo todo Bastien tentou agir como se não estivesse chapado, mas não deve ter enganado Dana. Não com aqueles olhos de ciborgue que ela tinha. Droga, eu nem precisava ver. A trilha sonora já era suficiente.

Enquanto isso, eu não conseguia parar de pensar naqueles malditos biscoitos. Pareciam deliciosos. Realmente deliciosos. De repente, eu os desejava mais do que já quisera qualquer coisa na vida

– Bem – ouvi Dana dizer. – Devo tê-lo perdido em outro lugar. Obrigada por procurar.

– Lamento não poder ajudá-la.

– Está tudo bem – ela permitiu-se uma pausa elegante. – Aquela não é a bolsa de Tabitha? Sua irmã está aqui?

Ah, droga. Tive o pressentimento de que Bastien estava pensando o mesmo.

– Hã, bom, sim... mas... hum, ela está lá em cima, deitada – ele hesitou. – Está com dor de cabeça.

– Ah, que pena. Ela já tomou alguma coisa?

– Hã, sim, tomou.

Olhei para meu baseado. Se eu tinha tomado algo?

Bastien e Dana começaram a falar de alguma outra coisa, e decidi então que eu *tinha* que comer aqueles biscoitos. Estava faminta. Pelo som de suas vozes, os pombinhos pareciam ter ido para a sala de estar, de modo que eu podia descer as escadas, invisível, e atacar a cozinha sem que eles soubessem. Levantei-me, apaguei o baseado no banheiro e comecei a descer a escada, escondida. Em geral, a maconha não interfere no controle motor como o álcool, mas com certeza distrai você das coisas básicas. Como olhar aonde está indo.

Depois que desci uns três degraus, meu pé escorregou.

Proferi um palavrão digno de um marinheiro e despenquei dolorosamente pelo resto do caminho, aterrissando de bunda ao pé da escada, as pernas dobradas sob mim em posições pouco naturais. Mal tive presença de espírito de ficar visível como Tabitha, para que Bastien e Dana não achassem que um fantasma desajeitado caíra da escada. Um momento depois, eles apareceram correndo.

– O que aconteceu? – exclamou Bastien. Ele parecia mais contrariado pela interrupção do que por meu estado de saúde.

– Eu... eu tropecei...

Baixando os olhos, tentei mover o tornozelo para uma posição mais confortável. Retesei-me. Doía à beça, mas pelo menos podia mexê-lo.

– Bom, ao menos você está bem – ele disse, seco. – Com certeza vai querer ir embora e...

– Bem? – Dana lançou-lhe um olhar incrédulo. – Precisamos levá-la até o sofá, para ela poder esticar a perna.

– Ah, não – protestei, diante da expressão assassina de Bastien. – Estou bem... sério...

Mas não havia como discutir com Dana. Ela segurou por baixo de um de meus braços, e ele pegou o outro. Manquei até o sofá, colocando meu peso só no pé direito. Quando me estendi no sofá, ela ergueu meu *jeans* até a canela e apalpou o tornozelo com uma precisão cuidadosa e experiente, examinando cada centímetro com atenção. Fiquei agradecida por sua preocupação solícita e por seu aparente conhecimento de primeiros-socorros, mas a ideia daquela mulher maligna tocando na minha perna repugnava-me. Além do mais, o que eu queria mesmo eram os biscoitos. Dane-se o tornozelo.

– Não parece quebrado – decidiu ela, por fim. – Deve estar apenas torcido, sorte sua. Precisamos colocar gelo.

Como Bastien não fez nem sugeriu nada de útil, ela foi até a cozinha. Eu podia ouvi-la abrindo as gavetas e o *freezer*.

– Você me odeia ou alguma coisa assim? – ele sussurou assim que ficamos sozinhos.

– Não foi culpa minha – retruquei. – Acho que sua escada está com defeito.

– Com defeito o caramba. A única coisa com defeito é o seu *timing*. Faz ideia de como eu estava perto de chegar lá?

– Perto? *Perto?* Sem querer usar um clichê, o inferno estava mais perto de congelar do que você de chegar lá. Não acho que ela seja chegada em caras chapados e balbuciantes.

– Eu não estava balbuciando. E ela não tem como saber que estou chapado.

– Ah, qual é? Se estivesse um pouco mais chapado, você...

Calei a boca quando Dana voltou com a bolsa de gelo. Ela se ajoelhou aos meus pés e, com cuidado, colocou a bolsa sobre o tornozelo ferido. Fiz uma careta por causa da mudança súbita de temperatura, mas o frio extremo diminuiu o latejar.

Ainda preocupada, ela examinou o resto da minha canela com olhos aguçados. De novo apalpou a área do tornozelo, as mãos tocando com suavidade aqui e ali. Ela franziu o cenho.

– Posso estar equivocada quanto à gravidade da lesão. Continue colocando gelo e tome um anti-inflamatório. Se não melhorar em uns dois dias, vá ao médico.

– Obrigada – disse eu, afastando o olhar. Sério, o que me parecia mais desconcertante era que a preocupação dela parecia verdadeira. Talvez estivéssemos errados sobre ela o tempo todo. Não, claro que não.

– Bem – arrulhou Bastien, – se Tabby Cat está bem, podíamos ir até a cozinha tomar um cafezinho...

– Tem ideia de como aconteceu? – Dana me perguntou, ignorando-o.

– Ah... acho que pisei em falso... ou quem sabe foi um defeito em algum degrau.

– Duvido que a escada tenha algum problema – disse Bastien. – Tabitha sempre foi desastrada. Já virou lenda na família.

Dana, sem perceber como eu olhava furiosa para o íncubo diante de tal ofensa a minha graça e elegância, relanceou os olhos por meus sapatos, que estavam ao lado da porta. Eram sandálias pretas de tiras, com saltos de oito centímetros.

– É isso que você tem usado? – ela me olhou com um ar severo, maternal. – Sei como é intensa a pressão social que faz você achar que precisa se encaixar em um determinado padrão. Mas andar por aí com calçados assim pode causar sérios danos a seus pés. E não é apenas isso, eles transmitem a mensagem de que você não tem pudor no que diz respeito a...

A campainha soou. A princípio nenhum de nós se mexeu, e então Bastien se levantou, parecendo atônito com a ideia de que a noite pudesse ficar ainda pior.

Dana trocou o discurso sobre vestimentas por um sermão médico.

– Você deve mesmo tomar muito cuidado com isso. O esforço excessivo pode fazer piorar.

Bastien voltou daí a um instante com um Seth totalmente perplexo, que pelo que eu suspeitava não fazia a mínima ideia de quem o recebera. De fato, sua confusão aumentou quando ele nos viu, Dana e eu, e sem dúvida imaginou ter entrado na casa errada.

– Oi, Seth – eu disse a ele, incisiva, numa voz alta demais. – Obrigada por vir me buscar.

Ele continuou com o olhar fixo, e então uma suave compreensão apareceu em seus olhos. Ele já me vira transformando minhas roupas, mas era a primeira vez que me via em outro corpo.

Dana corria os olhos por nós, cheia de expectativa.

– Ah – disse eu, com o cérebro ainda meio lerdo por causa da maconha. – Este é, hã, Seth. Seth, Dana.

– Olá – disse ela, erguendo-se com elegância e apertando a mão dele. – Prazer em conhecê-lo.

– Hum, é. Igualmente – tive o pressentimento de que, se pudesse, ele sairia correndo.

– Seth é o namorado de Tabitha – explicou Bastien. – Acho que eles já estão indo.

– Ouvi dizer que você era solteira. Há quanto tempo estão namorando? – perguntou ela, conduzindo-nos para um papo casual.

Nenhum de nós respondeu.

– Alguns meses – disse eu por fim, imaginando se minha virtude estava de novo sendo avaliada.

– Que bom – ela sorriu.

Comecei a sentir outra vez aquelas vibrações sinistras, e de repente tive vontade de cair fora. Tentei me sentar, e ela correu até mim.

– Alguém pegue o outro braço dela.

Bastien não se mexeu, e Seth por fim entrou em ação. Ele me amparou do outro lado e me ajudou a ficar de pé. Estava claro, porém, que tocar-me neste corpo o perturbava, e ele tentava ajudar e ao mesmo tempo ficar o mais longe possível de mim. Assim, seus movimentos pareciam desajeitados e pouco naturais, e sem dúvida Dana nos achou ainda mais esquisitos que antes.

Ela e Seth me ajudaram a chegar ao carro, enquanto Bastien nos seguia emburrado. Quando eu estava acomodada no banco do passageiro, Dana deu, tanto a Seth quanto a mim, alguns conselhos de última hora sobre os cuidados com o tornozelo.

– Obrigada por ajudar – eu lhe disse.

– Foi um prazer. Só tente ter um pouco mais de cuidado daqui em diante – ela olhou o relógio. – Bom, acho que eu também preciso ir para casa.

– Precisa mesmo? – perguntou Bastien, meio atordoado. – É, quer dizer, se quiser ficar mais um pouco...

– Obrigada, mas não. Bill vai começar a se preocupar comigo.

Quando Seth saiu com o carro, eu a vi andando de volta para casa. Observei também a expressão no rosto de Bastien. A manhã seguinte não ia ser nada boa.

Já estávamos quase na cidade quando Seth finalmente disse algo.

– Você poderia... hã... mudar? Isso é bem esquisito.

– Hã? – eu estivera olhando pela janela com o olhar desfocado, intrigada com os borrões das luzes da cidade. – Ah. Sim.

Um momento depois, eu era a Georgina Kincaid que ele conhecia.

– Obrigado. Então, hã... acho que eu não ia gostar de saber o que estava rolando lá...

– Não – virei o pescoço para olhar o banco de trás. – Você não ia gostar, sério.

– Que está fazendo?

– Você não teria uns biscoitos aí atrás, teria?

– Hã... não. Não tenho nada.

– Estou *faminta* – suspirei, e afundei em meu assento. Acho que não consigo aguentar mais muito tempo. Tem certeza de que não tem nada para comer?

A sombra de um sorriso fez seus lábios se curvarem.

– Não, nada. Desculpe. Quer parar em algum lugar?

– Sim!

Ele entrou em um *drive-thru* da Taco Bell, e pareceu surpreso quando lhe informei meu pedido. Quando o entregaram, sem dizer nada, ele me passou o saco com quatro tacos, dois *burritos* de feijão e uma *tostada*. Comecei a devorá-los antes mesmo que ele saísse com o carro.

Quando chegamos à minha casa, não me deu a chance de mancar até lá. Ele me pegou no colo sem esforço, quase como O'Neill teria feito em um de seus romances. Se eu não estivesse chapada e devorando um taco, teria sido incrivelmente romântico.

– Você acha que eu sou uma aberração, não é? – perguntei, já instalada em minha cama, com ele sentado na beira. Seth já tinha cuidado de mim uma vez, depois de uma noite de bebedeira pesada. Eu me sentia tão irresponsável em comparação com ele.

– Bom, a *tostada* foi meio que um exagero, mas já vi aberrações piores.

– Não... quer dizer... – hesitei. – Bom, você talvez não tenha notado, mas eu, sei lá, andei fumando... um bagulho.

– É, eu meio que notei alguma coisa.

– Ah. Bom. Desculpa – dei uma mordida selvagem em um dos *burritos*.

– Por que está se desculpando?

– Por que... bom, você não faz essas coisas.

– Não faço o quê?

– Fumar um baseado. Ou beber. Puxa, você evita até cafeína. Não acha que eu sou, sei lá... devassa?

– Devassa? – ele riu. – Duvido. De qualquer modo, você acha que eu nunca fiz essas coisas?

A ideia era tão chocante que me deixou sem ação. Deixei a gula de lado por um instante.

– Bom... Não sei. Eu achava que, bom, não. Ou então você teria tido alguma história trágica... tipo, ficou bêbado e bateu em uma caixa de correio, ou tirou a roupa toda em público, e agora evita esse vícios.

– Isso teria sido trágico. Mas fique tranquila, eu curti um monte de "vícios"na faculdade. Foi por isso que demorei seis anos para me formar. Bom, além de mudar de curso algumas vezes. No fim, decidi me abster completamente. Não gostava de como eu ficava. Estar sóbrio é melhor para escrever, e falo idiotices demais quando estou bêbado ou chapado.

– É – concordei, desconfortável, tentando me lembrar das coisas que dissera esta noite. Estava tudo meio nebuloso. – Então você não acha que eu sou... sei lá, uma bêbada sem-vergonha?

– Não. Desde que você não faça mal a si mesma – ele olhou meu tornozelo, desconfiado. – Eu não me importo. Para ser sincero, metade do motivo pelo qual eu gosto de você é que você é tão... não sei. Você gosta da vida – ele afastou o olhar dos meu olhos, divertindo-se com os pensamentos que lhe ocorriam, analisando-os. – Você é destemida. Audaz. Não tem medo de desfrutar de você mesma. Só vai e faz o que quiser. Gosto do turbilhão que existe em você. Eu o invejo. É até engraçado – ele sorriu. – Eu costumava achar que queria alguém exatamente como eu, mas agora acho que iria morrer de tédio com outra versão de mim mesmo. Às vezes fico surpreso por não entediar você.

Fiquei de boca aberta.

– Está brincando? Você é a pessoa mais interessante que eu conheço. Exceto, talvez, Hugh. Mas, mesmo assim, ele coloca implantes de mama e compra almas. É uma combinação difícil de superar. Mas ele não é uma gracinha como você.

O sorriso de Seth ampliou-se, e ele apertou minha mão. Fez-se silêncio entre nós de novo, mas desta vez era um silêncio confortável.

– Obrigada por me resgatar – disse eu, devagar. – E por... bom... quer dizer, me desculpe pela noite passada. Eu me fechei.

– Não, eu é que peço desculpas – sua expressão ficou séria. – Eu não devia...

– Não – disse eu, com firmeza. – Não se culpe. Também foi culpa minha. E na verdade fui eu quem começou. Eu devia ter conversado com você na hora sobre isso. Sobretudo depois que você fez panquecas para mim hoje de manhã. Sabe, já está parecendo uma boa ideia de novo – olhei-o de forma sugestiva.

– Não devíamos ter feito o que fizemos... na cama... mas pelo menos conseguimos parar. Isso tem algum valor.

Concordei com a cabeça, amassando o saco do Taco Bell e arremessado-o através do quarto. Cesta.

Ele ficou me olhando, os olhos cálidos e afetuosos. Suspirou e ficou pensativo de novo. Pelo visto vinham mais coisas sérias.

– Eu gostaria de tentar dormir junto de novo, mas acho que... devemos dar um tempo nisso.

– É, acho que sim – também suspirei. Lembrando de alguma coisa, inclinei a cabeça e lancei-lhe um olhar penetrante. – Ei, é só uma hipótese... e não estou oferecendo, então não tenha ideias... você, tipo assim, abriria mão de parte de sua vida para dormir comigo? É, quero dizer, não *dormir* de verdade.

Ele riu alto, com um certo sabor amargo por trás do riso.

– Tétis, eu abriria mão de parte de minha vida para fazer com você um bocado de coisas.

– Como o quê? – meu interesse se avivou.

– Bom... não é óbvio?

Inclinei-me na direção dele. Talvez eu ainda estivesse chapada e com um tesão induzido pela erva – e, puxa vida, numa outra realidade, será que não teríamos direito a um pouco de sexo para fazer as pazes? –, mas de repente eu desejava, desesperadamente, ouvi-lo dizer o que queria fazer comigo.

– Me conta.

– Não posso. Você sabe como eu sou – ele sacudiu a cabeça, e então seus olhos se estreitaram, intensos. – Mas talvez eu pudesse... talvez eu pudesse escrever para você.

– De verdade? Mas dessa vez não seria uma história para publicar?

– Não, não seria uma história para publicar.

– Eu gostaria.

Devo ter parecido ansiosa, porque ele riu.

– Esta noite não, Tétis. Acho que nós dois precisamos dormir um pouco.

Eu estava desapontada, mas podia ver o bom senso daquilo. Ter mais tempo garantiria que a escrita fosse melhor, imaginei. Além do mais, seria difícil ficar triste, uma vez que a tensão pelo acontecimento infeliz da noite passada já desaparecera. Nossa conexão e nossa afeição haviam retornado e, olhando-o, parecia que meus sentimentos aumentavam quase que segundo a segundo. Conversamos mais um pouco, e então ele me beijou de leve na boca e se levantou. Melancólica, observei-o ir embora, desejando que ficasse.

Deslizando para o sono, tive de me satisfazer pensando em todas as coisas que *eu* gostaria de fazer com ele. Era uma longa lista, e apaguei muito antes de ter imaginado uma fração dela.

Capítulo 8

– Georgina?

Ergui os olhos da pilha de uma devolução desconcertante, para a qual Tammi havia pedido minha ajuda. Um cliente sem nota fiscal estava pedindo reembolso por alguns volumes com lombadas quebradas e páginas com orelhas, alegando que eram todos livros repetidos que alguém acabava de lhe dar de presente de aniversário.

– Só um minuto – respondi. – Tenho que terminar isto.

– Tudo bem – disse Beth. – Só achei que seria bom você dar uma olhada em Casey.

– Casey?

– Sim. Ela está lá em cima, no café.

Aquilo chamou minha atenção. Terminei de atender o cliente, dizendo-lhe com educação que não podíamos aceitar livros naquelas condições. Se os outros livros que ele dizia ter estivessem em melhor estado, quem sabe poderia trazê-los. Ele ficou contrariado e discutiu um pouco, antes de se retirar, decepcionado. Revirei o olhos quando ele se foi. Uma coisa que não mudava entre os humanos: sempre iriam existir aqueles que queriam conseguir algo a troco de nada. Era o que mantinha o inferno em funcionamento.

Encontrei Casey sentada a uma das mesas do café, tomando um copo d'água. Tinha olheiras e não havia sinal algum de seu usual capricho com maquiagem e cabelo. Ela fitava desolada a mesa, com os olhos embaçados e vidrados.

– Olá – disse-lhe com suavidade, sentando-me diante dela. – Como andam as coisas?

Com um ligeiro atraso, ela ergueu para mim os olhos desfocados.

– Bem.

– Tem certeza? Você não parece tão bem assim.

– Não sei – seu tom era apático, ausente. – Fui dormir tarde, só isso. Desculpe. Desculpe vir trabalhar neste estado.

– Sem problemas. Eu também já tive muitas noites doidas – o fato era que aquilo não parecia uma ressaca. Quer dizer, dava a impressão de que ela estava se recuperando de algo... mas eu não conseguia descobrir o quê. Era esquisito. – Que foi que rolou? Uma festa?

– É. A banda de Doug fez mais uma.

– É mesmo? – grande novidade. – Deve ter sido ótima.

– Não sei.

– Como assim? Você estava lá.

– Eu não... consigo lembrar. Coisa idiota, né? – ela franziu a testa, a confusão brilhando em seus olhos castanhos. – Eu devia estar mesmo doidona. Lembro-me de... estar com Alec. Então saímos. Fomos para algum lugar.

– Você não sabe?

Ela pareceu ficar perturbada e fechou os olhos.

– Havia uma casa grande e... não sei. Não consigo... lembrar. Desculpe, Georgina. Eu não devia ter vindo hoje. Desculpe.

– Está tudo bem. Então você não sabe o que fez com ele? Não se lembra de nada?

Ela sacudiu a cabeça. Eu não devia ficar fuçando detalhes da vida pessoal de uma funcionária, mas algo me incomodava. Não era só minha aversão por Alec. Lembrei-me de como ele tentava fazer as mulheres beberem, o convite para ir a um lugar "mais intenso". A incapacidade de Casey em lembrar-se do que haviam feito juntos sugeria alguma "droga do estupro".

– Alec fez você tomar alguma coisa?

Pela primeira vez em nossa conversa, a apatia sumiu e ela pareceu alerta.

– Eu... não. Não.

Ela estava mentindo. Eu percebia. Por quê? Medo dele? Vergonha? Não consegui continuar o interrogatório. Ela parecia tão infeliz. Disse-lhe que podia ir para casa e descansar; não precisei insistir muito.

Tomei o lugar dela no caixa, xingando mentalmente aquele imbecil do Alec. Minha fúria era acentuada pelo fato de que eu não podia fazer nada. A vida de Casey não era da minha conta e, se ela não admitia nada, Alec permanecia inocente.

Sem Casey, com Paige de novo ausente por não estar bem e Warren jogando golfe na Flórida, fiquei aliviada quando Doug chegou. Ele parecia cheio de energia como sempre, e pensei que poderia contrabalançar meu humor cada vez pior.

– Ouvi dizer que vocês deram uma festa.

– Sim – ele sorriu, ocupando o caixa ao meu lado. – Tentei chamá-la, mas você não estava em casa.

– Tive outro compromisso. Ei, você notou algo esquisito com Casey e Alec ontem à noite?

– Esquisito como? Eles pareciam estar se dando bem.

– Mais nada?

– Nada. Não que eu tenha visto. Por quê? Você está interessada? Ele é meio novo para você, mas se estiver a fim posso dar o número do telefone dele.

– Não mesmo.

– Opa – exclamou ele de repente. – Olha só isso aqui.

Ele ergueu um dos livros que sua cliente estava comprando. Era um romance feminino, adornado com um homem de peito robusto, segurando uma mulher de seios fartos. A cabeça dela pendia para trás, os lábios abertos num gemido. E seu vestido estava caindo.

– Aposto que tem uns lances maneiros aqui. Nada como alguns membros latejantes e cenas íntimas para deixar você com tesão, hein?

Ele piscou para a cliente, que ficou vermelha como um pimentão e não disse nada. Ela pagou e se afastou o mais rápido que pôde.

Horrorizada, ignorei os demais clientes na fila e agarrei Doug pelo braço, puxando-o para longe do balcão.

– Que diabos deu em você? – perguntei, num sussurro baixo e furioso.

– Ah, qual é, Kincaid? – ele riu alto. – Eu só estava me divertindo um pouco. Esses romances femininos sempre me matam de rir.

– Você *não* deve comentar as compras dos clientes. E mais, nunca diga palavrões na frente deles.

– Treinamento básico. Sei tudo isso.

– É? Pois então obedeça.

Ficamos ali parados, ambos chocados com meu tom de voz. Nunca pensei que iria me dirigir a Doug com aquele ar de censura. Muito menos aqui. Éramos assistentes de gerência e parceiros. Nossa relação de trabalho sempre envolvera camaradagem e bom humor.

– Tudo bem – ele respondeu, após um instante. – Como quiser.

Voltamos para os caixas, um ignorando o outro acintosamente. Trabalhamos por algum tempo sem incidentes, até que o ouvi dizer:

– Cara, isso deve ser difícil. Espero que tudo dê certo.

Olhei e vi que o cliente levava um livro sobre DSTs. Doug devolveu meu olhar, desafiante. Terminei de passar minha compra e coloquei um aviso de "caixa fechado". Encontrei Andy no balcão de informações e disse-lhe para pedir a Doug para trocar de posto.

– Não lhe diga que pedi a você para fazer isso.

Parecia mais seguro que Doug ajudasse os clientes a encontrar os livros. No entanto, não importava onde eu estivesse na loja, eu conseguia ouvi-lo. Ele falava e ria alto demais. Sempre que o via, ele estava agitado, como se não conseguisse parar quieto. Uma hora estava literalmente fazendo malabarismo com os livros para um cliente. Daí a pouco, vi-o saltitando enquanto levava alguém à seção de culinária. Franzi o cenho, sem saber o que fazer. Seu comportamento agitado tinha sido divertido na última semana, mas agora ele estava exagerando, e eu não estava muito certa de qual deveria ser o meu papel nisso tudo.

– Aquela moça de cabelo vermelho disse que você é a gerente – uma senhora de meia-idade disse de repente, abordando-me enquanto eu organizava um mostruário.

– Sou assistente de gerência – informei-lhe. – Posso ajudá-la?

– Aquele homem foi grosseiro comigo – ela apontou o balcão de informações. – Ele me ajudou a encontrar alguns livros e então... ele disse...

Ela não conseguiu terminar, dividida entre a fúria e a aflição. Olhei os livros que ela segurava. Textos sobre depressão clínica. Maravilha. Pelo menos não havia nenhum chamado *Pirando numa livraria pouco amigável*. Respirei fundo, para me acalmar, e pedi mil desculpas, prometendo cuidar daquilo. Então fui até o começo da fileira de caixas e pedi a Andy que registrasse de graça os livros dela. Warren jamais aprovaria aquilo, mas na hora não me importei.

Esperei que Doug terminasse de atender um cliente e puxei-o de lado mais uma vez.

– Precisamos conversar lá na sala.

Ele me deu um sorriso torto. Observando-o, vi seus olhos brilhando com um fervor perturbado.

– Por quê? Vamos conversar aqui. Tenho clientes para atender, sabia? Não posso deixar abandonado este maldito lugar.

Empalideci ao ouvir aquilo, ainda me forçando a ficar calma. Quatro clientes na fila nos ouviam.

– Não. Vamos lá para o fundo.

Ele revirou os olhos e me envolveu com um abraço cordial.

– Meu Deus, você está tensa. Por que isso?

– Você sabe por quê – retruquei, escapando de debaixo do seu braço. – Você está perdendo a linha hoje.

– Não, *você* está perdendo a linha – o sorriso dele sumiu. – Que postura é essa? Você não pode falar comigo desse jeito.

Ele ainda falava alto demais. Mais gente parava para olhar.

– Posso, sim, falar com você desse jeito quando está agindo como um idiota. Você está incomodando os clientes. Está fazendo coisas totalmente inadequadas, e sabe disso.

– Inadequadas? Mas que droga, Kincaid! Você está falando como Paige. Estou me *divertindo*. Lembra como é? Lembra como nós dois nos divertíamos por aqui, antes de você ficar metidinha desse jeito?

Tínhamos uma plateia considerável agora. Tanto clientes quanto funcionários. Silêncio mortal, exceto pelo som suave de Vivaldi no sistema de som da loja.

– Vamos lá – ele continuou, adorando a atenção. – Aonde está querendo chegar, agindo desse jeito? Quem lhe deu a autoridade? Você e eu temos a mesma função, lembra? Você consegue dez segundos de fama no conto de Mortensen e agora se dá ares de importância. Por que não vai atrás dele? Quem sabe se conseguir transar de novo você pare de agir como uma vaca.

– Doug, você precisa ir embora para casa – disse eu, espantada com a firmeza e força da minha voz. Era como se alguma outra pessoa usasse meu corpo para confrontá-lo, e eu estivesse só olhando. – Se não for, vou ser forçada a tirá-lo daqui.

Claro, eu não tinha ideia de como faria isso. Estava quase aterrorizada por ter de enfrentá-lo daquele jeito. Meu coração batia disparado. Estávamos bem perto um do outro, confrontando nossas vontades, e ele era alguns centímetros mais alto que eu e muito mais forte. Na verdade, eu não esperava violência da parte dele, mas a intimidação física era quase tão assustadora quanto a psicológica. Ainda assim, fiquei firme, mantendo uma expressão de comando e decisão.

Por fim ele cedeu, afastando o olhar. Encolheu os ombros e deu seu sorriso torto para as pessoas que olhavam, como se elas compartilhassem uma piada com ele.

– Claro. Como quiser. Por mim tudo bem. De qualquer forma, um dia de folga cai bem.

Ele olhou ao redor de novo, com a expressão confiante e desafiadora, como se tivesse vencido. Passou os olhos pela multidão outra vez, riu e foi embora.

Ninguém falou ou respirou depois disso. Aprumei o corpo, como se nada daquilo tivesse me incomodado. Afastei-me, decidida.

– Pode cobrir o balcão agora? – disse a Beth ao passar por ela.

Subi até o café e pedi ao barista que fizesse um *mocha*. Peguei-o com as mãos trêmulas e virei-me, dando de cara com Seth de pé junto a mim. Hoje ele usava uma camiseta da banda Ratt.

– Tétis – ele disse, suave.

Fui até uma das janelas e ele me seguiu. Lá fora, carros e gente percorriam a avenida Queen Anne. Fiquei olhando, sem vê-los. Seth moveu-se atrás de mim, com sua presença segura e reconfortante. Esperando para me apanhar, mesmo que eu ainda me recusasse a cair. Era por isso, percebi, que eu havia escolhido estar junto dele, com ou sem problemas sexuais.

– Acho que você viu tudo.

– Sim – ele disse. – Você lidou bem com aquilo.

– Eu não queria lidar com nada.

– Alguém precisava fazê-lo – ele tocou meu braço com delicadeza. – Você pode ser bem ameaçadora às vezes.

Sacudi a cabeça, ainda entorpecida.

– Também não quero ser ameaçadora.

– Georgina. Olhe para mim.

Virei-me e olhei para ele. Seus olhos adoráveis estavam doces, cheios de amor, e ainda assim repletos de energia.

– Você fez a coisa certa – ele pôs as mãos em meus braços, os polegares acariciando a pele nua. – *Você fez a coisa certa.*

– Ele é meu amigo.

– Isso não importa.

– O que há de errado com ele, Seth? Que aconteceu?

– Não é óbvio?

– Para mim, não.

– A mesma coisa que fez você devorar um saco comida do Taco Bell ontem à noite – ele sorriu com tristeza.

– Hein? Maconha não faz isso. Quer dizer, fazê-lo se comportar daquele jeito. Não o lance do Taco Bell.

– Não – ele concordou. – Maconha não faz isso, mas é lógico que ele anda usando alguma coisa.

Virei-me de novo para a janela, pensando. Lembrei-me do vigor incansável de Doug, a expressão febril de seus olhos. Sim, fazia sentido, e me dava uma certa tristeza. Nunca soube que ele usasse nada mais pesado que álcool e maconha. Ainda assim... sua exuberância recente não devia ser só por causa disso. Uma droga não faz você ser bom no Tetris ou produzir um álbum inteiro de músicas boas em menos de um mês.

– Não sei o que pode ser. Eu já provei praticamente tudo – admiti, meio envergonhada. A imortalidade permitia a experimentação sem as consequências perigosas a que os mortais se arriscavam. – Mas não foi nada como um estudo, a ponto de eu conseguir de fato identificar alguma coisa. O que você acha? Algum tipo de anfetamina?

– Também não sei.

Massageei as têmporas, sentindo uma dor de cabeça horrível se aproximando. Eu não queria mais nada senão ir para casa e ficar largada no sofá com Seth de um lado, Aubrey do outro e um prato de *brownies* no colo. Mas não, não ia rolar.

– Tenho que voltar lá para baixo. Agora estamos com duas pessoas a menos. Vou ter que ficar de novo até fechar.

– Quer que eu venha depois do trabalho? Combinei de ir pintar a casa com Terry, mas posso cancelar.

Assegurei a Seth que ele não precisava mudar de planos por minha causa, e então desci. O funcionamento fora retomado como se nada além do normal tivesse acontecido. O único fato digno de nota era o modo como os outros funcionários me olhavam agora. Sem zoação, sem acharem graça, de um jeito diferente. Se não soubesse, até diria que estavam me respeitando mais.

Depois do trabalho, voltei para casa, esgotada. Fraca devido à exaustão mental e física. Quando eu absorvia vida das vítimas, em geral era para sustentar minha existência imortal e o poder de mudar de forma. Mas a vida estava cheia de outras coisas que exigiam energia. Arrombamento e invasão. Trabalhar dois turnos seguidos de doze horas. Permanecer sem sexo ao lado do homem dos seus sonhos. Advertir um de seus melhores amigos e descobrir que ele talvez estivesse viciado em alguma droga pesada.

A necessidade de vida ardia dentro de mim, deixando-me irritada e impaciente, a despeito de me sentir tão acabada. Para mim, essa ânsia de energia expressava-se como tesão, uma vontade súbita de ser tocada e consumida por alguém que eu pudesse consumir de volta.

Liguei para Bastien.

– Que foi agora? – ele perguntou, sarcástico. – Suponho que desta vez você vai direto ao ponto e telefonar para Dana. Assim pode ir em frente e contar-lhe como o vizinho tem um plano para seduzi-la e destruir a organização dela. Nesse meio tempo você pode mencionar a invasão e fazer com que me prendam. Pode até arranhar meu carro com uma chave se estiver a fim. Seria um final perfeito para minha carreira já arruinada.

– Ah, fique quieto – retruquei, sem paciência para aguentar isso. Pelo visto, alguma fúria ainda restava em mim pelo que acontecera mais cedo. – Primeiro, você não ia levar Dana para a cama na noite passada, então pode esquecer. Segundo, é bem capaz que você mesmo a tenha desestimulado, quando atendeu à porta chapado daquele jeito. Terceiro, se quisesse mesmo que ela se interessasse por você, teria se mostrado mais preocupado comigo em vez de bancar o babaca sem consideração.

– Como está seu tornozelo? – ele perguntou, relutante.

– Bem. Você sabe como é – um entorse mal durava um dia para um imortal. – Bom o suficiente para sair para dançar.

– Dançar?

– Sim. Quero que você me leve para sair. Agora. Tive o pior dia de todos.

– Desculpe.

– Desculpe? Você está me dispensando? Desde quando é vingativo assim?

– Não é isso... bom, tá, talvez um pouquinho. Mas Bill me convidou para ir lá assistir a um jogo de futebol.

– Você odeia futebol.

– É, mas talvez eu veja Dana. Desculpa, Fleur. Esta noite você vai ter que ficar sozinha.

Aborrecida, desliguei e chamei o segundo melhor dançarino que conhecia.

– Cody – disse-lhe – vamos sair para dançar.

– Tudo bem – ele respondeu, amável, – mas tenho que levar Hugh e Peter.

– Ui. Eles dançam quase tão mal quanto Seth.

– Sim, mas prometi que ficaria com eles hoje à noite. A menos que você queira vir para cá. Neste momento estamos jogando D&D. Você sabe quantos pontos de vida um súcubo ganha?

– Tá legal, tá legal. Traga-os junto.

Desliguei. Na verdade não importava muito quem ia comigo. Eu só queria companhia para sair. Uma companhia que desse um ar de normalidade, embora eu não precisasse de nada disso para o que iria fazer.

– Deus do céu, mulher – exclamou Hugh quando abri a porta, uma hora depois. – Você está destruindo meus sentimentos fraternais por você.

Eu vestia uma saia pregueada preta que cobria menos da metade das minhas coxas. O *top*, com mangas três quartos, deixava os ombros nus e terminava pouco acima do umbigo, deixando minha barriga à mostra. Era feito de uma renda colante, elastizada, que parecia opaca com pouca luminosidade mas mostrava tudo, tudo mesmo, em plena luz.

A única coisa que ainda precisava decidir era com que corpo iria. Eu não gostava de fazer o trabalho de súcubo com minha forma habitual, aquela com que trabalhava na Emerald City e dormia com Seth. Queria um rosto anônimo, que pudesse esquecer e ser esquecido. Diante do espelho do banheiro, eu havia cogitado uma série de características e etnias. No fim, optei por uma bela aparência latina, sensual, com longos cabelos escuros.

Fomos à mesma boate onde Bastien e eu tínhamos ido dançar. Lá tocavam vários tipos de música, todos acelerados e pesados. Ressoavam no sangue. Imediatamente, Hugh se postou no bar, dando a impressão exata do tiozinho esquisito que dava em cima de mulheres mais jovens, justamente o que ele era. Peter parecia na dúvida entre ficar com ele e ir para a pista. Era caseiro o suficiente para querer ficar com Hugh, mas locais como este eram excelentes campos de caça tanto para vampiros quanto para súcubos. Relutante, o vampiro sem sal pegou sua bebida e juntou-se aos clientes da boate que dançavam, parecendo, irremediavelmente, deslocado. Porém, eu sabia que ele sobreviveria; vinha fazendo o que fazia por quase tanto tempo quanto eu.

Fui até o bar e pedi uma dose de Rumple Minze, que tomei quase de uma vez. Era curioso que parte de mim achasse que eu podia censurar Doug por meter-se com drogas, quando eu recorria ao álcool tão prontamente para aliviar minhas tensões.

– Dance comigo – disse a Cody, pegando-o pela mão.

Ele estava bonito hoje, usando uma camisa larga para fora da calça. A estampa era bacana, uma dessas que só caras confiantes, com verdadeiro senso de moda, podem de fato usar. Com sua dança ágil e sua aparência loiro-dourada, ele era um ótimo parceiro.

– O que eu sou, o seu aquecimento? – ele me perguntou, algumas músicas depois.

Eu ri. Estávamos dançando perto demais, e eu movia o corpo de forma mais provocativa do que em geral faria com um amigo. Movimentos inconscientes. A fome do súcubo aflorava.

– Incomoda você?

– Não. Bom, a não ser aquela sensação estranha de incesto a que Hugh se referia. Mas não acho que você vai conseguir de mim o que precisa.

– Realmente – disse-lhe, vasculhando a multidão. O lugar estava cheio de mortais, todos quentes e cheios de energia, e ardendo de vitalidade, o que não acontecia com meus amigos e comigo. De novo, a tentação do desejo apossou-se de mim. Eu queria tocar todos eles e sabia que logo teria de me separar de Cody.

– O que deixou você ligada desse jeito, afinal? Não estamos acostumados a vê-la assim.

Era verdade. Em geral, ele e os outros só me ouviam resmungando e reclamando do meu trabalho infernal, e de como eu odiava seduzir homens legais.

– Preciso descarregar um pouco do tesão por Seth. Além do dia péssimo que tive hoje – expliquei, e então contei-lhe o resto.

Cody ficou tão triste quanto eu com o lance de Doug, que ele conhecia e curtia. O jovem vampiro concordou que o comportamento errático de Doug parecia decorrer de anfetaminas, e me fez algumas sugestões. Fiz uma anotação mental para pesquisar sobre elas depois.

Finalmente, Cody e eu nos separamos, e cada um foi cuidar de seus próprios assuntos. Comecei a trabalhar a clientela, como fizera na outra noite, mas dessa vez minha motivação era para valer. Obtive minha cota de parceiros, e um sem número de bebidas de graça. Cada vez que alguém me pagava uma, Hugh, ainda no bar, sacudia a cabeça com um perverso senso de humor.

Daí a umas duas horas, eu tinha meu alvo. Era jovem e musculoso, supercharmoso com seus sensuais traços mediterrâneos. Ascendência italiana, suspeitei. Era também doce e tímido, e estava claramente surpreso por eu continuar dançando com ele. Os amigos dele, observando de longe, pareciam sentir o mesmo.

Havíamos nos movido para uma parte bem cheia da pista de dança, lotada com outros corpos suados e frenéticos. Esfreguei-me contra ele de um modo muito mais íntimo do que a multidão exigia, minhas mãos deslizando por seu corpo enquanto nos movíamos. Quando nossos lábios roçaram uns nos outros, ele recuou.

Ele me contou então, de forma desajeitada e relutante, que tinha namorada. Para mim não foi surpresa. Paramos de dançar, a multidão nos acotovelava, e fingi uma timidez envergonhada por minha ousadia, parecendo não ter percebido a falta de vontade dele em admitir que estava namorando.

– Hã, espere – disse ele quando comecei a me virar para ir embora. Sua voz estava pesada de hesitação. Era a voz de quem tentava racionalizar algo que sabia que não devia fazer... mas que ainda assim desejava. Uma consternação genuína agitava-se em seu semblante. – Quer dizer... nós ainda podemos... podemos... continuar dançando. Não podemos?

Cinco danças mais tarde, eu havia convencido – e subornado – um dos garçons, que nos deixou ir para um depósito no porão da casa. Era escuro, pequeno e cheio de mesas extras, mas suficiente para o que precisávamos. Eu ainda ouvia a música que vinha lá de cima, embora não pudesse identificar a canção. Toda a construção vibrava com a batida. O cara ainda parecia nervoso, mas o álcool e a oportunidade estavam vencendo seu bom senso. Não lhe disse meu nome. Não perguntei o dele.

Puxei-o para mim e nos beijamos, um beijo violento e furioso, do tipo que depois dá a sensação de que os lábios estão inchados. As mãos dele, pousadas em meus quadris, foram subindo e empurraram a blusa de renda, expondo meus seios, que elas acariciaram maravilhadas, sentindo seu formato e tamanho. Meus mamilos ficaram duros e salientes. Ele se debruçou e envolveu um deles com os lábios, chupando com vontade. Quando senti seus dentes mordendo de leve, gemi de aprovação, e baixei as mãos para afrouxar o cinto dele.

Ele endireitou as costas, e dessa vez fui eu quem caiu de boca – literalmente. De joelhos, puxei para baixo sua cueca e libertei a ereção que estava distendendo o tecido.

Passei a língua pela ponta, provando as gotas salgadas que já começavam a vazar. Então, sem mais demora, envolvi tudo aquilo com a boca, deixando que a língua deslizasse por sua superfície à medida que meus lábios se moviam para cima e para baixo, ao longo de toda sua extensão. Ele gemeu e entrelaçou os dedos atrás da minha nuca, tentando entrar ainda mais. Os primeiros tentáculos de sua energia começaram a fluir para mim, suaves e deliciosos. Ele era dos bons, cheio de energia. Chupei com mais empenho, provocando-o por mais alguns minutos, e então o soltei e fiquei de pé. A expressão em seu rosto depois que parei tornou-se cômica, de tão desesperada. Como se não conseguisse acreditar que eu havia feito aquilo com ele. Como se eu acabasse de acertar sua canela com um taco de beisebol.

Lambi os lábios e sorri.

– Você quer mais? Vai ter que vir pegar.

Era este o ponto importante. Se ia me dar ao trabalho de pegar um sujeito com uma força vital poderosa, podia muito bem preencher minha cota com Jerome, e praticar também um pouco de corrupção. Um sujeito que namora a sério pode se sentir culpado por se envolver com outra mulher, mas vai se sentir ainda mais culpado se ele mesmo der o passo decisivo para começar tudo. Era muito fácil dizer *ela me forçou*. Minha parte estava feita; ele tinha que assumir a partir de agora.

O cara podia não saber os meus motivos verdadeiros, mas pareceu sentir a seriedade da situação. Ele estava no limite agora, no limite de uma decisão que poderia afetar sua alma eterna. Faria ou não? Cederia à luxúria e trairia a mulher que amava? Aproveitaria esta chance comigo, que poderia não ter nunca mais? Ou me rejeitaria e iria embora? Permaneceria fiel?

Meu sorriso se abriu mais, lento e lânguido, enquanto ele debatia consigo mesmo. Percorri o aposento como se tivesse todo o tempo do mundo, como se não me importasse com o que ele ia decidir. Meus saltos soavam alto no piso duro. Dei-lhe as costas, tentando distinguir uma foto antiga emoldurada e pendurada na parede. Era apenas uma mancha escura na luz tênue.

Então eu o senti atrás de mim. Suas mãos deslizaram da minha cintura para os quadris, e daí mais para baixo, até envolverem meu bumbum. Ele ergueu minha saia mínima e baixou a tanga preta que eu usava por baixo. Devagar, suas mãos traçaram cada curva, tateando e explorando. Uma das mãos rodeou por fora minha perna, dirigindo-se para a frente, entre minhas coxas. O movimento forçou-o a ficar mais perto de mim, e podia senti-lo, ainda duro, ainda pronto, pressionado contra minha pele.

A mão exploradora se enfiou ainda mais entre minhas coxas, e eu sentia a respiração dele rápida e quente na minha nuca. Os dedos tocaram a pequena e bem aparada área de pelos entre minhas pernas, e então moveram-se mais para baixo, dançando na borda dos meus lábios, provocando-os. Um gemidinho ansioso saiu da minha boca, e apertei meu corpo contra o dele, na esperança de alguma reação.

Ele deslizou os dedos em um ritmo constante, estimulando meu desejo já alucinado. Um minuto depois, os dedos ansiosos entraram em mim, sentindo-me e explorando. Eu estava úmida e lubrificada, mas ainda assim fui pega de surpresa, e soltei uma exclamação. Ele envolveu minha cintura com o outro braço, puxando-me ainda mais perto, e continuou a mover os dedos para dentro e para fora. Sua vida fluiu para mim de novo. Um ardor puramente físico avolumou-se dentro de mim, ficando mais forte cada vez que ele entrava. Mas, antes que essa sensação pudesse culminar, ele tirou os dedos e não voltou a metê-los. Minha vez de sentir-me insatisfeita. Segurando meus ombros, ele me virou, e preparei-me para ser jogada sobre a mesa ou contra a parede.

Para meu espanto, em vez disso, ele me forçou a ficar de joelhos, sua respiração ofegante agora, os olhos ardendo de desejo e tesão.

– Sua boca – ele ofegou. – Quero sua boca de novo.

Inesperado, e talvez um pouco decepcionante, mas para mim funcionava do mesmo jeito. Antes que eu pudesse entrar em ação, ele penetrou meus lábios. Uma exclamação de surpresa ficou presa na minha garganta, e isso pareceu excitá-lo ainda mais. Eu não precisava mais me preocupar com quem tomava a iniciativa; estava tudo por conta dele. Suas mãos mantinham minha cabeça e meu pescoço no lugar, enquanto ele enfiava de novo e de novo.

A transferência de força vital começou com tudo, a energia dele inundando-me, junto com seus pensamentos e sensações.

Agora, agora, agora, pensou, o desejo ardente queimando por ele todo. Sentindo sua mente e seu corpo, percebi que ele talvez não tivesse sido um alvo tão fácil como a princípio eu imaginara.

Ele amava a namorada. Apaixonadamente. Mas ela não gostava de sexo oral, e uma das maiores fantasias da vida desse cara era, falando de forma clara, meter na boca da moça. Se eu tivesse começado as preliminares de outra forma, ele poderia ter tido força suficiente para desistir. Mas eu lhe dera a única coisa que ele não podia recusar. Era mais forte que a culpa que rondava no fundo de sua mente.

Nunca vou ter essa chance de novo. Allison não precisa ficar sabendo.

Eu conhecia muito bem essa racionalização. Era talvez a mais antiga que havia.

Ele penetrava com mais ímpeto, o longo membro enchendo minha boca, enquanto os olhos dele me olhavam ansiosos, a garganta produzindo sons ininteligíveis, quase primitivos. Quanto a mim, o orgasmo me fora negado, e o prazer se avolumava de um modo diferente. A transferência de força vital não ocorre no momento do contato físico, nem durante o orgasmo. É algo maior, mais holístico. De alma para alma. A energia dele agora me inundava em ondas, e era êxtase puro à medida que eu navegava naquele oceano. Meu corpo ardia com ela, quase a ponto de desfalecer. Antes que aquela onda arrebentasse, antes que nossa conexão se partisse, captei outro pensamento vindo dele, direto e simples: *na boca ou na cara?*

Ah, homens.

Ele escolheu a boca, gemendo alto ao gozar. O líquido quente e amargo jorrou sobre minha língua, enquanto seu corpo se contraía e as unhas se cravavam na minha nuca e no meu couro cabeludo. Esperei que ele terminasse, e então engoli, pois sabia que era o que ele queria que eu fizesse. Era o que todos os caras queriam. E, na verdade, era o mínimo que eu podia fazer por ele, porque, com o orgasmo dele, veio meu próprio clímax.

Toda a força da energia dele me atingiu como um raio, ao mesmo tempo em que ele sentiu a falta dela. Afastei-me dele, arfando sob o peso daquele poder, flutuando naquele êxtase, revigorada e cheia de vida. Ele, porém, retesou-se e empalideceu, subitamente fraco e confuso por perder algo que sequer sabia possuir. Tateou em busca de apoio, e segurou-se na beira de uma mesa quando suas pernas cederam. A mesa impediu que ele caísse no chão, e segurei seu outro braço, dando-lhe equilíbrio. Com cuidado, ajudei-o a sentar-se e recostar o corpo em uma cadeira.

Os olhos dele lutavam para ficar abertos, enquanto o choque da perda de energia o levava à inconsciência. Outra regra fundamental de um súcubo: quanto mais forte o cara, maior será sua perda.

– Ah, meu Deus... o que há de errado comigo?

Pondo de lado quaisquer sentimentos compassivos ou pena que eu pudesse sentir, lembrando que, no final, ele iria se recuperar, encarei-o de cima, com frieza, e ajeitei minhas roupas.

– Acho que você bebeu demais – debrucei-me e ergui as calças dele. – Vou buscar ajuda.

Ele começou a protestar, mas eu já havia saído pela porta. Voltei à pista de dança, envolta na energia dele. Sentia-me como uma deusa entrando num templo cheio de adoradores, e diversos pares de olhos pareceram contemplar-me exatamente assim. Após uma rápida busca, achei os amigos dele. Disse-lhes que ele tinha desmaiado lá embaixo e deixei que cuidassem do resto.

– Esta é por minha conta – ouvi Hugh dizer quando retornei ao bar. Minha aura pós-sexo era especialmente evidente para ele.

Pedi uma dose de Jägermeister, seguida de outra de Goldschlager. Nada como bebidas de nome engraçado para terminar bem uma noite.

– Isso faz você se sentir melhor? – perguntou o duende. Ele indicou com a cabeça os dois copos vazios.

– Não – respondi. – Mas às vezes ajuda a não lembrar demais.

Fui para casa em seguida, e encharquei-me num banho quente demorado, tentando fazer com que a água do chuveiro levasse embora a sensação do sexo. Minha agitação logo deu lugar à segunda dor de cabeça do dia e a uma leve náusea. Já de volta à minha forma habitual, acabava de me acomodar no sofá, para ver tevê sem ter que pensar, quando Seth apareceu.

– Queria saber como você estava – explicou ele, sentando-se ao meu lado.

– Melhor – disse-me, desconfortável. – Mais ou menos. Eu saí com a galera.

– Ah. Deve ter sido divertido – ele não soava totalmente sincero. Acho que "a galera" ainda o assustava um pouco.

Ele apoiou a cabeça no sofá e ficou me olhando por um bom tempo, sem dizer nada.

Contra minha vontade, tive que rir.

– Que foi? – perguntei.

– Não sei – disse ele, com a expressão séria. Ele parecia uma criança olhando a árvore na manhã de Natal. – É esquisito. É que você está tão... tão bonita esta noite. Isto é, você sempre é bonita, claro, mas agora, não sei. Não consigo tirar os olhos de você. Eu quero... – ele não manifestou em voz alta seu desejo.

– Devem ser o cabelo molhado e o pijama – disse eu, de forma descontraída. – São sempre excitantes.

Mas eu sabia o que o deslumbrava. O cara da casa noturna. Ou, antes, a vida roubada do cara. Os humanos não podiam resistir a ela. Os imortais também não. Vasculhando meu cérebro, me dei conta de que Seth nunca tinha me visto logo após uma dose. Algumas vezes ele me vira no mesmo dia, e também tinha mencionado como eu estava atraente, mas essa era a primeira vez que ele testemunhava o efeito total. Eu me sentia culpada ao vê-lo me olhar daquele jeito.

Sua mão buscou a minha, e tentei não me esquivar quando a pegou. Mesmo depois do banho, eu me sentia suja e barata. Não queria que ele me tocasse depois do que eu fiz, mesmo que tivesse sido em outro corpo. Eu não merecia tanto amor.

Seth suspirou, ainda encantado. Seus longos dedos traçaram linhas quentes e espiraladas em minha pele. Senti minha respiração ficar mais pesada.

– Queria poder colocar sua beleza em palavras. Mas não sou um escritor tão bom assim. Acho que preciso de mais prática.

Ergui-me apressada e puxei-o pela mão.

– Está dizendo bobagens. Acho que agora é você quem precisa ir para casa descansar.

– Puxa – ele piscou. – Então não vamos mais, hã, tentar dormir?

Hesitei. Eu queria fazer isso de novo, mas ainda não confiava em mim. Ou em Seth, na verdade, não da forma como ele me olhava, com aquela admiração embevecida, aquela chama ardendo em seus olhos. Seria de se esperar que meu tesão já tivesse sido saciado pela transa daquela noite, mas eu ainda queria Seth com a mesma intensidade de sempre. Claro, pensando bem, talvez não fosse surpresa alguma. A transa não havia propriamente saciado as *minhas* necessidades físicas.

– Não – disse a Seth. – Ainda não. É cedo demais.

Parecia que separar-se de mim iria feri-lo fisicamente, mas finalmente concordou quando deixei que me beijasse no rosto. Foi um beijo longo, demorado, mais sensual do que eu esperaria, fazendo-me inspirar e expirar longamente, trêmula. Não retribuí o gesto, porém. Não com estes lábios. Ele ainda falou sobre minha beleza mais algumas vezes antes de partir, e fui para a cama logo em seguida.

Deitada, disse a mim mesma, inúmeras vezes, que havia feito a coisa certa naquela boate. Eu fizera o que era preciso para manter-me forte e capaz. Afinal de contas, Seth tinha dito que amava meu "turbilhão". O sexo era a forma como eu o mantinha forte. *Eu tinha feito a coisa certa.* E tinha feito a coisa certa com Doug também. Tudo o que tinha feito naquele dia era o melhor a fazer. Ainda assim... se essa era mesmo a verdade, por que me sentia tão mal com aquilo tudo?

Capítulo 9

– Que brilho – disse-me Bastien, ao abrir a porta para mim na tarde seguinte.

– É, nem me fale.

Entrei na casa dele usando o corpo de Tabitha, e sentei-me junto à bancada da cozinha. Ele me entregou uma Mountain Dew que tirou da geladeira.

– Por que o mau humor? Não deve ter sido tão ruim assim.

– Até que foi boa, para uma transa barata num quartinho de fundos. Seth apareceu depois e não conseguia parar de comentar como eu estava bonita.

– Claro que ele tinha que comentar – Bastien ostentava seu próprio brilho. – Como poderia evitar? Ele é um mortal fraco, como todos os outros.

Ignorei a gozação e tomei metade da lata de um só gole.

– Por falar em "mortais fracos", como foi seu jogo de futebol ontem?

– Um saco. Bill deve ter redatores de discurso fantásticos, porque ele tem um papo mais ou menos no mesmo nível daquele armário ali. O lado bom foi que falei várias vezes com Dana, e acho que consegui remediar o dano que você causou.

– Pelo amor de Deus, você quer parar com isso? Eu não fiz nada. A culpa foi toda sua.

– Ei, não fui eu quem caiu da escada. De qualquer forma, segui seu conselho e banquei o irmão preocupado. Ela parece ter acreditado. Só que...

– O quê?

Ele franziu o cenho, com os olhos azuis perplexos.

– Parece que ela gosta bastante de mim. Ela pergunta pelo meu trabalho, por você. Mas tem algo estranho. Não dá a impressão de que...

– De que ela está a fim de dar para você num futuro imediato? Puxa. Eu nunca ia imaginar.

A expressão dele endureceu, e as dúvidas desapareceram.

– É só uma questão de tempo. Como naquele convento em Bruxelas. Lembra como no fim tudo saiu perfeito?

– É só uma questão de tempo – sorri. – Claro. Então, quais são seus planos para hoje?

– Nenhum. Talvez eu saia mais tarde, mas agora vou ficar por aqui. Supõe-se que Mitch esteja trabalhando, afinal de contas.

– Bom, vamos dar uma escapada e ir ver um filme, ou algo assim.

Para dizer a verdade, eu estava com muita vontade de fazer algo ao menos um pouco divertido. Finalmente, chegara o meu dia livre, e já não era sem tempo. A única coisa que me incomodava era não saber o que havia rolado na livraria quando – e se – Doug chegou de manhã. Se Warren ou Paige estivessem presentes, talvez o tivessem afastado por algum tempo. Mas eu com certeza não tinha esse poder, e de qualquer forma odiava ficar sem saber o que estava acontecendo. Por fim, limitei-me a telefonar para Janice e pedir-lhe que ligasse para o meu celular imediatamente se houvesse algum problema. Nenhuma notícia até o momento.

– Tem alguma coisa boa em cartaz no cinema? – Bastien permitiu-se um interesse relutante.

A campainha soou antes que pudéssemos descobrir.

– Caramba, Bas. Toda vez que venho para cá isso aqui parece a Grand Central Station.

– Deve ser alguma Testemunha de Jeová – decidiu ele, indo invisível checar a porta. – Hã. É Jody. O que será que ela quer?

Com certeza seria mais conveniente se fosse Dana, mas para mim a presença de Jody era um alívio.

– Bom, deixe que ela vá embora. A essa hora você deveria estar no trabalho.

– Você atende – ele me cutucou.

– Eu?

– Claro. Invente algum motivo para estar aqui. Ela é amiga de Dana. Você pode fazer um reconhecimento de terreno.

– Ah, pelo amor de...

A campainha soou de novo e Bastien me olhou, suplicante. Eu via Jody com bons olhos, mas não gostava que o íncubo me envolvesse em seus casos. Resmungando, fui até a porta. Talvez ela só tivesse vindo trazer mais biscoitos ou algo assim, pensei. O rosto dela iluminou-se num sorriso ao me ver.

– Eu estava torcendo para ser você. Pensei ter reconhecido seu carro.

– Que boa memória – devolvi-lhe o sorriso. – Quer falar com Mitch? Ele está trabalhando.

– Na verdade, não. Só vi o carro e vim dar um oi. Vai ficar aqui algum tempo?

– Hã, sim. É meu dia livre, e prometi a ele que viria aqui para... mexer no jardim.

Bastien, pairando invisível por perto, gostou disso.

– É um ótimo dia para fazer isso – ela concordou. Talvez fosse mesmo, era um dia ensolarado, daqueles que às vezes ocorrem durante o inverno. Pelo menos não estava chovendo. – O que você vai fazer? Parece que o serviço de jardinagem já cuidou das folhas secas no gramado.

Isso era verdade. Tentei pensar em algo supérfluo que aquela gente ainda não tivesse pago uma ninharia para que outra pessoa fizesse.

– Eu ia plantar algumas flores.

– Ah! – ela juntou as mãos diante de si, com os olhos castanhos brilhando. – É uma ótima ideia. Você quer ajuda?

– Hã...

Ao meu lado, Bastien quase teve um ataque. Ele acenou a cabeça com vigor e seus lábios formaram a palavra *reconhecimento.*

Jardinagem era a última coisa que eu queria fazer no meu dia livre, mas agora eu estava presa em minha própria armadilha.

– Claro. De qualquer forma, não sei muito bem o que fazer – aquele devia ser o eufemismo do ano.

– Vou buscar meu casaco, e então vamos ao meu viveiro de mudas favorito – ela disse com voz aguda. – Vai ser divertido.

Ela correu de volta para casa, e lancei um olhar furioso a Bastien.

– Odeio você.

– E eu não sei? – ele me deu um tapinha nas costas. – Tenho certeza de que você tem um dedo verde em algum lugar, Fleur. Se não, pode se transformar e conseguir um.

– Você vai ficar me devendo essa.

Jody levou-me em seu carro até uma loja de jardinagem que, para mim, parecia um labirinto de folhagens. Na verdade, folhagem não era bem a palavra certa. Muitas das plantas haviam perdido as folhas, ficando marrons e amarelas com o avanço do inverno. Um labirinto de ramagens, eu acho.

– Elas ainda estão vivas – Jody me disse, avaliando as plantas com um olhar experiente. – Se bem que esta não é a melhor época para plantar. Ainda assim, devemos conseguir fazer alguma coisa, pois a terra ainda não está dura demais.

– Deve ser uma sujeira danada – fiz uma careta.

Ela riu.

– Como foi que ele escolheu você para isto?

– Meu irmão às vezes não... planeja direito as coisas. E é bem persuasivo quando quer. E chato. E mandão.

– Dá para notar. Ele é bem atraente também. Aposto que ele consegue que as mulheres façam o que ele quiser.

– Você não faz ideia.

Isso a fez sorrir de novo.

– Bom, não desista. Depois que começa, você passa a gostar desse tipo de coisa. E a sujeira não é tanta assim. Se quiser sujeira de verdade, um dia lhe conto sobre a Guatemala.

– Você visitou a Guatemala? – Opa. Eu imaginaria que as pessoas do círculo dela escolhessem lugares como Malibu e Paris para passar as férias.

– Sim, quando estava no Corpo da Paz.

– Você esteve no Corpo da Paz?

– Sim. Quando era mais nova.

Eu a olhei enquanto ela continuava a analisar as opções. Jody havia estado no Corpo da Paz e lecionado artes. Ela, obviamente, tinha talento criativo. Era inteligente e tinha uma personalidade agradável. Como é que fora se misturar com Dana?

Terminamos comprando várias plantas que ela chamou de rosas de Natal, e mais alguns bulbos que, como ela me advertiu, podiam ou não brotar na primavera. De volta à casa de Bastien, nos enfiamos em casacos e luvas e nos pusemos a cavar no jardim da frente. Num dado momento, eu o vi espiando por uma janela e ele me acenou; mostrei-lhe a língua quando Jody não estava olhando.

Ela estava encantada em poder me falar sobre seu passado. Eu lhe fazia uma pergunta, e ela então desatava a falar. Eu ouvia, fazendo um ou outro comentário, e, por mais que eu deteste admitir, a tarde transcorreu de forma agradável. Ela estava certa: a jardinagem não é tão ruim assim depois que você começa. Inevitavelmente, o papo desviou-se para o CPVF, e ela me surpreendeu, ao mesmo tempo em que me deixava aliviada, ao admitir certo descontentamento.

– Isto é – ela me disse, – eu os apoio. Sem sombra de dúvida. Só que, às vezes, eu gostaria que fizéssemos certas coisas de outra forma.

Ergui os olhos, satisfeita em parar por um instante de escavar a terra dura.

– Que tipo de coisa?

Ela franziu os belos lábios.

– Acho que... tipo... nós passamos um tempão dizendo às pessoas o que fazer e o que não fazer, sabe? Tipo, estamos tentando ajudá-las a viver vidas melhores, e acho isso uma coisa boa. Afinal de contas, Dana diz que é melhor prevenir do que remediar.

Ugh. Vai um clichê aí?

– Mas eu gostaria que também fizéssemos algo por quem precisa de ajuda agora. Tem ideia de quantas famílias nesta região não têm o suficiente para comer? Seria ótimo se pudéssemos trabalhar com bancos de comida locais para fazer alguma coisa a esse respeito, sobretudo com as festas de fim de ano se aproximando. Ou então... trabalhamos muito para ajudar os adolescentes a fazerem escolhas inteligentes, mas andei visitando abrigos para garotas que já enfrentam problemas. Elas fugiram de casa. Estão grávidas. Dana diz que são causas perdidas, mas...

– Você não concorda? – perguntei com suavidade.

Ela também tinha parado de cavar e olhava com ar perdido o bulbo em sua mão.

– Não acho que exista alguém que não possa ser ajudado. Mas Dana... quer dizer, ela é tão inteligente. Ela sabe mais do que eu sobre esse assunto. Confio no que ela diz.

– Não há nada de errado em questionar.

– É, acho que sim. Mas é que, bom, ela tem sido tão minha amiga – seus olhos fixaram-se em algo que não estava ali, algo distante no espaço e no tempo. – Faz alguns anos, Jack e eu tivemos alguns, hã, problemas. Quer dizer, acontece, não é? Nenhuma relação é perfeita.

– Não – concordei, um pouco evasiva.

– De qualquer forma, ela me ajudou a superar aquilo. Eu me sinto meio que...

– Na obrigação?

– N-não sei – Jody gaguejou. Acho que sim. Às vezes ela é difícil de entender... tipo, ela pode surpreendê-la com coisas que você jamais imaginaria. Outras vezes... – ela sacudiu a cabeça e deu uma risada nervosa. – Sei lá o que estou dizendo. Ela é maravilhosa. A pessoa mais admirável que já conheci. Faz tanta coisa boa.

Ela mudou de assunto depois disso, e deixei que o fizesse. Partimos para assuntos mais alegres. Eu ri junto com ela e desfrutei de sua companhia. Em um dado momento, corri até a cozinha de Bastien e fiz chocolate quente. Nós o tomamos lá fora, enquanto terminávamos de plantar as últimas mudas, e então nos sentamos para admirar nossa obra. A despeito do meu pessimismo inicial, até que gostei de ter realizado alguma coisa tão palpável.

– Veja – disse Jody. – Dana acaba de chegar em casa.

De fato, o Explorer de Dana estacionou na casa ao lado, e um instante depois ela veio até nós. Dana nos presenteou com um de seus sorrisos gélidos.

– Parece que vocês estão se dando bem.

O comportamento antes exuberante de Jody pareceu minguar de forma perceptível.

– Tabitha precisava de uma ajuda com o jardim, e vim dar uma mão.

– Bem simpático da sua parte.

Dana lançou à outra mulher um olhar que não consegui interpretar, exceto que havia nele algo de desaprovação e talvez de ira. Embora eu tivesse afirmado o contrário para Bastien, tive a impressão de que, de fato, eu tinha irritado Dana muito mais do que suspeitara, criando a má impressão de que ele ficava me acusando. Parecia que Dana podia até ter externado para Jody suas opiniões sobre mim.

Vi o rosto de Jody passar por uma série de emoções. Eu estava certa de que havia ali mais firmeza do que transparecia, e por meio segundo ela deu a impressão de que ousaria desafiar a outra. Então, depois de um instante de olho no olho, ela desviou, recuando.

Talvez naquele instante eu devesse ter dado um sorriso tímido e tentado cair nas boas graças de Dana, mas estava com raiva do que me pareceu ter sido uma repreensão da parte dela.

– Foi extremamente simpático – disse eu, decidida. – Jody é uma das raras pessoas boas de verdade. Não é mais uma que finge ser boa. Mas é claro que você já sabe disso.

Jody enrubesceu, e os cantos da boca de Dana retorceram-se de leve.

– Sim. Sim, ela é mesmo. Como está seu tornozelo?

– Como se fosse novo.

– Fico feliz por isso.

Ficamos todas esperando, num silêncio incômodo. Decidi que desta vez eu esperaria Dana falar, a despeito de seu olhar assustador. Ela, claro, era mestre na arte da espera, e não foi surpresa ter sido Jody quem cedeu. Para ser sincera, eu não podia culpá-la.

– Bom, Jack vai chegar logo. Preciso ir.

Ergui-me junto com ela e ajudei-a a recolher as ferramentas. Trocamos mais algumas frases tensas e então nos separamos.

– Que aconteceu? Que aconteceu? – exclamou Bastien quando voltei para dentro. – Vi Dana lá fora.

– Nada de novo. Jody é uma santa; Dana é uma vaca. Espero que você se apresse e faça logo o que tem que fazer.

– Maldição, estou tentando! Acho que você não descobriu nada de útil, não é?

– Não exatamente... acho que Jody sabe alguma coisa sobre ela. Algo saboroso o suficiente até para você. Ela não quis me dizer o que era.

O íncubo agarrou-se a essa informação como um cão ao osso.

– Você tem que descobrir o que é! Ligue para ela amanhã. Convide-a para almoçar.

– Jesus, Bastien. Eu gosto dela, mas não vou fazer seu trabalho por você. É o seu *show*, lembra-se? Além disso, tenho uma vida, caso você não saiba.

– Isso é discutível – ele fez uma careta.

– Por que você está tão agitado com esse lance com Dana? Isto é, eu adoraria vê-la cair, mas a forma como você está agindo... Não sei. Isto está tirando você do sério.

– Por que eu não deveria estar agitado? Só porque você não joga mais o jogo das almas não significa que nós não devemos nos preocupar com nossas carreiras.

Eu conhecia Bastien bem demais, e suspeitava de que havia outro motivo para brigarmos o tempo todo.

– E é só isso, então, hein? Só a boa e velha ética de trabalho americana?

– Sim – disse ele, tenso. – Não há nada de errado nisso.

Nossos olhares idênticos de irmãos Hunter se cruzaram, e tentei fazê-lo ver em meus olhos que eu sabia que ele estava me escondendo alguma coisa. Ele me devolveu um olhar frio, recusando-se a abrir o jogo. Por fim, sacudi a cabeça, sem vontade de continuar brigando. Em vez disso, perguntei-lhe:

– Você se importa se eu usar sua banheira de água quente?

Ele acenou em direção ao pátio dos fundos.

– Claro. A casa é sua. Abuse de mim e vá embora.

– Você está sendo infantil.

Sem responder, ele me deixou e foi assistir televisão.

Saí para o pátio e levantei o tampo da banheira. O vapor quente subiu, e suspirei de prazer. Parecia bom demais para ser verdade, depois de ter ficado no frio o dia inteiro. Olhando ao redor, examinei as treliças cobertas de trepadeiras, que davam privacidade. Havia três delas, separadas por intervalos da largura de uma pessoa. O crepúsculo dava lugar, rapidamente, à escuridão, e me senti bem protegida dos olhos dos vizinhos.

Tirei a roupa e arrisquei colocar um pé na água. Quente. Muito quente. Tirei-o depressa, e esperei um pouco antes de colocá-lo de novo. Fui entrando aos poucos. Quando, por fim, estava submersa do pescoço para baixo, expirei feliz e apoiei a cabeça na borda. Fantástico. Empurrei um pouco a espuma e fechei os olhos. De repente, senti-me capaz de esquecer tudo. Doug. O cara da boate. Dana. Seth.

Bom, talvez não pudesse esquecer Seth totalmente. Mas podia esquecer pelo menos as partes ruins.

Quando meu cabelo já estava todo encaracolado por causa do vapor, e o suor escorria pela minha testa, levantei-me e sentei na borda da banheira, deixando que o ar me secasse. Muita gente não entendia as banheiras quentes ao ar livre, mas eu preferia elas às de dentro de casa. Nada pode se igualar àquela mudança de temperatura.

Depois de esfriar, sentei-me outra vez na água, pronta para repetir o processo. Eu poderia fazer isso a noite inteira e estar perfeitamente feliz.

Fazia uns poucos minutos que eu estava de volta à água quando ouvi um graveto partir-se ali perto. Era como um clichê de filme de terror ruim, mas, ainda assim, aterrorizante. Ergui-me em um pulo, espirrando água para todos os lados, e saí apressada da banheira quando ouvi um farfalhar de folhas e arbustos.

– Bastien! – gritei, correndo para dentro da casa.

Ele apareceu na sala, com o rosto pálido e alarmado.

– Que aconteceu?

Recuei, apontando para o pátio.

– Tem alguém lá fora.

Claro, nada podia ferir-me de fato, mas ser imortal não elimina o medo e a cautela instintivos de uma pessoa. Mais tarde haveria tempo de sobra para sentir vergonha por meu comportamento de mocinha indefesa.

Os olhos dele voltaram-se para o pátio, e ele saiu sem qualquer hesitação, para olhar em volta. Meu herói. Esperei na cozinha, pingando água no assoalho de madeira, o coração ainda batendo forte. Ele voltou minutos mais tarde e sacudiu a cabeça.

– Não tem nada lá fora. Foi sua imaginação.

– Não. Estava lá. Eu ouvi.

– Então era algum bicho – ele deu um sorrisinho malvado. – Ou talvez Reese procurando um pouco de emoção.

Ao ver que eu não ri da piada, ele veio até mim e me puxou para si, sem se preocupar por molhar as roupas. Meu corpo tremia de encontro ao dele.

– Está tudo bem – ele murmurou. Você está bem. Está em segurança.

Ele tirou seu *blazer* e me envolveu nele. Era grande demais, mas dava uma sensação gostosa. Aconcheguei-me dentro dele, ainda abalada demais para providenciar roupas mais quentes.

– Vamos lá, Fleur. Você sabe que estou aqui. Sabe que não vou deixar nada te acontecer.

A animosidade que se instalara entre nós durante a discussão desapareceu, e de repente estávamos de volta ao normal. Ele me levou lá para cima, para seu quarto, ainda envolvendo-me com o braço. Enquanto caminhávamos, transformei-me, secando-me e voltando ao meu corpo de Georgina. Também mudando para sua forma habitual, ele me fez deitar na cama com ele, e coloquei a cabeça em seu peito.

Muitos imortais não entendem a relação que existe entre íncubos e súcubos. Temos a tendência de nos tocarmos muito, toques pequenos, mas íntimos para maioria dos padrões. Ao longo dos anos, fui acusada muitas vezes de ter um envolvimento sexual com Bastien – ou com outros íncubos. Mas a verdade é que, em todo nosso tempo juntos, nada romântico de fato aconteceu entre nós. Éramos próximos, física e emocionalmente, mas isso vinha da amizade, mais nada.

Porque, sinceramente, quando você passa a maior parte de sua existência permitindo que estranhos tenham completo acesso ao seu corpo, parece bem idiota não desfrutar de uma ligação física com alguém de quem você gosta de verdade. Quando digo ligação física refiro-me apenas a pequenos gestos, não àquelas coisas que levam ao orgasmo ou à classificação de proibido para menores. Carícias. Massagens. Um beijo aqui e ali. Sinais de proximidade. Precisávamos disso, creio, para continuarmos sãos com o modo de vida que tínhamos. E havia um certo conforto em saber que, ao fazer isso, a outra pessoa responderia exatamente da mesma forma. Eu não obteria esse equilíbrio emocional se buscasse uma relação, por exemplo, com Hugh ou com os vampiros. Teria significado algo diferente para eles.

Era por isso que eu podia ficar ali deitada da cama de Bastien, seminua, com meu corpo enroscado no dele. Ficamos rindo sob os cobertores, relembrando os tempos em que tivemos de dormir daquele mesmo jeito, mas com muito menos conforto. Cabines de navios. Camas estreitas de pensão. Acampamentos à beira da estrada. Naquelas ocasiões, também tínhamos ficado bem juntinhos para nos sentirmos aquecidos e seguros.

Acabei passando a noite toda com ele. O tempo todo ele me abraçou de forma gentil, como Seth teria feito. Mas com Bastien eu não ficava me virando de um lado para outro a noite toda, preocupada com o dano que um toque descuidado pudesse causar. Foi a melhor noite de sono que tive em semanas.

Quando voltei para casa no dia seguinte, liguei para Seth e perguntei se havia estado na livraria no dia anterior. Ele assegurou que sim, e que Doug tinha se comportado.

– Ele estava meio brincalhão e falante, mas não como no dia anterior.

– Ótimo. Espero que aquilo não volte a acontecer.

Houve uma pausa incômoda, e então Seth perguntou, tranquilo demais:

– Você saiu de novo ontem à noite? Liguei bem tarde e você não atendeu.

– Ah, sim. Passei a noite na casa de Bastien.

– Ah.

Silêncio.

– Não é o que você está pensando – apressei-me em garantir. – Nós só dormimos. Perfeitamente platônico. Do mesmo jeito que...

– Você e eu?

Silêncio.

– Não aconteceu nada. Ele é como um irmão para mim. Sério. Ele seria a última pessoa de quem você deveria ter ciúmes.

– Não estou com ciúmes. Não exatamente. Se você diz que não é nada, então não é nada. Não quis dar a impressão de estar acusando você de mentir. Sei que você não faria isso.

Pensei no sexo oral na boate e na minha pele nua junto à de Bastien. Eu podia não mentir, mas nem sempre contava a Seth toda a verdade.

Alguns dias mais tarde, Seth e eu fomos a outra apresentação da Admissão Noturna. Durante toda a semana, Doug e eu havíamos trabalhado juntos de modo ao menos cortês, embora não de todo amigável. Seth foi me buscar em casa, e de novo não parava de me olhar, maravilhado com minha aparência. Contra a vontade, eu tinha saído na noite anterior para caçar com Bastien, e pegara outra vítima. O *glamour* ainda não tinha diminuído, e eu teria parecido sensual até com um saco de batatas. Assim, imagino que usar o tipo de vestido que eu usava era jogo sujo. Era um vestidinho de jérsei de algodão cinza, com uma fita em toda a sua volta, amarrada logo abaixo do busto. A parte de cima, com alças finas e decote em V, exibia bem meus seios; a saia caía suave e drapeada até pouco acima do joelho. Um vestidinho de verão em pleno inverno.

Seth abraçou-me e me beijou no pescoço.

– Você nunca deixa de me surpreender. Sempre acho que sei o que esperar de você. Mas quando a vejo... – ele não concluiu a frase, mas os olhos fizeram isso por ele. Deslizaram para cima e para baixo pelo meu corpo, fazendo-me derreter por dentro.

Me joga na cama e me come, supliquei em silêncio. Em voz alta, disse:

– É melhor a gente ir.

O *show* da Admissão Noturna foi tão espetacular quanto o anterior. Eles agora tinham muito mais admiradores, que lotavam cada centímetro do lugar. Tive alguma dificuldade para ver o palco, mas consegui ouvir cada nota de ouro.

Por sorte, pude ver Doug mais tarde. A casa deixou que ele usasse o lugar para outra de suas animadas festas pós-*show*. Mulheres cheias de adoração, e vários homens, cercavam-no e ao resto da banda, insinuantes. Doug me abraçou ao ver-me, arranjou alguém para me preparar uma bebida decente e agiu como se nada tivesse acontecido entre nós. Senti um certo alívio por deixar de lado o ressentimento, mas, agora que sabia o motivo daquele comportamento estranho, o jeito alegre e incansável dele me incomodava.

Lá pelas tantas, Casey apareceu, ainda um pouco pálida, mas nitidamente recuperada. À distância, observei-a se aproximar de Alec, hesitante. Ele estivera conversando com Wyatt, o guitarrista, e virou-se para dar a ela um sorriso obviamente forçado e falso. Não consegui ouvir o que diziam, mas deu para entender muito bem o que acontecia. Ela queria falar com ele, receber alguma atenção, e ele a dispensava na maior. Eu o vi sacudindo a cabeça enquanto ela falava, com uma expressão quase desesperada no rosto.

No fim, ele simplesmente foi embora, e ela ficou só olhando, transtornada.

– Quero ir lá e dar um soco nele – eu disse a Seth.

– Você não vai fazer nada. É problema deles, e não seu.

Fiquei irritada.

– Que droga, Seth! Como você pode ser tão impassível e apático? Você não luta por nada?

Ele me olhou sem emoção. Se estava surpreso ou ofendido com o meu desabafo, não demonstrou.

– Eu luto por muitas coisas. Mas sei escolher minhas batalhas, só isso. Você também deveria saber.

– Você percebe que ele dormiu com ela e depois a descartou? Talvez tenha até usado meios suspeitos para fazer isso.

– Pode estar certa de que não aprovo isso de forma alguma, mas é Casey quem deve dizer algo. Senão você só vai estar fazendo acusações e começando um escândalo.

Fechei a cara, meio que concordando com ele, mas ainda desejando poder ajudar. Olhando em volta, não a vi mais, e talvez fosse melhor assim. Com um pouco de sorte, ela voltaria para casa e evitaria companhia masculina por algum tempo. Seth foi ao banheiro e, quase no mesmo instante, Alec apareceu ao meu lado.

– Oi, Georgina. Você está demais.

– Obrigada – respondi. Tentei virar o corpo para o outro lado, na esperança de que ele se tocasse de que eu não tinha interesse. Sorte dele que não me virei e lhe dei um murro.

– Você é a mulher mais bonita aqui hoje.

Fosse ou não verdade, eu sabia que a sobrecarga de força vital fazia de mim a mais atraente. Havia uma diferença. Lançando um olhar a Alec, de repente brinquei com a ideia de dar mole e ir para a cama com ele. Agradava-me a imagem, ele caído em algum lugar, inconsciente e passando mal. Não mesmo. Por outro lado, ele era tão desprezível, que eu talvez só conseguisse tirar dele energia suficiente para deixá-lo sem fôlego.

– Está tomando aquela coisa com vodca de novo? – perguntou ele, insistindo.

– *Gimlet* – informei.

– Bom, o bar pode fazer qualquer coisa, se quiser algo diferente. E tem erva rolando por toda parte. Acho que vi Corey com ácido, também.

O cara não parava de tentar comer a mulherada, não importava como conseguisse isso. Seth apareceu naquele instante, e eu o recebi com um sorriso deslumbrante.

– Bom falar com você, Alec – disse eu com vivacidade, tomando o braço de Seth. – Vejo você por aí.

– Que foi isso? – perguntou Seth, quando não podíamos mais ser ouvidos.

– Aquele imbecil estava me cantando de novo. Logo depois de dispensar Casey. Meu Deus, como o odeio. E veio com o papo de sempre, tentando me empurrar mais bebida, dizendo como estou demais.

Seth aproximou seu rosto do meu.

– Você está demais.

– Pode parar. Você está me dando umas ideias esquisitas.

Ele continuou me segurando bem perto. Eu precisava mesmo esperar dois dias para vê-lo depois de conseguir uma dose.

– Já parou para pensar até onde posso beijá-la na boca? – ele perguntou.

– O que você quer dizer?

– Bom, posso dar beijos bem intensos em seu rosto e no pescoço, certo? Mas em seus lábios... bom, só uns selinhos rápidos. Intensidade e língua demais na sua boca ultrapassam os limites. Assim, tem que haver alguma coisa intermediária.

– Você andou bebendo?

– Andei pensando, só isso.

O êxtase provocado pelo meu brilho se refletia no rosto dele. Sem pensar que algum conhecido pudesse nos ver, deixei que ele aproximasse sua boca da minha. Com suavidade, os lábios dele tocaram os meus. Não era um selinho, nem um beijo profundo com troca de saliva. Era como uma carícia. Seus lábios afagaram os meus devagar, a língua traçando o contorno da minha boca. A eletricidade correu em mim da cabeça aos pés, e tentou voltar para cima, mas ficou retida entre minhas pernas. Seth se afastou.

– Aconteceu alguma coisa errada?

– Não – arfei. – Mas acho que precisamos conduzir várias vezes este experimento só para ter certeza.

De repente, do outro lado do recinto ouvimos gritos e assobios, seguidos por um tremendo estrondo. Sem nenhuma comunicação consciente, Seth e eu nos movemos ao mesmo tempo para ver o que havia acontecido.

Doug estava caído no chão em frente ao placo, rindo histericamente.

– O que aconteceu? – perguntei a Corey.

Os olhos dele estavam muito dilatados, e me lembrei de Alec dizendo que o baixista tinha ácido.

– É um novo esporte olímpico. Salto em altura palco-mesa.

Seguindo seu olhar, vi uma mesa em cima do palco. A uns cinco metros de distância, no chão, ao lado de Doug, havia mais uma, tombada. Olhei de uma para outra.

– Ele tentou pular dessa mesa para aquela?

– Com certeza – exclamou Corey. – Caramba, e quase conseguiu. Pisou perto demais da borda quando aterrissou.

– Ele podia ter quebrado a perna – resmungou Seth, com reprovação. – Ou pior.

Doug parecia estar bem. Algumas mulheres solícitas, de saias bem justas, ajudaram-no a ficar de pé. Seu olhar encontrou o meu e ele riu com mais gosto.

– Não faça essa cara de pânico, Kincaid. Estou bem... mas se quiser ter certeza, venha me dar um beijo e me deixar ainda melhor.

Ele piscou para Seth, e outros riram junto com ele, sem saber por quê. Logo me esqueceram, assim que mais adoradores o cercaram. Seth e eu nos afastamos.

– No que ele estava pensando? – eu disse, preocupada. – Quer dizer, ele sempre faz uns lances acrobáticos malucos no palco, mas devia ter sacado que isso não ia dar certo.

– Se ele não está muito lúcido, não há como saber o que pensa. As drogas têm esse efeito. Fazem com que a pessoa se sinta invencível.

Lembrei-me de pesquisar os nomes de drogas que Cody havia sugerido. Não sabia se seria de alguma utilidade, mas pelo menos eu teria a sensação de estar fazendo algo.

– Ei – exclamei, puxando Seth e fazendo-o parar de repente. – É ele de novo.

– Quem?

– Aquele cara que está falando com Alec. O gótico esquisito que parece um modelo.

Seth seguiu meu gesto. Lá na outra ponta, perto do bar, Alec e o cara que eu vira no *show* anterior estavam tendo uma discussão acalorada. O sujeito com cara de poeta da GQ parecia sisudo e frio esta noite, o que prejudicava seu visual elegante e refinado. Alec parecia estar implorando. O baterista gesticulava freneticamente, o rosto desesperado e assustado. O outro homem sacudiu a cabeça, severo, com uma expressão inflexível. Ele acenou com a mão em direção à multidão e então disse algo a Alec, que empalideceu, e mais uma vez suplicou de um jeito choroso. O outro voltou a mexer a cabeça e a seguir se afastou.

Ele não veio propriamente até nós, mas para chegar à saída tinha de vir em nossa direção. Estava ainda a uns quinze metros de distância, separado de nós por várias fileiras de pessoas, quando uma esquisita sensação de formigamento tocou minha pele. Era estranha e dissonante, mas ao mesmo tempo suave. Era quase como o que eu havia sentido quando estava com Doug e a banda, mas daquela primeira vez fora algo não identificável. Isto agora era, claramente, a assinatura de alguém. Estava ligado àquele homem, eu podia sentir. Contive um gemido abafado e depressa recuei, para ficar fora de alcance. Puxando Seth comigo, passei os braços ao redor dele e beijei-lhe o pescoço.

Ao fazer isso, de rabo de olho vi o homem estranho parar de repente e virar a cabeça, vasculhando a multidão. Ele também havia me sentido. Seus olhos passaram por nós várias vezes, mas não chamamos nenhuma atenção em especial. Éramos apenas mais um casal ficando mais empolgado. Retesei-me, esperando que ele se aproximasse e tentasse sentir-me de novo. Sem saber por que, eu não queria que ele me descobrisse. Ele procurou um pouco mais antes de desistir e se retirar.

Quando ele se foi, relaxei e apoiei-me em Seth.

– O que... ?

– Aquele homem que estava falando com Alec – respondi, ainda em choque. – Ele é um imortal.

As sobrancelhas de Seth ergueram-se.

– Sério? De que tipo? Anjo? Demônio?

– Nenhum desses. Ele não é um dos meus.

– O que você quer dizer com um dos seus?

– Nem todos os imortais são parte do sistema de céu e inferno. Existe pelo mundo um monte de outras criaturas: ninfas, orixás, onis...

– Não sei se você sabe que acaba de me lançar num panteão teológico que talvez me mantenha acordado à noite durante anos – brincou ele. Como eu não respondi, ele ficou sério. – Tá legal. De que tipo ele é?

Sacudi a cabeça.

– Aí é que está. Não sei. Não sei exatamente o que ele é.

Capítulo 10

Jerome não pareceu muito feliz quando liguei para ele na manhã seguinte.

– Tem ideia de que horas são, Georgie? – ele rosnou ao telefone.

– Por que está reclamando? Você nem precisa dormir.

– Seja breve.

Contei-lhe sobre minha experiência no *show* e minha incapacidade em identificar o misterioso imortal.

– Ele não era um de nós. É, quer dizer, você sabe... não era parte do nosso... panteão – concluí, sem muita convicção.

– "Panteão"? Nunca ouvi isso colocado dessa forma. Fora de uma aula de introdução à mitologia, claro.

– E aí?

– E aí o quê?

– Não é esquisito? Já encontrei centenas de imortais diferentes e nunca senti um como esse. Ele não dava uma sensação... normal. Quer dizer, ele dava a sensação de ser um imortal, mas era estranho.

– Você pode não conseguir acreditar, mas ainda existe por aí um monte de coisas que você ainda não conhece... a despeito da sua *enorme* idade.

– É, é, eu sei que sou uma criança, tá legal? Mas isso não preocupa você?

Ele bocejou.

– Nem um pouco. Alguma coisa angelical ou demoníaca poderia me preocupar, mas um semideus ou sátiro qualquer? Sem chance. Eles não são parte do jogo. Bom, eles todos são parte do *Jogo*. O que quero dizer é que não são parte do nosso jogo. Eles não precisam de autorização para estar aqui. Enquanto não interferirem em nossos negócios, não dou a mínima. Eles têm seus próprios interesses. Vamos apenas catalogá-los e seguir em frente.

– Catalogar? Você mantém um registro, então?

– Bom, não eu, claro. É uma das atribuições de Grace e Mei.

Não era uma surpresa. Jerome não curtia muito... bom, trabalhar. Grace e Mei eram demônios subordinados que faziam muitos dos trabalhos sujos que ele não queria fazer. Eu não as via quase nunca.

– Vou ter que falar com elas – murmurei, com a mente a mil.

– Sabe, acho que não preciso dizer que há uma centena de outros projetos mais úteis para os quais você poderia canalizar sua energia. Por exemplo, ajudar seu amigo íncubo. Pelo que sei, ele está encalhado lá no subúrbio. *Bem* encalhado.

– Ei – eu protestei, defendendo a honra de Bastien. – Ele só está indo devagar. Um trabalho de qualidade leva tempo. Além do mais, ele aprendeu comigo tudo o que sabe.

– Não sei por que, mas isso não me tranquiliza – Jerome desligou.

Procurei o número de telefone de Grace e Mei. Esperei pelo toque, digitei meu número de retorno de chamada e desliguei. Um minuto depois, um festival de fagulhas, como fogos de artifício, pipocou em minha sala, e as duas demônias apareceram diante de mim.

Para quem havia escolhido corpos bem diferentes, as duas eram incrivelmente semelhantes. Grace era esguia, de aparência muito profissional, acentuada pelo conjunto de saia e casaco pretos de grife. Ela tinha cabelo loiro claro, cortado reto na altura do queixo, olhos castanho-escuros e uma pele que jamais viu o sol. A única cor de verdade nela era o batom vermelho-corpo-de--bombeiros que ela usava.

Mei vestia-se exatamente do mesmo jeito, até com o batom vermelho. Seu cabelo, também na altura do queixo, era de um preto-azulado intenso. A despeito dos traços mais suaves, maçãs do rosto mais salientes e a delicada forma amendoada dos olhos escuros, ela não irradiava mais calor ou cordialidade que sua colega.

As duas andavam sempre juntas, e eu supunha que fossem amigas. Ou algo assim. Não tinha dúvida de que elas arrancariam os olhos uma da outra, ou de Jerome, diga-se de passagem, se surgisse alguma oportunidade de obter poder ou uma promoção.

– Georgina – disse Mei.

– Faz tempo – disse Grace.

Ambas ficaram me olhando, na expectativa. Aubrey observava-as do encosto do meu sofá, com os pelos arrepiados e a cauda estufada.

– Oi, meninas – respondi, desconfortável. – Obrigada por virem tão depressa. Pouco movimento?

As duas continuaram me olhando.

– Hã, então. Jerome disse que vocês mantém um registro dos imortais que entram e saem da cidade. Imortais que estão fora de nosso...

– Jogo? – sugeriu Grace.

– Panteão? – sugeriu Mei.

– Sim, claro. Então... vocês fazem isso?

– Quem você está procurando? – perguntou Mei.

– Que tipo de imortal? – perguntou Grace.

– Esse é o problema.

Contei-lhes tudo o que eu sabia sobre ele, o que incluía, basicamente, a aparência e os contatos em que senti aquela sensação esquisita. Descrever a assinatura era mais difícil. Eu não podia dizer que se parecesse com a de um íncubo ou anjo ou ninfa ou oni. Nunca havia encontrado nada parecido.

Os demônios processaram a informação, entreolharam-se e então sacudiram a cabeça.

– Não parece familiar – disse Grace.

– Mas podemos verificar nos registros – disse Mei.

– Obrigada – disse-lhes. – Eu ficaria muito agradecida.

Elas fizeram um breve aceno de cabeça e voltaram-se como se fossem embora. Mei, de repente, virou-se e me olhou.

– Você devia sair conosco uma hora dessas – falou, inesperadamente. – O Cleo's, em Capitol Hill, tem uma programação ótima na Noite das Mulheres.

– Somos tão poucas garotas por aqui – acrescentou Grace. – Precisamos nos unir.

Elas sorriram e desapareceram. Estremeci. Ir a um barzinho com aquelas duas parecia só um pouquinho melhor do que o festival de carimbos das amigas de Dana do CPVF.

Falando nisso, decidi visitar Bastien no final da tarde. Fazia alguns dias que não tinha notícias dele.

– Você faz alguma ideia do quanto não me interessa saber de seus amigos mortais? – interrompeu ele, quando lhe contei sobre a bizarra situação envolvendo Doug, Alec e o homem misterioso. – Tenho problemas de verdade por aqui. Não estou chegando a lugar nenhum com Dana. Continuo vendo-a, ela é amável e é só. É como se só quisesse...

– Que fossem amigos?

Ele parou de caminhar de um lado a outro na cozinha e me lançou um olhar de superioridade.

– As mulheres nunca são só minhas amigas.

Ele se apoiou na bancada e fechou os olhos.

– Não consigo pensar no que mais posso fazer. Se não agir depressa, um dos nossos superiores vai descobrir como as coisas vão mal.

Decidi não mencionar naquele momento o comentário de Jerome sobre ele estar "encalhado".

– Bom, então, tire uma folga e faça algo divertido. Peter vai fazer outro jogo de pôquer. Venha jogar com a gente. Vou levar Seth.

– Achei que você tinha dito que ia ser divertido.

– Ei, contra quem foi esse comentário? Peter ou Seth?

– Escolha você, Fleur. Se bem que, tenho que admitir, Peter faz um suflê bem aceitável. E o escritor, faz o quê?

– Queria que você parasse de implicar com Seth. Você nem o conhece.

– Desculpe – Bastien encolheu os ombros. – É que você dá um mole.

– Você está com ciúmes.

– Sem chance – ele torceu o nariz. – Já tive minha cota de paixões mortais, obrigado. E você também, se a memória não me falha. Aliás, você também teve muitos namorados imortais dos quais parecia gostar pelo menos um pouco. Nenhum deles nunca a fez sofrer tanto quanto esse cara.

– Seth é diferente. Não consigo explicar. Estar com ele parece tão... certo. Sinto como se o conhecesse desde sempre.

– Fleur, *eu* conheço você desde sempre. Você conhece esse cara faz só alguns meses.

Tínhamos nos envolvido muito rápido, e isso às vezes me incomodava, mas eu acreditava de verdade na força e na profundidade dos meus sentimentos por Seth. Não eram superficiais nem passageiros... eu achava.

Uma vez ele me disse que não havia mais ninguém no mundo para ele a não ser eu. Quando observei que era uma afirmação ousada em vista do tempo que nos conhecíamos, ele disse: "Às vezes você simplesmente sabe".

Isso era muito parecido com o que meu marido, Kyriakos, me disse na primeira vez em que nos encontramos, em meus longínquos dias como mortal, já perdidos na poeira dos tempos. Eu tinha então quinze anos, e meu pai me enviara ao cais de nossa vila com uma mensagem para o pais de Kyriakos. Enviar-me sozinha era um tanto fora do comum, mas meu pai não se preocupou muito com isso, já que ele estava não muito longe dali, no mercado. Apesar de tudo, o percurso pareceu-me assustador.

Homens suados e sujos trabalhavam sem parar, descarregando e carregando sob o sol quente, enquanto o Mediterrâneo cor de turquesa refletia para além deles. Pedi informações para um homem baixo e careca, que depois me olhou com malícia.

– Você é uma jovem alta – observou. – Aposto como isso incomoda alguns homens, mas não a mim. Você tem a altura exata, no que me diz respeito.

Ele riu, e alguns de seus companheiros riram junto. A cara do homem chegava à altura do meu peito. Passei por eles correndo, de olhos baixos, direto rumo ao navio indicado. O alívio me invadiu quando encontrei Kyriakos examinando os cabos e conversando com alguns dos trabalhadores. Eu nunca lhe falara, mas sabia quem era seu pai, e que ele era de confiança. Ergueu os olhos quando me aproximei e sorriu.

– Você é a filha de Marthanes, não é? Letha?

Assenti com a cabeça.

– Vim dizer a seu pai que o carregamento pode ficar pronto esta noite, se ele o quiser amanhã cedo.

– Eu avisarei. Ele não está aqui.

– Está bem – ficamos lá, sem jeito, por um instante. Eu podia senti-lo me estudar de rabo de olho, enquanto fingia olhar os trabalhadores. Parecia querer dizer algo, mas nada veio, e preparei-me para ir embora. – Bom, obrigada. Preciso voltar.

– Espere, Letha – ele estendeu a mão para impedir-me de lhe dar as costas, e timidamente a recolheu, antes de chegar a me tocar. – Você... não veio até aqui sozinha, veio?

– Meu pai disse que não era longe. E que não havia muito perigo.

Kyriakos produziu um som áspero na garganta.

– Seu pai é um tolo. Vou acompanhá-la de volta – ele hesitou. – Mas não conte a seu pai que o chamei de tolo.

Ele trocou algumas palavras lacônicas com um de seus homens e então partiu rumo à vila comigo. Era mais velho que eu, com sua face curtida pelo sol e pelo mar. O cabelo preto e revolto batia na altura do queixo, e ele era quase tão alto quanto eu.

– Vi você naquele casamento faz alguns dias – ele disse, depois de percorrermos um longo trecho em silêncio. – Você estava dançando com outras garotas. Sabe... você dança muito bem.

O elogio me surpreendeu.

– Acho que o vinho ajudou.

– Não. O vinho ajudou as outras garotas. Ou atrapalhou... não tenho certeza – ele me olhou, e quase tropecei, com a intensidade de seus olhos escuros. – Mas você... a dança vive dentro de você. A música lhe falava, e você entendia.

– Você tocava flauta – lembrei-me, tentando não enrubescer com o respeito presente na voz dele.

– Sim – ele pareceu feliz por eu me lembrar. O silêncio veio de novo. Estávamos quase no mercado; os sons da gente e do comércio chegavam até nós. Ficou claro que Kyriakos queria que continuássemos conversando. – Então... ouvi dizer que sua irmã se casou na primavera passada.

– Sim.

– E você?

Olhei-o.

– Eu não me casei na primavera passada.

– E que tal na próxima primavera? – um sorriso erguia os cantos de seus lábios.

– Você está se oferecendo?

– Estou só checando. Ouvi meu pai dizer...

Detive-me perto dos limites do mercado, para poder olhá-lo nos olhos. Pessoas e animais moviam-se à nossa volta, e através de um corredor eu podia ver meu pai falando com um vendedor de frutas.

– Veja – disse-lhe, de maneira brusca. – Ouvi meu pai dizer isso também. Que eles estão pensando em um casamento entre as nossas famílias. Seria bom para os negócios deles. Mas, se está interessado, deve falar com seu pai sobre uma de minhas irmãs, não sobre mim.

– O quê? Você não quer se casar? – o sorriso dele hesitou. – Ou já tem algum outro pretendente?

– Não, claro que não – olhei-o, incrédula. – Você não ia querer se casar comigo, só isso.

– Não?

– Não. Seria melhor escolher uma de minhas irmãs.

– Seria?

– Sim. Elas são mais baixas, mais bonitas, mais gentis... e menos desbocadas.

– Elas sabem dançar?

Pensei um pouco.

– Não. Elas são terríveis.

Seu sorriso tímido voltou.

– Então eu prefiro você.

– Você é louco. Não sabe o que está dizendo. Não sabe nada sobre mim.

É claro que, naquela época, a maioria das pessoas pouco sabia sobre seus prometidos. O que me parecia incrível era a convicção dele de que éramos compatíveis.

– Não importa. Eu só sei que você é a mulher certa. Você não sente isso?

Encontrei seu olhar e senti um calafrio me percorrer, como se tivesse me deparado com algo maior e mais poderoso que nós dois. Por um breve instante, permiti-me acreditar que esse homem, de uma família muito respeitada, poderia de fato estar interessado em mim. Era uma sensação inebriante, e não apenas pela honra. Era pelo modo como ele me olhava e falava comigo, como se eu tivesse valor, como se me considerasse uma igual. Algo surgiu entre nós, atraindo-me para ele, e fiquei confusa.

– Você não sabe nada sobre mim – repeti baixinho, e minha boca parecia seca.

– Sei o suficiente – seu sorriso hesitante ficou mais ousado. – Sei que você dança e que você é inteligente... inteligente demais, de acordo com meu pai. E sei que sua família foi expulsa da padaria de Lais porque você chamou a filha dela de...

– Aquilo não foi culpa minha – interrompi depressa. Pelo corredor, meu pai nos viu. Ergui a mão, saudando-o, e ele gesticulou, impaciente, para que eu fosse até lá. – Meu pai me chama.

Kyriakos lançou um olhar hesitante na mesma direção e virou as costas depressa. Se eu era conhecida pela língua afiada, a reputação de meu pai era pior, e, por mais apaixonado e descarado que fosse, Kyriakos aparentemente ainda não estava disposto a encará-lo.

– Vou pedir a meu pai para falar com o seu – informou.

As brincadeiras de pouco antes haviam desaparecido; Kyriakos estava sério agora. Mas era mais do que isso. Seus olhos me olhavam como eu nunca havia sido olhada. Eu sentia calor, e então frio, e depois calor de novo. Minha pele formigava. Não conseguia afastar meu olhar do dele.

– Isto não é uma transação comercial – sussurrei.

– Não. Isto é entre você e eu. Você é a mulher certa.

Olhei-o, e dessa vez não sabia o que dizer. Meu choque agora decorria mais dos sentimentos loucos que rodopiavam dentro de mim, não da natureza absurda da proposta dele, que não deveria nem ter sido mencionada sem o envolvimento de nossas famílias. Depois eu soube como aquela conversa tinha sido fora do comum para ele. Não era dado a longos discursos ou comportamentos ousados. Em geral falava pouco, e preferia expressar-se pelo olhar e por sua música, e, mais tarde, depois que nos casamos, ao fazer amor.

– Veja – disse ele, nervoso de repente, ao interpretar errado meu silêncio e minha expressão. – Tenho economias. Podemos ter uma boa casa. Você não vai precisar viver mais com tanta gente. Vou estar ausente por longos períodos, mas acho que você pode cuidar das coisas e fazer negócios melhor que eu, de qualquer modo. Não poder comprar pão vai ser um problema, mas talvez possamos ter uma criada, ou você pode aprender a...

– Cale-se – disse eu.

– O quê? – ele me encarou.

– Pare de falar. Você está perdendo tempo. Vá dizer ao seu pai para falar com o meu. E... – acrescentei, seca –... eu sei fazer pão.

Ele prendeu a respiração.

– Tem certeza?

– Sobre o pão? Sim, tenho.

Um sorriso floresceu lentamente em seu rosto, espalhando-se pelos olhos, fazendo-os arderem. Senti minha pulsação acelerar-se e devolvi seu sorriso. Nada mais precisava ser dito. Meu pai gritou de novo, e fui correndo a seu encontro.

Pensando nessa lembrança e no que agora estava acontecendo com Seth, olhei meio perdida pela janela da frente, e vi Jody checando a caixa de correio.

– Ei – eu disse a Bastien. – Quero ir dar um oi para ela.

Corri para fora e acenei, fazendo-a abrir um de seus sorrisos largos e belos. Para minha surpresa, ela até me abraçou.

– Oh! Estou tão feliz em ver você. Como tem passado?

Trocamos algumas amabilidades, e então ela me pegou pelo braço, empolgada.

– Está ocupada agora? Quer ir ao *shopping*?

Para minha surpresa, aquilo parecia realmente divertido. Mais divertido do que ficar ouvindo Bastien reclamar e gemer.

– Claro.

– Ótimo. Vou dizer a Dana.

Capítulo 11

Quando entrei para contar isso a Bastien, alguns minutos mais tarde, ele encarou muito melhor do que eu a presença de Dana no passeio de compras.

– Mas isso é fantástico! Mais tempo para...

– Juro, se disser "reconhecimento" de novo, vou bater em você. Só estou entrando nessa por causa das roupas.

– Tudo bem. Mas é uma oportunidade especial, você sabe. Pode sondá-la. Falar bem de mim, quem sabe. Alguma coisa. Qualquer coisa. *Preciso* disso. Mas... – ele acrescentou – ... para fazer isso, por favor, não... prejudique as coisas.

– Tenha alguma confiança em mim, tá legal? Sei que a situação é grave. Vou ajudar você.

Um sorriso travesso iluminou seu rosto, ou antes, o rosto de Mitch, o que era meio esquisito.

– E enquanto isso, quem sabe você pode dar uma melhorada na sua capacidade de se relacionar com as mulheres.

– Que quer dizer com isso?

– Um dia desses faça um levantamento de seus amigos mais chegados. Acho que você não gosta da competição feminina.

Fiz uma careta para ele bem quando Jody e Dana apareceram. Elas me levaram a um centro de compras espantoso, a poucos quilômetros dali. Eu não podia acreditar que tantas lojas pudessem ser espremidas dentro de um edifício. Em Seattle tínhamos alguns *shopping centers*, mas nada parecido com isto.

Percorrer as lojas com Dana era uma das coisas mais horríveis que eu poderia imaginar. Ela olhava feio para as garotas vestidas de forma mais ousada, e tratou uma vendedora negra como se fosse uma subalterna. Mas apesar da minha aversão, lembrei-me do meu dever e tentei ser amigável. Diversas vezes tentei fortalecer a reputação de Bastien.

– Ele acha tão interessante o que seu grupo está fazendo. Gostaria de se envolver mais. Quem sabe você pudesse ir bater um papo com ele uma hora dessas.

Para sorte de "Mitch", esses comentários geravam uma reação calorosa. Sim, ela gostaria muito de conversar com ele sobre isso. Qualquer coisa pela causa. Que bom que ele se importava. Sem dúvida, ele era um homem inteligente e sensível. Blá-blá-blá. Ela sempre apreciava o tempo que passava com ele.

Apesar desse pequeno progresso, porém, a postura dela continuava rígida, e sua atenção sempre se voltava para mim. Ela me enchia de perguntas, como se estivesse atrás de alguma informação importante. Queria saber em que eu trabalhava. Se Bastien e eu éramos muito próximos. Para onde estava indo a minha "relação" com Seth. O que eu achava do CPVF. Quais eram os meus valores quanto a raça, orientação sexual etc. Sentia-me num interrogatório, mas ela insistia, com sua voz melosa. Embora assumisse uma postura superior, ela sempre conseguia parecer cordial e inofensiva. Eu podia ver o motivo do fascínio dos fãs por ela.

Isso não é só curiosidade, compreendi. *Ela não confia em mim*. Dana sabia que havia algo estranho em Bastien e em mim, e estava tentando descobrir o que era. Talvez fosse por isso que ele não conseguia nada. Não era provável, óbvio, que ela suspeitasse de um plano secreto protagonizado por um íncubo, mas eu não duvidava de que tivesse sua cota de inimigos mais mundanos. Ela estava atenta para esse tipo de coisa, daí o ceticismo quanto aos nossos disfarces. Bastien não tinha ideia de onde nos havia metido.

Assim, esforcei-me para provar nossa inocência, dando meu melhor para responder às perguntas dela. Meu charme costumeiro ainda não funcionava com ela, mas meu desempenho foi melhor que nas outras vezes... exceto pelas questões sobre Seth. A realidade com ele já era estranha demais; eu não precisava viver outra versão dela via Tabitha Hunter, e acabava gaguejando e corando quando ela tocava no assunto.

Quando Dana nos deixou no balcão da Christian Dior, na Nordstrom, para ir comprar anáguas, quase desabei de alívio.

– Que tal este aqui? – Jody ergueu uma amostra de brilho labial rosa-claro que ficaria ótimo em Tabitha, mas não em Georgina.

Eu o abri e examinei a cor.

– Claro demais. Além disso, ele deve sair assim que você tomar alguma coisa.

– Ou em outras atividades – ela me deu um sorriso malicioso.

Fiz uma expressão de choque fingido. Não foi difícil; ela era cheia de surpresas. Surpresas boas.

– Minha nossa, Jody. E eu achando que você era uma respeitável mulher casada.

– Está brincando? O casamento só deixa você menos respeitável. Deixa você cheia de tempo para inventar coisas novas.

Devolvendo seu sorriso, troquei o brilho rosa por um vermelho.

– É melhor não deixar que Dana ouça você falando isso. Já fui interrogada por conta do meu namorado.

O entusiasmo de Jody arrefeceu um pouco, mas ela manteve o sorriso.

– Pode ter parecido um interrogatório, mas ela está curiosa a seu respeito, só isso.

– É, acho que sim. Ela não deve ter nenhum outro motivo, claro – melhor não mencionar a teoria de que Dana suspeitava que Bastien e eu não éramos quem dizíamos ser.

Para meu espanto, Jody baixou a vista para o mostrador de sombras, claramente evitando meu olhar. Lembrei-me daquele dia, no jardim, quando achei que ela queria me contar algo sobre Dana. Algo ruim.

– Jody, que foi? – murmurei, pondo de volta o brilho labial. – Tem algo errado?

– Não – ela abanou a cabeça. – Esquece.

Dana voltou naquele instante, e o momento se perdeu.

– Eles não têm o que eu quero. Vamos dar uma olhada na Victoria's Secret.

Eu me animei. Foi a melhor coisa que ouvi no dia inteiro, fora a possível informação de Jody. Entramos na loja, uma de minhas favoritas, e nos separamos. Jody foi à seção de pijamas e Dana saiu atrás de uma anágua, que certamente ia combinar com suas calçolas horríveis.

Quanto a mim, fui direto para onde estava a *lingerie* mais sensual, depois de me certificar de que as duas mulheres estavam ocupadas. Não queria que se repetisse o incidente do biquíni. Infelizmente, a loja tinha um seleção ainda melhor que de costume, e o que eu planejava que fosse só uma olhadinha transformou-se em plena ação quando encontrei alguns conjuntos que simplesmente *tinha* que provar.

Dana e Jody ainda estavam absortas em suas próprias compras, e discretamente entrei na fila do provador, torcendo para entrar e sair antes que uma delas resolvesse investigar o que a doce e inocente Tabitha estava fazendo. Tinha acabado de chegar ao primeiro lugar da fila quando as duas se enfiaram ao meu lado.

– Que multidão – disse Jody. – Tudo bem dividirmos o provador? Eles são enormes.

Senti o sangue desaparecer do meu rosto enquanto tentava pensar em algum motivo para recusar. Uma ideia sobre uma doença contagiosa que causava feridas na pele estava se formando em minha mente, quando a vendedora nos indicou um provador que, de fato, era mais do que suficiente para acomodar a nós três.

Dana tinha apenas duas anáguas para provar, e tirou as calças com uma eficiência despreocupada. Estremeci ao ver as calçolas de novo. Enquanto isso, Jody provou um pijama de flanela todo meigo.

Ao ver que eu não fazia nenhum de movimento, Dana perguntou se estava tudo bem. Engolindo em seco, comecei a tirar a roupa, devagar. Ela me observava, com os olhos apertados. O primeiro conjunto de sutiã e calcinha que provei era de renda cor de marfim decorada com lacinhos pretos. O segundo, de cetim, era de um fúcsia forte, com um corte ousado, pouco mais que algumas tirinhas de tecido. Quando cheguei ao terceiro – preto e transparente, bordado com florzinhas cor-de-rosa– eu queria morrer.

Jody e Dana tinham terminado e esperavam por mim. O rosto de Jody era agradável e casual. Dana mantinha uma aparência de neutralidade, mas irradiava desaprovação. Grande desaprovação. Notei que eu enrubescia intensamente. Bastien ia me matar se descobrisse que não apenas eu havia prejudicado sua imagem de integridade, como a destruíra por completo.

Dana continuou com uma expressão dura, e Jody me olhou com curiosidade.

– Acho que você pegou o tamanho errado de sutiã, Tabitha. Todos parecem grandes demais.

Claro que eram grandes demais. Tabitha Hunter não usava 34C, mas Georgina Kincaid sim. Eu tinha planejado mudar para meu corpo preferido quando estivesse sozinha.

– Oh – exclamei, como uma idiota, sentindo-me a vadia que Dana achava que eu era. Uma vadia tonta. – Bom. Perdi peso recentemente.

Provei o último conjunto, vermelho com flores prateadas, que, mesmo sendo do tamanho errado, era deslumbrante.

– Ficou ótimo – disse Jody, ecoando meus pensamentos. – Queria ter coragem suficiente para usar algo assim.

Dana estudou-me com atenção.

– Esse sutiã não dá sustentação nenhuma. Ele não funciona.

– Ela não precisa de sustentação. Além do mais, a ideia é essa. Não precisa ser funcional. Ela só quer ficar bonita.

– Bonita para quem? E por quê? Ela não é casada.

– E daí? Não é da nossa conta.

– Não é da nossa conta? – Dana fuzilou a outra com o olhar. – A Humanidade é da nossa conta – ela devia ter lido Dickens recentemente.

Um silêncio gelado encheu o provador. Senti-me invisível, apesar de estar seminua.

– Hã, gente, é melhor irmos embora. Só vou tirar isso aqui.

– Não. Você está bonita, Tabitha. Não há nada de que deva se envergonhar – disse Jody com firmeza, o olhar fixo no de Dana, numa confronto de vontades.

– Ela é bonita – concordou Dana, melosa. – Mas esse traje seria mais adequado a uma mulher casada.

O tom dela sugeria que até isso seria questionável.

Eu estava quase saindo do provador e deixando tudo por isso mesmo, mas ver Jody desafiar Dana daquele jeito acendeu uma fagulha dentro de mim. Bastien ia me matar, mas não consegui ficar de fora daquela briga.

– Sabe – comentei com Dana, enquanto examinava meu próprio traseiro, de forma ostensiva, para que ela percebesse. – Se é esse o caso, quem sabe você não devia provar este conjunto. É a cor certa para você. E também tem um toque natalino. Eu adoraria ver você nele. E acho que Bill ia gostar muito.

Dana só me olhou, mordendo o lábio, enquanto sustentava meu olhar de desafio. Parecia que iria retrucar, mas em vez disso apertou os lábios numa linha reta e rígida. Sem mais uma palavra ela saiu do provador, batendo a porta atrás de si com força.

Jody ficou ali parada, hesitante, por um momento.

– Está ótimo – reiterou, antes de ir atrás de Dana.

Sozinha, decidi que podia aproveitar a privacidade e mudar de forma, para provar a lingerie no corpo com o qual a usaria. Como previsto, ficaram bem *sexy*, de modo que comprei todas. Pareceu-me que devia tirar alguma coisa de todo aquele desastre.

– Como foi? – perguntou Bastien quando Jody e Dana me deixaram na casa dele, mais tarde.

– Bem – respondi, já tendo guardado no carro as compras ilícitas, para não suscitarem questionamento da parte dele. – Foi tudo bem. Bom... mais ou menos.

Contei-lhe sobre o interrogatório de Dana e minha teoria de que ela talvez suspeitasse de que tínhamos propósitos insidiosos, mesmo que não fosse o que de fato planejávamos. A expressão dele ficou mais e mais sombria à medida que eu falava, e percebi que ele achava que eu tinha razão. Quando terminei, encostei a cabeça no ombro dele, odiando vê-lo tão infeliz.

– Ei, não se preocupe. Vamos sair dessa. Isto é, veja pelo lado bom: Dana e eu interagimos *bastante* hoje. Acho que fizemos um bom... avanço.

Eu sabia que as dúvidas ainda o infernizavam, mas, pouco depois, ele já estava mais animado, quando nós, não mais como Mitch e Tabitha, chegamos a Seattle. No caminho para o apartamento de Peter, pegamos Seth, e isso garantiu, de imediato, que nenhum dos dois homens falasse comigo até chegarmos.

Mais uma vez, Jerome preferiu não aparecer, mas os demais voltaram para mais comida boa e um bom pôquer: Peter, Cody, Hugh e Carter. Carter parecia intrigado com a presença de Seth, enquanto os outros o saudaram como a um irmão que não viam há muito tempo. Considerando a frequência com que ele aparecia em nossas conversas, acho que os outros imortais já o consideravam como parte de nosso círculo.

Ele ficou perto de mim a maior parte do tempo, mas revelou-se um excelente jogador de pôquer. Acho que sua natureza silenciosa e plácida iludia os outros, fazendo-os esquecer de que estava ali. Era divertido ver que ele parecia bem satisfeito quando ganhava, embora do seu modo tranquilo. Fiquei feliz em ver esse seu lado, e mais feliz ainda por saber que ele se sentia bem com meus amigos.

Não sei bem como ele me viu naquela noite. Meus amigos com certeza não me pouparam ao zombar de minhas diversas idiossincrasias, e Bastien parecia achar que aquela era a noite de Esta é a Sua Vida. Não parou de contar histórias do meu passado, tentando me incluir em piadas que ninguém mais conhecia. Evitei ao máximo entrar nessa, mas sem ofendê-lo. Minha prioridade ainda era fazer com que as coisas com Seth funcionassem. Passei a noite de mãos dadas com ele, dando apenas sorrisos educados a Bastien, e acho que ficou claro para o íncubo onde estava minha lealdade. Ele pareceu não gostar muito.

No meio do jogo recebi um chamado conjunto de Mei e Grace.

– Oi, Georgina – disse Grace.

– Somos nós – disse Mei.

– Descobriram algo?

– Nada que combine com sua descrição – revelou Mei.

– Oh – aquele caminho era um beco sem saída.

– Mas isso não deve significar muita coisa – comentou Grace. – Alguns sempre escapam da gente.

– E não tem muita importância – completou Mei. – Não são um problema se não interferem em nossos negócios.

– E em geral não interferem? – eu havia cruzado com inúmeros imortais ao longo dos anos, de todas as culturas e poderes, mas nunca prestara muita atenção ao modo como se comportavam uns com os outros, no âmbito político. Sempre me limitei a preocupar-me apenas com meu trabalho, segura de que as autoridades a quem eu respondia tinham poder suficiente para lidar com os demais.

– Em geral, não – os demônios concordaram em uníssono.

Os jogadores de pôquer me olharam com curiosidade quando desliguei.

– Quem era? – perguntou Peter.

– Grace e Mei.

– Ui – Hugh fez uma careta. – As gêmeas lésbicas alucinadas.

– Ei, isso foi gratuito. Elas têm sido muito solícitas.

– É? Espere só para ver – ele alertou. – Da próxima vez vão querer cortar seu cabelo e vestir você de preto também.

Cody sorriu diante da minha indignação.

– Por que estou achando que está rolando outra investigação ilícita à moda Georgina?

– Não é tão ilícita.

– Ilícita o suficiente – observou Bastien com um bocejo. – Você e seus mortais.

Ele guardou no bolso o dinheiro que lhe restava, engoliu o resto de seu uísque e agradeceu a Peter de novo por outra noitada fabulosa.

– Vai embora assim tão cedo? – perguntei.

– Estou saindo em busca de companhia mais bela. Sem ofensa a você, Fleur – ele se debruçou e deu-me um beijo nos lábios um tantinho longo demais para ser de amizade. – Boa noite.

Sua saída desencadeou uma nova rodada de comentários do Fã-Clube Bastien, com todos especulando em que aventura sexual ele estaria a ponto de embarcar agora.

– Como ele consegue? – perguntou Peter.

– Como eu gostaria de ser bom assim – acrescentou Cody.

– Ei, perseguir mulheres não é mais difícil que perseguir homens – reclamei. – Às vezes é mais fácil.

– Aquele cara é fantástico – Hugh parecia nem ter me ouvido. – Ir atrás de mais uma hoje, com um brilho que deve ser de ontem. Queria eu ter tanta sorte.

Seth não gostava muito de falar quando estava com este grupo, ou, aliás, com qualquer outro, mas, como meus amigos, ele estava assombrado com o íncubo. O comentário de Hugh, especialmente, despertou seu interesse.

– O que quer dizer com "brilho"?

Hugh sorriu para ele.

– Um tipo de... você deve saber o que é. Aquele lance pós-sexo? O *glamour*?

– De quem é a vez? – perguntei, cortante, sem gostar muito da nova direção da conversa.

– Bom, então deve ser como uma aura – Seth ficou pensativo. – Quer dizer, todo mundo tem algo parecido depois do sexo.

– Sim, mas é diferente em íncubos e súcubos – explicou Peter, com ar professoral. Eu podia estar enganada, mas ele começava a exibir um sotaque britânico. Excesso de exposição a Bastien. – No caso deles, é um brilho mais real, ao menos para outros imortais. Quando eles fazem sexo, tomam a vida do parceiro. A força vital é sedutora. Para um imortal, um íncubo ou súcubo que acaba de transar parece quase...

– Brilhar – sugeriu Cody. – Ou cintilar. Mas ao mesmo tempo... não é bem isso. É meio difícil explicar. Georgina não lhe contou tudo isso?

– *Isso* não – disse Seth. – Então eu... hã, mortais não veem esse brilho?

– Estamos jogando ou não? – perguntei impaciente, erguendo a voz. Percebi o olhar de Carter.

– Não como nós – prosseguiu Peter. – Mas eles... vocês... o sentem. Atrai vocês. É muito sedutor.

Encolhi-me na cadeira, tentando decidir se alguém notaria se eu de repente ficasse invisível. Mas era como se eu já fosse, pois ninguém dava ouvido aos meus protestos.

– Você deve ter notado – observou, tomando um trago de uísque. – Em certos dias, deve ver Georgina e quase não se controlar, de tão *sexy* que ela está. Você só consegue ficar encarando. Claro, deve ser difícil perceber a diferença, porque ela é sempre tão *sexy*, não é?

Todos riram, menos Carter, Seth e eu. Sabia que o duende fizera o último comentário como um elogio, mas ainda assim eu tinha vontade de jogar nele meu copo de vodca. As risadas logo morreram, e voltamos ao jogo. Mas o estrago estava feito. Seth e eu mal nos falamos pelo resto da noite; ninguém percebeu, exceto, talvez, Carter.

Quando Seth e eu fomos embora, eu sabia que algo ruim estava a caminho. Eu o levei até em casa, e ele me convidou para tomar sorvete Rocky Road. Ele adorava sorvete. Eu devia ter recusado e ido embora, mas Rocky Road tem poderes sobrenaturais. Além do mais, lembrei-me do que Seth e eu tínhamos combinado recentemente, ao fazermos as pazes, na cama dele, sobre termos de nos comunicar e nos abrir sobre os problemas, em vez de ignorá-los. Eu ainda acreditava que era verdade, mas teoria e prática são duas coisas bem diferentes.

Ele preparou duas tigelas para nós, e tomamos o sorvete em silêncio por algum tempo. Quando terminou, Seth brincou com a colher, sem me olhar.

– E aí, é verdade? – ele perguntou.

– O que é verdade? – como se eu não soubesse.

– Vamos lá, não me faça soletrar – ele disse com suavidade. – Eu quero a sua versão, só isso.

Abri a boca para falar, para tentar encontrar um meio de neutralizar a coisa toda, mas minha língua parecia espessa e inútil. Nenhuma palavra coerente se formou.

– É verdade? – repetiu Seth. Como não respondi, ele continuou. – Às vezes eu a vejo, como naquela noite, e não consigo respirar direito, porque você é tão linda... tão linda que não posso fazer nada, a não ser agir como um idiota... Então isso quer dizer que você acabou de... dormir com alguém? Bom, claro, não exatamente, hã, "dormir"...

Maldição, essa coisa de comunicação é mesmo uma droga.

Capítulo 12

– Tétis, me fale sobre isso – disse ele, após alguns instantes de silêncio.

Levantei rapidamente o olhar.

– O que você quer que eu diga? Já sabe a resposta. Eles não iam mentir. Bom, na verdade eles mentem o tempo todo, mas não sobre isso.

Ele assentiu e colocou a tigela e a colher sobre a mesa de centro. Recostando-se para trás no sofá, não olhava para mim, mas para frente, perdido em seu pensamento. Eu podia imaginar o que passava pela sua cabeça. Ele sabia o que eu era e o que fazia. Mas uma coisa era ter um conhecimento superficial, e outra descobrir que havia uma evidência tangível cada vez que eu fazia sexo. Agora ele poderia reconhecer o brilho e saber que eu acabava de sair da cama de outro homem, que pouco tempo antes eu estivera nos braços de alguém fazendo as coisas mais íntimas que duas pessoas podiam fazer. Coisas que eu não poderia fazer com ele.

– Desculpe – eu disse, sem saber mais o que dizer.

– Desculpar o quê?

– Isto. O que eu faço.

– Por quê? Isso *é* o que você faz. É o que tem que fazer, certo? Não tem por que pedir desculpa por sua própria... hã, natureza.

– Então... hein? Para você está tudo bem? Saber o que eu faço com outros caras? Ou melhor, quando faço?

– "Tudo bem"seria uma expressão estranha, mas é, acho que sim. O que não está bem é... – ele fez uma pausa, como sempre ponderando as palavras antes de falar. – O que não está bem é você ter medo de me falar sobre isso. Deve ter percebido como eu estava... arrebatado por você. Mas nunca tocou no assunto, nem explicou nada para mim.

– O que eu deveria ter dito? "Obrigada por notar como estou bonita. É porque acabo de pegar um estranho qualquer numa espelunca por aí"?

Seth se retesou, e logo me arrependi pelo exemplo.

– Talvez... talvez isso pudesse ser colocado de uma forma mais, hã, gentil, mas sim. Acho que é mais ou menos o que você podia me dizer.

Remexi o resto derretido do meu sorvete.

– Não é tão fácil, e você sabe disso. Já deve ser duro para você aceitar que ando por aí com outros, sem ter que aguentar uma evidência real indicando cada vez que isso acontece.

– Por que você não deixa que *eu* decida o que posso ou não aceitar?

Ele não parecia exatamente bravo, mas nunca o ouvi tão firme e incisivo. Meu lado arrogante não gostou que ele falasse comigo daquele jeito, mas eu sabia que ele tinha razão ao dizer aquilo. E eu tinha que admitir que aquela confiança era excitante. Machos alfa. Hmmm.

Ele prosseguiu.

– Eu sei o que você é, e sei o que você faz. Tive de lidar com isso desde o início da nossa relação. Me incomoda, sim, mas isso não significa que não vou suportar saber das coisas – ele colocou a mão sobre a minha, acariciando minha pele de forma distraída com as pontas dos dedos. – Mas você não pode ter medo de me dizer a verdade. Nunca. Mesmo se ela for ruim. O que temos não envolve sexo... como se isso já não estivesse perfeitamente óbvio. Mas, se também não houver honestidade, então não sobra nada.

Forcei-me a erguer os olhos para ele e sorri.

– Como você pode ser tão jovem e ao mesmo tempo tão sábio?

– Não sou tão sábio assim – ele disse, puxando-me para que eu me recostasse em seu ombro. Não discutiu a parte do "jovem". Considerando de modo objetivo nossas idades, eu facilmente podia ser considerada papa-anjo.

Suspirei e me aconcheguei a ele.

– Você sabe que o que eu faço não significa nada. Eu sequer me lembro dos nomes deles.

– Eu sei. Você me contou. Se bem que...

– O quê?

– Às vezes isso não é lá muito reconfortante. O sexo não deveria ser "nada". Não gosto da ideia de você ficar com caras com quem não quer ficar. Mesmo que, tecnicamente, seja minha namorada... Eu acharia melhor se você ao menos gostasse do que faz.

– Bom... quando a coisa esquenta, eu meio que gosto. A energia que consigo com o sexo... bom, você não vai entender completamente. Mas ela é, literalmente, a minha vida. Assim, mesmo que eu não queira ficar com alguém nem antes nem depois, sempre existe um momento, por mais curto que seja, em que eu desejo o cara – tentei lhe dar um sorriso reconfortante. – Além do mais, não sinta tanta pena de mim. A coisa está muito melhor do que era. Hoje em dia posso escolher melhor com quem ficar, e isso faz uma grande diferença. Não preciso ir pegando o que aparece.

– Como assim, pode escolher hoje em dia? Você nem sempre pôde fazer isso?

– Ah, qual é, Seth – dei uma risada sem graça. – Você sabe que as mulheres só começaram a ter direitos faz mais ou menos um século. Os homens não foram sempre gentis ou respeitosos nas relações com o sexo frágil, sobretudo os das classes mais baixas.

Ele me olhou, chocado, e recuou um pouco. Eu amava ver como aqueles olhos eram expressivos, mesmo que a emoção refletida neles agora não fosse lá muito positiva.

– Você está falando de... isso... isso parece estupro.

Dei de ombros, percebendo que tinha de navegar para longe daquelas águas.

– É difícil estuprar um súcubo. No clímax, o súcubo é o vencedor... especialmente se o homem acaba perdendo os sentidos.

– Você não está respondendo de verdade a minha pergunta.

– E você não está fazendo a pergunta de verdade.

Permanecemos em silêncio. Um momento depois, Seth me tomou em um abraço apertado, desta vez enterrando o rosto no meu ombro.

– Ei, calma. Não deixe que isso o perturbe. Não julgue o passado pelos padrões de hoje. Não funciona. Eles são incompatíveis.

– Não gosto da ideia de você fazer o que não quer – disse ele com voz áspera. – Gostaria de poder fazer algo... gostaria de poder, sei lá, proteger você.

– Você não pode – sussurrei, beijando-lhe a cabeça. – Não pode, e deve aceitar isso.

Fomos juntos para a cama depois disso, a primeira vez depois do incidente do beijo. Seth me abraçou apertado a noite toda, mesmo enquanto dormia, segurando-me como se eu pudesse ir embora se ele me soltasse.

De novo, fiquei assombrada com sua compreensão. E novamente questionei se o amava. Como eu poderia saber? O que era o amor, afinal? Fui contando nos dedos os itens de uma lista, enquanto minhas mãos em suas costas o mantinham bem perto de mim. Afeição. Conexão. Compreensão. Aceitação. Todas essas coisas ele me dava. Elas faziam parte do amor. Todas essas coisas ele oferecia de livre vontade, não importava o quanto fosse terrível cada nova descoberta sobre mim. Fiquei imaginando se eu dava tanto quanto recebia. Eu teria algum direito de estar nesta relação? Eu duvidava, mas isso me fazia querê-lo ainda mais.

No carro, indo para a livraria na manhã seguinte, ele segurou minha mão de um jeito deliciosamente possessivo. Não a soltou até entrarmos na loja.

– Doug veio trabalhar hoje? – perguntei a Beth depois de dar uma geral na loja.

– Sim. Ele estava aqui mais cedo. Acho que está na sala dele.

Fui até os fundos. A sala estava às escuras. Quando acendi a luz, encontrei-o encolhido em um canto, o corpo formando uma bola compacta. Na hora ajoelhei-me ao seu lado.

– Que aconteceu?

Após alguns segundos, ele ergueu os olhos para mim. Estavam sombrios, perturbados.

– Nada.

Contradizê-lo parecia tanto óbvio quanto inútil.

– Que posso fazer para ajudar?

Ele deu uma risada amarga, emitindo um som terrível.

– Você não entendeu, Kincaid? Nada ajuda, esse é o problema. Nada disso faz sentido. Você sabe tão bem quanto eu.

– Sei?

Ele me deu um sorriso cínico.

– Você é uma das pessoas mais deprimidas que conheço. Mesmo quando você está sorrindo e flertando e tudo o mais. Sei que você odeia esta vida. Este mundo. Sei que você acha que tudo é uma estupidez.

– Não é verdade. Há coisas boas no que é ruim. Sempre há esperança. Que deu em você?

– Caí na real, só isso. Simplesmente acordei e percebi como tudo isso é idiota. Sei lá por que ainda insisto.

Toquei-lhe o braço.

– Ei, você está me assustando. Dormiu esta noite? Precisa comer algo?

Ele apoiou as costas na parede, com a expressão ainda amarga e cheia de humor ácido.

– Kincaid, preciso de tanta coisa que nem tem graça. Mas sabe de uma coisa? A gente nunca consegue tudo. As coisas são assim. Como é aquele ditado? A vida é curta e dura?

– É... mais ou menos.

Fiquei lá sentada com ele por muito tempo, ouvindo-o falar. Suas palavras eram uma enxurrada de fúria amarga e desespero. Uma combinação assustadora. Nunca o vira daquele jeito. Não Doug, sempre animado, sempre pronto para uma piada. Doug, o cara que nunca levava nada a sério. Seu rosto desolado fez-me lembrar de Casey, quando a encontrei no café, mas ela nunca esteve tão mal assim.

O tempo passava, e comecei a pensar no que fazer. Com certeza ele não podia trabalhar hoje, mas eu receava mandá-lo para casa. Quem sabe o que podia fazer nesse estado. Antes, jamais me passaria pela cabeça que ele pudesse se ferir, mas agora tudo era possível.

– Quero que você fique aqui – disse-lhe, por fim, pondo-me de pé e esticando as pernas para aliviar a câimbra. – Tenho que voltar lá para a frente, mas volto logo para ver você, ok? Prometa que vai me procurar se precisar. Vamos almoçar juntos mais tarde. Vou trazer falafel daquele lugar que você adora.

Ele só me deu um meio sorriso torto, com a expressão atormentada e irônica. Então saí, levando comigo o abridor de cartas.

O humor dele não mudou com o passar do dia; nem o falafel ajudou. Mais uma vez, tentei desesperadamente imaginar o que fazer. Ele não tinha parentes na cidade que eu pudesse avisar. Eu sabia que os hospitais tinham serviços psiquiátricos de emergência, mas será que devia entrar em contato com algum deles?

Logo depois do almoço, Alec apareceu. Evitou os olhos suplicantes de Casey e me deu um sorriso forçado.

– Oi, Georgina, Doug está por aí?

Hesitei. Eu não gostava de Alec, mas ele era meio amigo de Doug. Talvez pudesse ajudar. Levei o baterista até os fundos. Quando Doug o viu, ergueu-se de um salto, num arroubo de energia espantoso, o rosto desesperado e deliciado ao mesmo tempo.

– Deus do céu, cara! Por onde você andou?

– Desculpe – disse Alec. – Tive um problema.

Alec se aproximou de Doug, e então eles me olharam inquietos. Percebendo que não me queriam ali, deixei a sala, mas não sem antes ver Alec enfiar a mão dentro do casaco, sob o olhar ansioso de Doug.

Era Alec, percebi. Alec estava passando a droga em que Doug estava viciado. A descoberta me fez querer entrar lá e esganá-lo, arrancar aquele sorriso estúpido de seu rosto. Mas, quando os dois apareceram meia hora depois, a mudança em Doug era tão absurda que não consegui fazer nada.

A autoconfiança retornara ao seu modo de andar, o sorriso alegre de sempre estava de volta. Ele cruzou com Janice e algum comentário brincalhão dele a fez rir. Ao me ver, ele deu um pulo e bateu continência.

– Pronto para o dever, chefe. Que tem para mim?

– Eu... – fiquei olhando, atordoada, e com isso seu sorriso ficou ainda mais largo.

– Controle-se, Kincaid – disse ele, com uma severidade fingida. – Sei que, como uma boa tiete, está pronta para me dar a qualquer momento e em qualquer lugar. Mas como profissionais literários temos que controlar nossa paixão até terminar o trabalho.

Eu ainda o olhava, espantada.

– Hã... por que você não vai para um dos caixas?

Ele bateu continência de novo, tocando os calcanhares um no outro, no estilo militar.

– Farei isso – ele se voltou para Alec. – Vejo você no ensaio esta noite?

– Sim.

Doug sorriu para nós e saiu, cheio de energia.

Fiquei lá sozinha com Alec. Ele esperou ansioso, como se eu devesse dizer algo. As palavras "vá para o inferno" pareciam apropriadas, mas mudei de ideia. Sorri para ele. Era um sorriso lento, envolvente, que começou nos lábios e então brilhou nos olhos, o tipo de sorriso que diz que acabei de notar algo que nunca percebera antes. Algo que de repente me agradou... e passei a desejar.

O sorriso dele titubeou. Acho que dar em cima de mim tinha ficado tão automático, que ele já nem esperava conseguir alguma coisa. Engoliu em seco e então voltou a sorrir.

– Um ensaio? – disse-lhe. – Vocês têm outro *show* agendado?

– No final de semana que vem. Você vai?

– Vou tentar. Vai ter outra festa depois?

– É bem possível. Wyatt vai dar uma amanhã, se quiser ir.

– Você vai estar lá? – perguntei, meiga, cruzando meu olhar com o dele de forma sugestiva.

– Com certeza.

– Então eu também vou – virei-me para ir embora, ainda com o sorriso hipnótico. – Vejo você lá, então.

Assim que saí da vista dele, meu sorriso se transformou numa careta. Cruzes. Não achava que fosse possível abominar ainda mais aquele sujeito, mas de novo descobri estar enganada. No entanto, vi que dar mole para ele podia ser a melhor forma de descobrir o que estava rolando com Doug. Eu tinha certeza de que Alec tinha tentado empurrar aquilo para Casey. Se eu parecesse ceder ao seu pretenso charme, talvez ele me oferecesse a mercadoria.

Doug, como logo descobri, com certeza não ia me ajudar nesse caso.

– Você tem alguma coisa – provoquei mais tarde, quando nos encontramos na seção de livros de fantasia. Dei-lhe meu sorriso fatal.

Ele o devolveu.

– Magnetismo? *Sex appeal*? Inteligência? Gata, eu tenho tudo isso.

Dei um passo à frente e puxei-o pela camisa de um jeito brincalhão, olhando-o no rosto.

– Não foi o que eu quis dizer. Você tem alguma coisa boa, e não está dividindo.

Ele permaneceu perto de mim e puxou um cacho do meu cabelo, em resposta.

– Não sei do que você está falando.

– O caramba que não sabe. Faz ideia de quantas horas tenho trabalhado ultimamente para cobrir você e Paige? Deus do céu, estou ficando maluca. A vodca não faz milagres. Se você tem algo em estoque, precisa espalhar o amor à sua volta.

– Ei, posso espalhar quanto amor você quiser. Só diga a hora e o lugar.

– Achei que éramos amigos – cutuquei de leve o peito dele e recuei com um biquinho. – Você está escondendo algo de mim. Não tem como você ter se recuperado tão depressa, do jeito que você estava hoje de manhã. Você tomou algo.

– Que nada, foi só uma mudança repentina de humor. Você é mulher, você entende. Acordei mal-humorado, só isso. Um pouco de falafel e do charme Kincaid, e agora estou pronto para a luta. Me sinto ótimo – ele deu um passo em minha direção, talvez esperando que eu o cantasse de novo. Os olhos dele ardiam, um pouco mais sombrios e intensos que o necessário para nossas provocações de costume. – Na verdade, estou incontrolável. Um deus, gata. Vamos lá para a sala e eu mostro a você.

Afastei-me, lançando para ele um olhar tentador por cima do ombro e ainda fazendo pouco caso.

– Minha religião não permite, gato.

Ele riu quando o deixei. Fazia anos que flertávamos, e eu sabia que ele não iria levar a mal minhas provocações. Eu, por outro lado, estava furiosa. Já era ruim que aquela porcaria fornecida por Alec deixasse Doug num estado de exuberância exagerada e comportamento inadequado no local de trabalho. Mas lançá-lo no mais profundo desespero era algo totalmente diferente. Eu ia descobrir o que estava rolando e pôr um fim naquilo, mesmo que isso implicasse ter momentos íntimos com aquele verme do Alec.

Mais tarde, naquela mesma noite, lembrei-me de outra complicação da minha vida no momento, e liguei para ver como andava a situação de Bastien.

– Nem pergunte, Fleur. As nuvens negras estão se acumulando.

– Que diabos está acontecendo hoje com vocês, homens deprimidos? Por que tenho que ser a maldita animadora de torcida de todos?

Exigi que ele entrasse no carro e viesse para Queen Anne imediatamente. Quando chegou, ainda estava se lamentando.

– Dana está sendo muito amável comigo, mas não há nada íntimo – reconheceu ele. – Ela também não vai me visitar sozinha. Sempre leva Jody ou algum outro maluco do CPVF junto. Acho que tenho mais chance de levar todo o seu grupo de escudeiras para a cama do que de pegá-la. Estão todas tentando me converter. Acho que não haveria problema em aceitar, mas me parece que posso vê-la com mais frequência se fingir estar na dúvida. Ela também pergunta um bocado sobre você, sabia?

– Como o quê?

– Coisas ao acaso. Da última vez ela queria saber se as roupas que você comprou estavam dando certo. O que quer dizer isso?

– Não tenho a mínima ideia – menti.

Era irônico, de fato, pois, bem naquele instante, Bastien notou a sacola da Victoria's Secret ainda sobre minha bancada. Sem se importar com minha privacidade, ele a esvaziou e examinou a lingerie com ar de aprovação.

– Quer experimentar alguma delas? – perguntei, seca.

– Você sempre teve bom gosto – ele ergueu o sutiã preto transparente e me olhou através dele, como se imaginasse como ficaria em mim. – Se bem que ainda não sei por que você compra essas coisas. Pode criá-las se transformando.

– Eu respeito a "propriedade intelectual". Quem criou isso merece ser remunerado.

– Mesmo se foi elaborado com mão de obra do Terceiro Mundo?

Fiz uma careta.

– Chega, vamos sair.

– Aonde vamos?

– A um piano-bar.

– Eles ainda existem? – a surpresa afastou seu mal-estar.

– Sim. Inclusive há alguns aqui em Seattle.

De fato, um deles ficava na vizinhança, a menos de quinze minutos de caminhada. Enquanto andávamos, porém, Bastien não parou de se preocupar com o lance de Dana. Estava me deixando maluca. Eu também a odiava, pode crer, mas não conseguia entender o porquê dessa sua obsessão maníaca.

Por sorte, o piano-bar era excêntrico o suficiente para distraí-lo, como pensei que aconteceria. Comemos uma comidinha gostosa de bar e tomamos bebidas cheias de fru-fru, como martini Midori e Sex on the Beach. Enquanto isso, a dupla de pianistas cantava de tudo, de Eminem a Barry Manilow. À medida que a noite avançava, conseguir que um pedido fosse tocado foi ficando cada vez mais caro. Mas os fregueses também foram ficando mais bêbados, e não se importavam em pagar.

Sabendo disso de antemão, eu tinha trazido uma pilha de notas, e Bastien e eu nos divertimos muito vendo como se saíam os pianistas para atender a nossos pedidos de músicas cada vez mais antigas e mais obscuras. Cantávamos juntos perfeitamente. A mudança de forma, além de muitos outros benefícios, podia transformar a voz e as cordas vocais. Os pianistas tinham um conhecimento assombroso das músicas que pedíamos, e no fim da noite estávamos tão impressionados – e bêbados – que demos a eles uma gorjeta generosa.

Antes de sairmos, porém, Bastien me fez esperar para ouvir mais um pedido.

– Entreguei-o junto com uma nota de cinquenta – disse-me. – Devem tocar logo. Escolhi especialmente para você.

– Se for Superfreak, vou embora – adverti.

Ele riu.

– Você vai saber quando ouvir. Me lembrou você e seu escritor.

De fato, identifiquei de imediato a música que o senso de humor bobo de Bastien o levara a escolher. O sorriso aberto em seu rosto também o denunciou. Puxando-me para seu colo, ele acompanhou a música, cantando alto a letra de Fiona Apple:

Tenho sido uma garota muito má
Tenho sido descuidada
Com um homem delicado
E é um mundo muito triste
Quando uma garota fere um rapaz
*Só porque ela pode.**

– Você é mesmo uma criatura infernal – disse-lhe, tentando me soltar. – Sabe disso, não é?

– Só digo o que vejo – ele me reteve e continuou cantando.

---

* No original: *I've been a bad, bad girl / I've been careless / With a delicate man / And it's a sad, sad world / When a girl will break a boy / Just because she can.* (N. T.)

Que os céus me ajudem
Por tudo isso que sou
Que me salvem de
Todos esses atos maus
*Antes que eu os cometa...**

Quando por fim deixamos o bar, ambos rindo e cantarolando, passamos por um grupo de garotas ainda mais bêbadas que nós. Algumas deram a Bastien olhares convidativos, e olhei-o com expectativa. Ele sacudiu a cabeça.

– Fácil demais. Além do mais, prefiro ir para casa com você.

Ele caminhou comigo até meu apartamento, segurando-me pelo braço como fizera no passado, quando as normas sociais o determinavam para qualquer pessoa de boa família. O chão estava molhado pela chuva que caíra há pouco, e uma umidade gelada pairava no ar. Não muito longe, a torre Space Needle reluzia vigilante acima dos edifícios vizinhos; logo haveria nela luzes de Natal. Bastien segurou meu braço com mais força e por um instante voltou o olhar distraído para o céu nublado, antes de me fitar.

– Fleur, quer saber por que estou tão alucinado com esse caso da Dana?

Obriguei-me a ficar sóbria, suspeitando que algo importante estava por vir.

– Quer dizer, além de sua ira virtuosa contra ela?

Ele sorriu com suavidade e baixou o olhar para a calçada, acompanhando nossos passos.

– Estou encrencado. E muito – ele suspirou. – Já ouviu falar de um demônio chamado Barton?

– Não. Deveria?

– Talvez. Ele trabalha em Chicago. Tem um cargo alto. Muito poderoso. É um daqueles que esperam "favores" de seus subordinados.

Assenti, demonstrando que havia entendido. Era um dos riscos trabalhistas que súcubos e íncubos enfrentavam, outra coisa que seria melhor Seth não saber. Como acontece com os trabalhadores da indústria do sexo, por assim dizer, nossos supervisores demoníacos muitas vezes achavam que não nos importaríamos com mais um "cliente". Muitos viam isso como nossa obrigação. Quaisquer que fossem suas outras falhas, pelo menos Jerome nunca exigira de mim nada assim.

– Bom... o fato é que Barton tem um súcubo chamado Alessandra. Relativamente nova, tem mais ou menos um século. Linda. Tem um bom gosto

* No original: *Heaven help me / For the way I am / Save me from / These evil deeds / Before I get them done...* (N. T.)

como o seu para detalhes interessantes. E ela é brilhante. Com um senso de humor perverso. Despachada.

Olhei-o, atônita.

– Você está apaixonado, Bastien?

– Não, mas eu estava... estou... muito atraído por ela. É difícil não estar. Nós nos conhecemos e, bom, uma coisa leva à outra...

– Como costuma acontecer com você.

– Sim – ele admitiu, pesaroso. – Mas digo a você uma coisa, foi fantástico. Aquela mulher... uau.

– Mas como você se enrolou?

– Bom, o negócio é que Barton é meio possessivo com seu pessoal. Ele queria o corpo de Alessandra para seu uso exclusivo, exceto pelo trabalho com mortais, claro.

– E ele descobriu?

– Sim. Ele ficou com um ciúme terrível – o desprezo encheu a voz de Bastien. – Emoção estúpida para seres como nós. Claro, demônio ou não, suponho que ele tenha motivos para se sentir inseguro, sabendo que sua namorada esteve com um mestre do sexo como eu. Quer dizer, uma vez que você experimenta Bastien...

– Continue com a história, mestre do ego. O que aconteceu?

– Bom, dizer que ele ficou furioso é pouco. Sério, não sei se eu estaria desfrutando de sua adorável companhia hoje se Janelle não tivesse interferido pra valer – Janelle era a arquidemônia de Bastien em Detroit. – Mas ela me protegeu, sobretudo, da tortura física. Todo o resto é uma confusão. Minha carreira está em frangalhos. Barton tem amigos poderosos, e Janelle já deixou claro que não vai mais cobrir minha retaguarda.

Havíamos chegado ao meu prédio e estávamos diante dele agora. Ele passou a mão por seu cabelo encaracolado escuro, com a expressão subitamente cansada.

– De repente estou na lista negra de todo mundo. Já há planos em andamento para me transferir para outro lugar, e sei que vai ser horrível. Tipo Guam. Ou Omaha. É por isso que preciso me dar bem com Dana. Um lance grande como esse, uma humilhação pública. Isso vai me levar ao topo de novo. Eles não vão poder me punir, não se eu tiver uma vitória como essa em meu prontuário.

Comecei a entender sua obsessão pela apresentadora de rádio.

– Mas a vitória parece não estar acontecendo.

– Não sei mais o que fazer. Tentei todos os velhos truques, todas as manobras do manual e mais algumas exclusividades Bastien. Nada está funcionando.

Estendi a mão para tocá-lo.

– Talvez você tenha de aceitar que ela tem uma vontade de ferro, Bas. Acontece.

– Eu sei – ele soava tão infeliz, e isso partia meu coração.

– Ei, qual é! Não desista da luta ainda. Eu lhe ensinei tudo o que você sabe, lembra? Vamos encontrar uma saída. Ainda conseguiremos deixar aquela dama caidinha por você.

Ele riu e roçou um dedo no meu rosto.

– Eu me sinto melhor sempre que estou perto de você, sabia? É uma das coisas maravilhosas em você. Isso e... se os boatos são verdadeiros... sua boca.

– O boatos são verdadeiros, e vou ajudá-lo nisso, você vai ver. Além do mais, se nada mais funcionar com ela, sempre existem as bebidas fortes, certo?

– Ah, o velho último recurso – ele me abraçou com força e me beijou em cada bochecha. – Boa noite, minha linda. Obrigado por esta noite adorável.

Beijei-o também.

– Quando quiser.

Estava com a mão na maçaneta quando pensei em algo.

– Ei, Bastien.

Ele se voltou, já mais adiante, na calçada.

– Sim?

– Por que você fez aquilo?

– Fiz o quê?

– Alessandra. Você deve ter percebido o que Barton sentia por ela, certo?

– Sim.

– Então por que se arriscar?

Ele me olhou como se mal pudesse acreditar que eu tivesse perguntado.

– Porque eu podia. Porque ela era linda e maravilhosa e eu a queria.

Eu sabia que não adiantava insistir. Era a lógica padrão dos íncubos. Sorrindo, entrei.

Capítulo 13

Min, saxofonista de Doug, vasculhou o acervo de bebidas no bar de Wyatt.

– Acho que não tem – disse por fim. – Dá pra fazer *gimlet* sem suco de limão?

– Hã, não – respondi. – Isso meio que tira o sentido da coisa.

– Ah. Tudo bem. Bom, então você quer uma dose ou algo assim? – ele ergueu uma garrafa, Deus me ajude, de vodca Skyy.

– Acho que vou recusar – examinei a festa vibrante ao meu redor. Um monte de gente tinha vindo, como sempre; eu duvidava que a banda conhecesse metade das pessoas. Os frutos da fama, pensei. Também como sempre havia drogas e bebida à vontade para quem quisesse... desde que o vício não descambasse para suco de limão, claro. Voltei-me para Min. – Viu Alec esta noite?

– Negativo. Ele disse que viria. Tomara que chegue logo.

Min movia-se sem parar, e fiquei pensando quantas pessoas Alec estava arrastando para baixo com ele. Toda a banda, afinal de contas, mostrava aquele comportamento louco e irrefletido.

Eu passara a maior parte do dia planejando o que fazer esta noite, tentando imaginar o que seria necessário para obter de Alec a informação e talvez a própria droga. Por fim, quando a hora da festa se aproximava, admiti que estava pensando demais sobre isso. Alec não era um gênio do crime. Se eu quisesse algo dele, com certeza a ausência de roupas e um orifício seriam suficientes.

Com isso em mente, preparei-me para a ação, colocando mais um vestidinho. Como aquele que usara no último *show*, este também era curto, com decote em V e alças finas. Diferente daquele, que era de algodão e parecia um vestido de verão, este era de seda e lembrava uma camisola. Seu verde-esmeralda forte ressaltava o verde dos meus olhos. Eu havia garantido isso reforçando a cor dos dois.

– Finalmente – murmurei para mim mesma, ao ver o cabelo meio azul de Alec em meio à multidão. Ele me viu e eu acenei, fazendo-o sorrir, satisfeito.

– Ei – disse ele, examinando-me. – Uau.

– Já era hora de você aparecer – repreendeu Min, passando-lhe uma cerveja. Ambos se cumprimentaram com essa coisa masculina de ficar socando o ombro. Então Min ergueu uma garrafa de licor de lima Tropical Soiree. – Ei, olha o que eu achei. Serve?

– Claro. Tudo bem – respondi. Eu queria começar a trabalhar Alec, pondo-o à vontade. Se para isso precisasse encarar alguma mistura etílica estranha, então tinha de correr o risco.

Min me entregou um copo de plástico com um líquido verde brilhante, e Alec e eu nos afastamos por entre as pessoas.

– Está deixando Min fazer experiências com você? – ele perguntou, apontando para o copo.

A inspiração bateu.

– Ele fez experiências comigo a noite toda – eu ri, um pouco alto demais, e me apoiei em seu braço. Alec não precisava saber que aquela era minha primeira bebida. – Mas nenhuma das outras misturas parecia tão ruim quanto esta.

Ele riu e com naturalidade rodeou-me a cintura com o braço.

– Já te disse que você está demais?

– É, você já deixou isso bem claro – eu lhe disse. Cheirando o copo, não detectei nada senão açúcar. Hesitante, levei-o aos lábios e provei. Blergh. Parecia Ki-Suco e enxaguante bucal. Por sorte, não costumo ter ânsia de vômito, e consegui engolir sem engasgar.

Alec me elogiou um pouco mais e então dirigi a conversa para um assunto que com certeza ia interessá-lo: ele mesmo. Funcionou. Daí a alguns minutos, descobri que o campo de interesse dele era ainda mais limitado do que eu achava. Ele só queria falar sobre a banda.

– Então, estamos achando que devemos começar a sair de Seattle e ir para outras cidades grandes, tipo Portland e Vancouver. Se começarmos a ter um público no noroeste, podemos atingir toda a costa oeste, sabe? E o pai de Corey conhece um cara que conhece alguém numa gravadora, e vai mandar para ele a matéria que saiu no *Seattle Times*...

Deixei que ele continuasse, acenando com a cabeça e dizendo a-hã o tempo todo. Devo dizer que, de fato, me interessava pelo sucesso da Admissão Noturna. Eu acreditava nos garotos e no talento deles. Mas não naquela noite. Outras coisas demandavam minha atenção.

– Sabe – disse ele de repente, assim do nada. – Eu estava achando que você não tinha gostado de mim.

É, bem observado.

– Desculpe por aquilo – sorri. – Tem tanto babaca por aí, que em geral fico meio agressiva, até conhecer o cara. Mas o resto da banda fala bem de você, e eu confio neles. Além do mais... – cheguei mais perto, baixando a voz até um ronronar intenso. – Agora eu te conheço, e com certeza gosto de você.

Para meu espanto, Alec se afastou de mim. Foi algo inesperado. Mais estranho ainda era que eu via interesse em seus olhos, mas *só* em seus olhos. O resto dele estava claramente incomodado com algo. A surpresa deve ter ficado evidente em meu rosto, pois logo depois ele riu como se nada tivesse acontecido e voltou a pôr a mão na minha cintura.

– Eu não confiaria tanto nesses caras, mas se eles convenceram você, está limpo.

Voltei a sorrir, fingindo não ter notado sua reação estranha. Retomamos o papo e continuei deixando que ele ditasse o rumo da conversa. Enquanto ele discorria sobre *skates* e as vantagens de cada marca, decidi que Doug não fazia ideia do tamanho do meu amor por ele.

Meio entediada, apoiei-me em Alec e dei um gole na bebida, sem pensar.

– Desgraçado! – praguejei ao provar de novo aquela porcaria.

– O quê?

– Isso aqui é horrível – larguei o copo numa mesinha capenga, derramando parte do terrível líquido verde. Percebi que era minha deixa. – Meu Deus, tive uma semana péssima – virei-me de modo a ficar ainda mais perto, colocando a mão nas costas dele e deslizando-a até sua cintura. – Que bom que você deu esta festa. Acho que vocês também têm que ficar um pouco doidos para aguentar toda essa pauleira que tem rolado.

Ele pareceu satisfeito com minha proximidade, mas não tirou a mão da minha cintura.

– A gente sabe quando trabalhar, e sabe quando brincar – ele falava com uma presunção ridícula, de novo tentando projetar uma sabedoria que ele era jovem demais para ter.

– Também gosto de brincar – dei-lhe um sorriso.

Como antes, a expressão em seus olhos dizia que ele adoraria brincar comigo, sobretudo se fosse de médico. Mas sua linguagem corporal não combinava. Por algum motivo ele estava se contendo, e isso não batia com a imagem que eu tinha dele como um galinha passador de drogas.

Mas ele continuou sorrindo, ainda que o resto de seu corpo estivesse tenso.

– Do que você gosta de brincar?

– Não disso aqui – apontei o copo abandonado e voltei a fitar seu rosto com olhos de gazela, inocentes mas provocantes. Tentei me lembrar da expressão idiota que ele usou na primeira festa.

– Quem sabe você tem algo... mais pesado?

Um sorriso satisfeito e, a menos que estivesse enganada, aliviado apareceu em seu rosto.

– Quem sabe eu tenho.

Dei um soquinho de leve nele, e então deslizei o braço ao redor de seu pescoço.

– Eu sei que tem. Eu vi você dando a Doug. Vocês têm alguma coisa boa e não estão querendo dividir. Enquanto eu... bom, eu sempre divido...

Ele não mordeu a isca do contato físico, nem caiu no meu papo, mas outra coisa que eu disse despertou seu interesse.

– Tenho um lance – disse ele, olhando ao redor, cauteloso. – Vamos conversar lá no quarto.

Ah. Agora estávamos chegando a algum lugar. Eu o segui até o quartinho bagunçado de Wyatt, que por algum milagre ainda não estava ocupado. Sentei-me na cama desarrumada e cruzei as pernas, deixando minha linguagem corporal me mostrar o mais aberta e relaxada possível.

– Vamos brincar agora?

Ele respondeu com outra questão:

– Tem certeza de que aguenta um bagulho da pesada?

Ergui uma sobrancelha.

– Gato, o que você tiver para me dar eu aguento.

Ele se sentou na cama ao meu lado e tirou do bolso do casaco um saquinho plástico muito menor que o saco em que Reese guardava sua erva. Na luz fraca, consegui distinguir pequenos cristais faiscantes. Parecia quase um açúcar vermelho.

– Isto é o que você esperou por toda sua vida – ele disse, numa voz grave e baixa. – É isto que vai mudar o seu mundo. Fazer você se tornar o que nasceu para ser.

Eu estava impressionada, mas não pela sua introdução melodramática. Eram os cristais. Assim tão perto deles, eu... bom, eu os sentia. Eles tinham uma aura, quase da mesma forma que um imortal tem uma assinatura. Só que não era uma aura agradável. Os cristais me passavam uma sensação estranha. Transmitiam pequenas ondas de choque pelo ar. Arrepiavam minha pele.

E o mais maluco de tudo era que eu já os sentira antes. Uma vez em Doug, uma vez na banda.

Torci para que Alec interpretasse meu cenho franzido como uma hesitação engraçadinha.

– O que é isso?

– Uma poção mágica, Georgina – um sorriso malicioso espalhou-se por seu rosto.

Sorri de volta, sem precisar fingir que estava perplexa.

– Não acredito em mágica.

– Ah, mas vai acreditar depois disso aqui– ele pressionou o saco na palma da minha mão, e sufoquei um grito agudo. Não gostei de tocar os cristais. – Vá pegar uma bebida e ponha-os nela. Misture tudo e beba, de preferência de uma vez. Vai sentir o efeito mais rápido.

– O que eles fazem?

– Uma coisa boa. Algo que você vai curtir – ele passou a mão por entre meus cabelos. – Cara, mal posso esperar para ver como você vai reagir a eles.

Como eu ia reagir? Não gostei daquilo. Talvez ele não estivesse me dando o mesmo que dera a Doug. Talvez eu estivesse recebendo uma "droga do estupro". Mas, do jeito que eu estava me oferecendo, devia ser óbvio para ele que esse tipo de coisa nem era necessário. Afastei da cabeça a inquietação.

– Quanto devo a você por isto?

O tom da minha voz dizia claramente como eu esperava que ele cobrasse.

– Nada. É um presente.

– Nada? – deslizei a mão por sua perna. Pode crer, eu não estava nada a fim de dormir com esse cara, mas queria cair em suas boas graças para descobrir que porcaria de substância era aquela. E, tá legal, eu meio que queria vê-lo sofrer com a perda de energia. – Tem certeza?

Levei meu corpo mais para perto do dele, empurrando com suavidade e fazendo-o recostar-se na cama. Seus olhos se arregalaram quando me deitei ao seu lado, roçando os lábios em seu pescoço. Virando seu rosto para o meu, aproximei meus lábios dos dele, beijando de leve o canto de sua boca.

– Tem certeza? – perguntei, com a voz mais baixa.

A respiração dele ficou pesada e ele acariciou meu quadril, traçando o contorno do meu quadril e descendo para a perna nua. Parecendo meio aterrorizado, umedeceu os lábios, ansioso. Minha língua serpenteou até eles, brincando ao redor antes de penetrar a boca.

– Não... eu... não – ele se sentou, tremendo. – Ainda não.

Sentei-me também, num único movimento fluido e charmoso. Jogando o cabelo sobre um ombro, dei-lhe um sorriso lânguido.

– Vamos lá, eu quero.

– Eu não posso... mas talvez, bom, talvez mais tarde a gente combine alguma coisa.

Em sua expressão, a relutância estava temperada com desejo, e isso me aliviou. Era bom saber que meu charme ainda estava funcionando e que ele não pensava só em negócios. Talvez esta fosse uma negociação do tipo "a primeira é grátis", e mais para frente ele ficasse mais exigente. Por mim, tudo bem. Não seria o fim do mundo se eu não dormisse com ele, e com sorte não precisaríamos nem da segunda dose.

– Tome – voltando a ter o domínio de si mesmo, Alec estendeu-me sua cerveja.

– Hein?

– Vá em frente e experimente. Pode misturá-los com isso.

Baixei os olhos para os pequenos grãos cintilantes. Eles tinham quase uma luz própria. Aquela sensação estranha pulsava de encontro a mim, num contato áspero com meus sentidos imortais. De forma alguma eu ia ingerir o conteúdo daquele saco. Abanei a cabeça.

– Não posso fazer isso agora. Tenho outra festa para ir. Prometi a um amigo. Mas vou tomar mais tarde, certo?

– Eu queria que você experimentasse agora – ele parecia não ter gostado muito.

– Tem alguma coisa errada em deixar para mais tarde?

– Nada, acho... Só que, olha, não deixe ninguém mais saber, está bem? Não tenho muito disso aí. Se a notícia correr, todo mundo também vai querer. Por enquanto, só estou deixando pessoas especiais experimentarem.

– Eu sou especial? – provoquei.

Alec me deu um olhar prolongado e descarado, estudando meu rosto e o modo como a seda se moldava a meu corpo. De novo, a aprovação e a atração brilharam em seus olhos, mas ele se conteve diante do meu sorrido convidativo.

– Muito especial.

Consegui deixar a festa logo depois, mas não antes que Alec me advertisse de novo para não deixar ninguém saber sobre os cristais. Ele também pediu que eu lhe contasse depois o que tinha achado deles.

– A segunda dose é ainda melhor – ele prometeu.

Por fim consegui escapar, e suspirei de alívio, sozinha no frio da noite. Enquanto caminhava para o carro, guardei os cristais na bolsa, ainda arrepiada com a sensação que produziam em mim. Eram sobrenaturais; isso era óbvio. Eu sabia que tinha de levá-los a alguém que pudesse identificá-los. Isso, no entanto, teria de esperar um pouco, pois já passava da hora em que prometera telefonar para Seth. Fiquei feliz ao descobrir que não podia sentir o embrulho, uma vez rodeado pelo tecido da bolsa. Já era alguma coisa.

– Onde você está? – perguntei a Seth quando ele atendeu ao celular.

– Na casa de Terry e Andrea. Quer vir para cá?

Passar a noite com a família dele parecia deliciosamente normal depois da baixaria e depravação de Alec e daquela festa. Na verdade, comparada com toda a esquisitice da minha vida naquele momento, a ideia era maravilhosa.

Dois rostinhos loiros me receberam à porta quando cheguei, os lábios das duas formando um "o" perfeito ao me ver.

Um instante depois, Brandy apareceu por trás de suas irmãzinhas gêmeas.

– Ah, Georgina, esse vestido é tão lindo.

Ela empurrou Morgan e McKenna, ainda deslumbradas, para fora de seu caminho. Entrei na residência Mortensen e encontrei o caos completo. Estava tudo coberto por plástico transparente. Fita crepe protegia as molduras dos lambris de todas as paredes. A maior parte da mobília tinha sido retirada da sala e empilhada no saguão de entrada, e onde mais fosse possível. As peças remanescentes estavam enroladas em espessas capas de plástico. Baldes, bandejas de tinta e pincéis estavam espalhados por todos os espaços livres, e tudo, incluindo as pessoas, estava manchado com tinta amarela.

– Georgina! – guinchou Kendall, de oito anos, correndo em minha direção. A mãe dela, entrando na sala, deu um pulo e interceptou a filha.

– Não encoste nela! – exclamou Andrea, caindo no chão. – Não com esse vestido.

Eu ri, querendo dar um enorme abraço em cada menina, o vestido que se danasse.

– Seth, por que você não avisou a ela que isto aqui estava uma zona de guerra? – repreendeu Terry, no alto de uma escada. Os irmãos Mortensen sempre me divertiam. Embora fosse o mais novo, Terry parecia sempre exasperado com o comportamento dispersivo de Seth, e muitas vezes tinha de trazê-lo de volta à realidade.

Seth estava sentado de pernas cruzadas no chão, com Kayla, a mais nova das sobrinhas, no colo. Como os demais, estava todo pintado, até a camiseta que proclamava *Writers do it at their desks*. Com a aparência serena de um monge budista, ele me presenteou com um de seus sorrisos distraídos.

– Porque isto aqui sempre está uma zona de guerra.

– Bom, tire-a daqui e a leve para algum lugar legal – disse Terry. – Você não precisa envolvê-la nisto.

Essas palavras desencadearam imediatamente gritos indignados das meninas.

– Não ligo se ficarmos – eu disse a todos. – Eu gostaria de ajudar.

Andrea ergueu-se, com um braço ainda ao redor de Kendall.

– Então vamos ter que cobrir você. Vem comigo, vamos ver se tenho algo que sirva.

Ela soltou Kendall. A garotinha deu um passo em minha direção, mas não me tocou.

– Você parece uma moça do catálogo da Victoria's Secret.

– Minha leitura favorita – eu lhe disse, muito séria.

– Do papai também.

A mãe dela gemeu e me levou para o quarto; tivemos que nos espremer para passar pela mobília que lotava o saguão. Estar no quarto de Terry e Andrea era muito diferente de estar no quarto de Dana. Por um lado, era muito mais bagunçado, com a cama desfeita e pilhas de roupas já usadas pelo chão. As cores e a decoração não combinavam muito, sugerindo que tudo tinha sido reunido ao longo dos anos, e não planejado de antemão com o olhar frio de um decorador. Fotos das meninas em diversas idades cobriam paredes e cômodas, e pelas superfícies planas estavam espalhados joias, livros e pequenas quantidades de dinheiro. Ainda assim, a despeito de toda a confusão, o aposento parecia repleto de amor, indicando que as pessoas que o usavam eram felizes e gostavam uma da outra. Isso tornava o lugar caloroso e acolhedor, e não estéril e frio como o de Dana. Eu me sentia bem ali, com inveja de não ter nada assim com outra pessoa, e parecia quase uma invasão estar num lugar tão íntimo. Era como ficar ouvindo atrás da porta.

– Ah, isso aqui – murmurou Andrea, vasculhando as gavetas. Ela me passou umas roupas. Tirei o vestido e as provei. Embora o corpo dela fosse fantástico para uma mulher que dera à luz cinco filhas, Andrea era mais alta e maior que eu, e as roupas ficavam largas e compridas demais. Mudando de ideia, ela me deu um macacão de brim, tipo jardineira, em vez de *jeans*. Tive de enrolar as pernas da roupa, mas as alças o mantiveram no lugar. Prendi o cabelo num rabo de cavalo e estava pronta.

Seth riu ao me ver.

– Ei. Seja gentil – eu lhe disse, cutucando-o com o pé.

– Acho que é a primeira vez que vejo você com algo que não pareça... – ele fez uma pausa, jogando com as palavras disponíveis –... bem planejado.

– Ora, seu demônio romântico cheio de lábia. É porque esse é o *look* que eu sempre uso. Outras mulheres tentam o sensual ou o chique ou o esplendoroso. Eu? O bem planejado, sempre.

– Você sabe o que eu quero dizer. Além do mais, a aparência natural não lhe cai mal. Nem um pouco.

O som da voz dele era delicioso, baixo e perigoso, e algo se inflamou entre nós enquanto nossos olhares estavam presos um no outro.

– Podem namorar quando for a hora – disse Terry com aspereza, entregando-me um rolo e uma bandeja de tinta. – Neste momento, vocês trabalham para nós. Acha que dá conta deste pedaço da parede?

– Claro – olhei para Seth, cujo trabalho principal ainda parecia ser segurar Kayla. – Por que você não está pintando?

– Porque não deixam – respondeu Brandy, pintando com destreza o contorno de uma porta.

– Tio Seth é um fator de riso – explicou Kendall.

– Risco – corrigiu a mãe dela. Ela sorriu para mim. – As probabilidades dizem que você *tem* que pintar melhor que ele. Corrigindo: as leis do universo dizem isso.

– É claro que ela pinta bem. Ela é boa em tudo que faz – Seth ficou me olhando enquanto eu aplicava uma camada suave e homogênea de tinta. – Viram?

Pintar com os Mortensen me proporcionou uma noite totalmente normal e agradável. Eles eram tão divertidos e simpáticos que era difícil não amá-los. Trabalhando lado a lado, eu podia quase fingir que era um deles. Como se esta pudesse ser minha própria família. Eles me incluíam em tudo e falavam como se Seth e eu estivéssemos juntos a sério, considerando como certo que eu estaria com eles não só no Dia de Ação de Graças, mas também no Natal e em várias outras reuniões.

A simples afeição, oferecida de forma tão casual, fazia-me sentir feliz por dentro, e triste ao mesmo tempo. Eu nunca seria capaz de me encaixar de verdade em qualquer família mortal, mesmo que esta relação excêntrica com Seth chegasse a se estabilizar.

Empurrei para o lado uma caixa coberta com plástico e entrevi seu conteúdo. Afastando ainda mais o plástico, sorri ao ver uma foto emoldurada da festa de casamento de Terry e Andrea – incluindo um Seth muito mais jovem.

– Veja só você – brinquei. – Você costumava se barbear.

Ele esfregou a barba que crescia.

– Eu ainda me barbeio.

– Então esta é a famosa ocasião que Seth quase perdeu?

– É. Aparentemente, terminar *Um coração talentoso* era mais importante do que ir ao meu casamento – disse Terry, com um tom de voz triste.

– Ah, esse livro é mesmo muito bom – disse eu, de modo neutro. Não sabia se seria bom o suficiente para perder um casamento, mas ainda era um dos meus favoritos. Talvez tivesse valido o sacrifício. – Quem é esse outro cara ao seu lado?

– Nosso outro irmão. Ian.

– Outro Mortensen? Vocês são abundantes.

– Nem me fale – disse Terry. – Ian é a ovelha negra.

– Achei que a ovelha negra fosse eu – disse Seth, soando quase magoado.

– Não. Você é o artista que não consegue ter um foco. Eu sou o responsável. Ian é o desajuizado, hedonista.

– O que é hedonista? – perguntou Kendall.

O pai dela pensou um pouco.

– Quer dizer que você tem um monte de cartões de crédito que não consegue pagar, muda de emprego o tempo todo e tem um monte de... amigas.

– Bom eufemismo, papai – Brandy revirou os olhos.

Só na família Mortensen, decidi, deliciada, uma garota de catorze anos usaria uma palavra como "eufemismo".

Andrea veio até o retrato e contemplou sua versão mais jovem. Na foto, ela usava um vestido de renda de mangas compridas que deixava os ombros à mostra.

– Ah, bons tempos – ela suspirou. – Antes que a gravidez estragasse meu corpo.

– Bom, isso não foi *totalmente* antes da gravidez – observou seu marido, a meia voz. Ela lhe lançou um olhar furioso. Brandy gemeu.

Seth tentou ocultar um sorriso e mudou de assunto.

– Aquela igreja tinha um carpete horrível, felpudo e vinho – ele sacudiu a cabeça. – Acho que vou me casar ao ar livre.

– Ah, meu Deus – disse Terry, com um horror fingido. – Não acredito que você admitiu que algum dia pode vir a se casar. Achei que estivesse casado com seus livros.

– Ei, nunca tive nenhum problema com a poligamia.

– O que é poligamia? – Kendall arregalou os olhos.

Mais tarde, quando terminamos com a sala, Seth e eu nos oferecemos para começar a arrumar tudo, enquanto Terry e Andrea colocavam a prole para dormir. As garotas resistiram, agarrando-se a Seth e a mim, querendo que ficássemos conversando e voltássemos no dia seguinte.

– Minhas sobrinhas acham que você é uma estrela do *rock* – ele observou, enquanto lavávamos os pincéis na cozinha. – Acho que gostam mais de você do que de mim.

– Não foi de mim que eles tiveram de arrancar Kayla. Ei, ela nunca fala?

– De vez em quando. Em geral quando há algum suborno, como balas ou pequenos objetos com os quais ela pode engasgar.

Lavamos os pincéis em silêncio, até eu abordar o assunto que ficou na minha cabeça desde que ele o mencionou.

– Casamento ao ar livre?

A ideia de Seth se casando fascinava-me de uma forma perversa. Fascinava porque, como mulher, eu era atraída por essas coisas. Perversa porque eu sabia que não seria a noiva. A logística de um súcubo torna isso obviamente impossível. E ainda, claro, havia o fato de o meu casamento mortal não ter ido nada bem. Além de eu ter traído meu marido, levando-o a uma depressão debilitante, depois acabei vendendo minha alma e aliando-me às legiões do inferno. Essas coisas não resultavam em um bom histórico matrimonial.

– É – Seth me lançou um olhar divertido.

– Eu achava que os homens nem pensavam nesse tipo de coisa.

– Às vezes pensamos.

– Você já decidiu sobre algum outro detalhe? Ou só a festança a céu aberto?

Ele pensou no assunto enquanto voltávamos para a sala, exibindo a expressão intensa que o dominava quando tentava escrever algum diálogo ou buscava algo inteligente para dizer.

– Quero um bom bufê – disse. – Não um desses baratos, com frios. E sem laços de fita nas cadeiras nem nada disso. Caramba, eu odeio essas coisas.

– Uau. Acho que você já planejou tudo – comecei a tirar a fita-crepe dos lambris, enquanto ele se ajoelhava para recolher mais pincéis.

Então ele continuou, ainda pensando no que dizer.

– E quero que minha noiva use um sapato aberto na ponta.

– Por que aberto na ponta?

Ele ergueu os olhos, surpreso.

– Por que os dedos do pé são sensuais.

Olhei para baixo, para meus próprios pés nus. Eram pequenos e delicados, as unhas pintadas com um lilás bem claro. Andrea não tinha nenhum sapato do meu número.

– Como estes? – dei-lhe um sorriso malicioso.

Ele desviou os olhos e voltou a seu trabalho.

Deixando de lado a fita crepe, fui até ele, tentando não rir.

– Quer dizer, Seth Mortensen, que você tem um fetiche?

– Não é um fetiche – respondeu ele, com voz neutra. – Eu só aprecio.

Dessa vez eu ri.

– Ah, é? – ergui o pé para fazer cócegas em seu braço, agitando os dedos. – E você aprecia estes dedos?

– Eu aprecio tudo em você... Até a forma como é malvada.

Abaixei-me ao lado dele, envolvendo-o com um braço.

– E pensar que, todo esse tempo, fiquei ao seu redor com blusas decotadas e sem nada por baixo, impressionada com sua resistência inabalável, quando na verdade eram os dedos do pé...

– Sem nada por baixo? – ele interrompeu. – Espere aí. Você está sem nada agora?

– Minha boca é um túmulo. Você vai ter que descobrir à moda antiga. Não vou falar.

– Ah – exclamou ele, numa voz de advertência. – Nós temos meios de fazer você falar.

– Como o quê?

Num movimento surpreendentemente rápido, Seth ergueu-se e me fez cair de costas. Um braço me imobilizou e o outro segurou acima de mim um pincel molhado de tinta.

– Ei! – protestei. – Isso não é sensual. Não é nem bacana – na verdade, ser imobilizada no chão por ele era absolutamente sensual.

Ele fingiu dar uma estocada com o pincel, sem me tocar de fato, mas me esquivei.

– Qual é o problema? – provocou ele. – Você pode mudar de forma para escapar.

– Ah, mas você é um filho da mãe pervertido.

Os lábios dele se torceram em um sorriso malicioso, e ele passou o pincel num lado do meu rosto, deixando uma linha de tinta. Um segundo depois, fez uma marca igual do outro lado.

– Pronta para a batalha – declarou.

Dei um gritinho de contrariedade, e então usei sua vitória momentânea para me libertar e reverter a situação, colocando-o de costas. Eu estava em cima dele agora, com uma das mãos em seu peito, e a outra no braço.

– Aprendo mais sobre você a cada dia – observei, inclinando meu rosto sobre o dele. Meu cabelo se soltara do rabo de cavalo improvisado, e agora pendia quase como uma cortina ao redor dele. – Você tem mesmo um lado negro.

– Isso é algum problema?

– Na verdade, acho até que eu gosto.

Aproximei a boca e lhe dei o que agora chamávamos de "beijo roubado", aquele beijo mais ou menos profundo, aperfeiçoado durante o *show*, que apenas beirava a absorção de súcubo.

Afastei-me um instante depois, com os lábios ainda guardando a sensação do toque. Ele acomodou uma das mãos em minhas costas, na altura da cintura, enquanto a outra se emaranhava em meus cabelos. Um sorriso preguiçoso e contente ocupava-lhe o rosto.

– Quer ir comer alguma coisa depois daqui?

– O que você sugere?

– Qualquer coisa. Desde que a companhia continue boa assim.

Sorri e me debrucei para beijá-lo de novo, mas dessa vez tive dificuldade em manter o beijo roubado como deveria ser. Em vez de me afastar, beijei-o com um pouco mais de vigor, deixando que minha língua penetrasse mais fundo em sua boca. O que interrompeu de repente essa indiscrição não foi o sinal da transferência de energia, mas o próprio Seth.

– Tétis – ele alertou, me empurrando, não de modo rude, mas tampouco gentil.

Olhei-o fixamente, o bom senso de repente fora do ar. Queria beijá-lo de novo. E de novo. Para o inferno esse lance de súcubo.

E não era só por conta da química, ou das brincadeiras brutas, os comentários sobre meus dedos do pé e a ausência de roupa de baixo. Era por causa de tudo o que rolara ali. Fingir que eu era parte da família dele. Falar sobre casamentos que jamais aconteceriam. Fui, subitamente, subjugada pela emoção. A alegria e o prazer de apenas estar com ele. Saber que ele me amava pelo que eu era por dentro e por fora. O contentamento que sua presença trazia por si só. E, claro, as emoções sombrias também estavam lá. A fúria pela nossa relação nunca poder se completar. O desespero por ele não ser imortal. O ciúme por jamais poder ser sua noiva. O que Jerome dissera? Que estar comigo negava a Seth todas as coisas normais na vida? Beijá-lo era uma reação básica e ansiosa a todas essas emoções com as quais eu não poderia lidar de outra forma.

– Tétis – ele repetiu, observando meu rosto e sabe lá que expressão maluca que estava ali. – Vamos lá. Você é mais forte que isso.

Ele parecia triste e cheio de piedade, mas também severo e paternal. Suas palavras me arrancaram do meu turbilhão emocional, fazendo, de repente, com que me sentisse, bem, inadequada quando comparada a ele.

Terry entrou novamente na sala, espantando-se, e com razão, ao me ver sobre seu irmão.

– Vocês também estão precisando ir para a cama?

Seth e eu trocamos olhares amargos e divertidos.

– Quisera eu – respondi-lhe.

Depois que tudo já estava limpo, Seth e eu saímos, em busca de um jantar tardio. Permanecemos calados, nenhum de nós mencionou o que acontecera pouco antes. Acho que ele sabia que aquilo me afetava mais do que a ele, e queria dizer algo para me reconfortar. Mas pelo visto nada lhe vinha à mente, e o silêncio reinou até voltarmos à casa de Terry para pegar nossos carros.

– Georgina, tenho que saber uma coisa – disse ele, de repente, hesitante, quando estávamos próximos a meu carro.

Olhei-o desalentada, não gostando da seriedade em sua voz. Eu realmente não queria enfrentar mais problemas sérios naquela noite. Suspirei.

– O quê?

Ele me observou por um instante, parecendo avaliar meu estado emocional.

– Então... você *está* usando algo por baixo?

Pisquei os olhos, surpreendida. Então percebi como ele se esforçava para manter a cara séria. Era engraçado demais. Seth tentava fazer com que eu me sentisse melhor, mais ou menos do mesmo jeito brincalhão que eu teria feito. O nó apertado de frustração que havia dentro de mim se desfez.

– Sim – disse-lhe com um sorriso.

– Ah – ele disse, parecendo aliviado ao me ver relaxar, mas desapontado com a resposta.

– Mas sabe o que é mais legal em poder mudar de forma?

– O quê?

– Não estou usando mais.

Capítulo 14

Eu não estava preparada para que Dana abrisse para mim a porta da casa de Bastien no dia seguinte.

Ah, meu Deus, pensei. *Ele finalmente dormiu com ela.*

A verdade revelou-se muito menos emocionante. Bastien, na forma de Mitch, tinha farinha até os cotovelos, e sua mãos estavam ocupadas preparando uma massa mais ou menos grande.

– Oi, Tabby Cat – disse ele, vendo minha expressão de espanto. – Dana está me ensinando a fazer pão.

– Uau – disse eu. Não havia outra forma de reagir a uma declaração como aquela.

Eu já havia testemunhado Bastien fazer pão em condições muito mais primitivas, mas ele parecia acreditar que a boa e velha relação professora-aluno poderia abrir-lhe o caminho para a cama de Dana. Esse método tinha lá seus méritos, claro. A natureza humana gostava de mostrar superioridade nas áreas de proficiência, e ensinar proporcionava muito tempo para os dois estarem a sós. Eu suspeitava que, mesmo com aquela tática, Dana ainda estaria fora de alcance, mas, puxa vida, valia a pena tentar. O fato de ela ter tempo para isso me parecia estranho. Imaginei que estaria ocupada demais bombardeando clínicas de aborto e fornecendo uniformes escolares.

Por falar em tempo para ficar a sós, suspeitei ter interrompido alguma oportunidade significativa para o íncubo. Olhei-o nos olhos.

– Posso voltar mais tarde, se não for uma boa hora – disse-lhe.

– Não, não. Dana tem um compromisso daqui a pouco. Você pode me fazer companhia depois que esse bebezinho estiver no forno.

O tom dele era sincero. Já devia ter esgotado seus recursos para fazê-la ficar.

Pouco à vontade diante da presença dela, sentei-me num banco junto à bancada e bebi um pouco do *mocha* de chocolate branco que comprara no caminho. Dana sentou-se ao meu lado. Resisti ao impulso de me afastar. Passando os olhos pela mesa da cozinha, vi pilhas de panfletos e *folders* da CPVF.

– Por que tanto interesse em cozinhar? – perguntei debilmente, já que ninguém disse nada.

– Um solteirão não pode viver de *fast food* e comida congelada para sempre, não é? – ele ajustou seu sorriso para o máximo. – E, puxa vida, estou sempre aberto a novas experiências. Da próxima vez ela vai me ensinar a fazer *crème brûlée.*

– Se você aprender a fazer *crème brûlée*, posso ser obrigada a me mudar para cá – resmunguei.

Dana voltou-se para mim, cruzando as pernas com elegância, deixando entrever a anágua superpudica adquirida na célebre saída de compras. Fazia tempo que eu tinha desistido de anáguas. Elas só atrapalham na hora do vamos ver.

– Posso ensinar a você também.

Droga, não. Eu tinha me enfiado na jardinagem por causa de uma conversa muito parecida com Jody. Nada mais de vícios domésticos para mim. Além do mais, eu sabia que Bastien não apreciaria minha presença.

– Obrigada, mas deixo isso com Mitch. Ele é o gênio da família, de qualquer forma.

– Ok, e agora? – Bastien deu um último tapinha no pão.

– Agora vamos colocá-lo na forma.

Dana foi até ele para mostrar-lhe, e, enquanto o fazia, debruçou-se bem sobre ele, teoricamente para ver melhor. Ele até esticou sua mão para tocar a dela, acompanhando seus movimentos ao transferirem o pão. Talvez tivesse sido mais educado desviar o olhar, mas não havia nada abertamente romântico acontecendo, e, além do mais, eu tinha um interesse profissional pelo assunto. A técnica dele era boa, eu tinha de admitir. Bem sutil. Nada que não pudesse ser mal interpretado como mais que um acidente educado. Ainda assim, vi Dana retesar-se e, com a mesma sutileza, afastar-se, assim que o pão estava na forma.

– Agora você tem que deixá-lo crescer – ela disse, num tom de voz um pouco mais frio. – E então colocá-lo no forno.

Interessante. Ela não tinha gostado da proximidade de Bastien. Isso não era um bom sinal para ele. Porém, não me pareceu que ele tivesse notado.

Eu achava que Dana iria embora, mas ela se sentou ao meu lado de novo. Eu nunca conseguia pensar em nada interessante para dizer-lhe; ela me perturbava demais. Assim, deixei que os dois conversassem, respondendo só quando falavam comigo e deixando que Bastien conduzisse o espetáculo. Ele estava radiante. Dana tentou me atrair para a conversa várias vezes, novamente perguntando coisas sobre a minha vida que eu não queria responder.

Quando por fim levantou-se para ir embora, ela comentou:

– Estou indo a uma reunião de planejamento para uma manifestação contra o casamento *gay*. Vocês poderiam participar quando a fizermos.

– Com certeza – disse Bastien, que a essa altura, provavelmente, concordaria em participar de uma manifestação anti-íncubos.

Ela olhou em minha direção. Minha língua de repente ficou presa, as palavras mais uma vez me faltavam.

– Você é a favor do casamento *gay*? – ela me perguntou, surpresa. – Quando falamos sobre isso no *shopping*, você deu a entender que era mais favorável a ajudá-los a enxergar o erro que estão cometendo.

Cristo. Tínhamos discutido isso na ida ao *shopping*? Não conseguia lembrar-me. A única coisa de que me recordava com clareza era o mico da *lingerie*.

Quis argumentar naquele instante que eu não achava que o homossexualismo fosse uma "escolha", nem que devesse haver leis sobre quem as pessoas podiam amar. Por sorte, meu botão de controle estava funcionando muito bem. Isso, combinado com o olhar pesado de Bastien, me fez redirecionar minha resposta e fugir da questão.

– Eu adoraria ir à manifestação – respondi, numa voz neutra. – Vai depender da minha agenda.

Ela deu um sorrisinho fraco, despediu-se e foi embora.

Soltei a respiração.

– Desculpe por aquilo, Bas. Eu não sabia o que dizer.

Sem problema. Você se recuperou. Além disso, acho que as coisas estão mudando. Pensei nisso na última vez em que ela e Jody vieram aqui. Essa história de cozinhar vai resolver tudo – ele deu uma espiada no forno, onde o pão agora assava, antes de se sentar, satisfeito, à mesa da cozinha. – Dá para sacar, não é? Vamos estar, tipo, fazendo um bolo juntos, e vou dizer "Puxa, Dana, você tem cobertura de chocolate na cara". Então ela vai dizer "Pode limpar para mim?" E então vou fazer isso, só que lambendo...

– Tá legal, pode parar, por favor. Já entendi. Eu não preciso ouvir sobre vocês dois rolando em cima de mistura de bolo.

– Mas vai ter que ouvir quando chegar aos noticiários da noite.

Eu sorri, aliviada por vê-lo tão mais animado do que em nosso último encontro. Não me animei a dizer que eu não achava que as lições de culinária estivessem deixando Dana tão excitada e fogosa quanto ele gostaria. Se queríamos salvar Bastien da ira demoníaca, parecia-me que era preciso compreender melhor o que excitava aquela mulher, se é que havia alguma coisa. E eu tinha a desagradável sensação de que, para aquela missão de reconhecimento em particular, eu seria uma agente mais eficiente do que ele. Mais uma coisa a acrescentar à minha lista.

– E aí, quais são suas novidades?

– Ah, o de sempre. Outro encontro físico desastroso com Seth. Nada tão sério quanto da última vez, mas mesmo assim...

Bastien deu de ombros.

– A dor da fraqueza dos mortais.

Dana saiu da minha mente quando minhas próprias relações pessoais ocuparam-me os pensamentos.

– Esse é o ponto. Todo mundo fica dizendo que ele não vai conseguir lidar com nossa relação, mas o problema não é a fraqueza dele. Sou eu. Eu sou o ponto fraco dessa história. Seth tem feito exatamente o que deve. Ele aceita cada coisa horrível que lhe conto sobre mim, e nunca faz nada que avance o sinal. Seu único momento de fraqueza foi quando *eu* comecei as coisas. Ele é perfeito.

– Ninguém é perfeito, Fleur. Se há algo de que tenho certeza neste mundo, é disso. Os próprios anjos são imperfeitos.

Pensei em Carter, fumando um cigarro atrás do outro e com sua queda por bebidas fortes.

– Isso é verdade. Mas Seth chega muito perto. Ao menos para um mortal. Enquanto eu... Não sei. Me sinto tão inútil em nossa relação.

Ele se pôs de pé e me puxou para si.

– O que é isso? É seu dia de ficar melodramática e depressiva? Olhe aqui. Você não é inútil, de jeito nenhum, não se vocês já estão juntos há tanto tempo. Ele está nessa por algo mais que sexo. Está nessa por *você*. Pela sua energia e pelo seu charme deliciosos, que conseguem animar até filhos da mãe ranzinzas como eu. O que não consigo entender é o que você ganha com isso tudo.

– Muita coisa – respondi, pensando no humor e na inteligência de Seth, em sua natureza séria e controlada. – E suponho que ele esteja feliz com o que recebe, mas ainda assim deve se sentir, sabe, insatisfeito. Ele é homem, não é? Vejo como ele me olha às vezes, e sei no que está pensando... o que ele quer – pensei no lance dos dedos do pé. – E acho que também não facilito muito as coisas para ele. Eu o provoco sem pensar no que faço. Gostaria de dar algo a ele, não sei, algo que não fosse letal, para recompensá-lo pela força extraordinária em permanecer sem sexo... a sua tolerância incrível a tudo que já aconteceu até agora.

– Algo não letal é difícil. Você é a verdadeira garota "olhe sem tocar".

Minha cabeça, antes abaixada, ergueu-se de repente.

– É isso!

– O quê?

– Olhar sem tocar. Você vai me ajudar – senti meu otimismo e vigor naturais me invadirem, enquanto eu dava ao íncubo um sorriso provocante. – Você vai ser meu fotógrafo.

Ele ergueu as sobrancelhas, mas acho que já sabia aonde eu queria chegar.

– E por favor me diga, o que vou fotografar, minha querida?

– Eu. Em diversas poses sedutoras e com roupas de baixo mínimas. Ou sem nada. Faremos um banquete completo.

– E você acha que isso vai ajudá-lo? – o sorriso dele retorceu-se. – O único resultado vai ser ele se trancar sozinho no banheiro por umas dez horas.

– Ei, ele pode fazer o que quiser com as fotos, mas é uma ideia ótima. Vai ser um presente e tanto. Um jeito seguro de ficar comigo sem ficar – cutuquei o braço do íncubo. – Você vai me ajudar, não vai? Você é a única pessoa em quem confio para tirar as fotos.

– Claro que vou ajudar. Nem precisa perguntar.

Suspirei feliz, como se tirasse um grande peso de cima de mim.

– Mas, é claro, mesmo sendo bom para Seth, isso não faz com que eu deixe de ser uma vagabunda sem força de vontade. Ainda vou estar pensando nele o tempo todo. Imaginando como seria tocá-lo, tocá-lo *de verdade*. Prejudicando nos momentos de fraqueza – suspirei de novo, desta vez com frustração. – Para mim não há solução, suponho. Fotos dele não vão ajudar.

– Ei, sorria de novo – disse Bastien, tocando meu queixo. – Você vai pensar em algo. E, se não pensar, prometo que eu faço isso. O irmão que você nunca teve, lembra? Estamos aqui para ajudar um ao outro, *n'est-ce pas*?

– *Oui* – eu sorri e recostei minha cabeça em seu peito.

Ficamos daquele jeito por alguns minutos agradáveis, até que me lembrei de alguns problemas muito menos sentimentais. Sentei-me, ereta.

– Ah, olha só, você tem que ver uma coisa.

Peguei minha bolsa e tirei de dentro dela o saco de cristais que Alec tinha me dado. Bastien encolheu-se quando o estendi em sua direção.

– Que porcaria é essa?

– Essa é a pergunta que vale um milhão de dólares. É isso que está fazendo meu amigo da livraria agir de um jeito tão esquisito.

Recuperando a compostura, ele se debruçou para olhar mais de perto, mas não tocou o saco.

– Que estranhos – disse ele, devagar. – Eles irradiam algo...

– Como a assinatura de um imortal – concordei. – Mas nunca senti nenhum objeto inanimado fazer isso. Não é como um encantamento.

– Não é bem uma sensação ruim... só não parece certa.

– Perguntei a Seth sobre isso. Os mortais não sentem nada, só nós. Você já tinha visto algo assim?

– Não, mas eu sou um novato perto de você, não é?

Guardei os cristais de novo em minha bolsa, para nosso alívio, e então contei o que Alec tinha dito sobre dissolvê-los em líquido.

– Isto está cada vez mais curioso – refletiu Bastien. – Não é nenhuma droga que eu conheça, mas não emite as vibrações de uma verdadeira poção. Se você quer saber o que é, Fleur, vai ter que apelar para algum peixe grande.

Eu sabia que ele estava certo. Ficamos conversando mais algum tempo sobre assuntos menos esquisitos. O pão no forno cheirava tão bem, que eu não iria embora sem antes provar um pedaço. Ao saboreá-lo, decidi que, quaisquer que fossem os defeitos de Dana, no que se referia a comida, ela sabia o que fazia. Acabei levando comigo metade do pão, e então dirigi de volta para a cidade, para me encontrar com os "peixes grandes".

Tive sorte, e Jerome não só atendeu ao celular como me informou onde estava. Mesmo que não o fizesse, ele estava em um dos locais em que o procuraria. O Porão era um *pub* antigo e sombrio na Pioneer Square, o distrito histórico de Seattle. Era preciso descer um lance de escadas para chegar até lá, e sempre tive a impressão de que o lugar não sobreviveria ao próximo grande terremoto do noroeste. O Porão era um dos redutos favoritos de Jerome e Carter.

Encontrei-os em seu canto habitual. O lugar estava escuro, como sempre, e começando a ficar cheio com o início da *happy hour*. O anjo e o demônio observaram minha chegada com a expressão irônica de sempre, tendo me pressentido antes que eu cruzasse a porta. Ao telefone, Jerome sempre dava a impressão de que eu estava tomando seu tempo, mas nenhum dos dois parecia particularmente ocupado agora. Pedi um *gimlet* no bar, sorrindo para os dois, que conversavam enquanto eu esperava, e então me juntei à dupla dinâmica.

– Almoço de trabalho? – perguntei, indicando com a cabeça os copos de bebida vazios diante deles. O dois estavam sentados quase lado a lado, e havia mais uma cadeira de frente para eles, como se eu estivesse em uma entrevista.

Carter ergueu um copo vazio e fingiu brindar comigo. Toquei meu copo no dele.

– Não questione os mecanismos divinos do universo, filha de Lilith.

– O trabalho do Senhor nunca termina – acrescentou Jerome, solene.

Os dois pareciam meio bêbados, mas não me enganavam. Imortais superiores como anjos e demônios podiam controlar seus níveis de embriaguez. Eu e os outros imortais inferiores já havíamos falado muita besteira na frente deles por acharmos que Jerome ou Carter estavam bêbados. Agora, os olhos dos dois denunciavam uma atenção perspicaz que me dizia que estavam curiosos com o motivo que me levava a procurar meu supervisor no meio do dia.

– Foi visitar o íncubo? – perguntou Jerome.

Assenti com a cabeça.

– Ele acha que está fazendo progressos.

– Acha? – perguntou o demônio, erguendo uma sobrancelha. Fiquei imaginando se John Cusack também podia fazer isso. – Existe alguma dúvida?

– Eu não disse isso.

– Mas também não disse que ele *está* fazendo progressos.

– Foi um deslize. Falei errado.

– Você não fala errado com frequência, Georgie. E já me convenci de que você sabe alguma coisa sobre sedução, afinal de contas. Talvez até sobre a natureza humana.

– Alguma coisa?

Carter riu do meu tom incrédulo.

– Então, em sua opinião de especialista, seu amigo vai conseguir fazer isso? – continuou Jerome.

Eu estava a ponto de dizer "é claro", mas sabia que Carter reconheceria a mentira. Droga, era provável que até Jerome o fizesse.

– Não sei. Ela é difícil de interpretar. Uma mulher muito estranha – franzi os lábios, pensando. – Se alguém é capaz de seduzi-la, porém, é ele. Com a minha ajuda – hesitei um pouco, antes de acrescentar. – Você sabe sobre o caso com Barton, não é?

– Claro. Foi idiotice da parte de Bastien.

– Pode ser – eu não queria falar mal de um dos meus melhores amigos na frente deles. – Mas o nosso lado não é muito conhecido por controlar seus impulsos. E parece meio idiota que Barton fique tão injuriado por causa de uma mulher que, de qualquer modo, dorme com outros o tempo todo. Que importa mais um, imortal ou não?

– Mas é que o imortal fez de propósito – disse Carter, muito sério. – Você, mais do que ninguém, deveria reconhecer as nuances. O que Seth pensaria se você dormisse comigo?

– Você está se oferecendo? – então me virei para Jerome, fingindo empolgação. – Posso me aposentar se eu pegar um anjo, certo? Aposentadoria integral e tudo o mais?

– Depende do anjo – Jerome bocejou.

Carter manteve o sorriso complacente, sem se perturbar com a brincadeira sobre sua castidade e reputação imortal.

– Você sabe o que eu quero dizer. Há uma diferença entre trabalho e escolha.

Concordei com um aceno de cabeça. Eu sabia o que ele queria dizer, e ele estava certo. Estar com Seth me fazia entender essas sutilezas.

– Sabem, não vim aqui para discutir isso – disse-lhes. Ambos tinham a tendência de me desviar para assuntos que eu não desejava explorar.

– Bem, então pode nos esclarecer? – pediu o arquidemônio, indulgente. – Estou doido para saber o que pode tê-la afastado de conspirações suburbanas e intrigas mortais no meio do dia.

– Na verdade, isso envolve uma intriga mortal.

Fiz-lhe um relato da situação de Doug. Jerome manteve sua permanente expressão de desinteresse. Carter quase fez o mesmo, mas, com cara de desprezo ou não, ele ainda era um anjo, e vi a compaixão faiscar em seus olhos enquanto eu falava. Ele não podia evitar.

– Assim, finalmente consegui que Alec me desse a droga, e agora preciso saber o que é. Vocês dois são a minha melhor chance de descobrir isso.

O desinteresse de Jerome virou espanto.

– A que ponto chegamos? Identificação de drogas? Estamos com cara de departamento de entorpecentes?

Carter se espreguiçou com displicência.

– Lembram-se dos bons e velhos tempos em que os súcubos costumavam pedir nossa ajuda para protegerem-se de nefilins e outras criaturas fatais? Eu vou dizer uma coisa, é um sinal dos tempos.

Deixei-os rirem de mim à vontade, forçando-me a ficar calma e não dizer nada que pudesse me meter numa encrenca.

– Já terminaram? – perguntei, um minuto depois. – Eu realmente gostaria de continuar.

– Você vai dividir com a gente se soubermos o que é? – perguntou Jerome.

Revirando os olhos, peguei o saquinho dentro da bolsa. Com um floreio atirei-o sobre a mesa, de modo que ele deslizasse, indo parar diante dos dois.

Seus sorrisos desapareceram.

Eles observaram o saco por um instante e, em seguida, numa sincronia quase perfeita, olharam um para o outro e depois para mim.

Quando Carter falou, parecia estar achando graça, mas uma graça sombria.

– Talvez eu não devesse ter me apressado em descartar os monstros sobrenaturais, afinal de contas.

– Como você consegue sempre se meter em confusão? – exclamou Jerome, com as narinas dilatadas.

Fiquei olhando de um para o outro.

– O quê? O que é isso?

– Isso, Georgina – anunciou Carter, batendo no saquinho com um dedo – é o Alimento dos Deuses.

Capítulo 15

Uma dezena de respostas arrevesadas me vieram aos lábios, mas a expressão intensa no rosto dos dois me fez pensar melhor. Optei pela próxima pergunta óbvia.

– O que você quer dizer?

Os cantos dos lábios de Carter formaram um meio-sorriso.

– Meu Deus. Pensei que você estaria por dentro das tradições populares. Sobretudo da mitologia grega.

– Bom, a ambrosia... é chamada de Alimento dos Deuses – disse eu, com cautela. Eu havia crescido em uma sociedade greco-romana, mas isso não queria dizer que fosse especialista em todas as histórias. Fora exposta a algumas delas em minha juventude. Só muito depois, quando os estudiosos começaram a compilar relatos de todo o mundo grego, é que descobri como era vasta a mitologia.

– Sim – disse Carter, acenando para mim com a cabeça, como se eu fosse uma criança recitando uma lição. Jerome permaneceu com os lábios apertados e uma expressão atormentada no rosto. – O que mais você sabe?

– Ambrosia era o que dava aos deuses sua imortalidade – prossegui. – Embora eu sempre tivesse achado que era algum tipo de bebida... – interrompi-me. Os cristais não eram líquidos no momento, mas deviam ser dissolvidos em bebida para serem consumidos. Outro pensamento me ocorreu, alarmando-me. – Está dizendo que esta coisa grega vai tornar Doug e os outros imortais?

Na verdade, estou incontrolável. Um deus, gata.

– Não exatamente – disse Carter. – E suponho que devo dizer que a ambrosia não é encontrada apenas nas histórias gregas. Ela aparece nas lendas de quase todas as culturas, de uma forma ou de outra. Na época do rei Arthur, dizia-se que o Santo Graal estava repleto dela, que dava novas percepções e iluminação a quem a tomasse, e prometia salvar o mundo. Também foi sugerido que as chamas que apareceram sobre as cabeças dos apóstolos na celebração de Pentecostes não eram chamas, mas as visões que eles tiveram depois de beber a ambrosia. Ela tornou os apóstolos intensos e carismáticos, e permitiu a eles se comunicarem com gente de todas as culturas e idiomas.

– Conheço muitos cristãos devotos, incluindo minha boa amiga Dana, que considerariam isso uma ofensa.

Jerome não conseguiu mais ficar em silêncio, embora o assunto parecesse deixá-lo bastante mal-humorado.

– Imagine a reação dela se soubesse que algumas pessoas especularam que a Eucaristia tem pouco a ver com o sangue de Cristo e muito mais com uma cerimônia já esquecida com a ambrosia. Essas pessoas argumentam que os fiéis de hoje apenas imitam a antiga experiência, igualando o Espírito Santo ao barato que a ambrosia proporcionava.

– Isso iria aborrecer um monte de gente – concordei. Nós três sabíamos que vários dos ritos e crenças que chegaram até os dias de hoje eram versões adulteradas dos originais. Alguns deles, não todos.

Carter prosseguiu, de forma agradável, como se estivesse num auditório, dando uma palestra.

– A antiga cultura hindu chamava a ambrosia de *soma*, e até a personificava como um deus que tinha o mesmo nome. A presença dele era tão embriagante quanto a própria bebida, e turvava os sentidos daqueles à sua volta.

– Soma também era a droga que dava bem-estar às pessoas em *Admirável mundo novo* – lembrei-me. – Eu não tinha percebido como isso era disseminado.

Ele assentiu.

– E esses exemplos são só a ponta do iceberg. Tem muito mais de onde eles saíram.

Gostei da informação. Em geral, conseguir qualquer tipo de explicação significativa daqueles dois era como dirigir no centro de Seattle no horário de pico: lento, doloroso e repleto de colisões. E, ainda assim, comunicativos ou não, na verdade eles não estavam me dando o que eu precisava.

– É, mas vocês estão sendo bem cuidadosos em dizer "alguns acreditam" ou "dizem". O que está acontecendo de fato? Alguma dessas histórias é verdadeira?

– Ah, não posso entregar os mistérios – os olhos cinzentos de Carter faiscaram. – Os humanos passam suas vidas tentando discernir o verdadeiro aspecto da divindade. Nem mesmo um súcubo pode saber de todos os segredos.

Lancei-lhe um olhar exasperado. *Este* era o seu comportamento típico.

– Tá legal, esqueçam os mitos. Você pode me dizer o que essa coisa faz? Ela torna as pessoas imortais?

Anjo e demônio entreolharam-se.

– Não – disseram em uníssono.

– Mas faz você se sentir como se fosse – disse Carter.

Pensei no comportamento imprudente de Doug, sua confiança absoluta em tudo, desde apresentar suas músicas até se jogar do palco. Ele não tinha medo, nem qualquer preocupação de que algo pudesse ser menos que perfeito.

– Então é como um estimulante ou alguma droga que altera o humor – disse eu. – Faz você se sentir bem.

O anjo sacudiu a cabeça.

– Não, é muito mais do que isso. A ambrosia atua... – ele procurou as palavras. – Acho que a melhor forma de colocar isto é que ela amplifica suas melhores habilidades. Ela faz aflorar aquilo em que você é bom, o que brilha em você. E então ela amplifica tudo, bom, eu diria que até o nível de um deus.

– Sim, claro – sussurrei.

Por isso é que a banda tinha, de repente, decolado com tanto sucesso e tão depressa. Eles já eram talentosos antes. A ambrosia não lhes deu nada de novo; ela apenas amplificou as habilidades naturais deles dez vezes. Cem vezes. E Casey, que já tinha um talento matemático, fora capaz de fazer de cabeça, em segundos, cálculos que para a maioria das pessoas exigiriam caneta e papel. Até a perícia de Doug no Tetris mostrou sinais de intensificação pela ambrosia.

Mal posso esperar para ver como você vai reagir a eles, dissera Alec. De fato, como eu reagiria? Que habilidades minhas seriam amplificadas? Que habilidades eu tinha? A piada óbvia era que eu seria capaz de abalar as estruturas de um homem na cama. Entretanto, não gostei dessa resposta, em parte porque acreditava que já podia abalar para valer as estruturas de um homem sem a ajuda dos tais cristais, muito obrigada. Além do mais, odiei pensar que isso seria tudo. Devia haver mais alguma coisa além das proezas sexuais.

– Todos que usaram isso desabaram – lembrei a Carter. – Doug, Casey. E quando desabaram... eles desabaram *de verdade*.

– Ela faz isso – ele concordou. – Pode-se imaginar que a crise de abstinência revela os piores aspectos da pessoa... ou talvez transforme as boas em más. Mas o mais frequente é que apenas deixe a pessoa deprimida, e com a sensação de que falta algo. É duro voltar a ser comum.

Isso explicaria a ausência de perspectiva de Doug dias antes. Percebi também que ele tivera uma reação de abstinência no dia em que o mandei embora da loja. A falta de ambrosia transformara sua língua normalmente sarcástica e seu comportamento brincalhão em algo sombrio e pervertido. E ainda assim...

– Deve ser bom sentir-se como um deus. Acho que posso entender que as pessoas desejem isso.

– Bom – disse Jerome, por fim. – Como todos sabemos, não se consegue coisa alguma a troco de nada.

Carter assentiu.

– Basicamente, é uma substância que vicia, e tudo que vicia tem um custo... sobretudo porque escraviza e faz com que a pessoa se sinta péssima quando não a tem. Mas outra verdade é que os humanos não *devem* ser perfeitos. É como a humanidade: uma série de sucessos e falhas, um teste constante da natureza e das aptidões das pessoas. Nem o corpo nem a alma podem manter o estado de perfeição. No fim ele consome a pessoa.

– Que aconteceria se eu tomasse isso? – apontei para os cristais.

– Não é óbvio? – perguntou Jerome. Seu tom sugeria as mesmas possibilidades sexuais sobre as quais eu havia especulado.

Carter me deu uma resposta direta.

– Os mesmos efeitos superficiais. Amplifica suas boas qualidades. Os imortais não ficam dependentes tão depressa; podem aguentar por um bom tempo, pois de certa forma já se sentem como deuses. Mas, a longo prazo, as consequências são iguais. Não é possível funcionar num nível tão acelerado. A ambrosia não conseguiria destruir seu corpo, mas ainda assim causaria problemas sérios se você a consumisse por um longo período.

– Talvez ela só deixasse você maluca – explicou Jerome, solícito. – Até o final dos tempos.

– Isso é horrível – disse eu.

– Não se preocupe, Georgie. Se isso acontecer, a gente sacrifica você antes.

Ignorando-o, desviei os olhos para os cristais, de repente sentindo por eles uma repulsa ainda maior que antes. Desta vez, minha reação não tinha nada a ver com a aura sinistra.

– A grande questão, claro – disse o arquidemônio, agora sério – é onde você conseguiu isto.

– Eu já disse. Alec me deu.

Os dois imortais superiores se entreolharam de novo.

– Fale mais sobre esse cara – ordenou Jerome. – Tudo que souber.

Eu falei. Depois que terminei, eles se entreolharam outra vez, mantendo uma conversa mental da qual não tomei parte. Meu Deus, como eram irritantes.

– Não é Alec – disse Carter, por fim.

– Não é o quê?

– Quem está fornecendo isto – explicou Jerome.

– Bom, eu consegui dele...

– Não importa, Georgie. Um moleque de vinte anos e cabelo azul não é a fonte disso. Ele está recebendo de outra pessoa. É só um intermediário. Além do mais, você nunca sentiu nada emanando dele, sentiu? Algo parecido com os cristais, mas não exatamente igual?

– Não, mas... – mas eu *tinha* sentido algo vindo de outra pessoa. Alguém que tinha contato com Alec. Minha última ficha caiu. – Eu sei quem é. É ele. Aquele cara.

– Claro – disse Carter, seco. – Eu sabia que era aquele cara. Sempre é *aquele cara.*

– Espere aí, eu explico – voltei-me para Jerome. – Lembra aquele imortal engraçado de quem lhe falei? O bonitão vestido de um jeito romântico? Tem que ser ele. O fornecedor de Alec. Vi os dois conversando e Alec meio que tendo um ataque com ele – em seguida, para informação de Carter, ampliei um pouco mais meu relato, explicando como eu e o Poeta da GQ havíamos sentido um ao outro.

Jerome e Carter analisaram isso em silêncio. Por fim, o demônio disse:

– Sim, parece que é ele.

Depois disso, ninguém falou nada por um tempo. Eu estava doida para perguntar quem exatamente era "ele", mas saquei que anjo e demônio iam ficar na deles.

– E aí, que vamos fazer? – perguntou Carter, minutos depois.

– Por que precisaríamos fazer algo? – Jerome fitou-o com os olhos apertados.

– Porque é a coisa certa a fazer.

– Não sei onde você tem estado desde o início do universo, mas "a coisa certa" não está na minha lista de prioridades.

– Ele está envenenando mortais.

– Eu não ligo – Jerome cruzou os braços.

– Ele está fazendo isso em seu território. Bem debaixo do seu nariz.

– Pare de tentar me fazer morder a isca. Ele não está mexendo conosco. Pode fazer o que quiser com os mortais.

Mais uma vez, eu estava morrendo de vontade de me intrometer, mas me contive. Ouvir Carter e Jerome discutindo sempre me perturbava, principalmente porque não acontecia com frequência. Em geral, eles concordavam um com o outro, numa exasperante solidariedade, independente do bem e do mal.

E, claro, vê-los discutir sempre me fazia imaginar se algo horrível aconteceria se o humor deles escapasse ao controle. Mesas virando. Copos explodindo. Os Quatro Cavaleiros aparecendo.

De qualquer modo, eu tinha certeza de que Carter não ia deixar de tomar uma providência. Ele ganharia. Como já observei antes, não sabia se podia confiar nele, mas eu o respeitava... e aos seus poderes de persuasão.

– É um jogo de força – alertou Carter. – Ele não devia nem estar tentando. A época dele já passou; quem controla o jogo agora somos nós. Fazendo isso ele está nos insultando. Sobretudo a você, já que são vocês que costumam demarcar territórios. É um desafio sem aviso prévio.

Percebi que isso teve efeito sobre o demônio. Ele sabia que Carter tentava atraí-lo para a ação, mas de qualquer forma estava funcionando. Não era à toa que o Orgulho constituía um dos Sete Pecados Capitais. Jerome, como um servo fiel do inferno, não podia evitar ser suscetível. Eu já tinha visto seu orgulho em ação antes. Ele não gostava que os outros mexessem com sua reputação. E embora o demônio tivesse, é claro, muitas fraquezas, eu diria que era esta, mais do que qualquer outra, que o faria tomar uma atitude.

– Não podemos interferir – ele disse, taxativo. – Você sabe disso. Mesmo estando no controle, não podemos desencadear uma guerra aberta. Pelo menos eu não estou a fim de lidar com as repercussões disso.

– Concordo – murmurou o anjo, voltando a ficar em silêncio.

Olhei de um para o outro, esperando que um deles apresentasse algum plano brilhante. Um plano brilhante que envolvesse um anjo e um demônio lutando, numa glória espetacular e destruidora, para destruir Alec e o canalha do seu fornecedor.

– Georgina podia fazer isso – disse Carter, de repente.

– O quê? – grasnei. Não era assim que eu tinha fantasiado. Ambos me olharam.

Uma fúria sombria faiscou nos olhos de Jerome, extinguindo-se tão rápido como surgira.

– Hum. Talvez.

– Do que vocês estão falando? Não vou fazer nada destruidor.

– Não seria exatamente destruir – disse Carter, com o rosto sério de repente. – Mas pode ser perigoso se não for feito do jeito certo.

– Por que tem que ser eu?

– Porque você, Georgie, é menos poderosa do que nós. Você é menos passível de inquérito e repercussões do que nós. É a mesma diferença que há entre uma nação declarar guerra e uma pequena facção rebelde atacar.

– Genial – disse eu, recostando-me na cadeira. – Sou uma facção.

– Você não quer ajudar Doug? – Carter sorria de novo.

Um momento se passou.

– Você sabe que eu quero.

– Falei sério quando disse que pode ser perigoso, mas, se tiver cuidado, vai se sair bem.

Pensei no obscuro desespero de Doug e em seu comportamento irresponsável. Foi a ideia da ambrosia "destruindo-o" que me fez decidir.

– Tá legal, tudo bem. Eu faço. O que for, perigoso ou não – fiz uma pausa. – Hum, o que é?

Nenhum deles respondeu.

– Ah, qual é! Vocês não estão achando que eu posso fazer algo sem saber o que é.

– Vai requerer alguns preparativos – disse Carter, parecendo saborear minha consternação. Mas havia outra expressão em seu rosto. Parecia orgulho. Um orgulho bom, como quando você acha que alguém está fazendo a coisa certa. Não aquele orgulho ruim que faz você cometer temeridades. – Assim que tudo estiver em ordem, nós avisamos. Eu a procuro.

Fiz uma careta.

– Espero que entendam que essa não me parece uma resposta satisfatória.

– E espero que entenda – retrucou Jerome, – que é a melhor que você vai ter.

Carter foi um pouco mais gentil.

– O que você pode fazer nesse meio tempo é tentar ter acesso ao fornecedor. É com ele que terá de lidar, no final. Continue conversando com Alec. Faça o que tiver de fazer.

Assenti. Conversar tudo bem, eu podia fazer isso até dormindo. Fiquei aliviada por estar de volta a águas conhecidas. Após deixá-los, coloquei a missão ambrosia em suspenso e fui ao apartamento de Seth para jogar palavras cruzadas, como tínhamos combinado. Eu havia jurado não trapacear desta vez, mas talvez isso dependesse de quão desesperado o jogo se tornasse. Ao chegar, porém, descobri que Seth não tinha condições de jogar.

Ele estava sentado à escrivaninha, em seu quarto, o cenho franzido de um modo adorável enquanto ele olhava a tela do computador, parecendo querer que a máquina fizesse algo somente à custa de sua determinação mental. Seu apê tinha um escritório, eu sabia, mas no momento estava lotado de caixas ainda cheias, e por isso o dormitório também tinha de fazer as vezes de escritório. Tudo o que era essencial para ele num só lugar. Se tivesse um banheiro anexado, ele provavelmente nunca sairia dali.

– Você pode me dar... tipo... uma hora? – ele perguntou, distraído e sem nem me olhar, ao perceber que eu havia entrado. – Tenho que terminar este capítulo.

Era um pedido retórico. Se eu não tivesse concordado em dar-lhe mais uma hora, ainda assim ele teria continuado a escrever. Era mais fácil mover uma montanha do que afastar Seth no meio de uma cena. Concordando, muito satisfeita, dei-lhe um beijo no rosto e fui até o escritório procurar algo para ler. Porém, ter de procurar em tantas caixas dificultava as coisas. Quando já tinha esvaziado várias delas, decidi que podia ir até o fim e fazer direito aquele trabalho.

Esvaziei todas as caixas, até as que estavam na sala. Não fazia ideia de quantos livros havia, mas eram muitos. Meus instintos de livreira me fizeram separá-los em categorias, e só isso já tomou muito tempo. Dando uma parada, a certa altura, percebi que quase três horas haviam se passado. Levantei, me espreguicei e voltei para o quarto.

– Ei, já faz tempo que passou uma hora – disse eu.

Ele continuou digitando.

Descalcei a sandália dele, mudei para vinho a cor das unhas e deslizei o pé pela perna dele. Seth deu um pulo.

– Ei!

– Ei digo eu. Desculpa interromper, mas você precisa comer, ou vai desmaiar em cima do teclado.

– Não seria a primeira vez – ele respondeu. Os olhos vaguearam, ameaçando voltar para o computador, e eu o cutuquei de novo com o pé. Ele ergueu uma sobrancelha e então agarrou meu pé, quase me fazendo cair quando me puxou para seu colo. – Sabe, seus dedos do pé não são tão sedutores assim. Não é que eu queira fazer sexo com eles, nem nada esquisito assim. Eu só acho que são bonitinhos. Então não vá achando que você pode conseguir tudo o que quer.

Contorci-me e escapei dele.

– Pode dizer o que quiser. Agora tenho uma nova arma contra você. Então, olha só, você conseguiria dar uma saída, só para comer algo?

No final, ele não podia, com ou sem dedos do pé. Desapontada, acabei pedindo uma pizza. Comemos juntos e conversamos, mas estávamos em nossos próprios mundos. Ele com seus personagens em lugares aonde eu não podia ir, e eu pensando sobre a ambrosia. De repente comecei a rir.

– Que foi? – ele perguntou, sobressaltado.

Contei-lhe sobre a ambrosia e o que ela fazia. É claro que ficou assombrado com a novidade, mas Seth já tivera algum tempo para aceitar as diversas coisas invisíveis, sobrenaturais, que ocorriam no mundo. Terminei meu relato dizendo que Carter e Jerome iam fazer algo a respeito. Não mencionei que eu também desempenharia um papel, importante e talvez perigoso. Lá estava eu, escondendo informações de novo, mas parecia desnecessário deixá-lo preocupado se ainda não tinha detalhes concretos.

– Bom, de qualquer forma, eu ri porque estava tentando imaginar como você ficaria se tomasse ambrosia – disse-lhe.

– Por que é tão engraçado? Talvez eu pudesse escrever um livro por semana.

– É, mas eu nunca mais o veria. Você nunca tomaria banho nem cortaria o cabelo. Ele cresceria até sua cintura... sua barba também... e você ficaria aqui no escuro, todo encurvado, consumindo-se dentro da sua camiseta da Punky, a Levada da Breca.

– Isso não é engraçado. É como planejo passar minha aposentadoria. Além do mais, se eu fosse usar a mesma camiseta pelos próximos cinquenta anos, seria a do Flash Gordon – o rosto dele mudou para uma expressão de preocupação, enquanto mastigava. – Toda essa noção de que o problema de Doug foi induzido "magicamente"... – ele abanou a cabeça. – É maluco. E assustador. Será que eles vão mesmo conseguir ajudá-lo?

– Se puderem, eles ajudarão. Especialmente Carter.

– Você sempre deposita uma superconfiança nele. Parece irônico, dadas as circunstâncias.

Imaginei que fosse, e mais, era algo novo para mim. Acho que estava começando a perceber que, embora eu estivesse do lado de Jerome, era Carter que, nos últimos tempos, estava do *meu* lado. Dei um sorriso para Seth.

– Bom, se você não pode confiar em um anjo, em quem vai confiar?

A musa o chamou depois do jantar, e deixei-o ir, incapaz de fazer frente a ela. Fiquei imaginando se seria possível para Seth namorar alguém que não amasse seus livros. Poucas mulheres seriam capazes de aguentar a competição. E, sim, às vezes também era difícil para mim aguentar a disputa. Já era difícil que Seth não curtisse as coisas mais animadas que eu gostava de fazer, como dançar. Mas em algumas horas me aborrecia não podermos fazer nem as coisas mais tranquilas.

Ciente de que sua negligência resultava em um bem maior, voltei à organização dos livros, que permitia que metade do meu cérebro remoesse a questão de Alec e de como eu conseguiria chegar até o Poeta da GQ. Entrar em contato com Doug à noite nunca era fácil, mas eu o veria no trabalho, no dia seguinte. Ele já tinha me oferecido o número de Alec uma vez; com sorte, seria prestativo de novo.

Terminei de catalogar e arrumar as estantes mais ou menos às duas da manhã. Todos os livros haviam sido colocados nas estantes do escritório ou da sala, e estavam todos organizados por gênero e autor, de um jeito que seria elogiado na Emerald City. O escritório agora tinha lugar para a escrivaninha.

No quarto, Seth ainda digitava no escuro, iluminado pelo brilho do monitor. Beijei-lhe o rosto mais uma vez e adormeci em sua cama, exausta.

Acordei horas depois, com alguém beijando meu rosto.

– Ei – murmurei, sonolenta, tentando puxar Seth para a cama comigo. – Você está me dando umas ideias estranhas.

Ele se debruçou sobre mim e deu um beijo no meu nariz. A luz da manhã incendiava os reflexos acobreados de seu cabelo revolto e da perpétua barba por fazer. Ele me olhava com afeto, os lábios deliciosos sorrindo.

– Você arrumou meus livros. Todos eles.

– Tive que fazer isso. Pelo amor de Deus. Se alguém na Emerald City descobrisse que eu tinha deixado aquilo passar, iam me demitir.

Ele se acomodou ao meu lado e passou um braço sobre mim.

– Você é tão boa para mim, Tétis, considerando como às vezes sou idiota.

– Pare de ridicularizar meu autor favorito, ou terei que nocautear você.

– Estou falando sério. Já perdi namoradas por menos do que fiz na noite passada.

– Você não estava tão mal. Já vi você pior – recostei-me, sentada. – Ei, falando nisso, quantas namoradas você já teve?

Linhas de sorriso apareceram ao redor de seus olhos, tornando-o ainda mais charmoso.

– Era só pesquisa para os livros, juro.

Era irônico, me dei conta, que eu sempre acabasse com caras meio artistas. Muito, muito tempo atrás, tinha sido casada com um homem que às vezes eu jurava amar mais sua música que a mim. Eu o amara por aquela paixão musical, e ao mesmo tempo a odiara. Cenários semelhantes, com outros mortais, repetiram-se ao longo dos séculos. Relembrando meus pensamentos da noite passada, preocupou-me que Seth pudesse fazer ressurgir o monstro de olhos verdes.

– E o capítulo, como ficou? – perguntei, despenteando ainda mais seu cabelo.

– Bom. Acho que ficou ótimo – ele me deu um sorriso doce, pensativo. – Acho que... acho que você nunca teve vontade de ler os manuscritos enquanto eu trabalho neles, teve? Ver como o processo funciona?

Fiquei paralisada, percebendo o presente precioso que ele estava me oferecendo. Seth uma vez me disse que nunca havia deixado ninguém ler seus manuscritos. Ele não queria opiniões que pudessem influenciar seu próprio fluxo criativo. Era só depois de ter o manuscrito completo, e sentir que o livro estava perfeito, que ele finalmente permitia que os editores o vissem. O fato de ele ter oferecido isso me eletrizou e me tocou ao mesmo tempo.

– Não – respondi com suavidade, sorrindo. – Mas muito obrigada. Eu não quero interromper seu ritmo normal. Mas quem sabe... quem sabe quando você tiver um manuscrito já bem trabalhado e pronto para ser enviado, eu possa vê-lo.

Ele assentiu com a cabeça, devolvendo-me o sorriso. Alguma coisa se fez sentir entre nós, uma coisa que não tinha nada a ver com manuscritos ou arrumação de livros, mas que, ainda assim, foi alimentada por ambos.

– Aqui – disse ele, levantando-se. Virando-se para uma cadeira, ele ergueu uma bandeja que eu sequer tinha notado. – Já que você me alimentou ontem à noite.

Baixei os olhos para a bandeja que ele colocara em meu colo. Panquecas com carinhas sorridentes, encharcadas de xarope de bordo. Um café bom e forte. E até um vasinho com dois íris roxos. Seth tinha uma queda por flores roxas. Toquei uma daquelas pétalas macias e aveludadas.

– Isso aqui não saiu da sua cozinha. Você deve ter acordado bem cedo para comprar.

Ele sacudiu a cabeça, parecendo envergonhado.

– Eu não dormi.

Não fiquei surpresa, portanto, quando Seth se deitou ao meu lado enquanto eu comia e, imediatamente, adormeceu. Terminei o delicioso café da manhã, lavei a louça e saí para trabalhar, deixando um bilhete com a promessa de ligar para ele mais tarde.

Na livraria, eu estava ficando tão acostumada com a ausência de Paige e Warren, que era como se eles nem trabalhassem mais lá. Encontrei Doug ao chegar, e, como esperara, ele me deu o número de Alec, mas não sem fazer algumas gracinhas.

Liguei para Alec no horário do almoço, sem saber se ele estaria em casa. Estava, e pareceu superfeliz por eu ter ligado. Sim, claro que ele podia conseguir mais. Estava *tão* feliz por eu ter gostado. Dando-me o endereço do café onde estaria, ele me disse para dar um pulo lá logo depois do trabalho.

Apareci cinco minutos depois que meu turno terminou. O café era comum, nem um pouco sombrio ou sinistro. Não tinha nada a ver com o estereótipo de um lugar de venda de drogas. Vi Alec sentado numa mesa nos fundos, mas havia alguém com ele. Sem querer interromper, fiquei na fila para pedir um *mocha*.

O acompanhante de Alec era um homem jovem, talvez ainda mais que ele. Dezoito anos, se eu tivesse que chutar. E era lindo. Ele tinha prendido o volumoso cabelo loiro-escuro num rabo de cavalo curto, e seu rosto era formado por linhas precisas e fortes. Quando ele sorriu, depois de algum comentário de Alec, seus dentes perfeitos apareceram, contrastando com a pele bronzeada. Não me espantaria se esse cara estrelasse em breve algum comercial da Abercrombie & Fitch.

Ou talvez não, uma vez que ele também parecia estar jogando fora sua vida. Alec enfiou a mão no bolso e entregou ao cara um daqueles saquinhos. Felicidade e alívio brilharam no rosto do garoto loiro, fazendo-o parecer ainda mais atraente, se isso era possível. Ele se foi. Segurando minha bebida com raiva, sentei na cadeira que havia sido dele e forcei uma atitude animada.

– Oi – saudou-me Alec, claramente de bom humor. – Não faz ideia de como estou feliz em vê-la. Você está demais, como sempre.

– Obrigada. Como vão as coisas?

– Espetaculares, agora. Um dia fabuloso. – ele deu um sorriso enorme e se debruçou em minha direção. – E então? O que você achou?

Coloquei o copo na mesa com força, e demonstrei uma fascinação de garotinha.

– Você estava certo... foi fantástico. Era como se eu me sentisse... – decidi que a falta de palavras era melhor do que tentar descrever algo que eu não tinha experimentado. Ele ficou feliz em preencher as lacunas.

– Melhor do que nunca? Quem você deveria ser de fato?

– Sim – respondi, sem fôlego. – Você... você tem que me dar mais.

– Posso fazer isso – ele colocou a mão dentro do seu bolso mágico. Um dos saquinhos mortais apareceu, e aquela sensação horrível serpenteou por minha espinha abaixo. Ele segurou os cristais fora do meu alcance, brincando comigo.

– Sabe, quanto mais você consumir, melhor fica. Está a fim?

Fiquei olhando o saco, cobiçosa, e então olhei para ele.

– Você não tem mais do que isso? Quer dizer, eu quero esse, mas... não vai ser suficiente. Preciso de muito disso aí.

– Vai devagar. Você não deve usar mais que uma dose.

– Eu sei, mas isso aí vai durar quanto tempo, um dia, dois?

– Já tem altos planos, hein? – os olhos dele brilharam. – A maioria das pessoas não fica ligada assim tão depressa.

Mordi o lábio inferior, não querendo despertar nenhum alarme. Analisando meu arquivo pessoal, tentei pensar em algo não sexual que a ambrosia pudesse ter afetado. O cliente anterior de Alec me deu a resposta.

– É muito doido. Conheço um cara numa agência de modelos, e ele sempre me enrola. Mas cruzei com ele ontem quando tomei isso aqui, e foi... sei lá. Ele ficou alucinado. Quer que eu volte para uma sessão de fotos legal – agarrei o braço de Alec. – Não sei como isso aí pode ter ajudado... quem sabe foi coincidência. Não sei. Mas quero mais. Acho que preciso disso para esse lance dar certo. Você tem que me ajudar. Ou me levar onde consegue isso. Eu pago. Faço qualquer coisa.

Vi no rosto dele que eu tinha dito a coisa certa.

– Não foi coincidência – disse-me, todo convencido. – E vou conseguir mais para você.

– Promete? Uma dose das boas? – saltei, com um alívio palpável.

– Prometo. Aqui, leve este.

– Quanto lhe devo?

– Nada.

– Qual é? Não pode ser tudo de graça – o modo como eu segurava sua mão ficou mais suave, mais sugestivo. – Já lhe disse antes... eu adoraria pagar... do jeito que você quiser...

Ele suspirou, olhando-me com desejo enquanto passava os dedos sobre minha mão, para depois afastá-los.

– Eu sei. Quer uma dose grande? Por ela você vai ter que pagar. Vou te levar até o cara que consegue para mim, e você paga a ele.

– Quanto vai custar? Quanto vou precisar levar?

Algo indecifrável brilhou em seus olhos.

– Você já tem exatamente o que vai precisar. Pode me encontrar amanhã de noite?

Hesitei. Carter tinha dito que precisávamos de algum tempo para os preparativos antes que eu fosse me encontrar com o fornecedor, e que, enquanto isso, eu deveria tentar marcar o encontro com ele. Seria cedo demais.

– Vou estar ocupada – disse-lhe, tentando colocar uma profunda decepção em minhas palavras. – Que tal depois de amanhã?

Ele não pareceu muito feliz com isso, da mesma forma que não tinha gostado que eu deixasse a primeira dose para depois. Mas, enquanto da outra vez havia uma curiosidade ansiosa por trás de sua pressa, agora ele demonstrava um nervosismo que beirava o pânico. Fiquei imaginando como seu mestre seria exigente.

– Antes seria melhor. Você não vai conseguir fazer essa dose durar tanto, não se você já está precisando desse jeito.

– Não tenho escolha – permaneci firme.

Ele concordou, depois de tentar me convencer, e combinamos hora e lugar para um encontro dali a dois dias. Quando me levantei, ele advertiu:

– Me chame se você não conseguir aguentar, tá legal? Este é o meu celular.

– Ok, obrigada.

– Ei – ele me chamou quando comecei a me afastar. – Boa sorte na sessão.

Por um instante não entendi a que se referia. Então lembrei da pretensa sessão de fotos. Sorri e agradeci, rindo para mim mesma ao ir embora. Entre todas as mentiras que eu lhe contara, havia um pingo de verdade.

Eu tinha mesmo uma sessão de fotos. Era naquela noite que Bastien e eu tiraríamos as fotos para Seth.

Capítulo 16

Toquei a campainha de Bastien pela terceira vez, e então olhei mal-humorada para a casa. Onde será que ele estava? Eu havia chegado um pouco mais cedo que o combinado, mas nem tanto. Dei um chute irritado na porta, ao imaginar Bastien "preso" nos braços de alguma dona de casa ofegante.

– Ele não está – disse uma voz fria, bem próxima. Olhei e vi Dana ali parada, e ao seu lado um cachorrinho na coleira. Parecia o resultado de algum acidente trágico numa fábrica de algodão.

– Lindo cachorro – disse eu.

– É da minha irmã. Estou cuidando dele por uns dias. Quer passear conosco?

Não queria, mas tinha prometido a mim mesma extrair de Dana o máximo de informações para descobrir como ajudar Bastien, e esta parecia uma boa chance. Além do mais, ele me mataria se soubesse que não aproveitei uma oportunidade de "reconhecimento".

Acompanhei Dana e aquela bola peluda, felicitando-me pela centésima vez por ser esperta o suficiente para preferir gatos a cães. Tutu – sim, esse era o nome dele – saltitava com leveza, com a linguinha de fora. Seus olhinhos pretos olhavam por todos os cantos enquanto trotava feliz, mas, fora isso, parecia nem notar a calçada molhada, sujando seus pezinhos brancos.

– Como está indo a manifestação? – perguntei, depois de esgotados os temas caninos.

– Excelente. Estranho que não tenha visto nos noticiários. Estamos conseguindo bastante divulgação.

– Não tenho visto muito as notícias.

Ela me disse a data e o horário.

– Acha que vai conseguir ir?

– Acho que vou estar trabalhando nesse dia – respondi, automaticamente.

Dana me lançou um olhar astuto.

– Tabitha, tenho a impressão de que você não se decidiu sobre esse assunto.

Você acha? Desviei o olhar, de novo travando uma luta mental entre dizer o que achava e não causar problema a Bastien. Por fim, decidi por algo vagamente próximo da verdade.

– Eu só acho que... tem várias maneiras de ver a coisa, só isso.

– Está tudo bem se você não tiver certeza, viu?

– Está? – isso era espantoso, vindo dela.

– Claro. É por isso que grupos como o CPVF existem. Para ajudá-la a enxergar a verdade.

Contive uma careta. Por um momento, eu tinha achado que ela podia me surpreender com uma demonstração de imparcialidade. Deixei que o silêncio voltasse.

– Então, no que você acredita?– ela perguntou, após um instante.

– Hã, sobre o quê? Homossexualismo? Ou casamento homossexual?

– Ambos.

Minha opinião era simplesmente que as pessoas podiam amar quem quisessem, e ponto final. Não se podia estabelecer regras para o amor e nem dizer o que era errado. Mas a visão de Dana tinha base religiosa, e, mais do que ninguém, eu sabia que não se discute o certo e o errado da fé.

– Eu só não tenho certeza de que as pessoas escolhem quem vai atraí-las – expliquei, sem de fato responder à questão dela. – Por isso, sei lá, me parece meio estranho falar sobre "ajudar" ou "mudar" pessoas que, na verdade, não podem fazer nada quanto à sua natureza, seja ela certa ou errada.

– Então você acha que o homossexualismo é inato? – a voz doce não escondia completamente a surpresa carregada de desprezo.

– Para algumas pessoas. Acho que tem quem se entregue a... hã, relações com pessoas do mesmo sexo só por diversão, mas para outros é biológico.

Eu suspeitava que Dana não descreveria relações com pessoas do mesmo sexo como diversão, mas, ainda assim, me senti melhor por ter exposto minhas opiniões.

– Você se expressa muito bem – admitiu ela. – Mesmo que eu não necessariamente concorde.

Dei uma risada, e ela me olhou com estranheza.

– Não, não achei que você concordaria.

Ficamos em silêncio de novo, e lembrei-me de que eu precisava descobrir que tipo de coisa ela achava romântica, para Bastien.

– Eu gostaria de poder escolher quem me atrai – disse eu, assim do nada, trazendo à conversa assuntos pessoais, de um modo que não fazia o gênero nem de Tabitha Hunter nem de Georgina Kincaid.

– As coisas não estão indo bem com seu namorado? – Dana pareceu apropriadamente surpresa. – Qual o nome dele? Sven?

– Seth – corrigi, sentindo-me só um pouquinho mal por envolvê-lo naquilo. As coisas, na verdade, estavam maravilhosas com Seth, mas, para manter as aparências, continuei mentindo. – Ele é legal, eu acho, e gosto dele... mas ele não é, sabe, muito romântico.

– Ah – exclamou ela, em tom neutro.

– Será que é loucura minha? É pedir demais? Quem sabe eu devesse me concentrar em outras coisas.

– O que é romântico para você?

– Não sei. Pequenos toques e carinhos aqui e ali. Gestos que mostrem como você é importante, o quanto a outra pessoa se importa com você. – Íris roxos, panquecas com sorrisos. – E para você?

Ela encolheu os ombros. Estávamos virando a esquina, de volta à casa de Bastien.

– Eu já não acho que o romance seja tão importante – admitiu ela. – Nem Bill nem eu temos tempo para isso.

– Oh.

– Não é uma coisa ruim. Para mim, mais importante que carinhos superficiais é a capacidade de ter uma conexão com alguém. Falar abertamente um com o outro e compartilhar o que se sente. Saber que o outro está sentindo o mesmo que você.

– Oh – exclamei de novo, surpresa. As palavras dela quase faziam sentido. De certa forma, eram uma variação da visão de Seth sobre a honestidade em uma relação. Mordendo o lábio, fui em frente. – E quanto a... sabe, atração sexual?

– Como assim? – ela me lançou um olhar enviesado.

Encolhi os ombros.

– É que não sinto isso sempre que estou com ele – mentirosa, olha que o nariz cresce. – Será que tenho uma visão errada sobre isso? O que você acha que é *sexy*?

A resposta dela demorou para vir.

– Eu não sei.

Bastien estava à porta quando chegamos. Ele acenou, cumprimentando-nos.

– Olá, senhoras – ele pareceu agradavelmente surpreso ao nos ver juntas, e nos dando bem.

Dana agradeceu-me a companhia e foi para casa, depois de recusar o convite automático de Bastien para entrar um pouquinho. Sozinhos, já no carro, indo para a sessão de fotos, contei-lhe sobre nossa conversa.

– Ela não sabe o que é *sexy*? – ele exclamou. – Ela está praticamente implorando que eu lhe dê uma lição. Humpf. E Bill não é romântico. Bom, grande novidade. Você acha que ela mentiu quando disse que isso não era importante? Tipo um mecanismo de defesa?

– Não sei, pode ser. Mas, mesmo que ela sinta falta de romance, acho que demonstrações muito exageradas acenderiam uma luz vermelha. Ela não é idiota. Uma conversa profunda pode ser o caminho a seguir.

– Então esse lance de cozinhar é uma boa ideia. Dá para conversar à beça.

– Acho que sim – não comentei que tinha dúvidas sobre a eficiência do método. Para ser sincera, eu não tinha certeza do que mais ele podia fazer.

Decidimos concentrar toda a atenção nas fotos. Ele nos levou até o Hotel Andra, no centro, um dos melhores da cidade, apesar da fachada discreta. Usando algum encanto que eu não conhecia, ele até conseguiu para nós, com pouquíssima antecedência, a exclusiva Suíte Monarca. Havia mais espaço do que precisávamos, mas o grande atrativo, ao menos para mim, era a cama, absolutamente suntuosa e *sexy*. Aninhada em uma alcova com iluminação romântica, estava revestida com um tecido roxo profundo e intenso, e tinha a cabeceira preta, reluzente, de madeira. O efeito geral era sombrio e sensual. Assim que fechamos a porta, nos transformamos e deixamos de ser Mitch e Tabitha.

– Só esta cama já garante o sucesso das fotos – declarou Bastien. – Bom, ela e você nua. Mas, sério, vai ser difícil resistir.

Atacamos o frigobar e improvisamos martinis Grand Marnier, que engoli com surpreendente ansiedade. De repente, encarar essas fotos representava um desafio bem mais difícil do que me pareceu a princípio.

– Vai ser moleza – disse Bastien, sentindo meu nervosismo. – Vista algo sensual e deite-se na cama.

Eu não havia trazido nada especial para usar, ao menos uma vez optando, de livre vontade, pela mudança de forma. Comecei com uma camisola preta, básica. Supercurta, superdecotada. Parecia uma aposta segura. Bastien me ajeitou na cama, deitada de costas numa pose lânguida. Despenteou meu cabelo e pediu um biquinho displicente.

– O objetivo, Fleur, é parecer que, se você não for comida de novo, e logo, vai ficar muito, muito contrariada. Os homens adoram isso.

Minha preocupação se desfez quando Bastien assumiu o controle, orientando minhas posturas e expressões, registrando tudo com sua câmera digital. Exploramos todas as opções. Em algumas fotos, apareci totalmente nua, sem esconder nada. Em outras, descobrimos que a sugestão da nudez podia ser quase mais provocante. A forma como uma alça caída quase revelava um seio. O modo como um conjunto de sutiã e calcinha transparentes cobria e não cobria.

Também não nos restringimos à expressão de pós-sexo. Em algumas fotos, eu estava muito elegante, em uma perfeição inacreditável, em todos os aspectos, nem um fio de cabelo fora do lugar. Em outras, porém, apostamos numa aparência descuidada, livre – natural, como diria Seth. E não nos limitamos à cama, por mais maravilhosa que fosse. Posei ao lado das janelas, do sofá, da banheira, dentro da banheira. Nós dois, por exigência de nosso trabalho, tínhamos muita imaginação para tudo o que fosse sensual e sedutor. Ainda assim, havíamos trazido alguns catálogos de *lingerie* e revistas masculinas, como inspiração. Fazíamos pausas para planejar, ambos concentrados e pensando muito em cada pose.

No geral, era uma atividade exaustiva, mas a energia de Bastien não esmorecia, enquanto ele me conduzia pelo processo com uma desenvoltura profissional. E, para ser sincera, depois de um certo ponto eu já não precisava de sua orientação. Eu sabia que era *sexy*, e era fácil assumir o papel, sobretudo imaginando que Seth iria ver tudo isso.

Quando o íncubo encheu o cartão de memória, demos o trabalho por encerrado. Acomodado na cama, ao meu lado, ele ligou para o serviço de quarto e pediu martinis profissionais, uma vez que nosso Grand Marnier já terminara. O pedido chegou e entregamo-nos ao luxo de um descanso muito merecido, saboreando as bebidas.

– Obrigada, Bas – disse-lhe, tocando seu braço. – Você é um bom amigo.

– Isso é fácil quando o assunto é tão bom de olhar. Mas você vai ter dor de cabeça para imprimir essas fotos. Se levar para uma loja, não vai conseguir que devolvam.

Eu já tinha pensado nisso.

– Hugh tem uma impressora supermoderna. Vou imprimir lá – pensei melhor. – Se bem que ele também vai ficar com algumas.

– Eu não o culparia – Bastien colocou a bebida de lado e rolou para me olhar afetuosamente, com o rosto quase sério ao menos uma vez. – Você é uma mulher linda, Fleur, e isso tem um outro significado quando você possui o controle total de sua aparência. Não é o aspecto físico, por mais belo que seja.

É algo aqui – ele tocou meu peito. – Algo quente, sensual e adorável que emite um brilho. Eu reconheceria você em qualquer corpo, em qualquer lugar.

Enrosquei-me nele, feliz.

– Que bom que você está aqui. Mesmo sendo por causa da encrenca com Barton e Dana. Nós vamos dar um jeito nisso para você. Prometo. Não vou deixar que o despachem para algum lugar horrível.

Um sorriso tênue e brincalhão curvou-lhe os lábios. O afeto brilhava em seus olhos escuros, e sem dúvida refletia-se em meu rosto. De repente ele se aproximou e me beijou.

Opa.

Não era um beijo de amizade, não do tipo que costumávamos dar nos lábios um do outro, de forma tão casual. Era um beijo profundo, um beijo erótico. Os lábios dele eram como veludo, sua língua deslizava devagar sobre a minha. Fiquei tão passada com o que acontecia, que por um instante não pude fazer nada senão entregar-me àquele beijo e permitir que enviasse ondas de choque pelo meu corpo.

Recobrei o bom senso, e afastei-me, sentando na cama.

– Que diabos você está fazendo?

Ele também se sentou, tão surpreso com minha reação quanto eu com o motivo.

– O que você quer dizer?

– Você me beijou. Quer dizer, beijou *de verdade*.

Ele sorriu, sensual e provocante. Estremeci. Quando um íncubo atacava você com aquele charme, era desconcertante, até para um súcubo.

– O que é que tem? Você significa mais para mim do que qualquer outra pessoa no mundo. Este é um passo natural para nós. Já devíamos ter feito isso há tempos.

Sacudi a cabeça, recuando.

– Gosto do jeito que sempre foi.

– Só porque você não tentou nada diferente. Olhe, não estou pedindo para ficarmos juntos para sempre. Somos amigos. Eu sei, e gosto disso. Mas você mesma disse. Dormir com pessoas desconhecidas é desgastante.

– É, mas... não acho que esta seja, necessariamente, a resposta.

– Então qual é? – indagou ele. – Dormir, ou melhor, não dormir com um mortal de quem você gosta?

Saí da cama.

– Isso foi cruel. E não tem nada a ver. Não quero que sejamos mais do que amigos, Bastien. O sexo ia atrapalhar tudo.

Ele ficou na cama, vendo-me andar de um lado para outro.

– O sexo vai consertar um monte de coisas. Já está na hora de tirarmos disso alguma satisfação que não seja só trabalho. Vai ser terapêutico para nós dois. Precisamos disso.

Dei-lhe as costas, olhando pela janela sem ver.

– *Eu* não preciso.

– Não precisa?

Só que a voz que perguntou não era de Bastien. Era de Seth.

Virei-me, de olhos arregalados.

– Pare com isso! Volte à sua forma, já!

Bastien – como Seth – recostou-se com naturalidade sobre os travesseiros. Ele usava *jeans* e uma camiseta do Whitesnake, como Seth teria usado. O cabelo estava despenteado. Ele tinha aperfeiçoado até o sorriso bonitinho e distraído.

– Qual o problema, Tétis?

Avancei para a cama, querendo lançar sobre ele toda a minha fúria, mesmo que desejasse, na verdade, fugir.

– Isso não é engraçado! *Volte à sua forma, já.*

Sentando-se de novo, ele deslizou para a beira da cama.

– Vamos lá, como é que você não pensou nisso? É a solução perfeita para seus problemas.

– Não, não é. Não é mesmo.

Ele ficou de pé e veio até mim, sem me tocar, mas chegando perto o suficiente para fazer meu coração disparar. Fiquei ali parada, incapaz de me mover.

– É claro que é. Se quiser algum dia tirar Seth da cabeça, este é o jeito de fazer isso. Você passa o tempo todo ansiando por ele, imaginando como seria tocá-lo e estar com ele. Bom, eis a sua chance. Este é o único jeito seguro, sua chance de fazer tudo o que quer sem feri-lo. Faça isso agora, e vai evitar muito sofrimento no futuro.

Sacudi a cabeça, pois parecia que minha boca também estava incapacitada de mover-se. Sentimentos conflituosos demais. Toda aquela cena era irreal. Incompreensível. Eu ainda estava chocada pela audácia de Bastien. Sabia que ele era atrevido e ousado, mas isso ultrapassava os limites, até para ele. Por outro lado, Bastien tinha imitado Seth até nos mínimos detalhes, e vê-lo causava-me o mesmo efeito de sempre. Tudo era igual. Adorável e impecável. Mais embriagante ainda era a franqueza da oferta de Bastien. Eu podia, de fato, fazer o que quisesse agora. Era tão errado, em tantos níveis, mas eu não podia ignorar a atração. Era uma tentação perfeita.

– Não vou trair Seth.

– Qual o problema? Você faz isso o tempo todo.

– Então não vou ser uma das suas conquistas – disse eu, dura.

– Tudo bem – ele mudou de forma e a camiseta sumiu, e eu agora só via aquele tórax nu e delicioso. Ele puxou minhas mãos e as colocou em sua pele. Descobri que era quase totalmente lisa; havia apenas uns poucos pelos dourados, macios e sedosos. – É você a conquistadora.

– Não vou conquistar nada.

– Tudo bem. Então tire suas mãos de mim.

Olhei o lugar em que minhas mãos tocavam seu peito. O peito de Seth. Ele era quente. Minhas mãos eram quase da mesma cor dele. Ambos tínhamos a pele clara e dourada, com um bronzeado quase inexistente. *Tire suas mãos de mim.* Era tudo o que eu tinha de fazer. Só precisava mover as mãos, dar um passo atrás e abandonar esse jogo ridículo. Estava muito perto da normalidade... e ainda assim parecia incapaz de me afastar. Eu sabia que ele não era Seth, mas a ilusão era tão poderosa que eu podia muito bem imaginar que tocá-lo seria exatamente assim.

Sem pensar, corri os dedos por seu peito, descendo até a barriga. Seth não malhava, mas mantinha-se em forma nadando e correndo. Eu já o vira de *short*; os músculos eram fortes e firmes, e estavam exatamente onde deviam estar. De novo, uma ilusão perfeita. Minhas mãos haviam acariciado esta parte de Seth antes, na cama, mas eu nunca me permitira explorá-lo com sensualidade, da forma como podia fazer agora. Desci ainda mais os dedos, traçando linhas e contornos.

Ele não dizia nem fazia nada. Mas, sempre que eu erguia o olhar, aqueles olhos castanhos me fitavam, transbordando de tesão. Faziam com que meu corpo respondesse com mais tesão ainda. Será que Seth me olharia daquele jeito se estivéssemos juntos assim? Eu torcia para que a resposta fosse sim. Eu sabia que Seth encarava o sexo com seriedade, a despeito da atitude casual de seus personagens. Ele levaria muito a sério um encontro como esse. Eu achava também, embora não tivesse provas, que Seth seria tão cauteloso como Bastien, deixando-me tomar a iniciativa. Nem um pouco agressivo.

Minhas mãos desceram ainda mais, até o cós do seu *jeans*, onde mal aparecia sua cueca samba-canção de flanela azul. Introduzi os dedos por baixo da calça, excitando-me ainda mais com este jogo perigoso. Estar assim tão perto de um território até então proibido era inebriante. Meus dedos exploradores começaram a tremer. Nunca, nunca eu teria deixado que as coisas chegassem a este ponto com Seth. Não com nós dois assim tão juntinhos. Não com nós dois com tão pouca roupa. Meu bom senso já teria entrado em ação há muito tempo, antes que algo perigoso pudesse acontecer. Mas Bastien estava certo: nada perigoso podia acontecer esta noite.

Pelo menos, não fisicamente perigoso.

Voltei a levantar os olhos. A respiração dele havia se acelerado. O espaço entre nós estava em ebulição. Ele era tão parecido com Seth, observei. Tão, tão parecido. Seria tão fácil. Fácil fingir.

Eu me ergui e beijei-o, saboreando de novo seus lábios macios, empurrando minha língua para além deles, para poder saboreá-lo por completo. Suas mãos moveram-se para minhas costas, tocando a seda e a pele nua. Eu usava a mesma roupa da última foto: outra camisola, desta vez com um *top* revelador de renda cor de marfim e saia de seda cor-de-rosa.

Prolonguei o beijo, deixando que ardesse pelo meu corpo. Ele manteve as mãos cuidadosamente neutras o tempo todo, sem ousar muito, deixando que eu comandasse.

Rodeando-o com os braços, segurei suas mãos e as movi sobre meu corpo. Eu queria saber como seria se Seth estivesse me tocando. Levei-as para baixo, até meu bumbum, e então para as laterais das coxas, incentivando-o a empurrar a camisola para cima. Ele o fez, deixando que a seda se juntasse entre seus dedos enquanto deslizava as mãos para cima, por sobre meus seios e então por cima da minha cabeça. Soltei a respiração enquanto suas mãos percorriam meu corpo, toda a minha pele eletrizada e cheia de vida, agora que eu estava totalmente nua.

– Deite-se – disse eu, surpresa com o tom rude da minha voz.

Ele obedeceu, e juntei-me a ele na cama, montando em seus quadris e debruçando-me sobre ele, deixando meu cabelo tocar em seu peito como naquela noite na casa de Terry e Andrea.

Seth. Eu tinha Seth. E podia fazer tudo o que eu quisesse.

Beijei-o de novo, com mais intensidade que antes, como se minha boca se desse conta de que isso podia terminar a qualquer momento, e tentasse obter naquele instante o máximo que pudesse. Recuando um pouco, coloquei suas mãos de novo em mim.

– Não pare de me tocar.

Beijei de novo seus lábios, esmagando-os com os meus, deixando que os dentes mordiscassem a carne tenra. O tempo todo suas mãos passeavam sobe mim, como eu mandara, vindo descansar sob meus seios, segurando e acariciando-os. Os dedos deslizaram até os mamilos já empinados, tocando-os de leve a princípio, e então apertando-os com mais força. Gritei, com minhas próprias necessidades selvagens agora despertas, e movi os lábios até seu pescoço. Minha boca trabalhava com ferocidade contra a pele delicada, apertando e mordendo, como se deixar uma marca pudesse de algum modo marcar Seth como meu para sempre.

Afastando-me um pouco, ergui-me até ficar de joelhos e levei sua mão para o meio das minhas pernas. Ele me acariciou sem que eu pedisse, deixando os dedos passarem sobre meu clitóris, fazendo acumular-se aquela sensação lancinante. Os dedos dele moviam-se com destreza, auxiliados por minha própria umidade. Cada vez mais o êxtase arrebatador crescia, até quase se transformar em agonia, mas eu o detive antes que me levasse ao clímax e eu gozasse.

Apressada, puxei sua calça *jeans* e a cueca, tirando-as o mais rápido que pude. Suspirei, trêmula, contemplando-o, longo, perfeito, duro, como se aquilo pudesse me manter viva quando mais nada podia. Abaixei o corpo e me apertei de encontro a ele, esfregando-me naquela rigidez, deixando que isso completasse o trabalho iniciado por seus dedos. Gozei quase no mesmo instante, pois já estava a ponto de fazê-lo, e, antes que os espasmos sequer começassem a desaparecer, deslizei-o para dentro de mim, deixando que me preenchesse por completo até parecer que nada mais restava do meu próprio corpo, só ele.

Ele ainda me deixava tomar a iniciativa, mas a situação também o estava afetando. Sua respiração estava pesada e ofegante, os lábios entreabertos de desejo, os olhos implorando que eu fizesse mais.

Quanto a mim... eu estava me perdendo. Não ligava para mais nada a não ser ele dentro de mim, o mais perto de Seth que eu poderia chegar. Ainda parecia que algo deveria acontecer, que alguma coisa nos deteria. Mas isso não aconteceu. Tornei-me mais que uma conquistadora. Era uma saqueadora, tomando o que queria, sem pensar nas consequências.

Eu o cavalgava, descendo meu corpo com força uma vez ou outra, querendo que ele me penetrasse fortemente. Minhas mãos o seguravam firme, empurrando-o para baixo a cada investida, mas não que ele estivesse tentando escapar. Meus seios balançavam enquanto nossos corpos se moviam juntos, os mamilos ainda duros e sensíveis. Eu ouvia o choque de pele contra pele cada vez que me movia para baixo, compondo um ritmo com nossas respirações arfantes.

Eu me afogava em Seth, em seu suor e em seu toque. Eu era líquida e dourada, fundindo-me a ele. Meu corpo doía, incapaz de conseguir dele o bastante, e eu me movia ainda com mais empenho. Eu sabia exatamente de que ângulo precisava para me fazer gozar, e nem tentei controlar as inúmeras ondas de êxtase pulsante que tomavam meu corpo. Pequenas fagulhas de energia fluíam entre nós de tanto em tanto. Não a absorção normal que ocorria com uma vítima, mas a troca inevitável que ocorria entre um íncubo e um súcubo, duas criaturas cujos corpos eram feitos para recolher a força vital.

Eu devia consumir Seth, tirar dele o máximo que pudesse. Era meu único propósito. O tempo passou. Meu corpo desfrutou do prazer, ávido, muitas vezes. Repeti seu nome, diversas vezes, sussurrando-o ou gritando, até que por fim, exausta, não consegui mais me mover. Parei e quase desfaleci sobre ele.

Mal conseguindo fazer meus pulmões continuarem a trabalhar, lutei para inspirar o ar de que precisava. Ele ainda estava dentro de mim, permanecia pronto, mas eu estava quase esfolada. Minha garganta estava seca e doía. O suor formava uma camada viscosa em minha pele. Deixei-me ficar sobre ele, ofegante e desesperada, um animal que acabava de saciar a fome, sem se importar com quem jazia debaixo dele.

Ele me observava com atenção, passando a mão com cuidado pelo meu rosto molhado. Então, após um sinal não verbalizado entre nós, ele me jogou de costas para, finalmente, satisfazer-se. Agarrando meus tornozelos e colocando--os sobre seus ombros, ele se ajoelhou diante de mim e me penetrou de novo. Um pequeno gemido escapou de meus lábios. Eu tinha virado uma gelatina, incapaz de fazer qualquer coisa senão ficar ali deitada e permitir que ele fizesse comigo o que quisesse. Meus braços estendiam-se, relaxados, acima da minha cabeça, os dedos tocando a cabeceira negra; fechei os olhos, deixando-me apenas sentir Seth enquanto me possuía. Eu estava fraca e acabada, mas a sensação era maravilhosa. Abri os olhos e fiquei olhando como ele usava meu corpo com vigor podendo, por fim, dedicar-se a seu próprio prazer. Ele se contivera o tempo todo por minha causa, esperando até que eu tivesse saciado meu tesão. Agora era ele quem estava ávido, explorando-me como quisesse. Por fim, atingiu o clímax com um gemido, fechando os olhos brevemente, segurando-se ao meu corpo enquanto gozava dentro de mim. Quando terminou, ele desabou para frente e saiu de mim, deitando-se ao meu lado.

Ficamos daquele jeito por algum tempo, e então ele me puxou, decidido, de forma que nossos corpos se acomodaram um ao outro, minhas costas pressionadas contra o peito dele. Ambos ainda respirávamos pesado, arquejando, enquanto nossos corações aos poucos batiam mais devagar. Descansei o rosto em seu braço. Eu ainda tremia por ter feito sexo com Seth, com a sensação dele dentro de mim e a forma como ele havia arrasado meu corpo com aquele êxtase devastador.

Então, enquanto uma de suas mãos me segurava com força e a outra me acariciava devagar o cabelo, notei algo. O cheiro não estava certo.

Não é que ele cheirasse mal. Não cheirava. Ele só não cheirava como Seth. O suor não era o mesmo. Não havia o perfume fugaz de maçã, couro e almíscar. Não era o cheiro exclusivo de Seth. Ele cheirava como Bastien. Ele *era* Bastien, recordei-me, severa, e com isso a ilusão se esfacelou, o encanto foi quebrado. Eu não estava com Seth, não importa quão perfeita fosse a forma. Eu estava com meu amigo, o íncubo.

– Volte à sua forma – sussurrei.

– O quê?

– Volte a ser você.

Ele não perguntou o porquê, e um instante depois eu estava nos braços de Bastien. Não era Seth, dei-me conta disso com um vazio surdo e terrível, mas era a realidade. Não dissemos mais nada depois disso, e ficamos juntos na cama pelo resto da noite. Para mim, porém, o sono não chegou. Fiquei acordada o tempo todo, com o olhar perdido nas sombras.

Capítulo 17

– Coloco os cartazes de Lorelei Biljan agora? Ou espero até que E. J. Putnam vá embora?

Ergui os olhos das faturas em minha mesa. Eu acabava de ler a mesma série de números pela quinta vez sem entender nada, e estava me saindo apenas um pouco melhor para decifrar a pergunta de Tammi.

– Por que... esperaríamos? – esfreguei os olhos.

– Não sei – ela deu de ombros. – Só parece meio deselegante anunciar um autor enquanto outro está autografando.

Minha mente movia-se devagar, talvez porque apenas cinco por cento dela estava de fato aqui na livraria. O resto de minha força mental tentava entender algo em meio ao desastre que era a minha vida.

– Hã... não, não tem problema. Pode colocar os dois. Biljan vem na semana seguinte a Putnam, e também precisa ser bem divulgada. Além disso, não acho que os escritores se preocupem demais com esse lance de concorrência. Eles ficam bem na deles.

Tammi passou a mão por seu cabelo curto vermelho.

– Não sei, eles são famosos *e* artistas. Parece uma combinação perigosa. Vai que são temperamentais, sei lá. Nem todos os escritores devem ser como Seth. Na verdade, aposto que, quando fica irado com alguma coisa, ele bota pra quebrar.

– Mais alguma coisa? – perguntei, com um tom cortante de dispensa em minha voz. – Se não tem mais nada, apenas coloque todos os cartazes, certo?

Ela me lançou um olhar espantado e saiu da sala. Quando a porta se fechou, encostei a cabeça na mesa e soltei um gemido. Tammi, em sua adorável ingenuidade adolescente, não tinha ideia de como chegara perto do alvo.

Assim como ela, eu também achava que Seth podia demonstrar um bocado de ira se tivesse motivo suficiente para isso.

Como, por exemplo, ser traído por sua namorada.

Claro, Bastien estava certo ao dizer que Seth e eu tínhamos um conceito bem amplo do que seria "traição", mas até eu sabia o que se encaixava ou não. Não havia meio-termo. Era imutável. Eu tinha feito uma besteira descomunal.

Eu já sabia disso enquanto participava daquela união profana com Bastien. Depois da noite insone, deixei-o por volta do amanhecer e voltei de táxi a Queen Anne, com meu corpo ainda dolorido. Não quis falar com ele. Dormia tão pesado que não me ouviu sair. Não havia sobre ele o peso da culpa.

Mas eu? Minha taça de culpa estava transbordando. E não era só isso, eu ainda tinha que tomar a próxima decisão em toda essa encrenca: contar ou não contar? Foi isso o que me incomodou de fato durante todo o meu dia de trabalho. Passado era passado; não podia ficar me preocupando para sempre. Minha atenção concentrava-se agora em como proceder dali em diante.

Por sorte, Seth ficara trabalhando em casa naquele dia, o que ajudava um pouco. Havíamos feito planos de nos encontrarmos de noite, mas, até que isso acontecesse, eu ainda tinha tempo para bolar alguma coisa. Qualquer coisa. Mas, quando caminhei de volta para casa ao final do expediente, eu não estava mais perto de uma resposta do que estivera no início do dia.

Infeliz, puxei uma cadeira da mesa da cozinha e me sentei, com caneta e papel. Aubrey pulou em cima da mesa e deitou-se para me olhar, com metade do corpo em cima da folha de papel. Empurrei-a para o lado e fiz a seguinte lista:

NÃO CONTAR A SETH
Prós: a situação se mantém, ele não fica aborrecido.
Contras: a culpa que me atormenta, e acaba totalmente com o lance da honestidade.

Analisei a lista por um momento, surpresa por não haver mais itens nem nos prós, nem nos contras. Era bem simples. Mais para baixo no papel, fiz a lista inversa.

CONTAR A SETH
Prós: é a coisa certa a fazer.
Contras: admitir que sou uma idiota, dolorosa crise emocional, separação inevitável, sofrimento e arrependimento, literalmente, eternos.

Ergui a caneta e fiquei olhando uma lista e outra.

– Isto não está esclarecendo nada, Aubrey – tentando aliviar a frustração, atirei a caneta em algum lugar da sala. O olhar da gata acompanhou o voo com interesse, e então ela se lançou para confirmar a captura.

– O que você precisa contar a Seth?

– Jesus! – gritei, dando um pulo de uns três metros. Carter tinha aparecido do nada e estava agora de pé ao lado da mesa, parecendo casual e lacônico. Ele usava uma camiseta preta por cima de outra de manga comprida cinza, e um *jeans* que eu juraria ser o mesmo que usara nas últimas duas décadas. – Não faz isso, tá legal? Bater na porta não saiu de moda.

– Desculpe – ele puxou uma cadeira e montou nela, com os longos braços dobrados com displicência sobre o encosto. Afastando seu cabelo lambido da cara, ele acenou para minha lista. – Não quis interromper.

– Você não interrompeu – murmurei, amassando o papel. Joguei-o também na sala, para que Aubrey tivesse mais opções de caça.

– Quer falar sobre algo? – ele insinuou.

Hesitei. De todos que conhecia, só Carter acreditava de verdade que Seth e eu tínhamos uma relação sólida. Ele era o único que não levava isso na brincadeira. De certa forma, isso podia fazer dele um bom confidente, mas também o desqualificava. Eu não podia confessar à única pessoa que acreditava em mim o imenso estrago que fizera, num momento de fraqueza.

– Não – respondi, brusca. – Mas suponho que *você* quer.

Ele me olhou por um instante, como se fosse insistir sobre o que eu, obviamente, estava escondendo, mas então deixou para lá.

– Tenho algo para você.

Ele estendeu um punho cerrado. Quando o abriu, vi uma bolsinha na palma de sua mão. Peguei-a e acariciei o material. Não fazia ideia do que era aquilo, mas a textura suave do tecido era como a de uma pétala de flor. Comecei a abri-la.

– Não – seu tom imperioso deteve-me de imediato. – Vai quebrar o encantamento.

– Que encantamento?

– O que disfarça o conteúdo da bolsa. E que também mascara sua assinatura imortal.

Assenti com a cabeça, compreendendo. Eu podia não saber o que fazer com minha própria vida amorosa, mas de conspirações imortais eu entendia.

– Para me esconder e esconder isto aqui do fornecedor de Alec.

O anjo assentiu por sua vez.

Ergui a bolsinha e a balancei diante dele.

– E aí, vou saber o que tem aqui dentro?

– É um... – ele se interrompeu, não por relutância em contar-me, mas procurando a palavra certa. – É um dardo, acho. Ou talvez... tipo uma ponta de flecha. Mas isso soa esquisito. Não, vamos chamar de dardo. Só tem uns três centímetros de comprimento. É um dardo que parece uma pequena ponta de lança.

– Hum. Tá legal. Entendi. E o que eu faço com esse dardo ponta de flecha?

– Você deve cravá-lo no coração do outro imortal.

– Espere aí. Tipo... atacar um vampiro com uma estaca.

– Hã, não exatamente. Você vai ter que descobrir a hora certa. O segredo é agir depressa. Assim que você abrir essa bolsa, ele vai saber o que você é e o que há dentro dela. Não pode lhe dar tempo para reagir, porque não vai ser nada legal isso acontecer. Seja rápida, e não pense duas vezes.

– E como um pedacinho de madeira vai resolver todos os nossos problemas?

– É uma madeira especial – ele respondeu, com um sorriso.

– Ah, ótimo, isso explica tudo.

– Você vai encontrar logo com ele?

– Na verdade, logo, logo. Acho que poderia ter me encontrado com ele ontem, se eu quisesse. Alec estava superansioso para nos apresentar.

– Hum. Estranho – Carter franziu o cenho, remoendo isso em sua mente.

– Preciso ficar preocupada?

– Não mais do que já deveria estar com a ideia de atacar um imortal.

– Mas tudo vai dar certo se eu agir depressa e não pensar demais, não é?

– Isso. Imagino que isso seja bem comum para você, de qualquer forma.

– Mais alguma coisa que eu precise saber?

– Bom... deixe-me ver. Sim. Uma coisa. Mas não o faça até que haja uma provocação.

– O quê? – arregalei os olhos para ele. – Ser um desgraçado que passa substâncias viciantes que destroem os mortais não é provocação suficiente?

– Por incrível que pareça, não. Você tem que estar sendo ameaçada de algum modo.

Aborrecida, joguei a bolsinha sobre a mesa. Era tão típico de Carter e Jerome. Um esquema absurdamente complexo, com detalhes e brechas ridículos.

– Ameaçada? Como ele pode me ameaçar? Ele não pode me fazer mal, a menos que... espere aí, ele não é um imortal que pode me matar, é?

– Não, claro que não. Mas ele poderia tornar as coisas muito... desconfortáveis para você. De qualquer forma, há um monte de maneiras de ameaçar uma pessoa. Se ele a ferir... ou se você se sentir vulnerável... como se ele pudesse impor seu poder contra você, então isso vai funcionar. Ele é um imortal mais forte que você. Abusar de você, especialmente se pertence a Jerome, por assim dizer, é inadmissível. Seria justificável você se proteger. Mas, se atacar sem mais nem menos, vai se encrencar com os Poderes Constituídos, por estar visando outros imortais. Também vai criar problemas para nós, por ter dado armas a você.

– Isso está parecendo uma armadilha.

– Que palavra horrível. Vamos falar em autodefesa.

– Então, você acha que as coisas vão piorar a ponto de eu precisar de autodefesa?

– Não sei – ele hesitou. – Não sei mesmo.

– Então, mas e aí, e se esse cara for perfeitamente simpático e apenas me vender uma boa dose de ambrosia, não posso fazer nada? Perdi a viagem?

– Como eu disse, não sei. De verdade. Mas, sério... se estão facilitando tanto para encontrá-lo, só posso achar que tem algo esquisito acontecendo. Apenas tenha cuidado, está bem? – sua expressão estava muito séria agora. – Você é esperta. Vai conseguir.

– E suponho que, a esta altura, você não vai me contar quem na verdade é esse cara?

– Eu acredito que a ignorância é uma bênção.

Ergui as mãos, sem saber mais o que dizer. Carter trocou mais alguns gracejos comigo e então ergueu-se para ir embora. Hesitante, ele me lançou um olhar inquisitivo.

– Tem certeza de que não quer falar? Está na cara que tem algo incomodando você.

– Tem sim. Mas tenho que lidar com isso sozinha.

– Tudo bem. Até mais – após um piscar de olhos, o anjo desapareceu.

Seth apareceu daí a uma hora, com um pouco de tinta azul no rosto.

– Terry e Andrea estão pintando a cozinha agora.

Sorri para ele, engolindo as emoções que se agitavam dentro de mim.

– Como consegue ficar tão sujo se nem participa da pintura?

Encontrei um pano de prato e passei no rosto dele, numa tentativa inútil de limpá-lo. Ficando tão perto dele, de repente tive um *flashback* da noite anterior. As mãos dele acariciando meus seios. Senti-lo dentro de mim, preenchendo--me. Nossos corpos movendo-se juntos. Seus lábios entreabertos ao gozar.

– Não sai – disse eu, afastando-me bruscamente.

– Ah. Tudo bem.

Fiquei amuada e silenciosa pelo resto da noite, tensa e distante ao menor toque. Seth captou meu humor de imediato e me deu o espaço necessário. Caminhamos algumas quadras, pela minha rua, até um cinema que só exibia filmes indicados para o Oscar ou então filmes independentes, de arte. Vimos um destes últimos e, tenho de admitir, ele me tirou da mente a minha vida amorosa, embora por apenas duas horas.

Mais tarde, sentados em um restaurante italiano, deixei que ele me conduzisse para uma discussão sobre os méritos do filme. Surpreendeu-me que minha boca conseguisse manter a conversação enquanto o resto de mim estava em um mundo completamente diferente.

Inúmeras vezes, eu repassava o que acontecera na noite anterior, e não apenas a parte do sexo. Analisei tudo, os eventos que conduziram até ela. Por que eu tinha feito aquilo? O que me fez ceder? Tinha sido mesmo uma tentativa altruísta de dar um jeito nas coisas entre Seth e eu, acabando com a tentação? Teria sido um desejo incontrolável de confortar-me junto a Bastien? Ou, mais provavelmente, tinha sido um ato egoísta da minha parte? Um desejo ardente de tocar o que, teoricamente, eu não poderia ter – não porque isso pudesse ajudar nossa relação, mas simplesmente porque eu queria fazê-lo. Eu queria aquele prazer. Desejava o corpo dele, e apenas cedi ao hedonismo pelo qual ansiava. Eu era uma criatura do inferno, afinal. Já notara antes que não éramos particularmente conhecidos por nosso autocontrole.

Ainda assim, nada disso mudava o fato de que aquilo havia acontecido. Havia acontecido, e eu precisava fazer algo a respeito. Ou não?

Seth estava sentado diante de mim, parecendo feliz e satisfeito enquanto conversávamos. Às vezes a ignorância é mesmo uma bênção. Voltei a pensar nas listas. Se ele nunca soubesse, a verdade não poderia magoá-lo. Poderíamos continuar como estávamos. O único problema seria que eu sabia a verdade. Teria de conviver com a traição não apenas à nossa relação física, mas às nossas tentativas de manter a honestidade e a franqueza. Mais um item na lista de segredos sombrios e desagradáveis que eu já tinha.

– Você está aqui, Tétis? – perguntou ele, de repente.

– Hein?

Ele me deu um sorrisinho suave e colocou a mão sobre a minha, segurando-a. Peguei a dele também.

– Parece que você está a quilômetros de distância.

Respondi-lhe com um meio-sorriso. Pelo visto eu não era tão sutil como imaginava. Olhei-o, examinando as feições que tanto amava, e sacudi a cabeça. Não conseguiria contar. Ainda não.

– Só estou cansada – menti.

Dividimos uma taça de sorvete e depois voltamos ao meu apartamento. Acabávamos de abrir o tabuleiro de palavras cruzadas quando senti a aproximação de assinaturas imortais.

Dei um gemido, não querendo encarar aquilo.

– Ora, a turma toda chegou.

Seth me olhou, confuso, até que ouvimos alguém bater à porta. Fui atender, e deixei Hugh, Peter, Cody e Bastien entrarem.

– Você está viva – saudou Peter com empolgação, esmagando-me num abraço. – Estávamos tentando falar com você.

– E eu estive tentando o dia todo te telefonar – acrescentou Bastien, enfático.

Eu sabia muito bem que ele tinha me ligado várias vezes. De propósito não atendi ao telefone.

– Desculpem – respondi a todos.

– Oi, Seth – disse Cody, dando um tapa nas costas do escritor. O vampiro e os outros imortais se espalharam pela minha sala como se morassem ali. Lancei a seu comportamento alegre e folgado um olhar terrível.

– Vocês saíram para beber por aí?

– Sim – respondeu Hugh com orgulho. – E vocês dois podiam ter ido conosco.

– Por sorte, a noite ainda é uma criança – declarou Bastien. Ele deu uma volta pela sala, erguendo uma sobrancelha espantada ao ver o tabuleiro. – Como você não respondeu, decidimos vir fazer um convite pessoalmente.

– Vamos jogar bilhar – explicou Cody, feliz. – Naquele lugar em Belltown. Vocês deviam vir com a gente – ele lançou a Seth um sorriso conspiratório. – Georgina joga bem pra caramba.

– Tétis é boa em tudo – Seth murmurou de forma automática. Eu percebia, por sua linguagem corporal, que ele não se sentia à vontade com um bando de imortais bêbados na sala. E também sabia que ele não queria sair.

– Desculpem, mas nós já saímos – disse-lhes. – Estamos a fim de ficar em casa.

Isso gerou comentários de desdém e grunhidos de desaprovação.

– Ah, qual é? – implorou Hugh, tentando chamar a atenção de Aubrey com um gatinho de brinquedo num barbante. Ela não caiu nessa, e miou para ele. – Sempre atendem a gente melhor quando você vai.

– Além do mais – acrescentou Bastien, num tom desagradável, – o que vocês estão fazendo não parece nada emocionante. Vocês deviam agradecer por termos aparecido. Vamos proporcionar algo a vocês. *Algo que não iam conseguir de outro jeito.*

Permaneci calma, mas acho que os outros notaram a tensão súbita no ar.

– Desculpem – repeti. – Não vamos sair. Vocês podem ficar um pouco, mas depois vou ter que mandá-los embora. Já temos outras coisas para fazer.

– Eu nem sabia que vocês *faziam* alguma coisa – resmungou Bastien, numa voz tão baixa que só eu ouvi. E talvez os vampiros, com sua audição sobre-humana.

– Você tem algo para beber? – perguntou Peter, tentando, sutilmente, forçar-me a ser uma boa anfitriã.

Eu ainda estava num confronto de vontade e de olhares com o íncubo.

– Sim, acabei de comprar seis Smirnoff Ice.

– Ah – exclamou Cody. – Bingo.

Ele e Hugh atacaram a geladeira, passando garrafas de bebida para todos, menos para Seth e para mim. Nós nos abstivemos. Todos se acomodaram e a conversa logo passou para assuntos banais, mas Bastien, Seth e eu não participamos. Seth sempre ficava calado nessas circunstâncias. Bastien e eu ficamos quietos porque estávamos furiosos um com o outro.

Pedi licença para ir ao banheiro e, quando terminei, encontrei Bastien esperando por mim ao lado da porta.

– O álcool passa direto por você, hein? – comentei, passando por ele.

Ele bloqueou minha passagem, encostando-me na parede.

– Que diabos está acontecendo com você? – perguntou ele em voz baixa.

– Nada. Me larga.

– Besteira. Deixei umas cem mensagens. Você está me evitando.

– E daí? É um direito meu. Como naquela música.

– Deixe eu adivinhar – ele torceu o rosto. – Você está tendo uma crise moral melodramática por causa de ontem à noite. Ultimamente, isso é bem a sua cara.

– Não venha me falar da noite passada. Você não devia ter feito o que fez.

– *Eu* não devia? Meu Deus, Fleur, não se faça de vítima. Ninguém te forçou. Você mais do que consentiu. E mais, eu até diria que você curtiu.

– Foi um erro.

– E ficar me evitando vai consertar tudo? Não se engane. Não foi um erro. Foi bom para você. Eu te ajudei. Te dei algo que você nunca ia conseguir de outra maneira. Você vai se lembrar pelo resto da vida.

– Caramba – disse eu, a voz carregada de sarcasmo. – Quanta bondade da sua parte. Porque foi só isso, não foi? Você só estava querendo me ajudar. Mais nada. Com certeza você não fez aquilo só porque podia. Porque eu "era linda e maravilhosa e você me queria".

– Me escuta...

– Não. Você é que tem que me escutar. Se estou a fim de evitar você, me deixe. Não apareça bêbado na minha casa e tente me forçar a conversar. Isso torna você mais babaca ainda. Não quero falar com você. Não por enquanto. Talvez nunca mais.

– "Nunca" é tempo demais – ele se debruçou mais para perto, com a mão no meu braço. – Não acha que é um exagero, só por causa de um pouco de sexo? Além do mais, você não pode me abandonar. Tem que me ajudar com Dana.

– Não, não tenho – declarei, fria. – Você está sozinho nessa. E se mandarem você para Guam, então a droga da culpa é toda sua. Talvez isso lhe dê um tempinho para pensar na sua relação com as mulheres fora do trabalho.

– Vá para...

– Georgina?

Viramo-nos e vimos Seth parado no corredor. Bastien e eu estávamos perto um do outro, perto demais, mas não de um jeito romântico. Qualquer um com meio cérebro ia notar que estávamos brigando. Nossas posturas irradiavam isso, assim como nossas expressões. A forma como Bastien agarrava meu braço não era cordial.

– Você está bem? – Seth perguntou com cuidado. Suas palavras soaram graves e cautelosas, mas vi em sua expressão algo que não era familiar. Não era fúria, mas algo ardia em seus olhos. Uma vez ele me disse que escolhia com cuidado suas batalhas, e fiquei imaginando então o que ele faria se o íncubo estivesse me ameaçando de verdade.

– Estamos bem – respondi. Soltei-me da mão de Bastien, e ele não reagiu.

– Sim, estamos bem – concordou, com um sorriso frio.

Ele passou por mim mas parou quando ia cruzar com Seth.

– Você devia se sentir lisonjeado – disse Bastien a Seth. – A maioria das mulheres invoca Deus durante o sexo, mas Fleur grita seu nome. Podiam até achar que você é uma divindade, considerando quantas vezes ela o homenageou ontem à noite.

Ele seguiu em frente até a sala, e nem fiquei por perto para ver a reação de Seth. Precipitei-me atrás de Bastien.

– Vá embora – ordenei-lhe. Olhei para os outros imortais. – Todos vocês, vão embora *agora.*

Peter, Cody e Hugh me encararam atônitos. Eu os mandara embora muitas vezes, mas nunca tinham me ouvido usar esse tom de voz com eles. Assim, obedeceram. Num segundo saíram todos pela porta, e Bastien lançou-me um olhar sombrio ao partir.

Quando já tinham ido embora, respirei fundo e me virei para Seth. Fúria e desespero ferviam dentro de mim.

– Deixe-me imaginar. Você quer saber o que ele quis dizer.

– Sinceramente, não sei. – a expressão dele era inescrutável. De repente, pareceu cansado. – Não sei se quero saber.

– Tá, tudo bem, vou contar assim mesmo.

As palavras me feriam enquanto saíam, mas eu realmente não queria manter mais segredos. Não só por Bastien ter contado, mas também porque eu sabia que não aguentaria ter aquilo me corroendo por dentro. Machucava demais. Eu percebera isso enquanto falava com o íncubo.

Apesar de não mencionar as fotos, contei tudo a Seth. Tudo.

Quando terminei, ele não disse nada. Ficou olhando para algo inexistente no ar, o rosto sem expressão mais uma vez. Após alguns minutos de silêncio doloroso, ele finalmente me olhou de novo.

– E então? Como me saí?

Capítulo 18

– Isso não tem graça – disse eu.

– Me parece uma pergunta bem pertinente.

Olhei-o e então abracei a mim mesma.

– É só isso que você vai dizer?

– Eu... eu não sei mais o que poderia dizer.

– É nessa hora que você grita comigo.

– Ah, entendo – as sobrancelhas dele se ergueram. – Eu não sabia que tinha um roteiro já escrito.

– Não é isso que... Olha só. Eu dormi com outro. E não foi só dormir. Eu não tinha que fazer isso... não do jeito que acontece com os humanos. Você entendeu isso, né?

– Sim – ele respondeu, bem tranquilo.

– E não estava bêbada nem nada. Meio tonta, talvez, mas ainda em pleno controle dos meus atos.

– Sim.

– Estão você não está doido de raiva?

– Atordoamento é a sensação dominante no momento. Descobrir que alguém se fez passar por você é quase tão perturbador quanto a parte do sexo.

– Ele não se fez passar por você, exatamente... quer dizer, eu sabia que era ele.

– Eu sei. Mas ainda assim é esquisito.

Ele ficou em silêncio de novo, e fiquei olhando para ele, incrédula. Ele percebeu meu olhar e o devolveu.

– O que você quer? – agora ele soava irritado, quase bravo. – Quer que eu fique furioso? Seria uma punição, algo assim? É o que você quer?

Eu não disse nada, e percebi que era exatamente o que eu queria. Uma vez li um livro em que um cara matava uma garota por acidente, ao dirigir bêbado. A família dele, poderosa, conseguiu mantê-lo fora da cadeia, e ele odiou isso. Desejara a catarse purificadora da punição verdadeira, de ter de pagar por seus crimes. Naquele instante, eu precisava da mesma coisa.

– É o que eu mereço – disse a Seth.

– Bom, mas eu não vou lhe dar isso agora – a voz dele estava fria. Você não pode mandar nos meus sentimentos. Desculpe.

Fiquei de boca aberta, sem saber o que fazer naquela situação. O toque do meu celular interrompeu minha ruminação. Olhei na direção da minha bolsa, e deixei que caísse na caixa postal. Um instante depois, ele tocou de novo.

– Você devia atender – opinou Seth.

Eu não queria falar com ninguém. Queria me esconder num buraco. Mas peguei o celular e olhei o visor. Não reconheci o número. Às vezes isso acontecia com Jerome. Se eu não respondesse, o demônio era capaz de se teleportar até aqui, e muito provavelmente essa era a única coisa que podia piorar ainda mais as coisas.

– Perdão – disse baixinho a Seth, pouco antes de atender. Eu não sabia se me desculpava pela interrupção ou pelo que fizera com Bastien. – Alô?

– Oi, Georgina. Aqui é Wyatt.

Levei um tempo para lembrar. Da banda de Doug.

– Oi, como estão as coisas?

– Mal. Eu não sabia mais para quem ligar. Estou no hospital com Doug.

Meu coração parou.

– Ah, meu Deus do céu! O que aconteceu?

– Ele, hã, tomou uns comprimidos.

– Que tipo de comprimidos?

– Não sei. Mas ele tomou um vidro inteiro.

A notícia de Wyatt nos colocou em ação. Engraçado como a tragédia pode superar a fúria. Fossem quais fossem os assuntos pendentes entre nós, deixamos todos de lado enquanto íamos para o centro no meu carro.

Wyatt contara rapidamente o resto da história enquanto eu deixava o apartamento às pressas. Alec não aparecera com as outras doses. Doug havia desabado de novo, mergulhando naquela escuridão assustadora que eu testemunhara antes. Wyatt não sabia bem o que levara à *overdose*. Ele punha a culpa em tudo, desde um impulso suicida até uma tentativa desesperada de voltar a ficar numa boa, de outras formas. O pessoal da emergência havia feito uma lavagem estomacal, e o médico disse que estava tudo bem por ora, mas ele ainda não tinha recobrado a consciência. Wyatt me ligara porque Doug não tinha parentes aqui, e ninguém sabia como entrar em contato com sua família fora da cidade.

Corey e Min estavam lá quando chegamos. Eles nos deram mais alguns detalhes e disseram que não havia alteração no estado de Doug. Seth permaneceu em silêncio, mas eu percebia que estava tão preocupado quanto eu.

Perguntei se podia ver Doug, e uma enfermeira disse que sim. Entrei sozinha no quarto e encontrei-o adormecido, conectado a tubos e a uma máquina que fazia um bipe a cada batida do coração. Eu testemunhara a mudança da tecnologia médica, das sanguessugas aos desfibriladores, mas isso não significava que me sentia à vontade com essas coisas. Parecia haver algo errado com máquinas que mantinham as pessoas vivas. Elas não eram naturais, mesmo que fizessem alguma coisa boa.

– Ah, Doug – murmurei, sentando-me a seu lado na cama. Sua pele estava pálida, as mãos frias e pegajosas. A máquina registrava batimento cardíaco regular, e isso já era alguma coisa. Nenhum dos outros parâmetros monitorados significa nada para mim.

Fiquei observando-o, sentindo-me impotente. Como eram frágeis os mortais, pensei, e eu não podia fazer nada quanto a isso.

Muitos, muitos anos atrás, Bastien e eu trabalhamos em uma casa de espetáculos de dança em Paris. Naquele tempo, quase sempre as dançarinas eram também prostitutas, mas eu não me importava. A oportunidade me oferecia tanto a energia de súcubo quanto uma fonte de dinheiro. Bastien era segurança e fazia-se passar por meu amante. Isso lhe permitia encher minha bola, aumentar minha reputação e conseguir-me uma boa clientela.

– Tem um rapaz que vem todas as noites – disse-me o íncubo, um dia. – Está escrito "virgem" na testa dele, mas ele é rico. Conversei com ele algumas vezes. Não gosta da ideia de pagar por sexo, mas está completamente obcecado por você.

A notícia me agradou e, quando Bastien indicou o cavalheiro durante uma apresentação, cruzei meu olhar com o dele várias vezes. Como resultado, um criado veio me chamar discretamente depois do *show*, a mando do patrão, e me apressei em arrumar-me nos bastidores.

– Josephine – chamou-me uma voz a meu lado. Voltei-me e vi outra dançarina, uma amiga muito especial chamada Dominique.

– Olá. Estou indo ver um bom cliente – respondi-lhe, sorrindo, mas sua expressão sombria me deteve. – O que houve?

Dominique era miúda e loira, com uma aparência quase etérea que dava a impressão de que ela não se alimentava o suficiente. Porém, isso não era surpresa. Naquela profissão, nenhuma de nós conseguia ganhar o suficiente para se alimentar.

– Josephine... – ela murmurou, com os olhos azuis arregalados. – Preciso de sua ajuda. Acho... acho que estou grávida.

Fiquei paralisada.

–Tem certeza?

– Sim. Eu... eu não sei o que fazer. Preciso deste trabalho. Você sabe que eu preciso.

Assenti. Na lateral do teatro, Jean – o homem que levava uma comissão de nossos programas – gritou para que eu me apressasse e fosse encontrar o jovem. Dei um breve abraço em Dominique.

– Tenho que ir fazer isso. Vejo você depois, certo? Vamos pensar em alguma coisa.

Mas não houve um depois. O rapaz, Etienne, revelou-se adorável. Era muito mais novo do que eu aparentava ser, e noivo. Estava dividido a respeito do sexo. Parte dele sentia que deveria manter-se puro para sua noiva; outra parte desejava ser experiente na noite de núpcias. Essa foi a parte que venceu, a parte que o trouxe à minha cama e deu a mim, como súcubo, o bônus duplo da corrupção moral e da absorção de energia.

Ele não gostava nem do meu modo de viver nem do domínio que eu exercia sobre ele, mas isso não impediu que viesse me procurar todos os dias nas semanas seguintes.

– Odeio você por isso – ele me disse um dia, depois de fazermos sexo. Estava recostado entre os lençóis, num suado repouso pós-sexo. Eu estava parada junto à cama, vestindo-me enquanto ele me olhava. – Case comigo.

Ri alto, jogando o cabelo, que então era cor de mel e cacheado, por cima do ombro.

Ele corou, irritado. Tinha olhos e cabelos escuros, e um ar permanentemente carrancudo.

– Isso é engraçado?

– Só porque você me odeia num segundo e me ama no outro – eu sorri enquanto atava minhas roupas de dentro. – Suponho que existam muitos casamentos assim.

– Nem tudo na vida é piada – ele disse.

– Talvez não – concordei. – Mas isso que você disse chega bem perto.

– Você está recusando minha proposta?

– Claro que estou – coloquei o vestido pela cabeça. – Você não tem ideia do que está pedindo. É ridículo.

– Às vezes você me trata como se eu fosse uma criança – ele declarou, sentando-se ereto. – Você não é muito mais velha que eu. Não tem o direito de ser tão superior... especialmente por ser uma...

– Uma prostituta? – sorri para ele. Ele teve a delicadeza de parecer embaraçado. – E esse, docinho, é o problema. Sem falar da reação escandalizada de sua família. Mesmo que conseguíssemos seguir adiante, você nunca superaria isso. Passaria o resto do nosso casamento, que provavelmente seria curto, obcecado com todos os homens com quem estive. Imaginando se algum deles teria sido melhor. Imaginando se eu teria feito com eles o que para você era novidade.

Furioso, ele se pôs de pé e vestiu as calças.

– Pensei que você ficaria agradecida.

– Estou lisonjeada, mas nada mais – respondi-lhe com frieza.

Aquilo não era inteiramente verdadeiro. A verdade era que, a despeito de suas convicções juvenis e variações de humor, eu gostava de Etienne. Muito. Algo nele chamava minha atenção. Talvez fosse porque toda aquela emotividade e orgulho viessem de uma natureza artística. O *hobby* dele era pintar. Lá estava ela de novo, minha malfadada obsessão com homens criativos. Por sorte, naquela fase da minha vida, eu tinha bom senso suficiente para evitar compromissos sérios com humanos.

– Eu gostaria que fosse possível escolher quem a gente ama – ele disse, com amargura. – Porque eu não escolheria você, sabe? Mas aqui estamos nós. Não consigo parar de pensar em você. É como se houvesse algo que me atraísse para você e que eu não pudesse combater.

– Sinto muito – disse eu com suavidade, surpresa com a dor fina que me feria o coração. – Espere até estar casado. Sua esposa vai fazer você se esquecer de mim.

– Não. Ela não se compara a você.

– Ela é sem graça? – talvez fosse egoísmo meu, mas eu ouvia muito isso.

– Um tédio – ele respondeu.

Então ouvi um grito, um grito de gelar o sangue, cheio de horror. Esqueci Etienne completamente e saí correndo do cômodo pequeno e úmido. Segui depressa pelo corredor, até encontrar uma aglomeração de pessoas e a origem de toda a agitação.

Era Dominique. Ela estava estirada sobre uma cama estreita, banhada em sangue.

– Meu Deus – exclamei, ajoelhando-me a seu lado. – O que aconteceu?

Mas eu já sabia. Não precisava da explicação fornecida pelas outras dançarinas. Eu havia ignorado seus pedidos de ajuda semanas antes, envolvida na excitação do meu próprio romance. Assim, ela procurou sua própria solução, como muitas mulheres pobres costumavam fazer. Infelizmente, não havia máquinas ou higienização naqueles dias. Um aborto era algo perigoso, muitas vezes fatal.

– Ah, meu Deus – repeti. Eu nunca perdera a necessidade de apelar para meu criador, a despeito de, teoricamente, ter renunciado a ele.

Segurei sua mão, sem saber o que fazer. Etienne apareceu, mais ou menos vestido. Ergui os olhos para ele, desesperada.

– Você tem que conseguir um médico. Por favor.

Qualquer que fosse o orgulho ferido que ele estivesse por causa da minha rejeição, não pôde me dizer não naquele instante. Vi-o fazer menção de partir, mas Bastien pegou-o pelo braço.

– Não se incomode – disse-lhe, e para mim: – Ela se foi, Fleur.

Olhei o rosto jovem de Dominique. Sua pele estava pálida, os olhos embaçados e imóveis, olhando para o nada. Eu sabia que deveria fechá-los, mas de repente não queria mais tocá-la. Larguei sua mão, recuando devagar e olhando-a, horrorizada.

Não era de modo algum a primeira vez que eu via um corpo sem vida, mas algo me ocorreu então, algo que jamais eu considerara com tamanha clareza. Num momento ela estava ali, no outro não. Ah, a diferença que uma batida de coração podia fazer.

O fedor da morte pairava no ar, temperando a horrível verdade sobre os seres humanos. Como eram curtas as suas vidas. E frágeis. Eram como bonecas de papel em nosso meio, transformando-se em cinzas num piscar de olhos. Quantos eu tinha visto chegarem e partirem em mais de um milênio? Quantos eu vira passarem da infância aos cabelos brancos e à morte?

O fedor da mortalidade. Ele ameaçava dominar o aposento. Como eles não sentiam? Eu o odiava... e o temia. Sentindo sufocar-me, recuei ainda mais.

Bastien e Etienne estenderam as mãos para mim, numa tentativa desajeitada de reconfortar-me, mas não aceitei. Dominique, mal saída da infância, acabava de sangrar até a morte diante de mim. Como eram frágeis os humanos. Eu tinha de sair dali antes de passar mal. Dei as costas àqueles que queriam me consolar e fugi.

– Como são frágeis os humanos – murmurei para Doug.

A emoção que agora brotava dentro de mim, enquanto estava ali sentada ao lado dele, não era pesar ou desespero. Era fúria.

Uma fúria abrasadora. Os humanos eram frágeis, mas alguns deles estavam ainda sob minha guarda. E, fosse ou não tolice da minha parte, eu não podia me esquivar do dever. Doug era um dos meus humanos. E alguém quase tinha acabado com sua vida.

Levantei-me, apertei sua mão uma última vez e saí do quarto. A julgar pelos olhares chocados que Corey, Min e Wyatt me deram, minha aparência devia ser aterrorizante. Apertei o botão de pausa na minha fúria vingadora quando notei uma coisa.

– Onde está Seth?

– Ele disse que tinha que ir embora – disse Corey. – Deixou isto para você.

Ele me passou um pedaço de papel com um recado de Seth, escrito às pressas.

Tétis, falo com você mais tarde.

Fiquei olhando o bilhete, sem sentir nada. Estava passada. Minha mente não me permitia concentrar-me em Seth naquele momento. Amassei o papel, despedi-me da banda e saí. Ao chegar ao saguão de entrada, peguei o celular e fiz uma ligação.

– Alec? Aqui é Georgina.

– Oi, Georgina! – ouvi um tom ansioso em sua voz. Quase desesperado.

– Você estava certo – comecei, torcendo para também parecer ansiosa. – Você estava certo. Preciso de mais. Agora. Esta noite. Você pode conseguir?

– Sim, posso, com certeza – havia um alívio perceptível em sua voz.

Combinamos um encontro imediato. Eu estava com pressa. Tinha estado numa montanha-russa emocional nas últimas vinte e quatro horas, e me sentia pronta para descontar em Alec. Não podia esperar. O fato de que ele parecia tão ansioso era a cereja no bolo.

– Hã, Georgina? – ele acrescentou, antes de desligarmos.

– Sim?

A voz dele soou estranha, e não consegui definir qual era a emoção.

– Você não tem ideia de como fiquei feliz com a sua ligação.

Capítulo 19

A casa do fornecedor ficava afastada da rua, como deve acontecer com todas as casas sinistras, eu acho. Além da minha percepção tendenciosa, não havia muita coisa sinistra nela. Era grande e parecia cara, e estava cercada por um gramado muito bem aparado, que eu podia ver mesmo no escuro. Naquela área onde os jardins eram um luxo, tanto terreno significava muita grana. Ao contrário de onde Bastien morava, aqui nenhum vizinho tinha uma casa tão vistosa. Ela pertencia a uma categoria própria; não poderia fazer parte de um mero condomínio suburbano.

– Onde estamos? – indaguei, porque me parecia o tipo de pergunta ingênua e deslumbrada que eu deveria fazer. Alec havia se encontrado comigo no centro e me levado àquele lugar em seu carro. Estávamos uns vinte minutos afastados da cidade.

– É aqui que o cara mora – ele me disse, animado. Seu humor foi melhorando à medida que nos aproximávamos da casa. – Você vai gostar dele.

O carro percorreu o acesso longo e sinuoso e deteve-se diante da garagem. Num gesto curioso de cavalheiro, Alec abriu a porta do carro para mim e acenou para que o seguisse até a casa. Virando-me para olhar seu Ford Topaz já bem acabado, não pude evitar pensar que o lacaio de um fornecedor de drogas imortal devia ser mais bem pago.

Alec me fez entrar por uma porta lateral, e eu fiquei surpresa com o que encontrei lá dentro. A primeira palavra que me veio à mente foi *opulência*. Uma exuberância, uma riqueza na qual você se sentia afundar. Paredes, piso e teto eram revestidos por madeira de lei escura e polida, quase como se fosse o interior de uma cabana nas montanhas – uma cabana cujo preço tivesse sete dígitos. Vigas daquela madeira maravilhosa cruzavam o espaço aberto, que lembrava o teto de uma catedral. Pinturas a óleo de cores vibrantes em molduras douradas pendiam das paredes, e eu tinha conhecimento razoável de arte para perceber que não tinham sido compradas na Bed Bath & Beyond.

Cruzamos o saguão de entrada e vi mais do mesmo na enorme sala de visitas. O centro do ambiente era uma enorme lareira cuja frente de tijolos subia até o teto. Uma paisagem em vitral multicolorido pendia sobre a abertura da lareira, e as chamas do fogo, junto com inúmeras velas estrategicamente dispostas, lançavam a única luz no cômodo. Nada ali era elétrico.

Na iluminação mortiça, bruxuleante, senti o homem antes de vê-lo. A mesma assinatura imortal desconhecida que sentira no *show* chegou até mim, associada a algo mais. Assim tão perto dele, senti como a sensação era parecida com a dos cristais. Ou antes, como a sensação dos cristais parecia com a dele, como se fossem versões suavizadas e fragmentadas da matriz. No geral, a vibração que ele emanava parecia estranha, mas não tão dissonante quanto a dos cristais.

– Alec – disse uma voz sedosa – quem é sua adorável amiga?

O homem ergueu-se do sofá, ficando de pé num movimento fluido. Agora eu via as mesmas feições de antes: pele impecavelmente bronzeada, cabelo preto longo, maçãs do rosto salientes. Ele usava o mesmo estilo sensual vitoriano, com outra daquelas esplêndidas camisas de seda que esvoaçavam ao redor dos braços e mostravam a pele perfeita no decote em V.

– Esta é Georgina – disse Alec, com a voz tremendo de nervosismo e agitação. – Bem como eu disse a você.

O homem deslizou até nós e tomou minha mão entre as suas.

– Georgina. Um belo nome para uma bela mulher – ele ergueu minha mão até os lábios, carnudos e rosados, e beijou-a. Reteve-a por um instante, enquanto seus olhos penetravam nos meus, e então endireitou-se e me soltou. – Meu nome é Sol.

Reprimi todos os meus impulsos de retrucar com gracinhas ou esculachar o sujeito, e em vez disso optei por uma inocência assombrada, mesclada a um certo medo.

– O-olá – engoli em seco, nervosa, e baixei os olhos para meus pés.

– Você se saiu bem – disse Sol a Alec. – Muito bem.

Eu não precisava ver Alec para saber que ele estava quase derretendo de alívio.

– Então... isso quer dizer... Eu posso, você sabe... ?

– Sim, sim, depois – a menos que me enganasse, um leve tom de irritação transparecia naquela voz agradável. – Agora vá lá para cima. Eu o chamo quando estiver pronto.

Alec começou a se afastar, e segurei-o pela manga, ainda bancando a donzela assustada.

– Espere... aonde você vai?

– Eu volto logo – ele sorriu para mim. – Está tudo bem. Você queria mais, não é? Sol vai lhe dar.

Eu devia estar parecendo totalmente aterrorizada, porque ele apertou de leve meu braço, tranquilizador.

– Está tudo bem. Sério.

Mordi o lábio e acenei de leve com a cabeça, numa aceitação hesitante. Seu olhar sustentou o meu por um instante, e algo parecido com arrependimento passou por ele. Então ele se foi.

– Venha, sente-se aqui comigo – disse Sol, pegando minha mão de novo.

Ele me levou até um sofá suntuoso, junto ao fogo. O calor do brilho alaranjado me envolveu, e as chamas refletiram-se em seus olhos escuros. Acomodei-me com cuidado, deslizando para trás, porque as almofadas eram enormes. Ficamos sentados em silêncio.

Ele sorriu para mim, com expectativa, e devolvi-lhe um sorriso hesitante.

– Alec disse que você poderia me dar mais... sabe... daquilo.

– Então você gostou?

– Sim. Puxa, sim. Me fez sentir...

– Imortal?

– Sim, é isso. Por favor. Preciso de mais. Posso pagar... da forma que você quiser.

– Vamos discutir depois esses assuntos mundanos – ele acenou com a mão, de um modo displicente. – Por agora, vamos ver se não podemos saciar sua fome – ele se debruçou na direção de uma mesinha e ergueu dois cálices. Cálices. Que pitoresco.

– Isto deve ser suficiente até conseguirmos para você uma dose maior.

Aceitei a taça. Era pesada, como se fosse de ouro. Só do bom e do melhor se você vai beber o alimento dos deuses, pensei. Os cálices continham um líquido vermelho escuro. Se os cristais eram uma versão aproximada e fraca de Sol, a aura que irradiava da taça era mega-Sol. Era intensa e poderosa, reduzindo a quase nada a irradiação dos cristais. Talvez fosse o que acontecia quando a ambrosia se transformava em líquido.

Percebi então que ele estivera esperando enquanto eu pensava.

– Beba.

Hesitei, sem ter que fingir apreensão desta vez. Beber? O que eu deveria fazer? Se não bebesse, meu disfarce poderia ser descoberto, e eu ainda não tinha sofrido uma "provocação" para destruir o desgraçado, ou o que quer que a gente fizesse a alguém com aquela coisa, aquele dardo ponta de flecha. Carter e Jerome tinham dito que a ambrosia não iria ferir um imortal; disseram, inclusive, que um imortal podia resistir até certo ponto a seus efeitos perniciosos, por muito mais tempo que os humanos. Isso não necessariamente me fazia sentir melhor. Eu preferiria estar com as minhas habilidades normais para lidar com aquilo, mas parecia que não poderia me dar a esse luxo. Não havia mais como adiar.

Sorrindo timidamente, levei o cálice aos lábios e bebi. Ele fez o mesmo. Quem poderia saber? Talvez a amplificação da personalidade me ajudasse. Quem sabe eu tivesse, oculto dentro de mim, um *alter ego* secreto de amazona, doido para aflorar sob a ação da ambrosia e acertar aquele cálice na cabeça do sujeito.

Depois que Sol começou a beber, não parou mais. Ele virou a taça até ter tomado tudo. Fui na onda dele. O negócio não tinha um gosto tão ruim. Na verdade era doce, quase enjoativo. O mais esquisito era a consistência. Espesso. Quase viscoso.

– Pronto. Logo vai se sentir melhor, e então podemos conversar de forma razoável – disse ele, tomando minha taça vazia. Ele se acomodou numa posição mais confortável, as longas pernas estendidas e relaxadas. Tinha compleição esguia e traços delicados. Seus dedos finos enrolaram um de seus cachos pretos.

– Me fale de você, Georgina. No que você trabalha?

– Eu, hã, trabalho em uma livraria.

– Ah, então você é uma leitora.

– Tento ser.

– Eu também sou um leitor – ele acenou com a cabeça para uma parede revestida de livros. – Não há busca maior do que aperfeiçoar sua própria mente.

Ele começou a me falar de seus livros favoritos, e eu sorri e fiz os comentários pertinentes. Enquanto conversávamos, comecei a me sentir... bom, na falta de um termo mais exato, bem. Muito bem. Quase como se tivesse me embriagado com bebida de boa qualidade. Meus membros formigavam um pouco, e uma sensação quente de euforia me queimava por dentro. Ouvi a mim mesma rindo de algo que ele disse. Parecia quase sincera.

– Você é muito bonita – ele disse de repente, e fiquei pensando quando é que tinha chegado tão perto de mim. Tive de piscar para manter o foco. A sala girou levemente, e minhas mãos e pés demoravam um pouco para obedecer às minhas ordens. Sol estendeu a mão e tocou-me o rosto, deslizando os dedos graciosos por meu pescoço abaixo. – Sua beleza é um dom.

Tentei me mexer, mais para saber se conseguia do que para evitar o toque dele. Honestamente, seu toque era agradável, muito agradável. Fez minha pulsação se acelerar um pouco. Como descobri em seguida, eu podia mover-me. Só estava um pouco lerda.

– Psiu – ele disse, colocando a mão em meu pulso, para me segurar. – Não tenha medo. Tudo vai ficar bem.

– O-o que você está fazendo?

Ele agora tinha um braço em volta da minha cintura e aproximava sua boca do ponto onde meu pescoço se unia ao ombro. Seus lábios, ao tocarem minha pele, eram quentes e cheios de promessas. Estremeci um pouco com aquele beijo, e tentei imaginar o que estava rolando.

A resposta curta e grossa era que, obviamente, algo tinha dado errado. Sentia-me zonza e desorientada o suficiente para estar numa festa na universidade. Ainda por cima, este imortal, este estranho imortal que eu mal conhecia, de repente pareceu mais sedutor do que eu poderia imaginar. Eu não tinha vindo aqui para acabar com ele? Por que estávamos aos beijos? Era isso que a ambrosia fazia comigo? Seriam essas as minhas habilidades principais – o poder de ficar bêbada e sentir prazer no sexo? Tornar-me ainda mais fácil do que já era?

As mãos dele moveram-se para baixo e desabotoaram minha blusa, para poderem deslizar e segurar meus seios, que mal estavam cobertos pelo sutiã preto transparente que eu comprara com Dana. Então ele me beijou intensamente, a boca apertando a minha. Quando sua língua deslizou com suavidade entre meus lábios, senti um sabor doce que lembrava a ambrosia.

Importante: tem que ser autodefesa.

Foi o que Carter disse, mas de repente percebi que eu não precisava de defesa alguma, a não ser de mim mesma. Minhas mãos se moviam, sem meu conhecimento consciente, para desabotoar as calças dele, e nossos corpos estavam se enroscando sobre as almofadas macias.

Autodefesa. Autodefesa. Por que autodefesa? Do que estava me esquecendo?

Ah, claro. O dardo.

Abri caminho por entre a nuvem vermelha que embaralhava meus sentidos, tentando raciocinar. O dardo. O dardo ia de algum modo deter Sol, impedir que ele continuasse a espalhar o veneno da ambrosia. Ia impedir que ele ferisse pessoas... como Doug. Lutei contra a desorientação e afastei minha boca da de Sol, contorcendo-me e tentando escapar de suas mãos. Conquistei algum espaço, mas não muito. Ele ainda estava perto.

– Não... – arfei. – Não faça isso. Pare.

Sol, olhando-me com curiosidade e surpresa, tentou me acalmar.

– Você não sabe o que está dizendo.

– Sei, sim. Pare.

Consegui soltar um braço, e coloquei a mão no bolso onde estava a bolsinha de Carter. Eu precisava livrar o outro braço também, mas Sol o segurava. Olhando para baixo, vi que seu pulso sangrava. Como havia acontecido aquilo? Eu não tinha feito nada.

– Georgina, você está prestes a receber uma honra maior do que qualquer outra mulher mortal. Relaxe. Pare de resistir. Nada de mal lhe acontecerá. Vai gostar desta noite, prometo.

De novo trouxe sua boca de encontro à minha, e mais uma vez aquela euforia ardente irrompeu dentro de mim. Um gemido traidor de prazer ficou preso em minha garganta. Interpretando isso como submissão, a pressão da mão de Sol em meu braço diminuiu, e consegui movê-lo apenas o suficiente para que minhas duas mãos tocassem a bolsinha. Ainda assim, era uma batalha difícil. Meu controle motor não era o que devia ser. Beijá-lo parecia ser, naquele momento, muito mais importante que uma bolsinha idiota. Minha mente não queria se concentrar em mais nada.

Mas eu a forcei. Apenas com minha força de vontade, afastei da cabeça o prazer físico e, em seu lugar, repassei cada consequência da ambrosia que eu já tinha visto: Casey arrasada, a violenta oscilação de Doug, da exuberância frenética e sombria à depressão ainda mais sombria, e por fim seu corpo inerte no hospital.

Como são frágeis os mortais.

Muito frágeis. E Sol brincava com eles como se não fossem nada. O fogo da minha ira começou a arder de novo.

Ele é um imortal mais forte que você. Abusar de você, especialmente se pertence a Jerome, por assim dizer, é inadmissível. Seria justificável você se proteger.

De novo afastei minha boca.

– Pare – repeti, com mais firmeza. – Quero que você pare. Pare com isso.

– Não vou parar – disse Sol, ríspido. A fúria marcava sua voz açucarada. A respiração dele estava pesada, e seu peito arfava com o esforço. Ele... ou eu... havia removido sua camisa, e eu tinha uma visão perfeita de sua pele exposta. – Não vou parar e, pode acreditar, assim que eu começar, você também não vai querer que eu pare.

Meus dedos se moveram para abrir a bolsinha; a outra mão preparou-se devagar para pegar o que estava dentro dela. A ambrosia em meu corpo amortecia meus reflexos, mas continuei lutando contra isso, e calculei, em seu peito, onde estaria o coração.

– Eu lhe pedi três vezes para parar. Uma deveria ser suficiente. *Não* significa *não*.

– *Não* significa nada vindo de alguém como você – ele deu uma risada, ainda sem me levar a sério. – O que há de errado com você? Achei que queria ser imortal.

Minha mão estava dentro da bolsa, retirando o dardo. Sol e eu sentimos seu poder ao mesmo tempo, no mesmo instante em que ele percebia o que eu era. Seus olhos se arregalaram, mas não lhe dei tempo para reagir. Não pensei nem hesitei. Seguindo as ordens de Carter, simplesmente agi. Bom, com uma frase bem brega, claro.

– Não preciso querer ser. Eu já sou – disse eu, enfiando o dardo em seu coração. Por meio segundo, Sol ficou paralisado, incapaz de acreditar que aquilo estava acontecendo.

E foi então que tudo se tornou uma loucura.

Capítulo 20

Acertar Sol com aquele pedacinho de madeira foi como jogar uma bomba nuclear na sala. A explosão atirou-me do sofá, e caí no chão com um baque surdo e dolorido. Objetos menores foram jogados contra as paredes. Obras de arte tombaram. As janelas da sala estouraram para fora, numa chuva cintilante de estilhaços. E chovia lá dentro. Sangue e purpurina caíram sobre mim em linhas vermelhas e brilhantes.

Minha natureza não foi a única a ser revelada. Um momento antes de Sol explodir, eu o senti. Eu o senti *de verdade*. Sim, ele era parte de um sistema diferente do meu, mas não era nenhum agente imortal menor tentando tumultuar. Ele era um deus. Um deus legítimo, produto garantido. Eu deveria ressaltar, porém, que deuses vêm e vão, baseados na crença. O poder divino é diretamente proporcional à fé de seus seguidores. Assim, aqueles cujos nomes ninguém mais se lembra andam por aí, muitas vezes, como verdadeiros pedintes, em nada diferentes dos humanos, salvo pela imortalidade. Sol, porém, possuíra muito poder. Não um poder como o de Krishna ou de Deus com D maiúsculo, mas, ainda assim, era um bocado de poder. Com certeza mais do que eu tinha.

Mas que droga. Eu havia acabado de destruir um deus.

Endireitei-me, saindo da minha posição fetal, e olhei ao redor. Tudo estava tranquilo, exceto pela brisa que entrava pelas janelas quebradas. Minha pele e minhas roupas estavam todas manchadas com sangue espesso e escarlate, como se eu tivesse ficado do lado errado de um pincel na casa dos Mortensen. Meu coração recusava-se a bater mais devagar.

Um instante depois, ouvi o som de passos firmes na escada. Alec irrompeu na sala, atraído pelo ruído e pelo tremor da casa. Ele olhou em volta, e seu queixo quase caiu, enquanto ele parava abruptamente.

Minha embriaguez não desapareceu junto com a destruição de Sol. Aquela porcaria de ambrosia ainda estava em meu organismo, e o efeito ia até piorando. Ainda assim, minha ira contra Alec era tanta, que de novo consegui sobrepujar os sentidos e reflexos entorpecidos, e, com uma velocidade que até a mim surpreendeu, pulei sobre ele e joguei-o no chão. Uma rápida mudança de forma, e meu corpo baixo e esguio de repente tinha muito mais músculos e força do que a aparência sugeria. Montei sobre Alec, prendendo-o com as pernas e os braços, e o pânico surgiu em seu rosto ao perceber que não conseguia se mover um centímetro. Golpeei seu rosto com força. Minha coordenação podia estar prejudicada, mas não era preciso muita para usar a força física.

– Quem era ele? Sol?

– Não sei!

Atingi-o de novo.

– Sério, não sei. Eu não sei – balbuciou Alec. – Ele era só um cara... ele me encontrou e me propôs um negócio.

– Qual era o negócio? Por que você me trouxe para ele?

Ele engoliu em seco, e piscou para evitar as lágrimas.

– Sexo. Ele queria sexo. Um monte de amantes o tempo todo. Não importava se eram homens ou mulheres, desde que fossem bonitos. Eu não devia me meter com eles. Eu só os atraía com a poção até que quisessem se encontrar com Sol. Aí ele, você sabe...

– Transava com eles e então dava um pé na bunda – completei, furiosa. Pensei em Casey e no carinha que parecia um modelo da Abercrombie no café. Lembrei-me de como Alec queria me fazer usar a ambrosia, mas relutava em me tocar, apesar de desejar muito fazer isso. Eu estava destinada a Sol. – Então não era a ambros... é, a poção em minha taça hoje. Era alguma "droga do estupro".

– Não sei – lamuriou-se Alec. – Qual é, me solta.

Aumentei a força com que o segurava e o sacudi. Demorou um pouco, pois meus dedos tinham dificuldade em agarrar com firmeza. Tinha de me esforçar para manter a ferocidade do rosto e da voz.

– O que ele lhe dava? Ele lhe pagava, ou algo assim?

– Não. Ele só... ele só me dava mais poção. O quanto eu quisesse, desde que continuasse trazendo gente.

– E você dava a poção para a banda – entendi, então.

– É. Era o único jeito... o único jeito de crescermos. É tudo o que eu sempre quis. Conseguir um contrato de gravação e ficar famoso. Esse era o único jeito.

– Não – disse eu. – Era só o mais rápido.

– Escuta, o que você fez com Sol? O que vai fazer comigo?

– Que vou fazer com você ? – berrei, minha raiva inflamando-se apesar da droga. Chacoalhei-o, batendo sua cabeça no chão. – Eu devia matar você também! Sabe o que fez a toda essa gente? À banda? Doug está no hospital neste instante por sua culpa.

– Eu não sabia – seus olhos se arregalaram. – Não sabia disso. Juro. Eu não queria fazer mal a ele. Eu só... não consegui o bagulho a tempo. Só quando eu entregasse você.

Ele falava de mim e das outras vítimas como se fôssemos mercadorias. Eu queria agarrá-lo e jogá-lo pela janela. Seria capaz de fazer isso. Os humanos eram mesmo muito frágeis e, ainda que minha capacidade de mudança de forma não tivesse poder suficiente para me manter superforte a noite toda, podia mantê-la por tempo suficiente para causar bastante dano.

Mesmo não gostando de violência, tenho de admitir que lançar uma pessoa por uma sala é mais prazeroso do que se imagina. Depois que Dominique morreu, acabei encontrando o médico corrupto responsável por aquele aborto desastroso. Eu trocara a forma de Josephine pela de um sujeito abrutalhado, com mais de dois metros de altura e músculos salientes. Invadindo o gabinete pequeno e sinistro do médico, não perdi tempo. Agarrei-o como se ele não pesasse nada e joguei-o contra uma parede, derrubando prateleiras cheias de curiosidades e do que eles chamavam de instrumentos médicos. Foi uma sensação ótima.

Ergui-o pela gola da camisa e esmurrei-o na lateral da cabeça, dez vezes mais forte do que fizera com Alec. O médico cambaleou, mas ainda teve força suficiente para rastejar para trás, como um caranguejo, na tentativa de escapar.

– Quem é você? – gritou ele.

– Você matou uma garota hoje – eu lhe disse, movendo-me de forma ameaçadora. – Uma dançarina loira.

Os olhos dele se esbugalharam.

– Isso acontece. Eu avisei a ela. Ela sabia dos riscos.

Ajoelhei-me, para olhá-lo nos olhos.

– Você a cortou e pegou o dinheiro dela. Não se importou com o que aconteceria.

– Escute, se quer o dinheiro de volta...

– Eu quero *ela* de volta. Pode fazer isso?

Ele só me olhou, tremendo de medo. Olhei-o de novo, tremendo com minha própria força. Eu poderia matá-lo. Jogá-lo de novo ou quebrar seu pescoço ou sufocá-lo. Era algo terrível e errado, mas, presa em minha própria fúria, não podia me controlar. Para ser sincera, no fim das contas, é uma sorte que a maioria dos íncubos e súcubos tenha temperamento afável, mais inclinado ao prazer que à dor. Tendo a habilidade de assumir qualquer forma, podemos ser bem mortíferos para os humanos, se nos irritarem o suficiente. Eles não podem nos enfrentar. Com certeza aquele médico não podia.

Mas outro imortal, sim.

– Josephine – murmurou Bastien atrás de mim. E então – Fleur.

Como eu não respondi, e nem soltei o homem, Bastien disse:

– Letha.

Meu nome de batismo atingiu a sede de sangue que pulsava em mim.

– Deixe-o ir. Ele não merece seu tempo.

– E Dominique não merece ser vingada? – retruquei, sem afastar os olhos um instante do humano miserável diante de mim.

– Dominique está morta. A alma dela está no outro mundo. Matar esse homem não vai mudar isso.

– Vai me fazer sentir melhor.

– Talvez – ele concedeu. – Mas não compete a você punir os mortais. Isso é reservado aos poderes superiores.

– Eu sou um poder superior.

O íncubo pousou a mão com suavidade em meu ombro. Estremeci.

– Temos outro papel. Não matamos mortais.

– Você e eu já matamos antes, Bas.

– Para nos defender. Proteger uma aldeia contra saqueadores não é a mesma coisa que assassinar alguém a sangue frio. Você pode ser amaldiçoada, mas não a esse ponto.

Soltei o médico e me endireitei, ainda ajoelhada. Ficamos imóveis.

– Eu amava Dominique – sussurrei.

– Eu sei. Esse é o problema com os mortais. Eles são fáceis de amar e rápidos em morrer. É melhor para todos nós mantermos distância.

Não toquei no médico, mas também não me movi. Bastien me deu um puxão suave, ainda compreensivo e silencioso.

– Venha, vamos embora. Deixe-o. Você não tem o direito de acabar com a vida dele.

Permiti que Bastien me levasse para fora. Uma vez no beco escuro ao lado do gabinete do médico, voltei à forma de Josephine, em que me sentia mais à vontade.

– Quero ir embora de Paris – disse-lhe, em tom sombrio. – Quero ir para algum lugar onde não haja morte.

Ele me envolveu com um braço e recostei-me em sua figura tranquilizadora.

– Não existe esse lugar, Fleur.

Na casa de Sol, eu ainda ameaçava Alec, novamente com a capacidade de acabar com a sua vida, se desejasse. Mas as palavras de Bastien ecoaram dentro de mim, e percebi, com uma pontada de dor, como lamentava a atual hostilidade com o íncubo. Apesar de tudo, ele ainda estava certo depois de tantos anos. Assassinatos por vingança não eram um direito meu. Era injusto para um imortal tirar vantagem de um mortal muito mais fraco. Eu não seria melhor que Sol. E olhando para Alec, percebi como ele era jovem. Não era muito mais velho que Dominique.

E de qualquer forma, minha força e coerência começavam a falhar. Debrucei-me sobre Alec de forma ameaçadora.

– V-vá embora – murmurei com os lábios entorpecidos. – Quero que você suma. Saia de Seattle. Nunca mais entre em contato com Doug ou qualquer um da banda. Se amanhã de noite eu descobrir que ainda está na cidade... – procurei uma ameaça apropriada. Meus processos mentais estavam rateando. – Você, hã, não vai gostar. Está entendendo?

Meu blefe funcionou; dava para ver que ele estava aterrorizado. Saí de cima dele e fiquei acocorada, porque não conseguia me colocar de pé. Ele se levantou, lançou-me um último olhar de terror e saiu correndo da sala.

Assim que a porta se fechou, desmaiei.

Capítulo 21

Acordei na manhã seguinte com a pior ressaca da minha vida, e isso não é pouca coisa. Na verdade foi o vento frio que me despertou, soprando através das janelas quebradas e agitando as cortinas. Os invernos de Seattle são amenos, mas, ainda assim, era novembro. Transformei-me, colocando um suéter grosso, e então percebi que o sangue de Sol não desaparecera da minha pele durante a mudança de forma da noite anterior. Ele secara, formando pequenos cristais cintilantes, sobre mim e sobre tudo o mais. Peguei a camisa de seda que fora descartada e descobri que era ótima para limpá-los.

A noite anterior era um borrão, e eu tinha dificuldade de lembrar os detalhes. Imaginei que fosse por conta do líquido misterioso que eu bebera. Olhar os destroços ao meu redor me trouxe à memória boa parte dos eventos, e o resto fui montando. Sem querer ficar mais tempo ali, encontrei meu celular e chamei um táxi.

Enquanto voltava para Seattle, decidi que o que mais queria era ir para casa e dormir mais um pouco. Meu turno só começava mais tarde; Doug ia abrir a loja. Espere aí. Não, não ia. Doug estava no hospital. Suspirando, pedi ao motorista que me levasse à livraria.

Três mensagens de voz esperavam por mim quando cheguei à minha sala. Uma era do autor que iria autografar naquela noite, E. J. Putnam. Estava tudo em ordem com seu voo; ele esperava chegar no horário planejado. A segunda mensagem era de Beth, dizendo que não viria porque estava passando mal. Jesus. Ninguém mais conseguia permanecer saudável? Isso nos deixava com duas pessoas a menos. A última mensagem era de Warren, dizendo que voltaria da Flórida ainda hoje e daria um pulo aqui à noite. Decidi ficar brava com ele, por uma questão de princípios. Passei a última semana lidando com o caos; ele esteve jogando golfe num clima tropical.

Coloquei a loja em funcionamento e me instalei em um dos caixas. A falta de pessoal pelo menos me mantinha ocupada. Dava-me um tempinho para pensar nos eventos da noite passada. Ou em Doug. Ou no fato de Seth não ter vindo hoje. Ou em minha briga com Bastien.

– Você é Georgina?

Meus olhos fitaram uma bonita nissei. Seu rosto e compleição a tornavam um pouco gorducha, e ela usava o cabelo preto preso em um rabo de cavalo alto. Algo em seu sorriso parecia familiar.

– Sou Maddie Sato – ela se apresentou, estendendo a mão. – Irmã de Doug.

Apertei sua mão, espantada.

– Eu não sabia que Doug tinha uma irmã.

O sorriso dela torceu-se um pouco.

– Na verdade ele tem um monte. Nós meio que nos espalhamos pelo país. Cada um leva sua própria vida.

– E você veio... ver Doug? – hesitei em abordar esse assunto delicado, mas por que mais ela estaria aqui?

Ela concordou com a cabeça.

– Estive com ele hoje de manhã. Está indo bem, e pediu que eu lhe desse um oi.

– Ele acordou – era a melhor notícia que eu podia ter recebido.

– Sim. Está ranzinza e briguento, mas fora isso está ótimo. Disse que tinha alguns CDs na sala de vocês que ele queria, e pediu que eu viesse pegá-los.

– Claro, levo você até lá – ofereci, conduzindo-a para os fundos. Uau. A irmã de Doug. – Como você ficou sabendo sobre Doug?

– Seth Mortensen me ligou.

Tropecei e quase esbarrei uma estante de livros de jardinagem.

– De onde você conhece Seth?

– Escrevo para a revista *Womanspeak*. Seth precisava tirar algumas dúvidas sobre uma organização feminista, para seu livro, e Doug lhe deu meu *e-mail*, faz um mês. Então estivemos em contato algumas vezes. Quando Doug... passou mal, Seth descobriu meu telefone em Salem e ligou para mim, na noite passada.

Uma parte de mim ficou com um pouco de ciúmes por Seth se comunicar com ela por *e-mail* sem que eu soubesse, mas na mesma hora afastei esse sentimento. O que ele fez foi de uma imensa gentileza. E típico dele. Uma discrição eficiente e bondosa. Levei Maddie a nossa sala e encontramos os CDs em uma gaveta.

– Você veio ontem de noite ou hoje? Veio dirigindo?

Ela fez que não.

– Na verdade, Seth foi me buscar.

– O quê? Em Salem? Mas são umas quatro horas de viagem.

– Sim. Ele foi mesmo muito gentil. Não tenho carro, então ele pegou a estrada logo depois de me ligar, me buscou no meio da noite e me levou para ver Doug.

Meu Deus. Seth tinha dirigido oito horas, numa viagem de ida e volta, durante a noite. Não era de espantar que não tivesse vindo; fora para casa e capotou na cama. Isso também queria dizer que, não necessariamente, ele fora embora do hospital para se afastar de mim. Ele tinha feito aquilo para ajudar Doug. Uma sensação agradável se espalhou por mim, metade alívio, metade resposta a mais uma evidência da persistente decência de Seth e de sua consideração pelos outros.

Maddie me deixou o número de seu celular e prometeu mandar a Doug minhas melhoras. Na hora em que ela estava saindo da sala, Janice entrou.

– Oi, Georgina, Lorelei Biljan está aqui.

– Ah, tá. Ei, espere aí! – me toquei de algo. – Você quer dizer E. J. Putnam.

– Não. Com toda certeza é Lorelei. E. J. é um cara.

– Eu sei – respondi. – Mas a sessão de autógrafos dela é daqui a uma semana. Hoje é a de Putnam. Recebi uma mensagem dele confirmando tudo.

– Não sei de nada, só sei que ela está aqui.

Uma sensação horrível de estar afundando surgiu dentro de mim. Acompanhei Janice para fora da sala e cumprimentei uma mulher de meia idade, pequena e robusta. Eu tinha visto as fotos de Lorelei Biljan nos livros dela. Exatamente igual, do cabelo castanho curto às típicas roupas negras.

– Vou passear pela cidade hoje, mas decidi vir dar um oi antes – informou-me.

– Ah, que bom. Ótimo – dei um sorriso amarelo, forçando-me a continuar respirando.

Papeamos um pouco mais, e, assim que ela se foi, saí correndo para a sala de Paige e vasculhei sua mesa. Caramba, na agenda dela constava que ambos os autores estariam aqui hoje. No calendário dos funcionários, porém, eles estavam em dias diferentes. Os cartazes da loja também informavam datas distintas, mas, checando os anúncios dos jornais, novamente encontrei-os agendados para o mesmo dia. Em nosso *site* ambos apareciam hoje, e isso queria dizer que naquela noite teríamos aqui os fãs dos dois.

Meu Deus. Parecia uma cena de alguma novela ruim e cheia de clichês. Tipo marcar com dois caras para o mesmo baile.

Sentei-me à mesa de Paige e massageei as têmporas. Como isso tinha acontecido? Como a perfeita e eficiente Paige fizera tanta confusão? Respondi de imediato a minhas próprias perguntas: porque ela tinha outras coisas em que pensar, como uma gravidez cada vez mais difícil, que já a mantivera afastada por três semanas. Um problema assim faria qualquer um cometer erros. Infelizmente, era eu quem tinha que lidar com eles.

Andy colocou a cabeça dentro da sala.

– Ah, oi, você está aqui. Bruce quer saber se algum de nós pode ajudar no café. Estão sem gente. E Seth ligou para o ramal principal da loja. Pediu para avisar a você que não vai poder fazer o que tinham combinado amanhã.

– Seth ligou? – perguntei, como uma boba. Então ele não estava dormindo. E o "combinado" amanhã era um encontro para assistir ao *show* de uma banda celta local em um barzinho. Mas ele estava cancelando. As nobres razões que eu lhe atribuíra para estar longe de mim de repente pareciam menos altruístas. – Ok, obrigada.

Fiquei com o olhar perdido no horizonte. O mundo se desmoronava ao meu redor. Eu não estava falando com os dois homens de quem mais gostava. Era responsável por uma livraria sem gente suficiente para funcionar. Dois autores viriam aqui naquela noite, ambos esperando ser o centro das atenções para divulgarem seus livros. Não tínhamos espaço para isso. E, para melhorar, eu me sentia um lixo. O efeito residual daquela droga me dera uma dor de cabeça terrível, e nem de perto eu havia dormido o suficiente. Matar um deus realmente acaba com você.

Eu tinha coisas demais a fazer, e energia e vontade de menos. Sem falar dos meios para dar conta de fazer tudo. Eu precisava de um milagre. Uma intervenção divina. E, embora isso parecesse bem possível em minha linha de trabalho, não era provável que acontecesse. A menos que...

Intervenção divina?

Achei minha bolsa e tirei de lá um dos saquinhos de ambrosia. Os cristais estranhos pulsavam para mim, e eu os olhei. O que aconteceria? Aquilo levara a Admissão Noturna ao estrelato num piscar de olhos. Eu conseguiria sobreviver a um dia infernal na loja? Será que aquilo me daria a energia e as ideias brilhantes que eu precisava? Eu me transformaria numa gata no cio babando por sexo? Eu já não acreditava que fosse isto o que Sol me dera na noite passada. Tinha sido de fato alguma "droga do estupro". Mas isto aqui... isto talvez me desse alguma inspiração para me tirar dessa encrenca.

Claro, havia todo o lance do vício e da crise de abstinência. Mas esta seria minha primeira vez. Até os mortais tinham que tomar algumas doses antes que a situação se deteriorasse, e Carter havia dito que eu levaria ainda mais tempo para descer ladeira abaixo. Provavelmente seria seguro, desde que não me empolgasse demais com aquilo em que estava a ponto de me tornar.

Talvez fosse pelo cansaço, mas não hesitei mais. *Não pense demais, apenas aja*. Pedi um *mocha* de chocolate branco no café e, de volta à minha sala, despejei os cristais dentro dele.

– Vira, vira, vira – murmurei, antes de tomar tudo de uma vez só.

Quando terminei, recostei a cabeça na mesa e esperei que algo acontecesse. Qualquer coisa. O que eu mais sentia ainda era sono. Bocejei. Quando ia começar o efeito desse troço? Como eu saberia? E, caramba, o que eu ia fazer se isso também acabasse em desastre? E se tornasse meu dia ainda pior? Bom, não que pudesse piorar. Eu tinha dois escritores programados para esta noite. O ciúme que Tammi uma vez receara podia muito bem se concretizar. Dois era um número ruim. Dois leva a rivalidades. Acrescente mais um, e a coisa se transforma em um alegre encontro em grupo, não uma competição por espaço e atenção. Eu já tinha ido a grande eventos em que vários autores falavam e liam textos seus. Às vezes eles participavam de mesas-redondas e respondiam juntos a perguntas sobre escrita, inspiração e publicação. Reunir diferentes perspectivas era ótimo. Era uma oportunidade e tanto para os fãs de todos, e mais tarde esses fãs podiam conseguir os autógrafos dos escritores. Esses eventos eram grandes acontecimentos. Requeriam um bocado de planejamento e muita divulgação, sem falar numa equipe grande.

Instantes depois, me endireitei na cadeira, percebendo que fazia tempo que estava alerta. Não tinha tempo de ficar pensando quando isso acontecera, ou o que significava. Tinha coisas demais a fazer. Minha mente voava. Num piscar de olhos eu estava no setor principal, caçando Andy. Entreguei-lhe uma listagem dos funcionários.

– Preciso que entre em contato com cada funcionário que não está aqui hoje, exceto os que estão doentes. Veja se podem vir trabalhar, de preferência até o final do dia. Se não, aceitamos o que puderem fazer. Então pergunte a todos os que não ficariam até o final do dia se podem ficar. Diga que vão receber como hora extra, cinquenta por cento em cima da hora normal.

Andy me olhou como se nunca tivesse me visto antes, mas não lhe dei tempo de me questionar. Voltei para minha sala, mandei um torpedo para Maria e liguei para Maddie Sato, enquanto esperava. Quando Maddie atendeu, expliquei-lhe o favor que esperava que fizesse por mim. Ela pareceu surpresa com meu pedido, mas concordou. Também prometeu fazer em meu nome um outro telefonema que eu não estava muito a fim de fazer.

Maria apareceu assim que Maddie e eu desligamos. Maria trabalhava meio-período e era tímida e calada. Preferia evitar os caixas, e ficava muito mais feliz perdida entre as prateleiras. Ela também era uma artista incrível.

Dei-lhe uma folha de cartolina que tirei do armário de material.

– Preciso que você faça um cartaz para o evento desta noite.

– A sessão de autógrafos? – perguntou ela. – Quer dizer, as sessões de autógrafos?

A essa altura todos já sabiam do agendamento duplo.

– Não vão ser só autógrafos. Vai ser um acontecimento literário. Vai ser... – imediatamente inventei e descartei várias possibilidades. – Vai ser o Festival Literário Emerald – comum, mas direto. Às vezes era melhor do que usar muitas técnicas publicitárias.

– Sim. Vai ser a estreia de um evento anual. E informe que estes autores vão estar presentes – passei-lhe a lista que eu já tinha preparado. – Mencione que eles vão autografar os livros. E que teremos sorteios de prêmios – pensei um pouco mais, inventando enquanto falava. As ideias simplesmente estavam na ponta da língua. – E dez por cento de todas as vendas serão doadas para o Projeto de Leitura de Puget Sound.

– Uau, eu não sabia que tudo isso estava rolando – disse ela.

– É, eu também não – concordei, brusca. – Desenhe, digite, recorte e cole, o que for. Mas faça. Preciso disso em vinte minutos. E precisa ficar bonito.

Ela piscou os olhos e começou a trabalhar na mesma hora. Enquanto isso, dei alguns telefonemas. Anúncios impressos eram inviáveis, mas quase todo mundo tinha um *site*. Liguei para os jornais mais importantes e para os pequenos que eram mais voltados para a cultura. Telefonei também para os grupos de escritores locais e convenci-os a mandarem *e-mails* para seus membros. Por fim, liguei para as emissoras de rádio. Eles estavam muito pouco a fim de fazer qualquer coisa assim, de última hora, mas eram minha melhor opção de divulgação imediata. Os apresentadores podiam nos mencionar sem um comercial formal. Tive de usar um bocado de persuasão, mas a maioria deles já tinha um acordo comercial conosco que garantia o pagamento, e o detalhe da doação tornava difícil resistir. Tá legal, era difícil resistir *a mim*. Mesmo ao telefone, eu me peguei seduzindo e persuadindo com uma perícia indecente. Num dado momento, Maria parou de trabalhar e ficou me olhando, quase hipnotizada. Sacudindo a cabeça, voltou ao cartaz.

Andy entrou com a listagem atualizada. Ele não tinha conseguido tanta gente como eu gostaria, mas de qualquer forma tínhamos aumentado nossos números. E a maioria dos funcionários que estavam na loja ia ficar.

Maria terminou o cartaz naquele instante, e de fato ficou bonito. Peguei o carro e fui até a gráfica que costumava fazer impressões para nós, e entreguei-lhes o cartaz.

– Não – respondeu a gerente, categórica, interrompendo de repente meu frenesi alucinado. – Não posso fazer tudo isso em menos de uma hora. Talvez em três horas.

– Uma hora e meia? – tentei convencê-la. – É para caridade. Uma situação de emergência acabou de surgir.

– Uma situação de emergência com leitura? – ela franziu o cenho.

– A leitura sempre é uma emergência. Faz ideia de quantas crianças na região de Puget Sound têm dificuldades de leitura devido à carência de recursos?

Por sorte, estando no mercado literário, eu conhecia todas as tristes estatísticas. Quando terminei, a mulher durona estava quase chorando. Faria o serviço, ela prometeu, e entregaria dentro do prazo de uma hora que eu a princípio pedira.

Enquanto o material estava sendo impresso, peguei meu carro e fui até a Foster's Books. Era uma livraria local, não tão grande quanto a Emerald City, mas tinha a mesma reputação de ser uma referência na cidade. Tecnicamente, éramos rivais.

Garrett Foster, o proprietário, ergueu os olhos quando entrei.

– Procurando trabalho?

– Tenho um para você – eu lhe disse, com voz doce, apoiando-me em seu balcão. – Preciso que você entre em contato com Abel Warshawski para mim.

Abel Warshawski era um autor local meio eremita, que escrevia romances imensamente populares sobre a região noroeste da costa do Pacífico. Ele e Garrett eram amigos de longa data, e Abel só fazia eventos na Foster's.

Garrett ergueu uma sobrancelha grisalha.

– Abel só vem aqui. Você sabe disso.

– Eu sei. E é por isso que não pedi o número dele.

Desabafei com Garrett, então, sobre como quase metade dos funcionários da Emerald City estava mal de saúde. Falei sobre doações e estatísticas de leitura. Observei como, de qualquer forma, não éramos tecnicamente rivais, uma vez que ele estava em Capitol Hill e eu em Queen Anne. Além do mais, o mercado literário era como uma família. Todos tínhamos os mesmos objetivos.

– Meu Deus, mulher – ele murmurou quando terminei. Parecia que eu não tinha respirado uma única vez durante toda a minha falação. – Tem certeza de que não está procurando um novo emprego?

– Eu só quero Abel para esta noite.

Ele mordeu o lábio.

– Acha que uma hora dessas podemos trazer Mortensen aqui para autografar?

– Hmm, isso depende – pensei um pouco. Barganhar estava em meu sangue. – Vocês fecham algumas horas antes da gente, né? Será que poderiam nos ajudar esta noite? Vamos pagar, é claro.

– Você tem coragem – ele resmungou. Ficou me olhando, ainda pensativo, mas eu sabia que já o fisgara. Ele não podia resistir. – Tá legal, mas apenas se conseguirmos Mortensen numa época boa. No próximo lançamento dele.

– Feito – eu não gostava de dividir Seth, mas muitos grandes autores faziam diversas sessões de autógrafos em Seattle ao lançarem um livro. Eu esperava que Seth não se importasse por eu agenciá-lo, como uma cafetina. Ai, ai. Isso ficava para depois.

Antes de sair, comprei todos os exemplares da loja das revistas *American Mystery* e *Womanspeak*. Ele hesitou um instante ao registrá-los, e me olhou de alto a baixo.

– Hã, não sei se você leu o conto que Mortensen escreveu...

– Bom, digamos apenas que ele não é o primeiro homem a quem dei alguma "inspiração" – respondi com um sorriso descontraído, sem me incomodar mais com meu *alter ego*, Genevieve.

Como um presente de despedida, também dei a Garrett um de nossos anúncios, pois conseguira que a gráfica fizesse alguns para eu levar, antes de começar o grosso do serviço.

Ele olhou o cartaz sem acreditar.

– Você já tinha colocado Abel! Antes mesmo de falar comigo!

Deixei-o boquiaberto e fui pegar meus cartazes. Voltei à livraria e os distribuí a três funcionários, dando a cada um uma lista de lugares onde pregá-los. Despachei-os e então cuidei da parte da livraria em si, que consistia, basicamente, em mudar de lugar diversos móveis e designar as funções de cada pessoa para aquela noite.

Às seis da tarde, era quase como se um milagre tivesse acontecido. As sessões de autógrafo normalmente aconteciam no café do segundo piso. Esse continuava sendo o centro do espetáculo, mas abrimos espaço no restante do andar. Por conta disso, várias estantes e mostradores ficariam espremidos enquanto os convidados estivessem falando, mas não importava tanto. A maioria das pessoas iria querer ouvir os autores, e não olhar os livros.

E quanta gente! E. J. Putnam e Lorelei Biljan tinham, cada um, atraído suas respectivas multidões de ficção científica e ficção literária. Já era bastante, mas meus anúncios tinham chamado mais pessoas ainda. Estávamos lotados. Utilizamos cada centímetro conquistado com o rearranjo dos móveis. Não conseguia me lembrar de já termos tanto público assim na loja.

Putnam e Biljan ficaram um pouco assustados – e a princípio meio tristes – ao verem-se em pleno Festival Literário Emerald, e não em uma sessão de autógrafos comum. Atribuí a confusão a um problema de comunicação com o pessoal deles, e agradeci por ajudarem no trabalho beneficente. Também lembrei-os que esta era uma boa oportunidade de se apresentarem a pessoas que normalmente liam outros gêneros, e que não havia sequer a possibilidade de um deles ter perdido importância... demais. Cada um leu um trecho de dez minutos, e então abrimos para quinze minutos de perguntas. Era pouco tempo para uma sessão de autógrafos sim, mas funcionou e nos deu tempo de fazer, então, uma sessão de perguntas e respostas com a mesa *completa* de autores, que incluía os dois principais e, ainda, Seth, Maddie e Abel.

Sorteios de prêmios aconteceram ao longo de todo o evento, e atuei como mestre de cerimônias sem interrupção, sem nem saber o que estava dizendo metade do tempo.

– Não posso acreditar que você deixou Seth em segundo plano, depois de Putnam e Biljan – comentou Andy comigo, baixinho, durante a mesa-redonda. Só aqueles dois autores haviam recebido holofotes exclusivos. – Ele é muito maior que os dois juntos.

– E também tem uma índole incrivelmente boa – murmurei de volta. Agora que eu podia respirar por um instante, não conseguia parar de engolir Seth com os olhos. Era como se fizesse séculos que não via seu sorriso enigmático e seus olhos castanhos. Na verdade, eu *nunca* havia visto aquela camiseta de Captain and Tennille que ele estava usando. Queria correr para perto dele, mas me contive. Fora Maddie quem o convidara para participar, em meu nome. Era uma das coisas que eu lhe pedira para fazer naquela manhã.

Quando a mesa-redonda terminou, pedi que os funcionários colocassem tudo mais ou menos de volta no lugar. Deixamos a área do café livre e colocamos uma mesa para que cada escritor autografasse. Até Maddie, que era meio obscura, deu autógrafos. A revista *Womanspeak* tinha um *status* meio *cult*, e acho que ela ganhou alguns fãs durante a mesa-redonda.

Passando por Seth enquanto ele falava com um fã, nossos olhares se cruzaram e eu me detive. Entre nós houve um momento de desconforto, que nem a obsessão induzida pela ambrosia conseguiu superar. Ainda havia assuntos demais por resolver entre nós.

– Obrigada. Obrigada por fazer isto – foi tudo que eu lhe disse.

– Bom, você me conhece – ele respondeu depois de um instante. – Nunca perdi um Festival Literário Emerald. Não ia ser agora que ia começar.

A loja não estava nem perto de esvaziar quando chegou a hora de fechar, então deixamos que o pessoal ficasse, especialmente porque estávamos vendendo um absurdo. Foi mais ou menos quando Warren apareceu.

Ele se postou a meu lado e ficou olhando junto comigo a multidão à nossa volta.

– Por que me sinto como um pai que volta para casa e descobre que os filhos adolescentes estão dando uma festa? – perguntou ele logo em seguida.

– Paige agendou Biljan e Putnam para o mesmo dia. Parecia uma solução lógica.

– E quando você descobriu o agendamento duplo?

– Hoje de manhã.

– Hoje de manhã – ele repetiu. – Aí, em vez de, por exemplo, afastar os móveis do primeiro andar e simplesmente ter duas sessões de autógrafos ao mesmo tempo, você decidiu, com menos de um dia de antecedência, ter uma noitada repleta de estrelas, com divulgação maciça e mais público do que a livraria comporta?

Pisquei os olhos. Uau. Aquela realmente teria sido uma solução mais simples.

– É um festival, na verdade. Não uma noitada. E não esqueça que é beneficente.

Warren se virou de repente, para me olhar.

– Estamos doando isso tudo?

– Só dez por cento – acalmei-o. – Mas tem uma mulher aqui, do Projeto de Leitura, que está tão impressionada que quer conversar com a gente sobre nossa participação em um projeto muito maior deles, para arrecadar fundos. Provavelmente, vai ser só no ano que vem, na primavera, claro. Não seria legal se competisse com o próximo Festival Literário Emerald.

– O próximo?

– Bom, sim. Agora já é uma tradição – tinha conseguido lidar a noite toda, numa boa, com aquela euforia. Aliás, eu ainda estava tão eufórica que talvez tivesse conseguido organizar e realizar o segundo Festival Literário Emerald na manhã do dia seguinte. Algo me ocorreu de repente.

– Ei, eu estou encrencada?

– Georgina, você... – ele esfregou os olhos. – Você é inacreditável. E não está encrencada. Absolutamente. Não venderíamos tanto assim nem na Sexta-feira Negra – ele me deu um de seus melhores sorrisos, que faziam lembrar nossos tempos de intimidade. – Por que não vai para casa agora? Você precisa. Seus pupilos já estão crescidos.

– Você está me pondo para fora? Tem certeza de que não estou encrencada?

– Você não está encrencada. Mas ouvi falar do quanto tem trabalhado a mais, e também... outras coisas. Paige vai estar aqui na semana que vem, e aí vamos sentar e conversar – ele de repente viu algo que teve de olhar de novo. – Aquele é Garrett Foster, trabalhando num dos caixas?

Voltei caminhando para casa. Ia relutante. Não era fácil abandonar algo que era como um filho para você. Ainda estava eufórica, com a cabeça leve, como se adrenalina pura corresse em minhas veias. Eu não podia simplesmente ir para casa. Precisava fazer alguma coisa. Planejar algo. Qualquer coisa que fosse agitada. Uns caras me olharam quando nos cruzamos, e sorri para eles, provocante, quase fazendo um deles se chocar com uma lata de lixo. Talvez houvesse outras formas de atividade naquela noite.

Meu telefone tocou. Atendi sem pensar. Era Bastien.

– Droga, esqueci que eu devia selecionar as ligações. Não quero falar com você.

– Não desligue. Preciso falar com você.

– Não, eu já disse...

– Fleur, estou indo embora.

Em sua voz havia algo tenso, exausto. Parecia sério. Meu brilho eufórico reduziu-se um pouco.

– Você está indo embora de Seattle?

– Sim.

– Por quê?

– Porque o lance com Dana não vai funcionar. Nós dois sabemos disso.

Eu agora estava parada diante do meu prédio, olhando-o sem enxergar, esperando que a ambrosia desse alguma inspiração que ajudasse Bastien, finalmente, a conquistar Dana. Nada aconteceu, e, portanto, fiz a única coisa que podia fazer.

– Estou indo até aí.

Ao chegar, encontrei a porta destrancada, e fui entrando. "Mitch" estava de pé na cozinha, de costas para mim, com as mãos apoiadas na bancada, encurvado. Fui até ele e envolvi sua cintura com os braços, apoiando a cabeça em suas costas.

– Sinto muito – sussurrei.

– Eu também.

– O lance de cozinhar não deu caldo? – quase ri do meu trocadilho. Deus, essa tal ambrosia era demais.

– Pois é. Mas agora consigo fazer um *crème brûlée* delicioso. Tem um pouco na geladeira, se quiser provar – ele suspirou. – Mas, então, o plano não estava funcionando. E você sabia, não é? – ele se virou, e ficamos frente a frente.

– Sabia – desviei o olhar. – Mas eu não queria... sei lá. Eu tinha esperança, talvez. Estava torcendo para que desse certo.

Ficamos lá parados em silêncio por algum tempo. Por mais brava que estivesse com ele, odiei vê-lo daquele jeito. Arrasado. Derrotado.

– Fleur, quero pedir desculpas por aquela noite...

– Não, não foi tudo sua...

– Me escute primeiro – ele me interrompeu. – Tem algo que preciso contar. Algo sobre Seth.

E então, como sempre acontecia quando eu vinha visitá-lo, a campainha tocou. O íncubo acenou com a mão, aborrecido.

– Deixa pra lá.

– Pode ser ela.

– Não importa. Não quero vê-la.

Talvez ele fosse um pessimista, mas eu havia provado o Alimento dos Deuses. Sentia que podia fazer qualquer coisa. *Sabia* que podia fazer qualquer coisa. Minha confiança e esperteza não conheciam limites. Eu tinha criado uma nova tradição na Emerald City em poucas horas. Com certeza ainda podia encontrar uma última centelha de esperança para Bastien se tivesse uma chance de falar com Dana cara a cara.

– Talvez ainda exista uma maneira – disse-lhe, indo atender à porta. – Fique invisível se quiser. Quero conversar com ela.

– Isso se for mesmo Dana – ele respondeu enquanto eu me afastava.

Mas era.

– Tabitha – ela sorriu. – Achei mesmo que tinha visto você chegando.

Devolvi-lhe um sorriso todo meu. Um sorriso deslumbrante. Eu não ia mais agir como uma tímida idiota perto dela. Nunca deveria ter agido em condições normais, quanto mais agora, quando estava no auge.

– Estou tão feliz que tenha vindo – disse-lhe, com a cordialidade transpirando por todos os poros. Convidei-a para entrar como se eu fosse a dona da casa. Da forma como ela sempre me via por ali, podia muito bem ser. – Por favor, entre. Vou lhe trazer algo para beber.

Pela primeira vez eu via Dana baixando a guarda. Eu não era a Tabitha com que estava acostumada, e ela não sabia como lidar com isso.

Bastien estava na cozinha, invisível, com os braços cruzados num desafio. Pisquei para ele e então voltei para Dana.

– Se quer falar com Mitch, ele deu uma saidinha.

– Ah, tudo bem. Eu posso, hã, ficar um pouco mais enquanto... eu acho.

Ela parecia nervosa com meu controle da situação. Servi chá gelado para nós duas, e nos sentamos à mesa. Dirigi o assunto para o que havia feito no dia, e contei-lhe que tinha ido a um evento beneficente incrível numa livraria na cidade. Dana recobrou um pouco a compostura e voltou ao seu comportamento suave e controlado. Tirando sua natureza intolerante, ela até que tinha um papo aceitável, e a conversa fluiu. Pena que ela não canalizava sua inteligência para coisas mais úteis, pensei.

Enquanto conversávamos sobre diversos assuntos, a solução para todo aquele caso me ocorreu. Era tão óbvio. Eu não sabia se era a ambrosia ou não, mas não dava para acreditar como tínhamos sido cegos. Como é que não percebemos qual era o problema com ela? Que droga de especialistas em sedução éramos nós? Bastien estava certo. Dana era uma causa perdida.

Para ele.

– Dana – interrompi, de um jeito que não era comum para Tabitha. – Estou realmente feliz por você ter vindo hoje, porque tem uma coisa que eu preciso lhe perguntar.

Ela quase se engasgou com seu chá.

– Sim?

Apoiei os cotovelos na mesa, descansando o queixo nas mãos, de modo a olhá-la fixamente nos olhos.

– Você disse uma vez que você e Bill haviam perdido o romance e que você não se importava. Mas sabe de uma coisa? Não acredito nisso. Acho que você sente falta de romance. Acho que você anseia por isso. Mas não com seu marido.

O rosto de Dana empalideceu, os olhos arregalados. Bastien, parado ali perto, tinha uma expressão parecida. Eu não me importava. A esta altura não tínhamos nada a perder.

– Estou certa? – inclinei-me mais para perto. – Alguma coisa está faltando, não é? E você mentiu quando disse que não sabia o que seria *sexy*. Você sabe. Você sabe o que a deixa ligada, e você quer isso. Quer tanto que consegue até sentir o gosto.

Juro, daria para ouvir um alfinete caindo. Dana lutava para controlar a respiração, olhando fixamente para mim, como se eu pudesse desaparecer se ela piscasse.

– Sim, você está certa sobre muitas coisas – ela respondeu por fim, com voz rouca. – Por exemplo, sobre não podermos escolher quem nos atrai. E sim... acho que nós duas sabemos do que estou falando, Tabitha – um pouco da antiga confiança começou a voltar. – No início eu não sabia direito. Era tão difícil entender você. Mas então, depois de ver que as coisas não estavam muito bem entre você e seu namorado, que você nunca queria falar dele e que pensava não estar atraída por ele, eu tive certeza. Aquela exibição de *lingerie* que você fez para mim foi o que decidiu tudo. Você estava incrível. Não consegui parar de pensar naquela cena. Eu já tinha visto você nua na banheira de água quente, e aquilo já foi agonia demais. Tinha que ver você nua de novo. Então, depois de conversarmos mais, percebi que você também era inteligente. Assim como hoje. Ela respirou fundo, trêmula, e estendeu a mão para cobrir a minha, os dedos dançando devagar ao longo da minha pele. – Você está certa. Eu realmente quero uma coisa. Quero tanto que consigo até sentir o gosto. Sei que é errado, e sei que é imoral, mas não tenho como evitar. Não posso evitar querer quem eu quero. Não posso evitar querer você.

Não era de admirar que Bastien não tivesse conseguido fechar o negócio. Dana me desejava. Provavelmente, desde o momento em que saí da piscina naquele biquíni minúsculo. Olhando-a, lembrei de todas as coisas horríveis que seu grupo fazia. Pensei também em Bastien sendo torturado por algum demônio. Em alguns casos, ser imortal não era uma benção. Agora, eu podia salvá-lo daquele destino e dar uma pequena retribuição ao CPVF.

Devolvi o sorriso a Dana, deixando que minha linguagem corporal falasse por mim à medida que a tensão aumentava. Admito que me surpreendia um pouco que nossos encontros anteriores tivessem sido interpretados como tentativas de seduzi-la, mas tudo bem.

O íncubo invisível saíra correndo da sala mais ou menos na hora do "Tinha que ver você nua de novo". Ele retornou, com uma câmera de vídeo na mão. Ao ver meu silêncio calculado, apontou a câmera para mim, entusiasmado e com expressão satisfeita.

Eu tinha agora o poder de mudar tudo. O poder de conseguir o que Bastien vinha lutando para conquistar. Salvá-lo e humilhar o CPVF. Se conseguisse levar isso adiante. A ambrosia provara que meus maiores talentos eram o improviso e o planejamento, a habilidade em ser multitarefa e resolver problemas. Isso era fantástico. Fazia-me sentir melhor comigo mesma, como fazia tempo eu não me sentia. E deve ter sido ela que me levou a perceber a verdade sobre Dana. Mas e minhas ponderações sobre a ambrosia, no que diz respeito ao sexo? Minha habilidade sexual ainda seria uma parte importante de mim? A ambrosia teria amplificado isso também? Eu poderia abalar as estruturas de um homem – ou de uma mulher – na cama? Olhando para Dana e para o seu tesão agora óbvio, eu soube a resposta. Dei uma risada sensual e, confiante, afastei o cabelo do rosto.

Eu podia e ia abalar o mundo dela. Eu era uma jogadora, afinal de contas. E jogava nos dois times.

Apertando a mão dela, fui em sua direção.

– Eu sinto exatamente a mesma coisa.

Capítulo 22

O garçom me trouxe outro *gimlet* assim que terminei o último. Bom sujeito, pensei. Ele merecia uma bela gorjeta.

Quatro dias depois do Festival Literário Emerald, eu estava no Porão com Jerome, Carter, Hugh, Peter, Cody e Bastien. Os criminosos de sempre. Era a primeira vez que me encontrava com eles em muitos dias. Eu tinha ficado na minha, só saindo de casa para trabalhar.

Durante esse tempo, também não tinha visto Seth nem tido notícias dele.

Nenhum de nós falava. Estávamos só sentados ali, naquele lugar escuro, curtindo nossas bebidas. Os demais fregueses andavam de um lado a outro e riam, mas nosso canto estava em silêncio. Eu podia ter fatiado e cortado em cubinhos a tensão incômoda que havia entre nós. Por fim, incapaz de aguentar mais, suspirei.

– Tá legal – disse, de repente. – Podem parar de fingir. Sei que todos viram o vídeo.

Foi como deixar o ar escapar de um balão. Abriram-se as comportas.

Hugh falou primeiro, com a admiração brilhando em seus olhos.

– Meu Deus do céu, foi absolutamente a melhor coisa que eu já vi.

– Já assisti umas dez vezes – acrescentou Peter. – E ainda não me cansei.

A expressão deliciada de Cody falava por si mesma.

Entornei metade da minha bebida em um só gole.

– Tem vezes que olho ao redor e não acredito que esta é a minha vida.

Bastien tinha feito um trabalho à altura do Oscar para registrar em vídeo minha aventura romântica com Dana. Ela nem percebeu a câmera flutuando no ar; só o íncubo tinha ficado invisível. Claro, Dana estava ocupada demais para notar muita coisa. Assegurei-me disso, e, ainda que sentisse um certo contentamento quanto aos meus poderes de proporcionar prazer e diversão, meu eu pós-ambrosia estava tão incomodado em ver minhas proezas sendo exibidas quanto me perturbara antes a associação do conto de Seth comigo. Pelo menos ninguém sabia quem era Tabitha Hunter.

– Fleur, juro que você fez coisas que eu nem conhecia – provocou Bastien.

– Ah, cala a boca – respondi, sabendo que era mentira. – Tudo isso já é constrangedor o suficiente. Não acredito que horas depois você já tinha espalhado pela internet.

– É difícil guardar as boas notícias – ele deu de ombros.

Os olhos de Jerome brilhavam de satisfação.

– Não precisa ficar sem jeito. O que você fez é digno de um prêmio, Georgie. Agora você vai ser o Súcubo do Ano.

– Genial. Quem sabe desta vez eu ganhe cupons ainda na validade.

– Pode zombar o quanto quiser – prosseguiu o demônio. – Mas você provocou o caos em grupos religiosos importantes. Isso merece mesmo uma comemoração.

Tanto que Bastien, provavelmente, conseguira se safar. É verdade que não tinha sido o astro principal, mas fiz questão de que, no relatório oficial, Jerome destacasse o papel dele. Acho que o demônio sacou que exagerei um pouco a participação de Bastien, mas não insistiu nos detalhes técnicos. O que quer que constasse nos registros, a comunidade diabólica sabia que era o súcubo de Jerome que aparecia no vídeo superpopular. A reputação do meu chefe subira como um foguete.

Quanto ao CPVF... Bom, virou um caos absoluto. Dana pediu demissão assim que o escândalo veio a público. Vendo-se de repente sem uma liderança forte, o grupo virou uma bagunça, correndo em círculos sem uma direção clara. Pobre Bill. Além do constrangimento de ter uma esposa devassa, ele agora devia administrar os danos e manter sua atitude firme quanto aos valores familiares, pelo bem de sua carreira política. As eleições eram no ano seguinte, e ninguém sabia como ele ia se sair.

Eu tinha sentimentos mistos quanto àquela história toda. Claro, eu odiava as ações terríveis do CPVF, e ficava feliz ao vê-lo afundar. Mas Dana, apesar de seus muitos defeitos, tinha se importado com Tabitha. Podia não ter sido amor, mas as emoções eram reais. Ela tinha se aberto comigo, e zombei disso. Mesmo que ela conseguisse escapar dessa encrenca, talvez não aceitasse nunca mais suas inclinações sexuais. Ela as enterraria, prosseguindo em sua campanha de intolerância ao homossexualismo. Isso me incomodava, por conta de sua vida pessoal e política.

– E quando não está detonando cadelas conservadoras, no tempo livre, ela destrói deuses – observou Hugh. – É sério que você também deu uma surra naquele moleque? Você é, tipo, manequim 34!

– E não esqueça do Festival Literário Emerald – Cody sorriu com malícia. – Cara, não acredito que perdi aquilo.

– Existe algo que você não faça, Georgina? – admirou-se Peter. – Você não tem aprendido a fazer suflês pelas minhas costas, tem?

Revirei os olhos e voltei-me para os imortais superiores, ignorando os elogios despropositados de meus amigos.

– Vão finalmente me falar sobre Sol, ou quem quer que ele fosse? Vocês têm feito pouco caso por eu ter matado um deus.

– Você já sabe a maioria dos detalhes – assegurou Carter.

– E, tecnicamente, você não o matou – acrescentou Jerome.

– Não o matei? – surpreendi-me. – Mas... ele explodiu. Voou sangue para todo lado. Isso me parece, sei lá, definitivo.

– Você destruiu a manifestação humana dele – explicou o anjo, com ar quase entediado. – O corpo que ele usava para andar pelo mundo mortal. Sol, ou seria mais correto chamá-lo Soma, ainda existe, não tenha dúvida.

– Soma é outro nome para ambrosia... – comecei, devagar.

– Sim – concordou Carter. – Na espiritualidade hindu, o deus Soma é a corporificação divina da droga. Ela corre em suas veias e, então, é distribuída aos mortais.

Lembrei-me de seu pulso sangrando e como o sangue secara.

– O sangue dele forma os cristais que constituem a ambrosia. É o que todo mundo estava tomando. Foi o que eu tomei! – estremeci.

– Você também o tomou em sua forma pura, direto da fonte – comentou Jerome, observando minha reação.

– Ah, meu Deus, o cálice – compreendi. – Achei que fosse algum tipo de "droga do estupro".

– De certa forma era – disse Carter, com suavidade. – O sangue dele, na forma de cristais, produz uma autoamplificação que pode ser tolerada por mortais e imortais por estar diluída. Na forma concentrada, é muito mais difícil de aguentar. Ele desorienta. Vai além da potencialização das habilidades. Ele sobrecarrega o sistema, fazendo você sentir um bem-estar incrível e ficar muito sensível ao toque físico e a emoções intensas.

Vinha daí minha reação ao assédio dele e o ataque subsequente a Alec. Mas brava como eu estava com o ex-baterista, provavelmente minhas ações não teriam sido diferentes sem a ambrosia.

– Isso é asqueroso – resmunguei. – Eu tomei sangue. Que nojo.

Cody e Peter se entreolharam. E sorriram.

– O que era aquela espécie de dardo? – perguntou Hugh. – A coisa com que ela o feriu.

– Era de madeira de visgo. Essa planta guarda o portal entre os mundos. Os noruegueses dizem que ela cresce sobre a Árvore da Vida, a árvore que sustenta o mundo.

Franzi o cenho.

– Então, se só perdeu o corpo físico, ele não se foi de verdade.

– Ele nunca se vai – disse Carter. – O Alimento dos Deuses sempre está por aí... ou ao menos o seu conceito. Os mortais sempre acreditaram em uma panaceia mágica que mudaria suas vidas, e pediram por ela em oração. É por isso que ele ainda tinha tanto poder, embora a maioria das pessoas não saiba quem ele é. As pessoas nem sempre precisam saber o que estão idolatrando, ou no que acreditam, para conceder-lhe poder.

– Mas quando ele voltar a este plano de novo, provavelmente vai se instalar em algum outro lugar – prosseguiu Jerome, mais prático. – Se eu ou Carter tivéssemos feito algo, teria sido uma declaração aberta de guerra. A defesa desesperada da inocente Georgie passou uma adorável mensagem de vá-para-o-inferno que não criou problema para nenhum de nós. Só foi necessário um breve relatório – ele fez uma careta; o demônio detestava burocracia.

– Tá legal, então – suspirei. – Uma última pergunta. Por que o sexo? Por que ter tanto trabalho para fazer Alec trazer-lhe vítimas?

– Quem não quer sexo? – perguntou Hugh.

– Os relatos estão repletos de menções a sua luxúria, na verdade – disse Carter. – Há um mito que diz que ele levou embora a esposa de um deus só por desejá-la muito. Quando você é uma criatura de proezas físicas assombrosas, imagino que o sexo simplesmente faz parte. Foi o que ouvi, de qualquer forma.

– E ele era preguiçoso demais até para arranjar as vítimas ele mesmo – fiz uma careta. – Que desgraçado.

– Ele é um deus – disse Carter, como se não precisasse falar mais nada.

Virei-me para o anjo, pensando no que ele tinha dito.

– Hoje você está um verdadeiro poço de conhecimento. Mas ninguém mais fica incomodado por estarmos discutindo e aceitando, quantos, três sistemas espirituais diferentes? O hindu e o norueguês, mais o nosso. Que, aliás, sempre acreditei ser o verdadeiro, diga-se de passagem.

Jerome parecia, realmente, deliciado.

– Qual é, você convive com imortais de todos os "sistemas espirituais" desde o início de sua existência como súcubo.

– É, eu sei... mas nunca pensei demais na logística. Achei que um não tinha nada a ver com os outros. Lembra? Eles ficam na deles, nós na nossa? Agora você está misturando tudo... como... como... se todos estivessem no mesmo saco.

– É, mas qual deles é o certo? – perguntou Cody.

Anjo e demônio trocaram um risinho sarcástico.

– *Qual é a verdade?,* perguntou Pilatos. – Carter não conseguia ficar longe das citações. Seus olhos mal podiam conter o riso.

Suspirei de novo, sabendo que não ia conseguir resposta melhor de nenhum dos dois.

Quando nosso encontro noturno foi chegando ao fim, Bastien declarou, contrariado, que estava de partida para Detroit. Despediu-se dos demais e então fui com ele até a saída.

Estávamos do lado de fora do bar, envolvidos em nossos próprios pensamentos, enquanto moradores locais e turistas percorriam a Pioneer Square. Por fim, falamos ao mesmo tempo.

– Fleur...

– Bastien...

– Não, me deixe falar primeiro – ele disse, categórico. Acenei com a cabeça para que continuasse. – O que fiz no hotel não foi certo. Eu não devia ter forçado você a fazer aquilo, sobretudo quando você já tinha dito não, logo de cara. E o que eu disse a Seth na sua casa... aquilo foi imperdoável. É, eu estava bem bêbado, mas isso não é desculpa. Nem de longe.

Sacudi a cabeça.

– Só Deus sabe as coisas idiotas que já fiz depois de ficar bêbada. E as pessoas com quem fiquei. Mas não seja tão duro consigo mesmo, pelo menos não por causa do que aconteceu... hã, entre nós. Você estava certo. Não fui uma vítima; eu compactuei com aquilo. Fiz minhas próprias escolhas, com as quais vou ter que lidar.

– Não importa. Você não deveria me perdoar. Sobretudo depois de me salvar nesse caso com Dana. Você viu o que eu não pude ver porque estava cego. Não, eu, com certeza, estou além do perdão.

– Pode ser. Mas vou perdoar você do mesmo jeito – dei-lhe um soquinho de brincadeira. – E você não pode me deter.

– Só um idiota ficaria em seu caminho – disse ele, galante. – Mas eu ainda acho que não mereço.

– Bas, tenho visto gente ir e vir, por mais de mil anos. Droga, tenho visto civilizações irem e virem. Não possuo muitas constantes na minha vida. Nenhum de nós tem. Não quero acabar com umas das melhores que tenho.

Ele abriu os braços para mim, e descansei a cabeça em seu peito, triste por ele estar indo embora de novo. Ficamos daquele jeito por muito tempo, e então ele se soltou para poder me olhar.

– Hora da confissão: eu não fiz sexo com você por altruísmo. Você estava certa sobre isso. Mas também não fiz só porque podia. Eu fiz porque queria você. Porque queria estar mais perto de você – ele tocou meu rosto e piscou. – Você vale dez Alessandras. Por você valeria a pena ir para Guam.

– E quanto a Omaha?

– Ninguém valeria o suficiente para ir para Omaha.

Dei uma risada.

– Você vai perder seu voo.

– É – ele me abraçou de novo, e então hesitou antes de falar. – Tem mais uma coisa que você precisa saber. No dia seguinte ao meu, hã, arroubo idiota de bêbado, Seth veio me visitar.

– O quê? – vasculhei meu cérebro. Isso deve ter sido no período em que eu estava preparando o festival. – Por quê?

– Ele queria saber o que aconteceu entre nós. Todos os detalhes.

– O que você disse a ele?

– A verdade.

Fiquei olhando para o nada.

– Aquele cara é maluco por você – disse Bastien, após um instante de silêncio. – Um amor como aquele... bom, o próprio inferno teria dificuldade em ficar contra um amor assim, eu acho. Não sei se um súcubo e um humano podem de fato dar certo, mas, se isso acontecer, vai ser com *ele* – Bastien hesitou. – Acho que... não, eu *sei* que fiquei com um pouco de ciúmes... tanto por ele ter o seu amor, quanto por você ter alguém que a ama tanto. De qualquer forma, boa sorte – ele me deu um sorriso amargo e doce ao mesmo tempo. – Vou estar sempre às ordens se precisar de mim.

– Obrigada – disse eu, abraçando-o de novo. – Mantenha contato. Talvez algum dia nos chamem para trabalhar juntos de novo.

O olhar rebelde, por tanto tempo ausente de nossas conversas solenes, brilhou em seu rosto.

– Ah, quanta encrenca poderíamos criar. O mundo não está preparado para nós outra vez.

Ele me deu um beijo suave e doce nos lábios, e então se foi. Um minuto mais tarde, senti a presença de Carter atrás de mim.

– A despedida é dolorosamente doce.

– Isso é – concordei, triste. – Mas assim é a vida, mortal ou imortal.

– Como está indo seu número de corda bamba com Seth?

Virei-me para ele. Eu quase tinha esquecido aquela referência.

– Mal.

– Você olhou para baixo?

– Pior que isso. Eu caí. Caí e me esborrachei no chão.

O anjo me fitou com firmeza.

– Então é melhor subir até a corda de novo.

Engasguei-me com uma risada amarga.

– Isso é possível?

– Claro – ele disse. – Enquanto a corda não arrebentar, você pode continuar subindo outra vez.

Deixei-o e caminhei algumas quadras para tomar o ônibus de volta para Queen Anne. Enquanto esperava, pisquei os olhos e olhei duas vezes ao ver Jody passar caminhando. Fazia séculos que eu não falava com ela. Depois do escândalo de Dana, Mitch e Tabitha Hunter tinham sumido da face da terra.

Saí do ponto de ônibus e me escondi na entrada escura de prédio, *a la* Super-Homem. Um momento depois, corri para alcançá-la, como Tabitha.

– Jody!

Ela parou e virou-se. Seus olhos castanhos se arregalaram quando ela me reconheceu.

– Tabitha – disse, insegura, esperando que eu chegasse onde ela estava. – É bom ver você.

– É bom ver você também. Como andam as coisas?

– Tudo bem – ficamos ali, desconfortáveis. Como você está? Quer dizer, depois de tudo... – suas bochechas ficaram enrubescidas.

– Você não precisa evitar o assunto. Posso lidar com ele – eu lhe disse com suavidade. – Aconteceu. Não há nada que se possa fazer agora.

Ela baixou os olhos para os pés, numa perturbação evidente.

– Faz tempo que quero lhe contar algo. Não foi... não foi só com você, sabe? – ela levantou os olhos de novo, embaraçada. – Ela meio que, sabe, se aproximou de mim e fizemos umas coisas... coisas que eu de fato não queria. Mas também não podia dizer não. Não para ela. Foi uma época difícil na minha vida...

Ora. Não tinha sido a primeira vez que Dana provava o fruto proibido. A ideia de que ela havia forçado Jody me assombrava, mais do que saber que Dana lançava-se em manifestações que negavam sua própria natureza. De repente, não senti mais pena dela.

– Então ela teve o que merecia – declarei com frieza.

– Talvez – disse Jody, ainda parecendo chateada. – Foi um desastre para a família deles. Lamento mais por Reese. E tem ainda o CPVF... eles estão arrasados também.

– Talvez seja melhor assim – respondi, neutra.

Ela me deu um meio-sorriso triste.

– Sei que você não acredita no CPVF, mas eles têm potencial para fazer coisas boas. Aliás, estou a caminho de um encontro neste instante. Vamos decidir o destino do grupo. Não acho que vamos debandar... mas também não sei em que direção devemos ir. Há pessoas que pensam exatamente como Dana. Não são a maioria, mas fazem barulho. Mais barulho que gente como eu.

Lembrei-me de nossa conversa durante a sessão de jardinagem.

– E você ainda gostaria de fazer as coisas sobre as quais me falou? Ajudar quem precisa de ajuda agora?

– Sim. Bem que eu queria poder chegar lá e falar. Se conseguisse a atenção de pessoas suficientes, acho que poderíamos tomar um rumo diferente. Um rumo melhor, que pudesse trazer mudanças reais, em vez de ficar só censurando e maldizendo as pessoas.

– Então você deve fazer exatamente isso.

– Não posso. Não tenho habilidade para falar com gente como aquela. Não sou tão corajosa assim.

– Você tem o entusiasmo.

– É, mas será que isso basta, se não posso colocar para fora?

De repente, tive de evitar que um sorriso bobo dominasse meu rosto.

– Tenho uma coisa para você – disse-lhe, tirando algo da bolsa. – Aqui, pegue isto.

Entreguei-lhe o último saquinho de ambrosia. Talvez fosse perigoso oferecê-la a um mortal, mas uma única dose não ia deixá-la tão mal, e ela jamais seria capaz de conseguir mais. Além disso, afastar a tentação de mim talvez fosse o melhor a fazer.

– O que é isso?

– É um, hã, suplemento de ervas. Como um energético. Você já viu dessas coisas, não?

– Como ginseng, kava ou algo assim?

– Sim. Quer dizer, não vai mudar a sua vida, claro, mas ele dá mais pique. Apenas misture com água, e manda ver.

– Bom, eu estava a ponto de comprar um café...

– É perfeito. E não vai lhe fazer mal – sorrindo, apertei seu braço. – Faça isso por mim, e vou sentir como se tivesse lhe dado um amuleto da sorte.

– Ok, tudo bem. Vou tomar assim que comprar o café – ela olhou o relógio. – Tenho que ir voando se quiser chegar a tempo. Cuide-se, tá bom?

– Sim. Obrigada. Boa sorte essa noite.

Para minha surpresa, ela me deu um rápido abraço e então desapareceu na multidão de pedestres. No ônibus, indo para casa, descobri que me sentia melhor comigo mesma do que havia me sentido em dias. Eu até teria gostado de guardar aquela ambrosia para o próximo Festival Literário Emerald, mas imaginei que talvez não fosse precisar dela, desde que me dessem dois dias em vez de um. Afinal, uma margem de manobra nunca faz mal.

Capítulo 23

A reunião do CPVF não conseguiu, nem de perto, tanta repercussão na imprensa quanto o tórrido caso lésbico, mas ainda assim atraiu um repórter do *Seattle Times,* e alguma atenção da mídia.

Jody fez o discurso da vida dela. Delineou uma visão completa para um novo CPVF, que incluía abandonar os atuais ataques do grupo ao homossexualismo. O plano dela encorajava o apoio aos necessitados, as mesmas mães adolescentes e fugitivas de casa de quem ela me falara. Como o CPVF tinha abrangência nacional, ela também queria que cada comitê atuasse localmente, de modo a haver um impacto mais significativo e o desenvolvimento de um sentido de comunidade. A exposição dela foi brilhante e inspiradora. A reunião terminou com vivas e aplausos, e com uma votação que a conduziu ao cargo de líder da organização. Eu suspeitava que, passado o efeito da ambrosia, ela ficaria um tanto aterrorizada com sua proeza. Mas, com tanta coisa criativa e interessante que ela já tinha feito na vida, eu tinha certeza de que se daria bem. Além do mais, eu achava que, depois daquela fase de estagnação como dona de casa presa ao lar, ela seria muito mais feliz estando de novo envolvida com sua vocação. Ocorreu-me também que, embora Bastien e eu fôssemos *superstars* infernais, por nossas ações com Dana, no final não tínhamos ajudado muito a grande causa diabólica. Dana, de fato, disseminara o mal e a intolerância. Substituí-la por Jody havia, na verdade, trazido mais bem ao mundo. Eu torcia para que Jerome nunca fizesse a conexão. No momento ele andava bem satisfeito comigo.

A matéria sobre a CPVF já era notícia antiga agora, mas eu a deixei sobre minha mesa no trabalho porque me dava alguma felicidade em uma semana que, de resto, foi perturbadora. Seth não deu as caras na livraria.

– Você viu na internet? – perguntou-me Doug, notando o jornal.

– Por que eu iria assistir algo assim? – olhei-o com expressão vazia.

– Porque é demais. Você não sabe o que está perdendo.

Ele estava sentado na beira da escrivaninha e brincava com uma caneta, fazendo-a girar no ar. Nenhum de nós estava fazendo o que devia fazer. Como nos velhos tempos.

– Como se sente? – perguntei.

– Muito bem, eu acho – ele sabia que estava dentro da questão da ambrosia, mas não estava ciente do meu papel no que acontecera. Tudo que sabia era que Alec se fora. – A banda meio que chegou num platô agora. Acho que era o que tinha que acontecer. Não ter um baterista também não ajuda muito.

– Bom, vocês vão dar um jeito nisso, não é?

– É. Só que é um saco. Vamos ter que fazer uma seleção – ele parou de brincar com a caneta e suspirou. – Chegamos tão perto, Kincaid. Mais um pouco e teríamos conseguido.

– Vocês ainda vão conseguir. Só vai demorar um pouquinho mais. Tudo que vocês fizeram... foi por mérito próprio.

– É – concordou ele, sem parecer convencido.

– Além do mais, ainda sou fã de vocês. Isso deve valer alguma coisa, né?

– Pode apostar que sim – seu sorriso fácil voltou. – Acho que Maddie vai se unir a nós. Ela não quer ir embora do meu apartamento.

Dei uma risada.

– Ela não precisa voltar ao trabalho?

– A sede da *Womanspeak* fica em Berkeley. Ela já trabalhava a distância, então é a mesma coisa. Diz que quer ficar de olho em mim.

– Que legal.

– Cara, estou tentando ser uma estrela do *rock*, e minha irmã mora comigo – Doug me lançou um olhar cômico. – Isso não é legal.

– Trabalhando duro como sempre, estou vendo – disse uma voz macia.

Nós dois interrompemos nossas gracinhas.

– Paige! – exclamei, deliciada. Eu a teria abraçado, mas nunca tivemos uma relação muito pessoal.

Nossa gerente, ausente havia tanto tempo, estava parada à porta. Parecia bastante à vontade, com calças pretas e blusa cor-de-rosa de grávida, acinturada abaixo dos seios. Sua barriga crescera ainda mais no último mês, e vê-la me deu um leve formigamento no peito. Eu fora incapaz de conceber um filho enquanto mortal, e como imortal jamais poderia fazê-lo. Saber disso ainda me magoava, pessoalmente, mas nunca me tornou amarga com quem podia ser mãe. Eu amava grávidas e bebês. Estava feliz por Paige, e mais feliz ainda em vê-la de volta e parecendo bem.

Um sorriso brincou em seus lábios brilhantes enquanto ela nos examinava.

– Georgina, pode vir à sala de Warren? Queremos falar com você. É rápido.

– Claro – respondi, levantando-me. Doug cantarolou baixinho a música de *Tubarão*.

Paige, Warren e eu nos reunimos na sala dele, a portas fechadas. Não achei, de fato, que eu estaria em maus lençóis, mas reunir-me com eles era meio intimidante. Sobretudo porque os dois pareciam estar me examinando bem ansiosos.

– Então – começou Paige. – Estivemos analisando os relatórios do que aconteceu em nossa ausência. Conversamos com algumas pessoas também – ela fez uma pausa calculada. – Você trabalhou bastante.

– A gente sempre trabalha bastante aqui – sorri, relaxando. – Se eu quisesse uma loja tranquila, iria para a Foster's.

– Ouvi dizer que ele lhe ofereceu emprego – riu Warren.

– Sim, mas não se preocupe. Não vou a lugar nenhum.

– Isso é ótimo – disse Paige, eficiente. – Porque me parece que agora temos uma espécie de evento anual para planejar. Lorelei Biljan me mandou um *e-mail* pedindo para ser convidada de novo, no ano que vem, para o Encontro Literário Emerald.

– Festival – corrigi-a. – É um festival.

– O que for. A questão é, o que você fez foi notável... embora pouco ortodoxo. Organizar tudo tão depressa e obter resultados de venda tão impressionantes – ela sacudiu a cabeça. – Isso foi sobre-humano.

O adjetivo me incomodou.

– Alguém tinha que fazer.

– E você fez. Assim como tem feito várias coisas admiráveis por aqui. Coisas que nos deixaram muito impressionados.

– Ei, espere aí – disse eu, sentindo-me de repente pouco à vontade com o modo como me olhavam. – Não pensem que aquele foi um dia comum. Foi meio que uma exceção. Não posso fazer esse tipo de coisa o tempo todo. Foi um dia muito bom, só isso.

– Você tem tido um monte de dias bons, Georgina – disse Warren. – Você trabalhou com menos funcionários durante semanas. Veio em seus dias de folga. Organizou a loja quando não havia mais ninguém para fazer isso. Enfrentou crise atrás de crise, e não foi apenas esse lance do Festival. Estou falando também do problema com Doug.

Endireitei-me na cadeira.

– O que vão fazer? Vocês não vão despedi-lo, vão? Porque não foi só culpa dele... quer dizer, havia atenuantes. Ele está melhor agora. É o melhor funcionário que vocês têm.

– Já falamos com ele – disse Paige de forma tranquila. – E ele vai continuar aqui, mas sabe que agora está numa espécie de condicional.

– Ótimo – o alívio me percorreu. – Isso é ótimo.

– Fico feliz que pense assim, porque é você quem vai supervisioná-lo.

– Eu... o quê? – minha corrente de pensamentos se soltou de repente e fiquei olhado de um para o outro, querendo saber onde aquilo ia dar.

– Esta gravidez está sendo mais difícil do que o esperado, como você já deve ter percebido. O bebê está saudável, e ainda tenho condições de ter um parto normal, mas preciso eliminar certos fatores de risco. Um deles, infelizmente, é o trabalho.

Arregalei os olhos. Paige tinha me contratado. Ela não podia ir embora.

– O que você está dizendo?

– Estou dizendo que não posso continuar trabalhando.

– Mas... depois que o bebê... você vai poder voltar, não é?

– Não sei, mas não vou colocar toda a loja em compasso de espera enquanto decido o que fazer. Estou pedindo demissão, e queremos que você assuma meu lugar.

– Como gerente – acrescentou Warren, como se não fosse perfeitamente óbvio.

– Eu... eu não sei o que dizer.

– Você vai ter um aumento de salário, claro – ela disse. – E então contrataremos alguém para ocupar sua antiga posição. Você assumiria todas as minhas funções.

Assenti. Eu conhecia as funções dela, sobretudo porque as desempenhava fazia algumas semanas. Envolviam mais burocracia do que sociabilidade, mas com certeza Paige trabalhava bastante na área de atendimento, e interagia com os outros. O trabalho ainda envolvia pessoas, mas de outro modo. Não teria ninguém no mesmo nível que eu e apenas Warren acima de mim. Potencialmente, isso reduziria o tempo que eu passava com o resto do pessoal depois do trabalho, e sobretudo minhas brincadeiras com Doug. O cargo traria um conjunto particular de complicações e dificuldades.

Por outro lado, eu teria muito mais liberdade e poder. Paige planejava todas as nossas noites de autógrafos e eventos promocionais, assim como eu fizera com o Festival. Tinha sido divertido. Eu podia fazer isso o tempo todo.

Poderia experimentar coisas novas. Era atraente, e muito. E, na verdade, o aspecto do desafio também me atraía. Seria tudo novo e diferente. Eu já tinha vivido séculos e conhecia os perigos de um modo de vida estável demais. Tinha experiência e conhecimento suficientes para ocupar cargos de muito prestígio, e já o fizera no passado. Desta vez eu escolhera um trabalho mais tranquilo; estaria pronta para mudar agora?

Minha decisão estava tomada, mas quando vi como meu silêncio os deixara nervosos, não pude resistir a uma provocação.

– Vou ter minha própria sala?

Eles fizeram que sim com a cabeça, ao mesmo tempo, ainda tensos, imaginando se aquela era a causa da minha hesitação.

– Ah. Tudo bem. Fechado.

Voltei para casa naquela noite deslumbrada com a ideia do meu novo trabalho. Eu sentiria falta de Paige, mas, quanto mais pensava naquilo, mais animada ficava por ser a nova gerente da loja. Uma comemoração era necessária, sem dúvida, e, portanto, chamei Hugh e os vampiros, e saímos juntos. Diverti-me com eles, mas, sinceramente, eu desejava poder celebrar com outra pessoa.

A noitada de bebedeira me fez dormir até muito tarde na manhã seguinte. Acordei com Aubrey atravessada em meu pescoço, sob o risco iminente de cortar meu cabelo, numa posição que só um gato pode achar confortável.

Meu relógio dava meio-dia, e deixei-me ficar deitada, aquecida entre os cobertores e imaginando o que faria. A loja não ia abrir. Era Dia de Ação de Graças.

O telefone tocou. Rolei na cama e o peguei, evitando por pouco que Aubrey cravasse as garras em minha jugular.

Olhei para o nome de Seth no identificador de chamadas, como se ele tivesse poderes mágicos. Respirando fundo, atendi.

– Feliz aniversário – disse, tentando soar alegre, e não totalmente petrificada.

Houve uma pausa, e então uma risadinha surpresa. Eu não sabia o que ia rolar quando finalmente retomássemos o contato depois de todo o drama da semana anterior, mas seu riso não parecia agressivo. A não ser que fosse um riso de amargura, enquanto meu coração sangrava no chão e eu implorava perdão.

– Obrigado – ele disse, a voz ficando um pouco mais séria. – Mas, hã, eu não acredito nisso.

– Não acredita no quê?

– Que você quer que eu tenha um feliz aniversário.

– Mas acabei de dizer isso.

Houve um longo silêncio. Meu nervosismo crescia a cada segundo.

– Se quisesse mesmo que eu tivesse um feliz aniversário, você viria para a minha festa.

– Sua festa – repeti, sem entonação.

– É, lembra? Andrea convidou você.

Eu me lembrava. Pensara nela todos os dias desta semana.

– Não sabia se ainda estava convidada – hesitei, com o coração doendo. – Achei que você não ia me querer aí.

– Bom, eu quero. Então se apresse. Está atrasada.

Desligamos, e fiquei ali sentada. Seth me ligara, afinal. E queria me ver. Agora. O que ia acontecer? O que eu devia fazer? Olhei para Aubrey e suspirei.

– Acho que eu devia ter guardado aquela última dose de ambrosia, né?

Capítulo 24

Seth me deu uma bronca por estar atrasada, mas, com cinco filhas, os Mortensen estavam sempre perdendo a hora. Assim, ninguém, a não ser Seth, ligou para o fato de eu ter chegado tarde.

Da mesma forma, naquele caos, ninguém chegou a notar que não nos falamos muito. As meninas falavam mais do que o suficiente por todos nós, e a presença delas me reconfortava um pouco. Como sempre, não se cansavam de mim, rastejando por cima e puxando-me pela manga para garantir que tinham toda a minha atenção. Curti tudo aquilo de um modo amargo e doce. Convencida de que Seth e eu estávamos quase terminando, passei a maior parte do tempo pensando que esta podia ser a última vez em que me reuniria com esta família maravilhosa.

Andrea nos serviu uma refeição de aniversário/Ação de Graças deliciosa. Fiquei sabendo que Terry e Seth tinham ajudado, mas ainda assim me admirava que eles tivessem conseguido preparar tudo enquanto controlavam as pequenas. Disse isso a Andrea.

– Ter filhos transforma você numa pessoa multitarefas – ela me informou. – Você vai entender o que quero dizer quando tiver os seus.

Respondi com um sorriso educado, não me incomodando em contar-lhe que nunca teria filhos.

– Além do mais, ficamos sabendo que você é uma espécie de supermulher – disse Terry, com um sorriso. – Seth nos contou sobre uma festança maluca que você organizou na livraria.

– O tio Seth disse que foi legal – acrescentou Brandy.

– Foi um festival – corrigi, olhando para Seth com surpresa. Eu não conseguia imaginar o que ele sentia por mim. Tinha me convidado para vir e pelo visto falara bem de mim. Nada disso combinava com os efeitos que eu esperava depois do incidente com Bastien, ou com seu choque inicial.

Após comermos, Seth abriu os presentes, a maioria livros e mais contribuições à sua coleção maluca de camisetas.

– Onde está seu presente? – Kendall me perguntou.

– Eu o deixei em casa.

Ficamos batendo papo depois disso, e minha apreensão aumentava enquanto eu imaginava onde aquela noite iria parar. Quando a festa por fim terminou, Seth me perguntou se eu queria ir a algum lugar.

Respirei fundo. Era agora ou nunca.

– Vamos para o meu apartamento.

Uma vez em casa, instalamo-nos no sofá, a uma distância apropriada, e falamos sobre tudo, exceto nossa relação. Contei-lhe sobre meu cargo novo e ele me deu os parabéns. Ele me falou sobre alguns comentários interessantes de fãs que ele recebeu durante os autógrafos. Quando isso já durava quase trinta minutos, não aguentei mais.

– Seth, o que está acontecendo conosco? – perguntei.

Ele inclinou a cabeça para trás, apoiando-a no encosto.

– Estava imaginando quando chegaríamos nisso. Não dá mais para evitar, não é?

– Bom, é. É algo importante. Não é só uma discussão sobre onde iremos jantar... é sobre nós. Nosso futuro. Quer dizer, eu... você sabe. Você sabe o que eu fiz.

– Eu sei – ele estudou meu teto por um momento, e então virou para mim seus olhos castanho-âmbar. Naquele momento, quase entendi por que ele sempre parecia estar olhando em outra direção. Quando olhava direto para alguém, era uma coisa forte e poderosa. Seus olhos eram elétricos. – Não tenho permissão para perdoar você?

– Hã... não. Bom, eu não sei.

Esta conversa ecoava a que eu tivera antes com Bastien. Ele tinha dito a mesma coisa, e, depois de pesar tudo, decidi que não valia a pena ficar brava com ele. Era tão fácil assim perdoar aqueles que você ama?

– Não vou mentir, Tétis, doeu. Ainda dói. Mas, de certa forma... bom, está só um passo além do que você normalmente faz.

– Um grande passo.

– De que lado você está? – ele riu. – Está tentando me virar contra você?

– Estou só tentando garantir que você tenha suas próprias opiniões.

– Você está sempre preocupada com isso. Não se preocupe, não sou um capacho completo.

– Eu não quis dizer isso. Eu só... não sei. Não sou muito boa com essa coisa de namorar.

– Sei disso. Eu também não. Já fiz muita coisa idiota em outros relacionamentos. Mereço algumas retribuições cármicas. Claro, isso não significa que eu queira que isso se torne algo recorrente, mas um erro... um erro eu posso perdoar. Se eu não tenho muita prática em namorar, para você deve ser ainda pior, depois de, hã, quantos anos de... relações casuais?

– Um monte – respondi, vaga. Por algum motivo, eu estava relutante em dizer a Seth minha idade.

Ele percebeu isso e seus olhos se estreitaram, pesarosos.

– Então. Isso é outra coisa. Quase pior do que o que aconteceu. Você está fazendo de novo.

– Fazendo o quê?

– Você não me conta as coisas. Coisas sobre você. É como se tivesse medo de me mostrar quem é. Mas, como eu disse, é isso que é o amor. Trate de se abrir. Quero te conhecer. Quero saber tudo sobre você. Às vezes acho que, por mais forte que seja o que sinto... ainda não sei nada sobre você.

– Também não sou muito boa nisso – disse eu, baixinho.

Seth me envolveu em um abraço, apertando-me contra si. Havia uma intensidade nesse movimento, um sentimento decidido de posse que agitou meu sangue.

– Você se tornou meu mundo, Georgina, mas não posso continuar assim... não se não houver honestidade.

Sua voz era suave e amorosa, mas ouvi a advertência nas entrelinhas. Eu tinha metido os pés pelas mãos. Da próxima vez, não teria anistia.

Isso me assustava um pouco, mas, ainda assim, eu estava orgulhosa de Seth, e percebi que também tinha muito a aprender sobre ele. Tinha todo o direito de estar ditando as regras. Ele não era um capacho. Eu me arrependia de meus erros, e, ao mesmo tempo que estava feliz por ter sido perdoada desta vez, não queria que Seth desperdiçasse sua vida comigo se eu não pudesse tratá-lo direito.

Meu jovem amante francês, Etienne, jamais se recuperou. Anos mais tarde, eu soube que ele tinha rompido o noivado, permanecendo solteiro para sempre. Ele se dedicou à pintura, ganhando alguns admiradores. Vários retratos meus – uma Josephine loira – ainda constavam de coleções particulares europeias.

Etienne não tinha conseguido me esquecer, e foi isso que acabou com ele. Eu queria tanto que as coisas funcionassem com Seth. Queria que ficássemos juntos e fôssemos felizes o máximo de tempo que pudéssemos. Mas, se não pudéssemos, eu não queria que ele jogasse fora sua vida como o jovem pintor.

– Eu te amo – murmurei no ombro de Seth, surpreendendo-me quando as palavras simplesmente escaparam. E percebi, então, como estava sendo sincera. Ele respirou fundo e me abraçou com mais força ainda, e senti o amor brotando dele, mesmo sem nenhuma declaração em voz alta. – Tenho quase certeza de que não mereço você.

– Ah, minha Tétis, você merece muitas coisas. E, para ser sincero... – ele se acomodou para me olhar –... por mais que isso machuque, eu meio que estou feliz, sabe, por você ter tido aquela chance com Bastien.

Franzi o cenho.

– Aquela chance de estar com uma cópia sua?

– Bom, não. Isso ainda parece meio esquisito. Eu quis dizer a chance de fazer sexo e, bom, de poder curtir. Cada vez que penso no que você faz... – ele fechou os olhos por um instante. – Eu só vejo você sendo estuprada uma vez após a outra. E odeio isso. Me deixa mal. Estou contente por ter estado com alguém de quem você gosta... mesmo não sendo eu. Você merece um bom sexo, ao menos uma vez.

– Você também – disse eu, assombrada com o desapego inesgotável de Seth. – E você... se em algum momento quiser encontrar alguém e, bom, fazer sexo só por fazer... bom, você pode. Sabe, só para satisfazer a necessidade física. Eu não ia me importar – ao menos eu achava que não. Incomodada, relembrei meu leve ciúme quanto à correspondência dele com Maddie.

Ele me olhou sério.

– Eu não faço sexo só para satisfazer uma necessidade. Não se eu puder evitar. O sexo pode não ser uma parte indispensável do amor, mas é uma expressão dele. Deveria ao menos ser feito com alguém de quem se gosta.

A resposta não me surpreendeu. Na verdade, ela de repente me lembrou de algo.

– Ei, eu tenho uma coisa para você.

Apesar do nosso calamitoso *status* romântico, eu havia escolhido vinte das melhores fotos que Bastien tinha tirado de mim, e pedi a Hugh para imprimi-las. Até aquele instante eu não sabia se seria mesmo possível dá-las a Seth. Peguei-as em meu quarto, amarradas com uma fita cor-de-rosa.

– Seu presente de aniversário – estendi a mão para entregá-las.

– Espere – ele disse. Abriu a sacola onde sempre carregava o *laptop*, e um instante depois me ofereceu várias folhas de papel. Dei as fotos a ele. Ficamos sentados em silêncio, cada um examinando seu presente.

Por meio segundo achei que, no fim das contas, ele tinha me dado um manuscrito para ler. Depois de algumas linhas, percebi que era dirigido a mim.

Era o texto que ele prometera um tempo antes. Uma descrição detalhada de tudo o que ele desejava fazer comigo.

Lendo, meio que me desliguei do mundo. O que ele escreveu era saboroso. Alguns trechos eram poesia pura. Uma ode belamente construída sobre minha beleza e meu corpo e minha personalidade, que fez meu coração inflar-se. Outros trechos eram audaciosos e explícitos. Sensuais e ardentes. Faziam o elevador de O'Neill e Genevieve parecer uma sala de aula do jardim da infância. Pude sentir o sangue subindo ao meu rosto enquanto lia.

Quando terminei, olhei para ele, sem fôlego. Ele me fitava, pois levara menos tempo para examinar as fotos.

– Retiro o que disse – afirmou, mostrando uma das fotos, que me mostrava sentada de lado numa cadeira, nua. Minhas pernas pendiam displicentemente, com uma bela visão de minhas unhas do pé pintadas de rosa. Um exemplar de capa dura de um dos livros de Seth estava no meu colo. – O sexo pode ser uma parte indispensável do amor, afinal de contas.

– É, pode ser – baixei os olhos para o texto dele.

Ficamos ali por um instante, e então caímos na gargalhada. Ele esfregou os olhos.

– Tétis, que vamos fazer com a gente? – disse, num tom cansado.

– Não sei. As fotos pioram a coisa?

– Não. Eles são maravilhosas. Obrigado. São um bom modo de ter você... mesmo que eu não possa tê-la de verdade.

Uma ideia formou-se aos poucos em minha mente. As fotos eram só para olhar. Olhar era seguro. E ele não precisava olhar só para uma imagem bidimensional.

– Talvez... talvez você possa me ter de verdade – ele me deu um olhar intrigado, e completei às pressas. – Mas sem me tocar, claro. Venha.

– Parece perigoso – ele disse quando o conduzi para o quarto.

O pôr do sol enchia o cômodo com uma luz suave. Apontei uma cadeira no canto.

– Sente-se ali.

Fui para o canto oposto, torcendo para haver espaço suficiente.

– O que você... Oh – ele se calou, engolindo em seco. – Oh.

Deslizei as mãos lentamente sobre os quadris e os seios, sobre o primeiro botão da blusa. Devagar, com movimentos lentos, desabotoei-o. Então, com o mesmo ritmo, passei para o botão seguinte. E o próximo. Então soltei o cabelo, deixando-o cair livremente sobre os ombros.

Um *striptease* requer que você deixe de lado toda a timidez. E acho que também é uma questão de ritmo. Eu devo admitir que apresentar esse *show* para Seth, que eu amava, me levava a um lugar com o qual não estava familiarizada. Uma energia tensa se agitava dentro de mim, mas eu não a revelava. Eu estava no palco e executava os movimentos com uma confiança sensual, às vezes olhando para minhas próprias mãos, outras me fixando nos olhos dele. Isto era parte do meu presente para ele. Estava claro que ele gostava de ver meu corpo, mesmo que, neste instante, parecesse paralisado, os olhos arregalados e o rosto cuidadosamente controlado.

Finalmente, a blusa caiu no chão, seguida pela saia. Antes minhas pernas estavam nuas, mas discretamente eu havia criado meias sete oitavos enquanto ia para o quarto. Vestida apenas com elas e com um conjunto de sutiã e calcinha de cetim vermelho-cereja, mexi o corpo languidamente, com movimentos suaves e tentadores, enquanto brincava com as bordas e as alças.

Em seguida, tirei as meias, empurrando cada uma para baixo com delicadeza, as mãos deslizando pela minha pele. Fiquei quase sem nada, e saboreei o cetim brilhante, passando as pontas dos dedos sobre a superfície do sutiã e da calcinha. Por fim eles também se foram, e fiquei vestida apenas com a minha pele, totalmente exposta e com um calor surpreendente ardendo entre minhas pernas. Eu estava tão excitada quanto ele.

Fiquei ali um momento, como se recebesse aplausos diante de uma plateia, e então comecei a atravessar o quarto.

– Não, é melhor você não chegar perto – disse ele, com a voz densa e rouca. Seus dedos cravavam-se nos braços da cadeira.

Detive-me, com um riso suave.

– Você não parece ser do tipo que ataca mulheres, Mortensen.

– Bom, é, para tudo tem uma primeira vez.

– Então você gostou?

– Demais – seus olhos me bebiam, famintos e cheios de desejo. – Foi a melhor coisa que eu já vi.

Satisfeita, estiquei-me, estendendo os braços acima da cabeça por um instante, antes de suspirar e deixar minhas mãos caírem. Ao fazer isso, passei-as pelos seios e coxas, num gesto espontâneo e não planejado. Mas ao fazer aquilo percebi que ele enrijeceu levemente, e que o fogo em seus olhos se intensificou.

Um sorriso lento e perigoso se espalhou em meu rosto.

– Que foi? – ele perguntou.

– Acho que o *show* ainda não acabou.

Sentei-me na cama, e então escorreguei para trás até recostar-me nos travesseiros, bem à vista dele. Observando-o e a cada uma de suas reações, movi as mãos para os seios, sentindo-os. Mas esse não era o mesmo toque que usara ao despir-me com sensualidade. Era uma carícia diferente. Mais urgente.

Quero ver você no êxtase do orgasmo, escrevera Seth em sua carta. *Quero ver todo o seu corpo contorcendo-se, seus lábios abertos enquanto bebe de seu próprio prazer. Apenas o seu, e de mais ninguém. Só você, completamente entregue ao auge do prazer.*

Apalpei meus seios, pousando as mãos sobre eles, sentindo sua maciez e suas curvas. Meus dedos moveram-se e acariciaram os mamilos, brincando com eles, movendo-se em círculos lentos. Passei os polegares sobre eles, deliciada com sua sensibilidade. Quando os seios já estavam duros e doloridos, deixei que as mãos viajassem sobre minha barriga lisa e plana, examinando e detendo-se a cada centímetro, até chegarem às coxas. Abrindo-as só um pouco, deslizei dois dedos até os lábios ansiosos, para acariciar aquele nó latejante de nervos, gemendo sem nem perceber. O fato de Seth estar me observando excitava-me mais do que eu havia imaginado. Eu estava molhada, dolorida e ardendo.

Passei os dedos, diversas vezes, sobre aquele ponto ardente, intumescido, acariciando o desejo que aumentava rapidamente. Arqueando o corpo, ouvindo as exclamações suaves que deixava escapar, tudo em que podia pensar era nos olhos de Seth sobre mim. Fazer isto para ele era, de muitas formas, mais autêntico do que tinha sido o sexo de verdade com Bastien-transformado-em-Seth. Era a relação mais íntima que poderíamos ter. Não era exatamente como a comunicação honesta de que sempre falávamos, mas, de certo modo eu estava afinal me abrindo para ele. Expondo-me sem inibição.

Eu estava na espera constante de que a fome de energia do súcubo descobrisse o truque, mas a distância ou o fato de eu mesma estar fazendo isso comigo continuavam a enganá-la. Havíamos encontrado uma brecha, no fim das contas.

Enquanto meus dedos continuavam a esfregar entre meus lábios, trazendo-me mais e mais perto do clímax, baixei a outra mão e enfiei dois dedos dentro de mim. Isso provocou um gemido de desejo, e abri as pernas ainda mais, dando a Seth uma visão privilegiada. Cada vez mais rápido os dedos trabalharam, tocando tudo, fazendo acumular aquele prazer delicioso até que senti que não aguentava mais. Como se fosse arrebentar.

E então aconteceu.

Centelhas e raios atravessaram meu corpo, irradiando do meu âmago até que cada partícula minha formigasse, cheia de vida. Gritei de novo, alto, meu corpo contorcendo-se nos lençóis enquanto espasmos contraíam meus músculos. O que começou como uma mera exibição tornara-se algo mais. Fazer isso para Seth, com Seth, despertara algo que estava adormecido dentro de mim. Eu havia perdido o controle; meu próprio corpo o assumira.

Quando por fim me acalmei, fiquei deitada, a respiração curta enquanto me recuperava. Sentia que estava banhada de suor. E, com a resposta física, também irradiou por mim uma reação emocional, quase espiritual. Como se a experiência tivesse de algum modo acendido uma chama dentro de mim, uma chama que não se apagara com o orgasmo. Que quase se extinguira no passado, muito tempo atrás, mas que agora ardia com força.

Um instante depois, ouvi Seth se levantar. Hesitante, ele veio até o meu lado, sentando-se na beirinha da cama. Olhamos um para o outro, ambos em silêncio, e nossos olhos transmitiam tudo o que precisávamos. Ele estendeu a mão, como se fosse acariciar meu rosto, e então a recolheu.

– Estou com medo de tocar você – ele sussurrou.

– É. Talvez seja... talvez seja mais prudente esperar um pouco. Caso tenha algum efeito retardado.

– Retiro o que disse sobre o *striptease*. *Isto* foi a melhor coisa que já vi – ele me deu um sorriso torto. – Não, você é a melhor coisa que eu já vi. Tudo em você.

– Acho que encontramos um jeito – eu sorri de volta.

– Para você talvez. Na verdade eu, hã, me sinto um pouco... desconfortável neste momento. Estou feliz por pelo menos você ter conseguido chegar lá.

Sentei-me de repente, energizada.

– Bom, e por que você não pode?

– Como assim? Tipo no banheiro? – o sorriso dele se desfez.

– Não. Aqui mesmo.

– Você está brincando.

– Não – senti meus lábios se curvando num sorriso zombeteiro. – O jogo tem que ser justo. Uma troca. Eu fiz isso por você, agora é a sua vez.

– Eu... não. *Não*. Não posso fazer isso.

– Claro que pode. Não tem nada demais.

– É, mas...

– Não tem mas. Foi você que veio com o papo de ser aberto e compartilhar.

– Espere aí. Não tem nada a ver.

– Tem – rolei e fiquei numa posição em que quase parecia pronta para dar um bote. Lancei-lhe um olhar furioso. – Como você acha que fui capaz de fazer aquilo tudo? Eu estava pensando em você. Pensei em você em cima de mim enquanto entregava meu corpo. Eu me abri para você. Deixei que visse tudo. Eu queria lhe dar essa parte de mim. Não esconder nada. E agora quero ver o mesmo – cheguei mais perto, começando a tirar a camiseta dele. – Eu quero ver você gozar. Quero ver você se entregar ao desejo. Quero ver seu rosto enquanto você se toca e pensa em mim.

– E ainda dizem que eu é que sou bom com palavras – ele fechou os olhos por um instante. – Não acredito que você possa ter esse efeito em mim.

Tirei a camiseta de Spam por cima de sua cabeça.

– Estou esperando.

Seth me olhou, e então começou a tirar as calças, com cuidado, hesitante. Ele as jogou no chão e então passou para sua adorável samba-canção de flanela. Fez uma pausa, claramente nervoso, e então a tirou num movimento rápido, antes que desistisse. Examinei-o inteiro, com admiração, vendo-o nu pela primeira vez. Quando meu olhar se deteve entre suas pernas, tive de lutar para manter a expressão séria. Bastien não lhe havia feito justiça.

– Vai ser duro fazer isso – ele observou.

– Já me parece bem duro.

– Pare de fazer piada.

– Desculpe. Só relaxe, esse é o segredo – sentei-me mais longe dele, pondo alguma distância entre nós mais uma vez. – Esqueça a vergonha. Só obedeça ao que sente.

Ele assentiu e respirou fundo.

– Obrigada, treinadora. Pode se virar de lado... isso, assim. E agora a mão... sim, coloque-a aí. Perfeito – ele sacudiu a cabeça, no rosto uma expressão quase cômica de sofrimento e expectativa, enquanto sua mão movia-se lentamente para baixo. – Preciso ver você bem para conseguir, eu acho, e não olhar para mim mesmo. Se eu prestar atenção demais no que estou fazendo, vou perceber o absurdo de tudo isso.

– Muito bem, então – disse eu, me acomodando. – Não olhe para baixo.

Agradecimentos

Como sempre, livro algum teria sido escrito se não fosse o amor constante da minha família e dos meus amigos. Um muito obrigada para os meus fantásticos leitores beta: Michael, David e Christina. A paciência e o entusiasmo de vocês me impulsionaram adiante pelo Vale das Sombras do Bloqueio de Escritor, e não há palavras que possam expressar o que seu apoio significou para mim.

Obrigada também à minha equipe editorial, o agente Jim McCarthy e o editor John Scognamiglio, insuperáveis quanto a (oportunos) testes de realidade e prazos flexíveis. Vocês me mantêm sempre no rumo certo, apesar de todos os meus esforços.

Por fim, sempre serei grata aos meus queridos alunos da oitava série, que foram tão generosos quando deixei a docência para conseguir terminar este livro. Desejo a vocês o que há de melhor, e mal posso esperar que tenham idade suficiente para ler as coisas que eu escrevo.

Este livro foi composto em Garamond
para a Editora Planeta do Brasil
em fevereiro de 2011